フィルハーモニア
東都物語

ここに泉あり21

齊藤公治
Koji Saito

文芸社

目次

刊行に寄せて

転機

人の一生には、転機がある。

転機は、人が熟慮のすえに自ら作り出すこともあれば、思いがけないアクシデントがきっかけとなって、その人の意思とは関係なしにやって来ることもある。

これは、そんな転機を体験した一人の若者と、彼を取り巻く人々の物語である。

一

人は、それぞれの趣味を恐らく最低でも一つか二つは持っている。これがエスカレートすると世にいう〝趣味三昧〟なり〝道楽にうつつを抜かす〟といったことになるわけで、佐藤晋一郎の場合、それはクラシック音楽を聴くことだった。それもBS放送やCD、DVDなどのAV（オーディオ・ヴィジュアル）で音楽を楽しむだけではない。一週間のうち最低一回はコンサートやオペラに出かけて生の演奏に触れていないと気が落ち着かないほどのクラシック音楽好きなのである。

大分で生まれ育ち、専《もっぱ》らテレビやラジオでクラシック音楽に慣れ親しんできた佐藤晋一郎のライヴ初体験は意外に遅く、高校生のとき。東京のオーケストラが大分にやってきて開催したコンサートを聴き、それこそ魂を奪われるようなショックを覚えたのだった。

シルクの感触を髣髴《ほうふつ》させる弦楽器の響き。

弦楽器に絡みつく、さまざまな色合いの蔦《つた》のような木管楽器の彩り。

そして、天にも届かんばかりの輝かしさを持った金管楽器と、大地から発する強烈なリズムを形作る打楽器！

晋一郎は生で聴くオーケストラの迫力に手も割れんばかりの拍手を送りながら、その場で東京行きを決意した。

故郷は自然に恵まれた良いところだけれども、こんな音楽の感動に一年中浸れるところといったら、連日連夜さまざまなコンサートやオペラが開催される東京しかない。

そして、東京に行くには何といっても東京の大学に進学するに限るのだ！

こう思った晋一郎は、大学進学を機に東京に出た。東京ではアルバイトに精を出してコンサート通いの軍資金を集めた。そしてまた、勉強の方もそこそこだったせいか、就職活動も思いのほかスムーズにいき、卒業後も引き続き都内の企業に入社することができた。

社会人になると経済的には学生時代よりはるかに恵まれたものの、平日の夜が学生時代のように自由にならないのが悩みの種になった。会社の仕事は夕方五時半までだが、当然ながら残業が入ることも珍しくない。晋一郎は平均して週に二回以上コンサートやオペラ通いに励み、そのうち平日の夜には一回、多いときで二回行っていた。だから、コンサートに出かける日は、夕方までに仕事を片付けてコンサートに行く時間を何とか作った。

一年に何度か、（今日は、どんなことがあっても聴き逃せない！）と思うコンサートやオペラがあるときには、夕刻以降に急な仕事が入る危険を考え、事前に休暇を申請してしまうか、当日の朝に職場に電話して休暇を取るのが常だった。そんな場合、

「済みませんが、今日は頭痛がひどくて」

とか、

「風邪をひいたらしく、お腹の調子が悪いので……」

と言うのが晋一郎流の方便だった。

職場の方でも晋一郎のコンサート通いをうすうす知っていたが、あえて休暇の理由の真偽を追及するような野暮なことをする者はいなかった。晋一郎の真面目で温厚な人柄は、職場の人間から好感を持たれていた。その晋一郎が関係者に迷惑を掛けないように仕事の進行を管理しながら、巧みに体調を崩すのだ。その方便が何とも微笑ましく、

「それじゃ、お大事に」

と返してくれるのが常だった。

二

ある年の暮れ、晋一郎は珍しく腹痛を患った。風邪をひいたのだろうと薬を買って飲んだが、どうにも芳しくない日が続いていた。

その日はベートーヴェンの『第九』を聴きに行くことになっていた。晋一郎は朝起きて会社の仕事のことを考えたが、特に期限の迫った仕事を抱えているわけでもなかった。

（今日は静養して体調を回復させ、夜はゆったりした気分でコンサートに行こう）

そう思った晋一郎が職場に電話を掛けると、同僚で晋一郎と最近付き合い始めた葉山理恵が出た。

晋一郎がいつもながらの理由を言うと、

「風邪ですか……。お大事になさって下さい」

事務的で丁寧な対応の後、

「今日の夜はどこへお出かけ？　それじゃ、元気でね」

まわりには聞きとれないであろう小さな声で、笑いを押し殺したような理恵の口調が、晋一郎の耳にチャーミングに響いた。

晋一郎は、

「今日は本当にお腹が痛いんだ。夜にコンサート行くのも事実だけど……」

と言おうと思ったが、やめた。

「体調が悪いのに、コンサートなんてやめなさいよ！」

理恵からこう言われることは目に見えているからである。

晋一郎の腹痛はその後も良くならなかった。

（医者に診てもらった方が良いかも……）

そう思いつつも昨夜来の腹痛で寝不足だった晋一郎が眠りに落ち、目が覚めたときには、夕方になっていた。こんな日に限ってコンサートのチケットをすでに買ってしまっていて、今さらキャンセルもできない。晋一郎は風邪薬を飲んで家を出た。

三

年末にふさわしく、コンサートホールの入り口付近にはクリスマスツリーを模した大型のイルミネーションが点灯し、年末にふさわしい華やいだ雰囲気が演出されていた。

『第九』のステージはまったく壮観である。ステージには百名を超えようかという大オーケストラ、その後ろに二百名くらいの合唱団が座を占め、いつにも増した華やかさと緊張感を孕んでいる。

開演時間になると客席の灯りが落ち、指揮者が拍手に迎えられてステージに入ってきた。

演奏が始まった。宇宙のかなたから生命の鼓動がかすかに聞こえてくるような神秘的な調べ。そして、その鼓動が次第に力強さを増し、厳粛な音楽へと発展する第一楽章。

ティンパニの執拗なまでに激しい連打が厳粛さをさらに高ぶらせる第二楽章。

満席となった客席は音楽の力に強烈に引き寄せられ、聴衆は身動《みじろ》ぎ一つしない。

ステージと客席の間に、はちきれんばかりの緊張が漲っている。

晋一郎はこんなときに限って腹痛で目の前の演奏に没頭できないのが残念だった。しかし、曲が進むにつれ、そんなことすら言っていられないほど腹痛がひどくなってきた。

『第九』のコンサートでは第二楽章の後、第三楽章が始まるまでに短いインターバルがあって、その間に四名の独唱者が入場してくることが多い。この日の演奏もそうだったので晋一郎はその間に退席しようと思った。しかし、顔を右に向けて通路の方向を見た途端、

（まいったなあ……）

思わずため息をついた。

この日、晋一郎が座っているのは一階中央列のど真ん中。晋一郎はこの日のコンサートに期待し、前売り開始と同時にチケットを予約して最高の座席をゲットしたのだが、この努力がこの日に限っては仇となった。インターバルといっても聴衆は座ったまま待っていなければならない時間である。晋一郎が座席から通路に出るには、座っている人と前の列の背もたれの間の狭いスペースを掻き分けるようにして進まなければならない。つまり、同じ列に座っている十人もの人に思い切り膝を引いてもらい、それでも晋一郎が通れなければ立ち上がってもらわなければならないのだ。これは、コンサート中、音楽に没頭している人たちの気持ちを乱す行為として厳に慎まなければならないことだし、第三楽章が始まるまでの短い時間で通路に出るのもかなり難しい。

晋一郎が躊躇しているうちに第三楽章が始まってしまった。ふつう第三楽章から第四楽章の間はインターバルを置かずに演奏されるから、曲が終わるまであと四十分くらいは我慢しなければならないことになってしまったのだ。本当に最後まで我慢しきれるのだろうか。晋一郎は、激しい腹痛と奈落の底に突き落とされるような不安と恐怖を胸に客席に座っていた。

第二楽章までの厳粛さとは打って変わり、天国的な平安を感じさせる第三楽章の調べ。しかし、

この音楽が晋一郎の心のなかに溶け入ってくることなど、もはやなかった。このような苦痛のなかでは、優雅にたゆとう楽想など、晋一郎の不快感を募らせるもの以外の何物でもなくなっていた。

(とにかく早く終わってくれ!)

そう思う晋一郎の気持ちを逆なでするかのように第三楽章がゆっくりと進み、静かにその調べを終えると、管楽器の強奏で間髪入れず第四楽章が始まった。第一楽章から第三楽章までのメロディが相次いで現れては打ち消され、遂にシラーの有名な『歓喜に寄す』の主題にたどり着いたときには、冷や汗が晋一郎の全身を濡らしていた。

そして意識が薄らいだ瞬間、晋一郎はすくっと立ち上がってステージに向かい、指揮者を押しのけて自分が指揮する幻想に浸った。

(指揮者から指揮棒をひったくり、自分が代わりに指揮をする! とにかくできる限りのスピードで指揮をして、一刻も早く演奏を終わらせるのだ!)

遠ざかっていく意識のなかで晋一郎が指揮をする音楽は、ベートーヴェンの『第九』でなく、ベルリオーズの『幻想交響曲』に変わっていた。夢の中で、恋人に猜疑心を抱いて殺したがために死刑に処された一人の男を描いた楽曲である。死刑となった男を弔うために集まった魔女たちによる不気味で熱狂的な宴の音楽と、人類愛を高らかに歌い上げる『第九』が交錯して聴こえてくる――。

拍手と喝采のなかで晋一郎は我に返った。

(終わった……)

やっとのことで立ち上がり、

「済みません」

力なく声を掛けながら、同じ列に座っている人たちの前を掻き分けるようにして通路にたどり着いた。

そして、聴衆の視線がステージに釘付けとなっているのに背を向け、ただ一人、出入り口に向かってよろよろと歩いた。

（ホールを出て、どうする？）

（病院には、どうやって行ったらいい？）

出入口の扉まで来たとき、ホールのレセプショニストがにこやかな表情で扉を開けてくれた。

「済みません、ひどい腹痛で。……救急車、呼んで下さい」

冷や汗を噴き出しながら、晋一郎はわずかに残った力を振り絞るようにして言った。

レセプショニストは笑顔を一変させ、近くの同僚に声を掛けた。

すぐに車椅子が運ばれてきて、晋一郎はそこに座らされた。激痛のなかにわずかばかりの安堵感を得て呆然《ぼうぜん》となった晋一郎が地下の楽屋口まで運ばれると、外には救急車が待っていた。

四

晋一郎の腹痛は、風邪ではなかった。

虫垂炎、俗に言う盲腸だった。それも、膿んだ盲腸が破れて腹膜炎を併発しかけた危険な状態に陥っていた。救急車で運ばれた先の病院で緊急の開腹手術が行われたので、生命に関わるところまでいかないで済んだものの、約十日間の入院生活を余儀なくされることとなった。

病院に頼んで「虫垂炎で入院・手術。約十日間入院の見込み」ということのみを実家と職場に連絡をしてもらったので、連絡を受けた大分の両親は仰天し、翌朝一番の便で東京に飛んできた。

「何だって、こんなに悪くなるまで我慢していたの？　医者にも通えないほど仕事が忙しいのかい？」

母親に聞かれて、晋一郎は返答に窮した。

夕方になると葉山理恵がやってきて、晋一郎を見るなり言った。

「昨日は本当にごめんなさい。あなたがまさか、こんなに悪いとは知らず、からかったようなこと言って……」

理恵は本当に済まなさそうにうなだれていた。

晋一郎はますます事の顛末を話せなくなった。

それにしても、楽しみにしていた『第九』のコンサートで地獄の苦しみを味わうことになったばかりか、葉山理恵とデートの約束をしていたバレエ『くるみ割り人形』にも行けなくなってしまった。

「週末の『くるみ割り人形』、一緒に行く予定だったのに、悪いね」

「仕方がないわよ。あなたの身体が治ったら、また一緒に行きましょうよ」

理恵が別れを告げ、晋一郎が一人ベッドの上でぼんやりしていると、ほどなく理恵が戻ってきた。

「土曜日の昼にね、ここの集会室でクリスマス・コンサートがあるんですって」

そう言って、ナース・ステーションの脇に置かれていたチラシを晋一郎に渡した。

《クリスマス・ミニコンサート》
出演　フィルハーモニア東都のメンバーによる弦楽四重奏団
曲目　ヴィヴァルディ作曲『四季』より『春』
　　　モーツァルト作曲　『アイネ・クライネ・ナハトムジーク』
　　　クリスマス・ソング『ジングルベル』、etc
　　　日本の歌より　『花』、『この道』、『故郷』

入場無料

フィルハーモニア東都、通称「フィル東」は、東京にあるプロフェッショナル・オーケストラの一つで、晋一郎も最低月に一回は聴きに行っている。フィル東に限らず日本のオーケストラの多くは、コンサートで演奏するだけでなく数名のアンサンブルを編成して地元の小中学校や病院などで室内楽を演奏しているということを、晋一郎は話には聞いていた。

ヴィヴァルディにせよ、モーツァルトにせよ、原曲はもっと大きな楽器編成の曲だから、今回のコンサートでは弦楽四重奏用に編曲した版で演奏するということなのだろう。理恵と一緒に『くるみ割り人形』を観に行けなくなってしまったのは残念だが、まさか、自分が入院した先でこの種のコンサートを聴くことになろうとは思わなかった。この機会に一回聴いてみよう。

そう思った晋一郎は土曜日の昼下がり、ミニ・コンサートが行われる集会室に行った。その頃には一人でふつうに歩ける状態にまで回復していたが、葉山理恵が介添として一緒だった。

すでにたくさんの人たちが用意された椅子に腰掛けていた。百人ほど収容できそうかという会場はすでに満員の盛況だった。開演時間まで今しばし、晋一郎はそれとなく会場内を見回した。

入院患者といってもさまざまで、晋一郎のようにロビーまで一人で歩ける人ばかりでない。点滴の入ったビンをぶら下げた状態で椅子に腰掛けている人がいる。車椅子で家族や看護師に付き添われて来ている人も少なくなかった。

演奏者のスペースの後方に置かれた白板には、コンサートの題名や出演者の名前が書かれており、そのまわりは、色紙で作られた造花で飾られていた。

集会室の入り口付近の壁には、額縁に入った一枚の色紙と写真が飾られていた。晋一郎の座った場所からはよく見えないが、昨年のクリスマス・コンサートのときのものらしく、フィル東のコンサートマスターの演奏姿が写真になっていて、色紙には細かくて読めないが、何やらいろいろと書き込まれている。

フィル東のメンバーによるクリスマス・コンサートはひょっとしてこの病院では昨年から始まったことなのだろうか、それとも、もっと以前からの恒例行事なのか……。

「あら！」

窓から外の景色を見ていた葉山理恵が、小さな声を上げた。

曇天のなか、ちらほらと雪が降りだした。

何人かの患者も黙って外を見ていた。

入院している人たちにとっては外の景色が華やげば少しは心も軽くなろうというもの、冬の降雪など憂鬱な感情を呼び起こす以外の何物でもない。毎日元気で、病院とはまったくと言ってよいほど縁のなかった晋一郎にとって、ついぞ考えもしなかったことである。

晋一郎が視線を再び前方のステージに向けたとき、場内がにわかにざわついた。

拍手に包まれながら四人の弦楽奏者たちが会場に入ってきた。集会室はすでに満杯で、四人のプレーヤーたちは楽器を抱えて人垣のなかを掻き分けるようにしてステージに進んでいく。最後はチェロ奏者で、両手に抱えた大きな楽器を通路際の人にぶつけないよう、そろそろと歩いていた。

四名が正面に揃い一礼すると、拍手の音が一層大きくなった。

十八世紀イタリアの作曲家アントニオ・ヴィヴァルディの、『春』。

シンプルながら、春に芽吹く生命の喜びを髣髴させる有名なメロディが鳴り響いた瞬間、暗く重苦しかった会場の雰囲気ががらりと変わった。外では先ほど降り始めた雪が一層その勢いを増しているが、ここは太陽に照らされ春の喜びに包まれているかのようだ。

続いてのモーツァルトの『アイネ・クライネ・ナハトムジーク』では、会場の人たちは天馬空を行くような調べに乗って自由に飛び回るかのような思いに浸った。

晋一郎はこれまでに恐らく何百回というコンサートに通って生の演奏を聴いてきた。演奏を聴いて魂が震撼するような思いをしたこともあったし、限りなく慈愛に満ちた至福の思いに涙することもあった。

けれども、この日の演奏が自分に与えてくれるものは何と言ったら良いのだろう。

これまで通ったどのコンサートとも違うものだった。

『アイネ・クライネ・ナハトムジーク』が終わったところで、聴いている人たちの拍手に応える形でマネージャーらしき人が立ち上がって話し始めた。晋一郎もまったく気がつかなかったが、いつのまにか奏者の脇に控えていたらしい。

「皆様、こんにちは。私は『フィルハーモニア・オーケストラ東都』というオーケストラの黒木と申します。ふだん私たちのオーケストラは何十人、ときには百名ものメンバーがステージの上で演奏しています。そして、楽団員がアンサンブルを組んで地域の小中学校や社会福祉施設などにお邪魔して室内楽を演奏する、といった活動も数多く行っています。今日はクリスマスの時期に病院でのコンサートというわけですが、外は生憎の雪となってしまいました。クリスマスにはふさわしいのかもしれませんが、私たちの演奏で冬の寒さなど吹き飛ばしてしまいたいと思います。短いひとときですが、どうぞ引き続きお楽しみ下さい」

プロの司会のような流暢さはないが、明るくて誠実さを感じさせる口調が、何とも心地よいトークである。

コンサートもいよいよ最後の曲となり、『故郷《ふるさと》』のメロディが四本の弦楽器によって優しく流れ出したときのこと。

四名の奏者たちが曲への慈しみを込めるように、楽想に合わせて上体を大きく左右に揺らしながら演奏するのに合わせ、

「兎《うさぎ》追いし彼の山、小鮒釣りし彼の川……」

演奏を聴いていた人たちが、一人、二人。おずおずと、弦楽器の調べに乗って歌い始めた。

三人、四人。そして五人……。

歌の輪が次第に大きくなっていくにつれて、四人の奏者と聴いている人たちの心の距離が縮まっていくような感慨を、この場に居合わせた誰もが覚えた。

と……。

「うッ、う……。……うッ」

歌声の合間から、押し殺したような一つの声が上がった。

晋一郎は、思わず声の出処に目を向けた。

そこには、一人の老女が泣いている姿があった。車椅子に沈み込むように座っていて、顔色もすぐれない人だった。彼女の座った車椅子には看護師の女性が付き添っていて、彼女を庇うように肩に優しく手を掛けていた。

このおばあさんはどんな気持ちでこの曲を聴いているのだろう。

家族がこの場に居合わせて一緒に聴いてあげることができなかったのだろうか。それとも……。

彼女は周囲に迷惑を掛けまいと懸命に嗚咽を堪《こら》えているようだったが、その声は断続的に漏れ聞こえ、彼女の姿を見る人たちもまた、目を赤らめていた。

慈しむように鳴る弦。

お世辞にも上手いとは言えないけれども心の奥から発せられる、聴き手たちによる歌声。

そして老女の嗚咽が、会場に居合わせたすべての人の心を深くそして強く繋ぎ合わせた。

晋一郎は歌の輪に深く心を沿わせながら思った。

芸術は時代を超越する。

ヴィヴァルディやモーツァルトは三百年前、あるいは二百年も前に素晴らしい音楽を作り、当時の人たちを感動させた。『故郷』にしても、曲が作られ人を感動させてから何十年もの月日が経っている。

時代は変わり、曲を作った人もそれを聴いた人も皆、この世を去っていく。

しかし、作曲家が丹精込めて作り上げた音楽は後世に残る。

そして今。

二十一世紀を生きる人たちがいる。

二十一世紀に演奏する人がいて、それを聴く人たちがいて、人々の間に音楽をとおした心の輪が引き継がれる！

この上なく温かな心がたくさん込められた拍手でコンサートが幕を閉じた。

晋一郎は理恵とともに集会室を後にするとき、コンサートが始まる前に目にした額縁に近寄って色紙に書かれている文章に目を遣った。そこにはこう書かれていた。

「年末のひととき、皆様と音楽をとおした至福の時を共有させていただき、ありがとうございました。皆様の一日も早いご回復を心からお祈り申し上げます。そして、来年こそは皆様、お元気で！

二〇〇×年十二月　フィルハーモニア東都　米山治夫」

五

思わぬ入院生活を送った晋一郎だったが、予定通り十日間程度で退院し、年末には仕事にも通えるまでに回復した。

年が明け松飾りも取れたある日、晋一郎はフィル東のニューイヤー・パーティに出かけた。フィル東は毎年一月、定期会員やスポンサー企業、さらにはボランティアなどのサポーターたちを案内してパーティを開催している。通常、フィル東が練習会場として使用している双葉区民会館が会場になっていて、参加者は大ホールでのリハーサルを見学した後、同じ会館内の大集会室で立食パーティに参加するのが恒例である。

当日のパーティは、リハーサルを終えたフィル東のプレーヤーや事務局スタフも多数参加した。

総勢では二百人をはるかに越える人数になっていて、大集会室は人が溢れんばかりの賑わいだった。

晋一郎は見知った人がいるわけでもなく一人ぽつねんとしていたが、入院していた病院でのコンサートで演奏していた弦楽器のプレーヤーたちを見かけ、彼らに話しかけた。晋一郎がフィル東のコンサートのみならず、年間をとおして、それこそ百回以上のコンサート通いをしていること。偶然、昨年末に入院するアクシデントに見舞われ、病院で彼らの演奏を聴いたこと。そして、いつものコンサートとは違った強烈な感銘を受けたことを話したのだ。

晋一郎の話を受けて、メンバーの一人が言った。

「うちのオーケストラは、弦楽四重奏とか木管五重奏といったアンサンブルで学校や社会福祉施設で頻繁に演奏していますけれども、そうしたときの会場って、客席から発せられる『気』とでも言ったものの強さが凄いんです。演奏者と聴いている人との心のやり取りというか……。お互いの距離が近いということもあるのかも知れないけど、演奏している私たちにモロに伝わるんですよ」

隣にいたメンバーたちが続けて言った。

「学校や病院などでは、ふだんクラシックに触れたことのない人が多いんですけれどもね、そのことが音楽になじみの薄い人にとって物凄く新鮮な体験で、心のなかに音楽がすーっと入ってくるらしいですね」

晋一郎は、自分の病院での経験を思い出しながら、彼らの話を聞いていた。

「でもねえ……」

メンバーの一人が言った。

「ちょっと困っているんですよ」

「何がですか？」

晋一郎が尋ねると、

「この間のようなミニ・コンサートの制作を企画したり、コミュニティとの関係作りを担当している事務局のスタフが、事情があってフィル東を辞めることになってしまってね……。この間、我々の演奏の合間にトークをした人がいたでしょう」

「あ。あの、黒木さんという方ですね。プロの司会のような流暢な話し方ではなかったですけど、誠実で明るい人柄を感じさせる語り口が、心に沁みて良かったです」

晋一郎の話を受けて、メンバーが次々に話し出した。

「ああいう仕事って、音楽的な知識があるだけじゃ駄目だから……。社会のいろいろな人たちと顔を会わせる仕事だからね。黒木さんみたいにオーケストラに対する親近感や信頼感を自然に感じさせる雰囲気を持った人、フィル東には凄く大切だったって、今にして思うよな」

「事務局のメンバーのなかで後任者を選ぶといっても、今の人数じゃ、あの仕事を兼務するなんて無理だろうし、かといって新しいスタフを入れるといっても人選が難しいだろうしな……。事務局長の能登さん、頭痛いみたいだぜ」

いつしか、話はフィル東のメンバー間の会話に移行していた。

「オーケストラの仕事って……」

人垣の中で一人、会話から取り残されていた晋一郎が、不意に言った。

「僕みたいに一介の勤め人に過ぎない音楽好きにでも、務まるものなんでしょうか?」

会話に熱中して晋一郎の存在を忘れていたフィル東のメンバーたちの顔が、一斉に晋一郎に向いた。

何人かの視線を一瞬に受け、晋一郎も驚いた。

晋一郎を中心とした人の輪に一瞬の静寂があった後、彼らは口々に、囃すように言った。

「ブラヴォー!」

「オーケストラの仕事をやるには、何と言ったって音楽に対する愛がなくちゃいけない」

「佐藤さんのようなオーケストラや音楽に対する愛と情熱を持った人が、フィル東のスタフに加わるべきだ!」

にわかに賑やかになった人の輪の会話を聞きつけ、近くにいた事務局長の能登がメンバーを制するように言った。

「みんな、今日はフィル東メンバーとお客様やサポーターの皆様との集いなんだから、せっかくいらして下さった方に入団を煽るようなこと、言っちゃ駄目だよ」

「そうだよ」

能登の隣にいてビールを盛んに呑んでいた年の頃三十位の、ヌーボーとした男性団員が続けた。

「オーケストラの仕事ってのは、見た目ほど華やかでもなけりゃ、楽な仕事でもないんだから、そんな商売、勧めるもんじゃないよ。……白鳥が泳ぐさまは優雅でも、水面下じゃ水掻き使って必死に漕いでるって話があるだろ。俺たちもあれと同じで、礼服着てコンサートで演奏しているさまは格好よく見えるかも知れないけど、スケジュールはきついし、ギャラだって厳しいんだよ。スタフだって条件は一緒だぜ」

「ヨッちゃん！」

すかさず近くの女性団員から声が飛んだ。

「あなた、せっかくパーティにいらして下さったお客さんに変なこと言わないでよ。失礼じゃないの！」

「別に俺は、彼が甘い幻想を持つだけじゃなくて、厳しい一面も知っといてもらった方がいいと思ったから……」

彼はこう言って反論したものの、他の女性団員たちからもさんざんにやっつけられた。

「『オーケストラが白鳥と同じだ』って何よ！　私たちにだって、凄い失礼じゃない」

「まったく！　こんなこと言ってたら、明日からお酒、取り上げるわよ」

彼女たちに怒られ、黙ってしまった。

「済みません。今日のリハーサル、かなりきつかったせいか、この人、ビール少し呑んだだけでおかしくなっちゃって……。変な話を聞かせちゃって、ごめんなさい」

晋一郎は晋一郎で、女性団員から謝られ、ますますきょとんとしていた。

ともあれ、ヨッちゃんなる団員が同僚にやり込められたところで、一連の会話はお開きとなった。

その日の夜、晋一郎は自らが思わず口にした言葉を思い出した。

（オーケスオラの仕事って、ふつうの会社勤めしている音楽好きな人間にも務まるものですか？）

なぜ、こんな言葉が口をついて出たのだろう。

いくつかのことがらが晋一郎の頭のなかを駆け巡った。

（音楽が好きだから？）

（オーケストラの仕事が素晴らしいと思ったから？）

（音楽の仕事をとおして自分の人生が豊かになると思ったから？）

晋一郎は考えた。

黒木さんという人の仕事を思うに、今のオーケストラは会社と同じような組織構造になっているらしい。つまり、それぞれのスタフが分業で仕事をこなしている。演奏をするプレーヤーもいれば、オーケストラを運営する事務局の人間もいる。事務局ではコンサートの企画をする人も広報をする人も必要だ。

それと同じように、オーケストラと音楽ファン、さらには社会との関係を作るスタフが必要なのだし、そこに黒木さんというスタフが行ってきた仕事の意味があるに違いない。

今現在、クラシック音楽を愛好する人の数は社会全体のなかでそう多くない。ましてやオーケストラのコンサートに通う人など、ほんの一握りに過ぎないだろう。病院のコンサートのみならず、社会の人たちにもっとクラシック音楽の素晴らしさを伝え、オーケストラと社会とをより近づけるには、どんな活動が必要なのだろうか……。

いつしか晋一郎は眠りに入っていった。

それから二、三日後、フィル東の事務局に電話を掛け、事務局長の能登を訪ねる晋一郎の姿があった。

さらに一週間後。

晋一郎はそれまで勤めていた会社に辞表を出した。

三年間ほどの会社員生活に、別れを告げたのだ。

六

晋一郎が会社を辞めてオーケストラに勤めるという話は、社内の人たちや家族には、かなりの衝撃をもって受けとめられた。

晋一郎は真面目で、どちらかといえば物静かなタイプの人間だ。一途なところもあるから、今回のように真剣に考えたことに対して思い切った行動を取ることも、予想できなくはない。

晋一郎が会社を休んでまでコンサートに出かけるほどの音楽好きであることは、彼と親しい間柄の人間には知られた話だったから、

「若いんだし、自分の好きなことにチャレンジできて良かったね」

こう言ってくれた人もいた。

大分の両親は、晋一郎の行動をなかば失望感の混じった複雑な思いで受け止めた。

母親からすれば、晋一郎が大学進学の際に東京に行ってしまったのは仕方ないとしても、就職を

機に大分に帰ってきて欲しかったのだ。もっとも、東京の大学に学んだ以上は就職先も引き続き東京になる可能性が高くなるわけで、晋一郎が東京で勤め人生活を送るのもやむを得ないことだと思っていた。それが、会社勤めを辞めて趣味で接しているはずのオーケストラに勤めようとは！

「あんた、ベートーヴェンだの何だの、いい加減に卒業しなさい。一体、仕事だって真面目にやっとうのか。もうそろそろ、いい彼女見つけて身固めることも考えな、ならんというのに」

自分が心配して言ったことなど、この子は何も聞いてくれなかったのだろうか。

父は「自分のことは自分で決めろ」が口癖の人間だったが、さすがに今回の晋一郎の転職には驚いた。

聞くところによれば、オーケストラに限らず芸術文化団体のほとんどは、もともと利益が上がる仕組みにはなっていないから、給料なども一般の会社勤めと違って厳しいケースが多いらしい。晋一郎が音楽好きなことは百も承知だが、今の会社の仕事に不満があるわけでもないし、人間関係だってうまくいっているらしい。こうして会社勤めをしているからこそ、趣味の音楽だって満喫できるというものだろうに……。

自己実現という言葉が巷で流行ったのは、どのくらい前のことだったろう。ひょっとして、晋一郎は今回の転職を自らの自己実現とでも考えているのだろうか……。

晋一郎の転職は一つの手痛い別れをも伴うことになった。会社の同僚で最近、晋一郎と付き合い始めた葉山理恵のことである。

「今回のこと、晋ちゃんらしくない」

理恵は晋一郎に言った。

「あなたが音楽好きなことは私だって良く知っているわ。でもね、会社を休んでまでコンサートを聴きに行くあなたは、同時に仕事のこともきちんと考えながら休暇を取る人だった。まわりの人たちに迷惑を掛けないように、物凄く考えた上で行動していた。私、そんなバランス感覚っていうか、周囲の人たちに配慮するあなたのことが好きだったし、だからこそ職場の人たちだって、あなたのこと認めていたのよ」

理恵は続けた。

「確かに、音楽が本当に好きだからこそ、あなたはオーケストラの仕事を志願したんでしょう。そのこと自体、私は素晴らしいことだし、うらやましいとすら思っているわ。でも……」

「でも……？」

「私が言いたいのは『あなたが熱意や情熱だけでオーケストラに入って、この先、頑張っていけるんですか？』っていうことよ。オーケストラの仕事って、音楽に対する専門的な知識が必要なんでしょ？　音楽に対する思いや情熱だけで、やれるものじゃないんじゃない？　あなたは音楽大学を卒業しているわけじゃないんだし、専門的に音楽を学んだり楽器を演奏した経験もない。英語だってちっともスムーズにできないでしょ。あなた、自分のどんな特技をアピールして、オーケストラで仕事をしていきたいと思っているの？」

「それは、社会のいろいろな人とオーケストラとの繋がりを今まで以上に強くして、オーケストラの活動を社会にもっと知ってもらう仕事なんだから……。会社でやってきた広報や宣伝の仕事だって役立つと思うし……」

「そう……。でも、あなたがオーケストラのためなり音楽のために何かをしたいと思うんだったら、何もオーケストラに勤めるだけが選択肢じゃないでしょう？　今までのあなただったら、オーケストラに飛び込む前に自分に何ができるかを考えた上で行動していたと思う。今の会社を続けながらボランティアという形でオーケストラに協力することだって、ありうるわけでしょう。病院のコンサートで凄い感銘を受けたのは私も同じよ。でも、オーケストラでたまたま欠員が生じたから即座に入団を志願したなんて、やっぱり、あなたらしくない」

「……」

「それからね……。今回のことは、あなた一人が考えて決め、私には事後連絡さえすればそれでいいってことなの？　最終的な決断はあなたがすべきことはもちろんだけど、こうした大切な問題を決める前に、私にも一言あってしかるべきじゃなかったの？　……一体、私ってあなたにとってどんな存在だったのかしら？」

晋一郎は、これには返す言葉がなかった。

結局、理恵が一番言いたかったことはこれなのだ。

確かに、理恵が怒るのも無理はない。いつもの自分だったら、理恵には事前に自分の考えを話しているはずだった。

なぜ事前に話をしなかったのか、自分でも分からなかった。

理恵から反対されるのが嫌で、話さなかったわけではない。

また、今回の転職が軽はずみな判断だったがために理恵に話しそびれたわけでも……絶対にないと思う。

とにかく、何か分からない運命の糸とでもいうべきものに自分が操られ、転職を決めてしまった。そんな感じだった。

晋一郎は、理恵にこのことを話して謝ろうかと思った。けれども理恵の性格を考えると、そんなことで彼女の心が変わるはずもないとも思った。

晋一郎は弁解を連ねた言葉を喉もとに押し留めた。

「あなた、私より、まずはオーケストラなりクラシック音楽と深くお付き合いして、場合によっては音楽と結婚すればいい。……私たち、これまでね」

理恵は晋一郎のもとを去っていった。

七

晋一郎が会社を辞める当日、親しかった会社の人間や社外の関係者にお別れのEメールを作成した。

お世話になったこの会社も今日が最後である。今、自分がメールを打っている机ともパソコンともお別れだ。

Eメールアドレスもこの会社の社員としてのものだから、明日には廃止の手続きが取られることだろう。だからもう、このアドレスから送信することも、そしてこのアドレスに返信されることもないのだ。

お世話になった皆様方へ

厳寒の候、ますますご健勝のことと大慶に存じます。

さて私、佐藤晋一郎は今日付けで○○株式会社を退社することになりました。そして、来月より、フィルハーモニア東都というプロフェッショナル・オーケストラの事務局に勤務することになりました。

皆様方には在職中は大変お世話になり、深く感謝申し上げます。入社して以来、あるときは優しく、そしてあるときには厳しく接して下さった皆様にお別れの言葉を申し上げるのは、新しい仕事への期待とは裏腹に、大変淋しい思いです。

フィルハーモニア東都（「フィル東」と呼んで下さい）で、私はコミュニティ・リレーションズの業務を担当することになりました。コミュニティ・リレーションといっても皆様には分かりにくいかと思いますが、要するにオーケストラと社会との関係を円満に築いていく仕事です。

フィル東は年間百二十回くらい、コンサートで演奏するオーケストラです。また、こうしたコンサート活動とは別に、数名のメンバーがアンサンブルを組んで事務局のある双葉区内の小・中学校や社会福祉施設などに出向いて室内楽の演奏を行っています。こうした年間数十回のミニ・コンサートを企画・実行したり、フィル東の活動をサポートして下さるボランティアの人たちとの折衝をしたり、さらには新しいサポーターやスポンサーとの関係を作っていくのが私の仕事です。

オーケストラへの転職は、自分にとってまったく考えてもいない出来事でした。もともとの音楽好きが転職の大きな理由であることは否定しませんが、昨年末に病気で入院した際、病院でフィル東のメンバーが演奏したミニ・コンサートを聴いて心を揺さぶられたこと、さらには年明けにフィル東のパーティに招かれた際、たまたま事務局メンバーに欠員が生じるのを聞いたこと。こうした偶然の積み重ねがなければ、絶対にあり得ないことでした。

私自身、音楽好きでは人後に落ちないと思ってはおりますが、音楽を専門的に学んだ経験はありません。オーケストラの仕事はもちろん初めてのことですし、はじめから勝算あってのことでもありません。

ただ、自分がオーケストラに入ることで、オーケストラの何かを、また社会の何かを変えることが出来るかも知れない。そう思っています。

フィル東に入って、楽団の人やコンサートを聴いて下さるお客様、さらには音楽をとおして社会のさまざまな人たちとのお付き合いが始まります。私がこの人々の輪に加わることで、小さくとも新しい音楽の泉を湧き出させることができたら！

フィル東のコンサートの際には、私は会場の入り口近くで来場者の方々への対応をしていることと思います。もしもフィル東のコンサートにお越しいただけることがございましたら、一声掛けて下されば嬉しいです。

それでは皆様も、時節柄お体を大切になさって下さい。

また、お会いする日がありますことを願いつつ。

二〇〇×年二月二十八日
佐藤晋一郎拝

晋一郎は、Ｅメールを送信する前に送信者リストを再確認した。

数十名の人たちがリストのなかに入っている。そのなかに葉山理恵のアドレスを認めた晋一郎は、しばし目を留めた。

晋一郎は小さく深呼吸して、送信ボタンをクリックした。

そう。まさに、賽は投げられたのだ。

プロフェッショナル

一

晋一郎がフィル東に勤めて間もない頃、事務局では、その年の秋から始まる新シーズン（九月から翌年七月まで）の年間コンサート・スケジュールの発表を間近に控え、パンフレットの制作やマスコミへのプレスリリースの準備で大童になっていた。

晋一郎は晋一郎で、コミュニティ・リレーションズの仕事を黒木から引き継ぐための仕事に没頭していたが、あるとき、広報担当の机に置かれていた新シーズンの公演パンフレットの原案を目にし、

「あっ！」

思わず声を上げた。

〝隠れたる巨匠〟の異名とともに知られるドイツの世界的指揮者ヘルムート・ローゼンベルクが十二月の演奏会でフィル東を指揮することが報じられていたからである。

「あの、〝隠れたる巨匠〟がフィル東を指揮するのですか？」

驚いた表情の晋一郎を見て、能登がにやりとして言った。

「その通り。相手が相手なだけに、万一のキャンセルの可能性も考えて、今までマスコミへの発表も含めて対外的に正式な情報を出すのを一切控えていたけれども、次期シーズンのスケジュールを

公表するのに合わせて、一斉に発表することになっているんだ」

「あの指揮者に、一体どうやって出演してもらうことができたんですか？」

「松田君の眼力と頑張りあってのことさ。彼女、ローゼンベルクがそれこそ無名の実力派指揮者だった何年も前から『何としてもフィル東に呼びたい！』って言い続けてね。最後にはドイツにまで行って、本人に直談判して首を縦に振らせたんだ。もっとも、うちが契約してから半年くらい後に、彼の名前が急に世界的に知られるようになってね。やれ〝隠れたる巨匠〟だとか〝最後の巨匠〟だとか騒がれる指揮者になってしまったんだ。そうなってからだったら、絶対に無理だったろうなあ」

二

フィル東のローゼンベルク招聘は、企画・制作グループ主任・松田碧の熱意と情熱の賜物と言って過言ではなく、まさに彼女の数年来にわたる粘り強い活動によって、ようやく実現の運びとなったのだ。

松田碧はもともと声楽を専攻。東京の音楽大学を卒業後、ドイツに数年間留学して声楽を学ぶかたわら、現地で数多くのコンサートやオペラ公演に接するうち、企画・制作の仕事に興味を覚え、遂には裏方としてのプロデューサーに転身してしまった、いわば変り種である。碧の大学時代の先輩でベルリン在住のピアニスト・美穂シュミット中川が能登と旧知の間柄だったことが縁で、ドイツでの声楽家修行をすっぱりとやめて帰国。フィル東の企画・制作の仕事に携わってから数年のキャリアを持つ事務局スタフである。

長い黒髪に、鼻筋のとおった端整で厳しい顔立ち。ときにドイツ語や英語を交えて理路整然とすすめる松田碧の仕事ぶりには一種近寄りがたい雰囲気すら感じるが、この一見冷たい顔立ちが仕事の際にたとえようもなく熱く情熱的な表情に一変するさまを、晋一郎は何度も目にしている。

そんな松田碧が招聘に血眼になった指揮者ヘルムート・ローゼンベルクは、もともと、音楽関係者や一部の熱心な音楽ファンの間では、実力派指揮者であることが知られていた。しかし、彼の主な活動の場は、ベルリンやミュンヘン、ドレスデンやライプツィヒといったドイツを代表する音楽都市ではなかったし、名門オーケストラを指揮していたわけでもなかったから、その活動が音楽ジャーナリズムで言及されること自体、ほとんど皆無だったのだ。

松田碧はベルリン留学中にローゼンベルクの評判を聞き、列車を乗り継いで北東ドイツの古都ハルゼンで行われた彼のコンサートを聴いて、まさに圧倒されてしまった。

松田碧が思うに、ローゼンベルクの音楽作りは厳しいオーケストラ・トレーニングにその土台がある。曲の最初から最後までが職人的な手堅さできっちりと仕上げられ、一瞬として間然《かんぜん》するところがない。一見、素焼きの陶器のような無骨な印象を聴き手に与えつつ、そこに強靭な意志と孤高の精神性を感じさせる音楽である。これでハルゼンのオーケストラに今一歩の技量の冴えを求めたい部分がなきにしもあらずだが、プレーヤーの一人一人がローゼンベルクの指揮棒に食い付かんばかりの献身的な演奏は、恐ろしいまでの緊張感をも生み出していた。

人気や知名度と実力が必ずしも比例しないのは、クラシック音楽アーティストの世界でも同じである。ローゼンベルクの演奏に圧倒された松田碧は、ドイツ留学中はできる限り彼のコンサートに足を運んで聴き続け、帰国してフィル東の企画・制作の仕事をするようになってからは、ローゼンベルクの招聘を強く提起したのである。

しかし、彼女の意見はフィル東の企画会議で、反対、というよりも懸念によって、しばらくの間、実現に向けた歩みを進めることができなかった。

ローゼンベルクが実力派指揮者であることは、楽団長の渡辺や事務局長の能登たちも噂には聞いていたが、事務局として懸念したのは音楽関係者の間で噂されていたローゼンベルクの気難しさである。「変人」という評判すら聞こえてきたことがある。

通常、オーケストラの定期演奏会などの場合には、二、三日の練習日程を組んで本番に臨むところを、最低五日間は要求するらしい。それは良いとしても、音楽に対する妥協のない厳しい練習を延々と続けるので、ローゼンベルクとオーケストラとの関係がぎくしゃくしたこともあるらしいし、ローゼンベルクが思ったように練習がうまく進まず、彼がコンサート直前に本番をキャンセルしてしまったことすらあったという話だ。

こうした経緯もあってか、最近ではドイツのハルゼンとザクセン州の小都市ギュンツェルブルクのオーケストラだけが彼の活動の場になっている。ローゼンベルクのこんな気難しさこそが、彼がその本来の実力にもかかわらず世界的な人気やステータスを得ることのできない最大の要因に違いない。言い方を変えれば世渡りの下手なアーティストなのだろう。

それに、そんな難物ゆえかローゼンベルクには市販されているＣＤの一枚すらない。だから、松田碧が事務局会議で話を進めるにしても他のメンバーに彼の凄さを伝えにくい事情もあったのだ。

松田碧はまず、ローゼンベルクの演奏録音を探して企画会議のメンバーに聴かせることを考えた。ベルリンの美穂シュミット中川に相談すると、どうやって集めたのか、半年ほどの間にドイツ各地のラジオ局から流された彼のコンサートのライヴ録音を何種類か送ってくれた。

松田碧は入手した録音をメンバーに聴かせた。一般に市販されているような音楽ＣＤではなかったから音質的には今ひとつの不満が残るレベルではあったが、初めてローゼンベルクの演奏を聴く者たちに彼の凄さを納得させるには充分すぎるほどの威力があった。

この録音をメンバーに聴かせた効果は絶大で、楽団として招聘することに対する同意は取り付けた。あとはローゼンベルクとの出演交渉である。

結果的にこちらもシュミット中川が動いてくれた。彼女は自らも出演経験のあるギュンツェルブルク市立フィルハーモニーに掛け合い、ローゼンベルクへの仲介を依頼した。その結果、ローゼンベルクが指揮するコンサートの会場に松田碧が出向き、出演交渉のための時間を取ってもらうことができたのだ。

もっとも、気難し屋のローゼンベルクのことである。会ってくれるとの回答をもらったこと自体が奇跡のような気もするし、はるか遠くの見知らぬ日本のオーケストラの指揮をしてくれる可能性など、千に三つもないかも知れない。

（運を天に任せて、当たって砕けるしかない。こちらの思いを伝えるのみ……）

松田碧はフランクフルト行きの機上の人となった。

三

松田碧にとって久々に訪れるザクセン州の古都ギュンツェルブルク、そして久々に聴くローゼンベルクのコンサートだった。

ギュンツェルブルク市立フィルハーモニーを指揮するローゼンベルクの演奏は、碧が今まで聴いたどの演奏よりも、さらに素晴らしさと凄みを増しているように思われた。

コンサートが終わると夜の十時をまわっていた。

オーケストラの事務局スタフにローゼンベルクの控え室を案内してもらった碧は、高まる心臓を押さえつつ、静かに扉をノックした。

“Bitte, kommen Sie herein.〔ビッテ、コメン・ズィー・ヘライン〕（どうぞ、お入り下さい）”

意外にも、深みのある優しい女性の声が応えた。

しかし、扉を開けた瞬間、松田碧は思わず後ずさりしたくなる思いに捕らわれた。

ローゼンベルクが立っていて、彼の視線が碧をまっすぐに捉えていた。

ヘルムート・ローゼンベルクの指揮姿を客席から見たことは今までに何回もあったが、こんな間近で対面したことも、彼の視線が自分に向けられたのも、今回が初めてだった。年は七十歳間近といったところだろうか。百八十センチを超えるがっしりした体躯。眼光は、さすがにコンサートを終えた疲れでその鋭さを少し減じているように見えるものの、堂々とした体躯と相俟ってまさに仁王像そのものといった感じなのだ。

松田碧は、ローゼンベルクの眼光に全身を射抜かれるような戦慄を覚えるとともに、

(やはり、思った通りの……、いや、思っていた以上の凄いアーティストだ!)

一人の芸術家としての本質を彼の立ち姿に直感し、身体中が震え出さんばかりの興奮を覚えた。

そして、自分の心のなかをローゼンベルクに見透かされまいと、静かに深呼吸をしてから流暢なドイツ語で一気に喋った。

「私は日本から参りました、フィルハーモニア東都というオーケストラの松田碧と申します。今日はマエストロにお願いがございまして、ギュンツェルブルク市立フィルハーモニーのオーケストラの方にお願いし、マエストロにお会いする時間をいただきました。フィルハーモニア東都は東京で活動するプロフェッショナル・オーケストラの一つですが、マエストロに私たちのオーケストラを是非、指揮していただきたいのです」

「遠くからようこそいらっしゃいました。どうぞ、席におかけ下さい」

ノックしたときに部屋の中から聞こえてきた、優しく美しい声だった。

松田碧が、はっ、として声の出処に目を向けると、ローゼンベルクの隣に一人の婦人が穏やかな笑みを浮かべて立っていた。

「ヘルムート・ローゼンベルクです。そして隣が私の妻、エリーゼです」

ローゼンベルクが初めて、重そうな口を開いた。

碧はローゼンベルクとその隣の婦人と握手を交わして、ソファに腰掛けた。

（「美女と野獣」というより、「仁王と弁天」みたいなカップル……）

碧はふと、思った。それにしても、自己紹介ですべき握手すら完全に失念してしまうとは、よほど動転していたに違いない。

少し心の落ち着きを取り戻した松田碧は淀みのない美しいドイツ語で、フィル東がなぜローゼンベルクに指揮を依頼するのかを語りかけた。自らがドイツに留学していたときにローゼンベルクの演奏に圧倒的な感銘を受け、何回もコンサートの地に足を運んだこと。帰国してフィル東に勤務してからは、企画会議でローゼンベルク招聘を強く主張し、彼の演奏録音をスタフにも聴かせて、団としての決定を取り付けたこと。

それから、フィル東の現在の活動を知ってもらうため、松田碧はいくつかの資料をローゼンベルクに手渡した。

一つは、フィル東創立以来二十年以上にわたる演奏記録で、開催されたコンサートの名称と演奏場所、出演者、演奏曲目を日英二ケ国語で記載した資料である。

もう一つは、現在の常任指揮者で「天才肌」の呼び声も高い中堅指揮者・宇田川瞬との演奏による『ベートーヴェン　交響曲全集』の五枚組ＣＤである。フィル東は二年前、楽団創立二十周年記念事業として宇田川の指揮によるベートーヴェン・交響曲全九曲連続演奏会を五回のシリーズとして行った。そのときの演奏があまりに評判が良かったので、ライヴ録音がムジキョーというレコード会社から発売され、それがなんと、文化庁芸術祭の優秀賞を受賞したのだ。この種のＣＤの常として残念ながら日本国内でしか販売されていないが、フィル東の現在の実力をローゼンベルクに知ってもらうためには格好の音源でもある。

松田碧はローゼンベルクをまっすぐに見て言った。

「本来であれば、フィルハーモニア東都のメンバーをここに連れてきて、マエストロに演奏を聴いていただきたいのですが、それは無理です。ですから、私たちに対するマエストロの判断材料となりうるものをと思って、演奏記録とＣＤをお持ちしました」

ローゼンベルクは、松田碧から差し出された演奏記録に黙って目を通し始めた。そして、ローゼンベルクの視線がしばしの間、演奏記録とＣＤに注がれているのを待ち、バッグから一つの包みを取り出して言った。

「これは、今日のお時間を取って下さったお礼として日本からお持ちしました。日本の、米で造ったお酒です。東京を出発する前にオーケストラの事務局の近くにある酒屋に入り、そこの主人にドイツ出張の話をしたら、土産にと強く勧められました。東京で造られたお酒でレベル的にもかなり素晴らしいものだそうです。マエストロがワインを嗜まれることをギュンツェルブルクのオーケストラの方からお聞きしていましたので、ひょっとして気に入っていただけるか、と思ってお持ちしました」

交渉に必要なことを一通り話し終えた松田碧が、面会の時間を作ってくれたことに対する礼を述べ、その場を立ち去ろうとすると、

「まあ、ちょっと待ちなさい」

左手をゆっくりと上げて、碧の動きを制するように、ローゼンベルクが声を掛けた。

「私があなたのオーケストラの指揮を引き受けるかどうか、私が今ここで即答することはできない。けれども、あなたは私の演奏を聴きに何度もコンサートに足を運んでくれたばかりか、今日、この出会いのためにに日本からここまでわざわざ私を訪ねて下さった。あなたを日本までお送りすることはできないが、今日はもう遅い。私には、これから誰と会う用事もないから、妻と一緒にあなたの泊まるホテルまで送ります。あなたのドイツ語は素晴らしいし、ドイツでの生活も慣れているのかも知れないが、今は女性の一人旅なのだから、気をつけた方が良い」

エリーゼもすかさず、

「そうなさった方がいいわ。私たち、これからカフェで軽食くらいと思っていましたけれど、もしよろしかったら、ホテルに行かれる前にご一緒しませんこと？」

松田碧は、ローゼンベルク夫妻が車でホテルまで送ってくれることには感謝したが、食事は固辞した。指揮を依頼したは良いが、まだ返事を貰ってもいない相手と会食することに対する遠慮があった。

ローゼンベルク夫妻はタクシーを呼んで、松田碧を宿泊先のホテルまで送ってくれた。そればかりか、ホテルでは彼らもタクシーから降り、フロントまで付いてきてくれた。ローゼンベルクはそこでもいかつい表情のままで、優しい笑みを浮かべる妻のエリーゼとは対照的だったが、彼の一つ一つの言動には一刻者のヒューマニティともいうべき優しさと温かみが感じられた。

ローゼンベルクは手袋をゆっくりと丁寧に外し、松田碧に手を差し出した。碧は謝意を述べ、ローゼンベルク、そしてエリーゼと握手して別れた。ホテルの自室に入ってからしばらくの間、二人の手の温もりが碧の心を捉えて離さなかった。

ローゼンベルクが、自分の、そしてフィル東の依頼を受け入れてくれるかどうか、今はまだ分からない。けれども、彼と会って来演の依頼をすることができ、彼は誠意をもって自分の話を聞いてくれた。

彼の演奏を初めて聴いて衝撃を受けてから今日まで、実に数年の歳月が流れている。

当然のことながら、ローゼンベルクには"Ja〔ヤー〕(英語のYesに相当するドイツ語)"と言って欲しい。けれども、結果が"Nein〔ナイン〕(英語のNoに相当するドイツ語)"だったとしても、ローゼンベルクに自分の思いの丈《たけ》を伝えることができただけで満足だとも思った。

松田碧は部屋の窓から、うっすらと明かりに照らし出されて風に揺れる林の木々を、夜が白むまでじっと眺めていた。

四

ローゼンベルクとの折衝の後、松田碧はベルリンに美穂シュミットを訪ねて、ローゼンベルクとの出演交渉の報告をした。そして、他のアーティストとの折衝のため一週間近くドイツに留まっていた。

ローゼンベルクからの返事は意外なほど早く、松田碧を驚かせた。

碧がローゼンベルクに渡した名刺には、フィル東の電話とファックス番号、そしてフィル東と碧個人のEメールアドレスが記されている。碧はローゼンベルクからの返事が事務局宛にファックスで来るものと予想していたが、実際には事務局と碧あてにEメールが送信されたのだ。ローゼンベルクが碧にEメールを出した日は、碧がベルリンからハンブルクに移動した日だった。この日、碧はハンブルク到着後、オペラを観に出かけていた。オペラが終了したのが遅い時間だったから、ホテルに着いてパソコンを空けることなく、そのまま寝てしまったのだ。

翌朝、松田碧がパソコンを回線に繋いでみると、ローゼンベルクからのメールに続けて、事務局長の能登からもメールが入っていた。

結果から先に言うと、ローゼンベルクからのメールは「フィルハーモニア東都の指揮依頼を受諾する」というものだった。

ローゼンベルクからのメールは長文だった。まずは松田碧が日本からはるばる自分を訪ねてくれたことへの謝辞が書かれていた。そして、碧がローゼンベルクに渡したフィル東の演奏記録に目をとおし、さらには宇田川瞬指揮による『ベートーヴェン　交響曲全集』のCDも聴いてくれたらしい。そして、新たな音楽の出会いを作ることを期待し、フィル東の指揮を引き受けたいと書かれていた。

それから最後に、松田碧が渡した日本酒のことが書かれていた。ローゼンベルクが日本酒を呑んだのは今回が初めてだったらしい。日本酒独特の絶妙なバランスをもった香りと味わいに深く魅了され、こうした酒を造る日本という国の人々、そして文化に大いなる関心と尊敬の念を抱きつつ、そこで音楽を作ってみたいとも記されていた。

あの無骨なローゼンベルクが、こんな長文の文章を作ってEメールを送信する姿はどう考えても想像しにくいから、実際には妻のエリーゼがメールしたのかも知れない。しかし、それはともあれ自分の熱意と努力は、遂にローゼンベルクに"Ja"を言わせるところまできた！

ローゼンベルクからのメールに心臓が高鳴った碧は、続けて能登からのメールを開けた。

松田さん

遂にローゼンベルク氏とお会いし、良い返事がいただけましたね！

きっと、あなたの熱意が彼の心を動かしたのだと思います。

おめでとう！

渡辺楽団長以下、事務局のメンバーも皆、喜んでいます。そして松田さんの行動力に改めて感服しています。

これからは演奏曲目の選定等、いろいろとやらなければならないことがありますが、松田さんが日本に帰ってから相談しましょう。

そして初共演、何としても成功させましょう！

能登

能登は松田碧ほどドイツ語が堪能なわけではないが、そこは、外国人アーティストと頻繁に意思の疎通をはかっていかなければならない現場の強みである。英語はもちろん、ドイツ語、フランス語、イタリア語でも最低限の意思疎通くらいはこなせるから、今回のローゼンベルクからのドイツ語のメールの大意を掴んだ上で、碧にメールしてきたものと見える。

（喜ぶのはまだ早い！）

能登からのメールを見て、松田碧は思った。

ローゼンベルクがフィル東の指揮を引き受けたからといって、それはまだ第一の関門を通過したに過ぎない。フィル東がローゼンベルクとの厳しい練習を積んでコンサートを成功させることができなければ、それまでの努力はすべて水泡に帰すこととなる。

ローゼンベルクからのメールに一旦は小躍りしたいくらいの衝動に駆られた松田碧は、そんな自分を戒めるように、口元を引き締めた。

五

松田碧にとって、そしてフィル東にとって思いもよらないニュースが飛び込んできたのは、松田碧がローゼンベルクと出演交渉し、契約を結んでから半年くらい後のことだった。

ギュンツェルブルク市が、市制二百五十年記念行事の一環として、ベルリンをはじめドイツ数都市でローゼンベルク指揮による市立フィルハーモニーの演奏旅行を敢行した。そして、彼らがプログラムに選んだベートーヴェンの交響曲第五番『運命』と第六番『田園』の演奏が、各地で絶賛の嵐を浴びたのである。

ローゼンベルクの名前は、地元ドイツにおいても実力派指揮者として音楽関係者や一部の熱心な音楽ファンには知られていたものの、彼らのほとんどは実演に接するのは初めてだったから、それはまさに鮮烈な音楽体験そのものだったらしい。

ドイツを代表する音楽評論家のゲオルク・ペーター・イェンゼンはベルリン公演の翌日、全国紙「ベルリン・アルゲマイネ」のなかで〝ギュンツェルブルクの奇跡〟と題する長文の評論文を掲載した。

記事の要旨はこうである。

「ベルリンやミュンヘンなど、ドイツを代表するいくつかの音楽都市では、ドイツが世界に誇るべきオーケストラやオペラ・ハウスを擁している。そこでは、毎日のように、世界中から選りすぐるようにして招聘したアーティスト——それは指揮者であり、共演する歌手やソリストである——とともに、世界最高を目指す演奏が行われている。しかし、ローゼンベルクが指揮したザクセンの小都市ギュンツェルブルクのオーケストラによるベートーヴェンの演奏を聴いたときほど、我々が強く心揺すぶられたことは、近年、なかった！

ヘルムート・ローゼンベルクこそは現代の〝隠れたる巨匠〟であり、オイゲン・ヨッフム、ルドルフ・ケンペ、ヨーゼフ・カイルベルト、そしてギュンター・ヴァントなど、ドイツの偉大な指揮者たちの系譜を継承するにふさわしい指揮者である。

ギュンツェルブルク市立フィルハーモニーは、技術的には第一級のオーケストラに比べて厳しく評価される部分があることも確かである。しかしそれは、彼らの演奏に関して言えば何らの瑕疵を見出すものではないし、彼らの演奏の意義を何ら損ねるものでもない。ドイツのローカルな都市の一楽団が、首都にして世界最高峰の音楽都市のひとつであるベルリンを訪れ、ローゼンベルクの統率のもとドイツ音楽の伝統的な様式感と孤高の精神性とが比類なきレベルで並立した名演を成し遂げたのだから！」

こうした最大級の賛辞はハンブルクなど他の都市でも繰り返され、指揮者ローゼンベルクの名前は〝隠れたる巨匠〟の異名とともに、ドイツ国内のみならず世界に大きく知られることとなった。

ローゼンベルクは時の寵児となった。そしてたちまち、ドイツ国内はもとより、世界に名を知られたヨーロッパ、さらにはアメリカのオーケストラからも、彼のもとに客演依頼が殺到した。もちろん、従来から音楽業界で噂されていた練習時間の長さや彼の気難しさは承知し、彼の芸術的要求をすべて呑むことを前提として客演を依頼したのである。

ところが、世界中の指揮者であれば誰もが渇望してやまないであろうこれらのオファーを、ローゼンベルクはにべもなく断わってしまった。

ローゼンベルクには、ギュンツェルブルクとハルゼンのオーケストラと、この数年の間、苦労をともにして演奏を築き上げてきた関係があった。指揮活動を開始してすでに四十年以上になるが、近年はこの二つのオーケストラとの研鑽を黙々と積み重ね、その成果をコンサートの形で聴衆に問うてきた。

ローゼンベルクにとって、まさに〝ローマは一日にしてならず〟なのだ。それがある日、自分の演奏がセンセーショナルな形で大々的に注目されたからといって、この騒ぎに追随するかのように各地で指揮活動を新たに始める気など、さらさらなかったのである。

それはさておき、音楽評論家やオーケストラなどの音楽関係者、さらには熱心な音楽ファンが、ローゼンベルクの演奏を聴きに遠路はるばる彼のコンサートに出かけるようになった。ヴァーグナーの楽劇上演で有名な〝バイロイト詣で〟ならぬ、ローゼンベルクを求めての〝ギュンツェルブルク詣で〟や〝ハルゼン詣で〟が始まった。日本からでさえ、熱心な音楽ファンがオーケストラのホームページにアクセスし、前売りチケットを予約して現地に出かけていくようになったのだ。もともと、これらの街ではローゼンベルクの人気は非常に高く、地元の人だけで毎回のコンサートチケットは売り切れに近い状況だったから、国内外のファンがチケットを求めるようになったことで激烈なチケット争奪戦すら起こる状況になってきた。

わずか一年ほど前に松田碧が出演交渉した無名の実力派指揮者ヘルムート・ローゼンベルクは、今や世界でもっとも注目される巨匠の一人となったのである。

六

松田碧は、ギュンツェルブルク市立フィルハーモニーの演奏ツアーから端を発する一連の出来事によって、ローゼンベルクに対する自分の眼力が間違っていなかったことを改めて認識した。

フィル東に限らず日本のオーケストラの多くは、経済的に厳しい状況で運営を続けている。もともとが数十名、ときには百名ものプレーヤーが二日も三日も練習して、千名程度の人の前で演奏を披露する活動だ。経済的にペイできる性質のものではない。

だから、限られた予算の中で最善の演奏をするために、招聘する指揮者やソリストにも彼らなりの目配りをするのである。松田碧が海外からアーティストを招聘する際に、その活躍が国際的に注目され始めた新進のアーティストを選ぶことが往々にしてある。さらには国際的な知名度や人気とは関係なく真に実力のあるアーティストを探し出すことも、その一例だ。はっきり言ってしまえば、ギャラに比して実力の勝るアーティストを選ぶのである。

ローゼンベルクもまた、松田碧がその線で検討し、出演契約を結んだアーティストである。しかし、思いもよらない形で、ローゼンベルクは世界の巨匠と称される指揮者になってしまった。しかも、欧米のワールド・クラスのオーケストラに登場することのない世界的巨匠が、ここ東京の、世界的にはまったく無名のフィル東を指揮するのだ！

フィル東はこのところ著しく成長している。特に、天才肌の中堅指揮者・宇田川瞬を常任指揮者に迎えてからの五年間で、独自の芸術的意義を東京の聴衆に発信することができるようになったし、コンサートを聴きに来てくれる音楽ファンの数も確実に増加している。すでにその実力は国際的水準に達したといって過言ではない。

それだけに、ここで一踏ん張り、何としてもローゼンベルクとの初共演を成功させなければならないのだ。

ローゼンベルクとの初共演コンサートの選曲をするため、企画会議が行われた。

初共演のコンサートは十二月のフィル東定期演奏会と、その翌日の特別演奏会の二回で、曲目は二日とも共通である。

企画会議には、松田碧はもちろん、楽団長の渡辺、事務局長の能登、さらにはプレーヤーの代表も出席した。

ローゼンベルクは今や「ドイツ、オーストリア音楽の最高の擁護者」というイメージが世界的に浸透しているから、会議ではドイツ、オーストリアの代表的な作曲家の作品のなかから初共演の曲目を選ぶのが妥当ということで意見が一致した。

会議に参加しているメンバーの頭をよぎったのは、フィル東では演奏経験の少ないブルックナーの作品であった。

オーストリアに生まれたアントン・ブルックナー（一八二四〜一八九六）は、一時間を越える長大な交響曲を生涯に何曲も遺した。すぐれたオルガニストとしても活躍したブルックナーが作曲した交響曲は、巨大で重厚なパイプ・オルガンの響きにも喩えられる。また、随所に神への敬虔な思いや大自然への賛美を髣髴させる楽想を演奏するには、指揮者の才気煥発《さいきかんぱつ》さだけでは歯がたたない部分があるとも言われる。

音楽監督の宇田川は、ブルックナーをいまだ演奏しない指揮者の一人である。

「ブルックナーは僕にはまだ早いと思う。あと十年くらいして五十を越えた頃、お客さんから『宇田川の音楽に少し、枯れた良さが出てきた』なんて言われるようになってきたら、挑戦してみたいけれどね」

フィル東のメンバーが宇田川と話をするとき、彼はよくこう言って笑うのだ。宇田川の笑顔がメンバー全員の頭に浮かんだ瞬間、メインの曲目をブルックナーの交響曲にすることで、全員の意見が一致した。

もう一曲は、ブルックナーと並んで一晩のプログラムに供されることの多いシューベルトが選ばれた。

こうして選ばれた初共演の曲目案は、次の二曲である。

フランツ・シューベルト　交響曲第八番ロ短調『未完成』
アントン・ブルックナー　交響曲第四番変ホ長調『ロマンティック』

ブルックナーの交響曲第四番は、『ロマンティック』という副題が付いている。大自然や森羅万象を髣髴させる楽想もさることながら、ホルンが随所に活躍して狩猟の音楽が華やかに奏されるなど、野趣豊かな曲でもある。

一方、夭折の天才フランツ・シューベルトの『未完成』については、音楽ファンならずとも、その名を知らない人はいないであろう。言うまでもなく、音楽史上に燦然と輝く傑作中の傑作である。『ロマンティック』が一時間を越える大作であるのに比べて、演奏時間は二十分余り。その名の通り、なぜか二楽章までしか作られなかった作品だが、あまりの完成度の高さゆえ、指揮者にとってもオーケストラにとっても、鬼門中の鬼門ともいえる曲である。

松田碧は、このプログラム案をローゼンベルクに提起した。ほどなくして、ローゼンベルクから応諾の連絡が来た。

こうして〝隠れたる巨匠〟との初共演の曲目が決定したのだった。

七

場面を、晋一郎の入団まもないフィル東の事務局に戻す。

晋一郎は、ローゼンベルクのフィル東客演を知って驚き、その折衝を数年かけて推進してきたという松田碧の仕事ぶりに改めて目を向けた。

このところ、フィル東のコンサートには、はずれがない。それは、常任指揮者・宇田川瞬のコンサートだけでなく、脇を固める客演指揮者、ソリストやプログラミングの充実にまで言えることである。ローゼンベルク招聘のみならず、この楽団全体としての充実ぶりは、きっと松田碧の企画力と行動力に負う部分が少なくないに違いない。

松田碧はフィル東に数年勤務していると聞いたから、自分より十歳とまではいかないまでも、数年は年上に違いない。いわば、充実した中堅スタフといったところなのだ。

晋一郎は、かつての恋人だった葉山理恵から、

「あなた、熱意や情熱だけでオーケストラに入って、この先、頑張っていけるの？　一体、自分のどんな特技をアピールしてオーケストラで仕事をしていきたいと思っているの？」

と言われたことを思い出した。

晋一郎は思った。

（あせるまい。自分なりの道があるはずだ。まずは一つ一つ、地道に仕事を覚えていくことだ）

かつて勤めていた会社の最後の日、晋一郎はそれまで世話になっていた人たちに一通のメールを書いた。晋一郎はそこに、

「フィル東に転職することで、新しい音楽の泉を湧き出させることができるなら！」

と記したのだ。

今、晋一郎にとっての新しい音楽の泉を湧き出させるための道を探し、穴を掘るための仕事が始まったのだ。

新しい街

フィル東に入団した晋一郎にとって、ヘルムート・ローゼンベルクの招聘だけが新鮮な驚きだったわけではない。自らの仕事のすべてが、新しいこと、驚きの連続だったといっても良いほどだった。

コミュニティ・リレーションズ、つまりオーケストラと社会との関係作りが晋一郎の仕事である。なかでも、フィル東は双葉区に事務所があることが縁で、双葉区と文化提携を結ぶ関係にあるから、双葉区でのさまざまな音楽活動は晋一郎の仕事のなかでも大きな比重を占めている。双葉区民会館を練習会場として使用させてもらう代わりに、区内の小中学校や社会福祉施設などに数名のプレーヤーが出向いて室内楽の演奏を年に三、四十回行い、さらに年に何度かは区役所でのロビー・コンサートなども行っていて、それらの事務方を取り仕切るのが晋一郎のメインの仕事になっている。

学校訪問演奏は朝から昼過ぎまでの時間帯、つまり小中学校の授業時間帯が中心である。この年は寒い冬で、雪がちらつくなか楽器を持った数名のプレーヤーと一緒に小中学校に出向くこともあった。

学校では、音楽教室に一学年全員、およそ四、五十名の生徒を集めて演奏することが多かったが、なかには、

「せっかくプロの演奏家が来てくれるのだから」

という学校側の希望で、体育館に全校生徒を集めての演奏というときもあった。三月上旬、雛祭りの時期の学校訪問演奏では、

「気候的には問題ないでしょう」

晋一郎と学校側との話し合いで、暖房設備のない体育館で弦楽四重奏の演奏を計画したものの、当日はよりにもよって霙《みぞれ》混じりの空模様。吐く息が白くなるほど冷え込んだ体育館のなか、四人のプレーヤーは、かじかむ手を摩りながら演奏しなければならないことになってしまった。

全校生徒に加えて教員や父兄を加えた数百名の人たちはコートを着込み、深々《しんしん》と寒さが身に沁みるなか、四名の演奏を静かに、そして熱心に聴き入るコンサートとなったのである。

それが思いもよらぬ感動のステージとなったのは怪我の功名とも言うべきだったが、

「いくら出前演奏だからといって、当日の気候のことなんかも想定して計画を立ててもらわなければ困るじゃないか！　我々はプロなんだから、寒くてうまく弾けませんでしたなんてこと言えないんだ。そのへんをよく考えてくれよ」

晋一郎たち一行が学校を辞去してからの帰り道、晋一郎がプレーヤーから厳しいクレームを付けられるという、失敗談のおまけ付けつき訪問演奏となってしまったこともあった。

こうしたことを繰り返しているうち、いつしか桜の季節になっていた。

二

この日は、双葉区役所でのロビー・コンサートだった。

双葉区役所は数年前に建て替えられたモダンな高層建築で、一階から十階までが吹き抜けのアトリウムになっている。アトリウムは二、三百人が優に収容できるスペースになっているので、晋一郎はこのスペースで華やかな金管五重奏の演奏を企画した。トランペット二本にホルン、トロンボーン、そしてチューバによるアンサンブルである。

春休みの時期で十二時からの開演だったこともあり、家族連れの人々などで、アトリウムは満員の盛況となった。また、双葉区全域を管轄するケーブルテレビ会社のふたばケーブルネットが、地域情報番組の収録のためにビデオカメラを入れていた。

コンサートはまず、イタリアの作曲家ジョヴァンニ・ガブリエリの作品で始まった。十七世紀初頭、日本でいえば江戸時代が始まって間もない頃、イタリア・ヴェネチアの教会での宗教行事用に作られた作品である。五本の金管楽器の豊麗な響きが広いロビーの空間一杯に広がり、高い天井から音がゆっくりと舞い降りてくる。吹き抜けの高い天井を持ったロビーの長い残響は、かつて楽曲が演奏された教会の異次元的な響きを髣髴させるものだった。

金管による輝かしい最後の和音がゆっくりと減衰しながら消えていくと、ロビーで聴いていた人たちは魔法から醒めて我に返ったかのような表情をして、手を叩いた。

拍手を受ける形で、マイクを握った晋一郎がフィル東としての挨拶に続けて、急ごしらえのステージに座っている五名のプレーヤーを紹介した。

「本日のフィルハーモニア東都・出演メンバーを紹介いたします。トランペットは吉田義雄と脇村和弘、ホルンの石松寛太、トロンボーンは紅一点の三橋忍、そしてチューバは亀澤将郎」

晋一郎の紹介を受け、五名が短いファンファーレのアンサンブルを一斉に演奏し、起立した。

突然の華麗な響きに、聴衆は、はっとして、嬉しそうな表情で拍手を送った。

場内の雰囲気を見て取った晋一郎が言った。

「これからは、我らがフィルハーモニア・オーケストラ東都の首席トランペット奏者、そして楽団の名物男にして話し好きの吉田義雄にバトンタッチします」

晋一郎に紹介された吉田義雄がのっそりと立ち上がり、頭を下げた。

吉田義雄は、新年のフィル東・ファン交流会で晋一郎が入団を希望することを言ったとき、

「オケの仕事は白鳥と同じで、外から見ているほど優雅なものじゃないから、考え直した方が良い」

などと言い、まわりの女性団員から顰蹙《ひんしゅく》を買った人物である。晋一郎が入団してみると、そんなことを言った彼がオーケストラ団員としての生活をもっとも満喫しているように見えるのには驚いたが、吉田義雄はこうしたコンサートでのトーク役も以前から頻繁にこなしていたのである。

「皆さん、こんにちは」

吉田義雄はそれだけ言うと、自分の椅子の脇に置いてある黒いズタ袋のようなバッグにゴソゴソ

と手を入れ、一メートルくらいのホースを引っ張り出した。

「大したものじゃありません。水道の蛇口に繋ぐホースです」

聴衆はあっけに取られて、義雄の動きに目を向けた。

義雄はホースの端に自らの口を当て、思い切り息を吹き込むと、

「ボーッ」

という小さくて鈍い音がした。

「今、皆さんがご覧になりお聴きいただいたこと。これが、我々金管楽器が音を出す原理です」

不思議そうな聴衆の視線が自らに向けられるのをちらりと見た義雄が、

「ちょっと、実際に楽器で試してみましょう。今日、ホルンを吹いているのは我がオーケストラのホルン・セクションの若きエース、石松寛太君です」

事前の打ち合わせなど何もしていなかったらしく、指名された石松寛太が、ぎくりとした驚きの表情で吉田義雄の顔を見た。吉田義雄はそんなことなど構うようすもなく、

「石松寛太なんて名前からは、えらく威勢の良い男を連想しますが、真面目でおとなしいアーティストです。昨年大学を卒業して四月の入団ですから、オーケストラ歴約一年。人前で話をするのは得意じゃないし、私と違って酒も弱いですが、ホルンの腕は確かです。……じゃ、石松君、立って」

聴衆の小さな笑い声のなか、石松寛太がおずおずと立ち上がった。中肉中背の吉田義雄に比べると、小柄で華奢な感じの青年である。

「今、私はホースの端に直接口を当てて、息を吹き込みました。実際には唇でホースの端に振動を

与え、その振動がホース全体に伝わることで、音が出たわけです。金管楽器の原理も、それと同じです。それでは石松君、まず、楽器からマウスピースを外して、マウスピースだけで音を出してみて下さい」

石松寛太は言われるままに、ホルンの吹き口のところに付いているパーツを取り外した。先が小さなカップのような形の、マウスピースと呼ばれる吹き口を右手に持って口に当てると、

「ビーッ！」

という音がした。

「この金属製のパーツを、同じく金属製の楽器の本体に付けて、何か狩りの音楽でも鳴らしてみて下さい」

石松寛太が吉田義雄の言うままにマウスピースを接続し、楽器を持ち替えて息を吹き込むと、軽やかで伸びのあるホルンの響きが会場一杯に広がった。

マウスピースだけのときの音との違いに驚いたらしく、場内がざわめいた。

「マウスピースだけで吹いて変な音しかしなかったのは、彼の腕が悪かったわけではないことが証明されました。ホルンはもともと狩りに使っていた角《つの》笛が原型の楽器で、もとは恐らく動物の角をくりぬいて吹いていたのでしょう。それが、こうした金属製の長い管をぐるぐると巻いて、管の端に繋げたマウスピースの振動を楽器本体の長い管に伝えることで、こんなに伸びやかな音が出るようになった、というわけです」

吉田義雄は、聴衆の視線が自分たちに釘付けとなったのを確認し、

「それではまた、私たちの演奏をお聴き下さい」

再び、五本の金管楽器の響きがロビーを満たした。吉田義雄のトークを交えた演奏に、聴衆は一層の拍手を送った。

一時間弱のコンサートが、あっという間に終わった。来場者は満足そうな表情でロビーを後にした。無料で音楽を楽しめたこともあるが、何といっても普段の生活を送っている時間と空間のなかで、新鮮で楽しい音楽に触れられた喜びが大きかったのだろう。

来場者がロビーを立ち去ったあと、

「お疲れ様でした」

晋一郎は出演者の一人一人にねぎらいの言葉をかけた。

そして、ふたばケーブルネットのカメラマンとキャスターの二人が撮影機材の撤収をしているところに行き、

「今日はどうもありがとうございました」

御礼を言いつつ、番組の放映予定などを聞いていたところに吉田義雄が声を掛けた。

「晋ちゃん、昼飯行こうか」

その声を聞いて、晋一郎が、

「昼時だし、よろしかったら、昼食ご一緒にいかがですか」

ふたばケーブルネットの二人にも声を掛け、彼らの後片付けを待って、全員で区役所を後にした。

この日は、午後からの用事が入っているメンバーもいて、結局、晋一郎と吉田義雄、石松寛太、

亀澤将郎、そしてふたばケーブルネットのキャスター・高瀬あゆみが昼食に同行することになった。

三

区役所を出ると、吉田義雄は双葉駅とは逆の方向に向かって歩き出した。

「吉田さん、今日はどこ、行くんですか」

尋ねる晋一郎に、

「そうだな。今日は天気も良くて中央公園じゃ桜も満開だろうし、この近くのパン屋で買ったものを公園で広げようかと思うんだけど……」

晋一郎は、ふたばケーブルネットの高瀬あゆみの気持ちを確認すべく、彼女の顔を見た。

高瀬あゆみは首を縦に振り、笑顔で応えた。

晋一郎は、この笑顔に見覚えがあった。

ふたばケーブルネットは双葉区全域をカバーするケーブルテレビ会社である。ケーブルテレビは世界のさまざまな映像を数十ものチャンネル数で提供するのが主な業務だが、一方ではコミュニティ向けのマスコミ媒体として独自の地域向けチャンネルを持ち、区内の文化・スポーツ活動やグルメなどの番組を制作・放映している。

コミュニティ番組は区内限定の放送だから、視聴者数も視聴率も地上波にははるかに及ばないが、区内の人々、たとえば商店街や文化・スポーツサークルの人たちにとってはきわめて大切な地域密着型のマスコミなのだ。

高瀬あゆみは、コミュニティ向け番組のいわばメイン・キャスターである。キャスターといえば聞こえは良いが、限られたスタフで番組を企画・制作しているなかの一人だから、番組の企画に加わることもあれば、取材現場にはカメラクルーを伴ってインタビューに訪れ、地域ニュースではアナウンサーもつとめている。

晋一郎は、高瀬あゆみが、

「この番組は、双葉生まれの双葉育ち、高瀬あゆみがお送りしていまーす！」

というフレーズで、愛くるしい笑顔を振りまきながら、ビデオクルーを伴って双葉駅前の商店街を取材している姿を何度か見かけたことがあった。そんな彼女は、双葉区の商店街などではちょっとしたアイドル的存在になっているらしい。

さて。

吉田義雄に連れられた形で区役所を後にした一行が足を向けたのは、双葉駅とは逆、つまり県境を流れる京川にほど近い双葉中央公園だった。

傍から見たら、奇妙な一行である。吉田義雄も石松寛太も、楽器をしまった大きなケースを片手に持っている。ホルンは大きなお椀をひっくり返したような形のケースに楽器を分解して収納している。トランペットのケースは一見すると銃が入っているような形状で、外から見た限りでは何が入っているのか分かる人は少ないだろう。

チューバに至っては、大きな子どももある楽器をケースに入れ、それを百キロは優に超えているに違いない巨漢の亀澤が特大リュックのように背負っている。

彼らの物々しいいでたちに、

（一体、何の一行だろう？）

不思議そうな目を向ける人もいた。

モダンな区役所の裏手は、一転して昔ながらの住宅地といった風情になっていて、一行は吉田義雄に連れられて、大通りから延びている一本の路地を入っていった。

ちょっと風変わりな路地である。路地の両側には分譲住宅のような造りの新しい一軒家が何軒か続いているかと思えば、かつて家があったと思しきところが更地になっている区画も何ケ所かある。シャッターの下りている古めかしい商店も二つ三つあって、そんな路地を大通りから十軒くらい入ったところに、一軒の小さなパン屋があった。

一行が店に入ると、小さな店内は一杯になった。

「おう、今日はまた大人数で」

吉田義雄の顔を見て、頑固親父を絵にしたような初老の店主が言った。

「少しは店の売り上げに貢献しようと思ってさ」

義雄が悪童のような笑顔で応え、皆に言った。

「ここ、昔ながらの味がいいんだよ。ところで亀さん、例のもの、持ってきてくれた？」

「おう」

吉田義雄は、野太い亀澤の声を聞くと、長いフランスパンを手にして、皆にも好きなパンを選ぶように勧めた。何人かが荷物を持って店内に入ると満杯になってしまうくらいの狭い店内だが、コロッケやカツの挟まった惣菜パン、そしてアンパンのような甘いものまで、結構な種類が並んでいた。古い店構えだが、清潔感漂う店内の雰囲気と、いかにも職人気質といった感じの店主のイメージが合致した店である。

吉田義雄が、それとなく言った。

「ここはメロンパンとかシベリアみたいな甘いのもいいけど、本命はやはりカレーパンとコロッケパンかな……」

「何だ、店の宣伝までしてくれるのか」

店主が苦笑した。

「あれ、今日はカレーパン、ないの？」

「そう言えばさっき、まとめて買っていった人がいたから、切らしちまった……。そうだな、あと三十分、いや二十分、待ってもらえるんだったら、揚げるけど？」

義雄は皆の顔を見て言った。

「ここのカレーパン、食べてみたい人？」

全員が手を上げたのを見て、

「じゃあ、二十分たったら、こいつに取りに来させるから」

いきなり義雄に指差された石松寛太が、ぎょっとした顔をした。

カレーパンは後のお楽しみということで、各人好みのパンを買って向かった双葉中央公園は、桜がまさに満開だった。吉田義雄は一本の大きな桜の下で自分のバッグに手を突っ込み、カラフルなビニールシートを取り出した。

「へえ！　用意がいいんですね」

晋一郎が驚いて言った。吉田義雄はさっとシートを広げると皆を手招きした。

「何か、遠足に連れてきていただいたみたいです」

笑顔の高瀬あゆみに、義雄も悪戯っぽい笑顔を返した。

「亀さん、例のもの、出して」

亀澤将郎から受け取ったインスタントコーヒーの瓶を開けると、義雄は先ほど買ったフランスパンをちぎり、瓶のなかに入っている琥珀色のどろどろしたものを塗って皆に渡した。

「おいしい！」

パンに付けた〝どろどろ〟の酸味が効いたのか、高瀬あゆみが目を見開いて、飛び上がるようにして言った。

「これ、一体何ですか？」

亀澤がにこりとして言った。

「梅ジャム。去年、うちで取れた梅を煮たんですよ。梅って、梅干や梅酒にするには青いものを使うけど、何年か前に取り損ねちゃったことがあってね。……黄色く熟しきって地面に落ちたのを勿体無いと思って砂糖入れて煮たら、凄く美味いジャムができたんだ。それから毎年、わざと熟した梅を残すようにして、梅ジャムを作るようにしているってわけ。この間、ヨッちゃんに少しおすそ分けしたら、えらく喜んで、『また、持ってきてくれ！』っていうから今日持ってきたんですけど、こういう形でみんなして食べられるとは思わなかったなあ」

高瀬あゆみは興味津々と、亀澤の話を聞いていた。

「それからね」

亀澤が皆の顔を見ながら、続けた。

「これ、パンに付けてもいいけど、アイスクリームに乗せても凄くいいんだよ。随分前のことだけど、ミュンヘンのオペラハウスに行ったとき、休憩中に苺ジャムがたっぷりかかったアイスを食べたことがあるんだ。そのアイスはミュンヘンの名物なのか、それともオペラハウスの名物なのか、とにかく大勢のお客さんが開演前や休憩中に並んで買って食べていたけれど、日本人的にはこの梅ジャムの方がアイスに合うような気がするんだよな」

「じゃ、決まった！　カレーパン取りに行ってもらうついでに、アイスも寛太に買ってきてもらおう」

吉田義雄がにやりとして石松寛太を見た。

石松寛太は黙って首を縦に小さく振った。自分がこのなかでは一番若い。口こそ悪いが、入団の際にあれこれ面倒をみてくれたのも吉田義雄だし、今も呑みに連れて行ってくれたり、いろいろと面倒をみてもらっている。その先輩に言われては、仕方がない。

「それにしてもあのパン屋さん、何であんな路地に入り込んだ場所にあるんでしょうね？　表通りに面した場所ならともかく、路地からずっと入ったあの場所じゃ、お客さんの入りにも影響するでしょうに」

石松寛太が、ぽつりと言った。

「お前、いいところに気づいたな。あの店のまわり、更地になっている場所があったり、新築の家があったり、シャッターの下りた店があったりしたろ……。今の姿を見ただけじゃ分からないけど、あの路地全体がな、昔は二十軒くらいの店が並ぶ、ちょっとした商店街だったんだってさ」

吉田義雄の意外な話に、皆の視線が集中した。

「さっき入ったパン屋のおじさんが言ってたよ。あの店の何軒か先、今は駐車場になっているところに、かつて銭湯があったんだと……。夕方になると近所の人が大勢、銭湯にやってきて、その帰りに夕食の惣菜や翌朝のパンを買ったり、中華料理屋でラーメン食べて帰ったりしたんだとさ。……それが、時代が変わって銭湯がなくなって人足が途絶え、商店街の人たちも年老いて店を閉め、今じゃあのパン屋だけが何とか孤軍奮闘しているってわけだ」

「ロケーションの厳しいところにパン屋さんがあるんじゃなくて、パン屋さんが時代に取り残されたんですね」

驚いた顔で言う晋一郎に、

「晋ちゃん、文学的っちゅうか、なかなかうまいこと言うね」

吉田義雄が返した。

「きっと、あのパン屋のおじさんにとっては、今から三十年前、ひょっとすると四十年くらい前の時代が一番、花だったんだろうなあ」

「まったく淋しい話だね。俺みたいに半世紀近く生きてきた人間にとっちゃ、まったく他人事じゃない」

一番年長の亀澤が悲しそうに言うのを聞いて、皆、黙ってしまった。満開の桜の花の下には似つかわしくない光景だった。

「俺の話がきっかけで、話が暗い方に行っちゃったなあ。こんな話、仲間内ならまだしも、ふたばケーブルの高瀬さんにまで聞かせちゃって、ごめんなさいね。でもまあ、この街にしたって、かつての繁栄とか『古き佳《よ》き双葉』といったものが失われてしまったのは確かだろうけど、それだけじゃない。新しく作られていく部分だって、きっとあるさ」

吉田義雄が苦笑いの交じったような顔で切り出すと、

「私もそう思います。たとえば、今日の区役所のロビー・コンサートだって、ここ二、三年前に始まったことですよね。フィルハーモニア東都のメンバーの方が区内の小中学校で室内楽の演奏をされるようになったのも、数年前のことだって、私、聞いています。こうした活動って、二十一世紀の新しくて素晴らしい双葉を作っていくための、大切な一ページに違いないですわ」

高瀬あゆみが澄んだ目を輝かせて言った。

亀澤が、巨体に見合う大きな顔に優しい笑顔を浮かべて言った。

「我々も、こういったところをもっと意識して、音楽活動するべきなんだろうなあ。区役所が新しく建て替えられたのが四、五年前だったかな、それを機に我々が年に二、三回、ロビーで演奏するようになったんだけど、今日なんか、子ども連れの家族や近くの勤め人らしき人、お年寄りも聴きに来て、本当にいい雰囲気だったよね」

吉田義雄も、にやっとして高瀬あゆみを見ながら言った。

「それは、俺たちの演奏だって悪くなかったからだと思うよ。特にこのホルンの寛太なんて、みんなの前でおどおどして吹いているように見えたかも知れないけど、こいつ、去年の全日本音楽芸術コンクールで一位を取ったホープなんですよ。今、日本中を見渡しても、これだけのホルンを吹ける奴なんて、滅多にいない。……ただ、俺から言わせると、精神的にまだまだ弱い。もう少しステージでの平静心を磨けば、さらに上を行くんだけどな。でもまあ、今日のところは褒めといてやるか」

「ヨッちゃん、そう謙遜するなよ。石松君の一位も凄いけど、何て言ったってヨッちゃんの『幻の一位』には敵わないさ。俺たちみんな、老いも若いも、ヨッちゃんのような達人のレベルに少しでも近づけるよう、日々精進しなきゃいかんよな、石松君！」

亀澤がニタッとして言うや、吉田義雄は急にバツの悪い顔になり、石松寛太は、

「プッ！」

小さな奇声を上げ、口に入っていたパンを吐き出しそうになったのを右手で押さえ、顔を下に向けて身体を小刻みに震わせた。何やら、笑いを必死にこらえているらしかった。

晋一郎と高瀬あゆみは一体何が起きたのかがさっぱり分からず、不思議そうなまなざしを亀澤と義雄、そして石松寛太の三人に向けた。

「『幻の一位』って何ですか?」

晋一郎が亀澤に聞こうと思った途端、

「おい、寛太。お前、何やってるんだ! カレーパンが揚がる時間だぞ。……梅ジャム付けて食べるアイスも買って来い。アイスは、一パック百円くらいの安いのじゃ、駄目だぞ。三百円くらいで味のついていない高級な奴……そうだ、バニラアイスなんかがいいだろう。皆さん、ちょっと高くつくけど、それでいいですか?」

吉田義雄が慌てたように喋り出し、

「まったく、気の利かない奴で済みませんね」

石松寛太を指差して、取り繕ったような笑顔で高瀬あゆみに言った。

「そんな! 石松さんばかりにお願いしたのでは申し訳ないです。私も石松さんにご一緒させていただいて、買って来ます」

「いえ。高瀬さんには今日、取材に来ていただいたんだし、そんなことまでしてもらうなんて悪いです。それに、高瀬さんとは今後の双葉についてもっと語り合いたいしね……」

義雄の引き止めで、結局、石松寛太が一人で買いに行くことになった。

(幻の一位?)

二人が意味を聞こうとしたのが、義雄が急に話の方向を変えてしまい、聞く機会を逃してしまった。

四

パン屋に向かう石松寛太の後ろ姿を見ながら、一行の会話がしばし止まった。

実のところ、亀澤将郎に言われて吉田義雄がのけぞった「幻の一位」こそ、吉田義雄というトランペット奏者を語るうえで欠かせないキーワードである。

吉田義雄は高校生の頃、すでにトランペット奏者として将来を大いに嘱望される存在だった。大学は東京の有力音楽大学の一つである日本音楽大学に特待生として進学し、大学での授業のかたわら、在京のオーケストラからエキストラ（オーケストラの正規団員ではない助っ人のこと）としてコンサートの出演を依頼されることも頻繁にあった。その頃、すでに音楽関係者から「日本一のトランペッター」と囁かれるほどに成長していた義雄は、三年生のとき、指導教官・石嶺猛の勧めにより、全日本音楽芸術コンクールに出場することになったのである。

吉田義雄は大方の予想通り、予選を断トツの一位で通過した。

オーケストラとの共演を行う本選の前夜、大学の仲間が義雄のアパートにやってきて、言った。

「義雄が出場する以上、お前以外の一位なんてこと、絶対にありえないんだ。もう、勝ちはもらったのも同然だから、今日は前祝いといこう」

こうして数名の悪友たちと近所の居酒屋で始めた前祝いは、始めのうちこそ、

「軽く一杯……」

などと言っていたものの、あっという間にメートルが上がり、まったく歯止めが利かない状態となってしまった。数名で一夜を呑み明かし、

（本選まで、ちょっと仮眠を……）

前祝いの酒に酔いしれた義雄が二次会の舞台となった悪友のアパートで横になり、二日酔いの重い頭を抱えて目を覚ましたとき。

何と、陽《ひ》は高く昇り、本選はすでに始まっていた！

今から駆けつけても、もう間に合わない……。

コンクール会場では、大本命の突然の欠場という非常事態に騒然となっていた。結局、本選出場者のなかから一位なしの二位を最高位として選出することで、表面的には何らの問題もなかったように終了したものの、吉田義雄の突然の本選欠場・棄権は、関係者にとってコンクールの最終的な順位よりはるかに大きな話題と興味の的となったのである。

若き吉田義雄、まさに一世一代の不覚であった。

義雄は行動をともにした悪友と相談を重ねたうえ、全員が揃って理髪店に行って頭を丸め、翌朝、大学の石嶺のもとに〝出頭〟した。

義雄から思いもよらぬ欠場の理由を聞いた石嶺は、

「この、大馬鹿野郎‼」

ただでさえ大きくて丸い頭を、それこそ茹蛸のように赤くし、義雄を怒鳴りつけた。

一旦は激怒した石嶺であったが、頭を丸めてまでして反省を示す若者の前途を慮り、学内的には厳重注意としばしの謹慎程度の線で収めるべく、関係者と協議を始めようとした。

しかし、まずいことに、事の真相がどこからか漏れた。それをきっかけに、学内では吉田義雄に対するバッシングが一気に沸き上がった。日本音大期待の星だった義雄は一夜にして、栄えある大学の伝統を穢した大不祥事の張本人に堕したのだ。

反省の意を表するために頭を刈ったのも逆効果だった。学内のどこに行っても、坊主頭の当事者がすぐにそれと分かる存在になってしまったからである。キャンパスを歩いていても、食堂に行っても、付近にいる全員の視線が瞬時にして義雄に集中する。眉を顰めて何やら言っている連中や、黙ってニヤニヤ見ている輩もいる。これではもはや、学内のどこにも行き場がない。

この事態に及ぶや、吉田義雄は、石嶺に黙って退学届を提出した。義雄は、この問題が単に自分だけの問題でなくなってしまったことも感じていた。自分の立場だけではない。自分がこれ以上大学に留まることで、恩師・石嶺の学内の立場までをも、さらに悪化させることが耐えられなかったのだ。

石嶺は石嶺で、吉田義雄が自分に黙って退学届を出したことに驚き、義雄を庇いきれなかったことを大いに悔やんだ。

確かに、義雄の行動が言語道断であることは火を見るより明らかだ。しかし、このことは誰よりも当事者の義雄自身が一番痛感していることでもあるのだ。

（この一件がもとで、若い義雄の音楽家としての将来を潰してはならない）

そう思った石嶺は、義雄のアパートを訪ねた。

「義雄。……学校辞めて、これからどうする気だ」

「トランペットはもうやめようと思っています。群馬の実家に帰って、別の方面の仕事を探して働きます」

「どこか、あてがあるのか?」

「伯父が、実家の近所で中華料理屋、というか餃子を作っているんです。ちっぽけな店構えですが、あの餃子は美味い。大振りな皮のなかにジューシーでコクのある餡がたっぷり詰まっていて、俺は日本一だと思っています。伯父に餃子屋を手伝わせてもらって、やがては店を継ぐか、どこかに店を構えられたらいいと思います」

「日本一って、そんなに有名な店なのか?」

「まさか。急行も止まらない小さな駅の前にある店だから、グルメ番組や雑誌で紹介されるなんてこと、ないですよ。でもね、実際に食べてみりゃ、どんなもんだか分かります。地元の人も知っています。だから、ビール呑みながら餃子を食べていく勤め人も多いし、家に持って帰る人も絶えないんですよ」

「伯父さんってことは、息子さんとか、ほかに店を継ぐ人はいないのか?」

「息子が二人います。でも何が面白いのか、一人は公務員になったし、下のは会社員になっちゃいました。伯父は一代で店をたたむ気でいます」

「そうか……。でもな、義雄。お前が今後の進路をそうやって考えるのはいいが、今までお前が積んできた音楽の修行を、こんな形でフイにしていいのか?」

「仕方がないです。俺もまさか、あんな大ドジを踏むとは考えてもみませんでしたけど。もちろん、一言で餃子作りと言ったって、あれだけの味を出して地元の人から信頼され、親しまれるための苦労はきっと、大変なものがあるんだろうと思います。楽しいばかりの仕事じゃないはずです。でも、音楽とは違ったやりがいや喜びもまた、きっとあると思うんですよ」

「……そうか。でもな、俺は、今までお前が音楽をやってきたということが、もはやお前一人が何をしても良いというものではなくなっているということも、考えなければならんと思うよ。たとえば、お前が仲間や後輩を誘って始めた金管アンサンブルの活動、今後どうする気だ?」

「それは……」

「金管アンサンブル一つ取っても、今や音楽の世界では、吉田義雄を必要とする人間がいるんだ」

「………」

「お前が全音コンの決勝を呑みすぎで欠場したことは、確かにとんでもない話だ。それは、お前自身が一番身に沁みて分かっていることだとも思う。……けどな、人間には一生のうち一度や二度、考えられないような失敗をすることって、きっとあるんだよ。俺は、そう思う」

吉田義雄は、石嶺の話を黙って聞いていた。

「全音コン出場は、お前が今後、プロとしてやっていくための、いい意味での登竜門になればいいと、俺は思っていた。……だからな、今回のことは、お前がプロとして活躍する前に大失敗することで、今後のための厄落としをしたんだと思って、忘れてしまえ」

「…………」

「本来なら卒業まであと一年余りあるが、俺は今回のことをもってお前が繰り上げ卒業したものと看做《みな》す。だから、お前はプロとしてひとり立ちしろ」

「俺はそれで良いとしても、こんな馬鹿なことをしでかした人間を使ってくれるところ、ありますかね？」

「お前の実力からすれば、欲しいと思うオーケストラだって一つや二つじゃないはずだが、相手が今回の一件をどう捉えるかが問題だ。オーディションを受けたとしても、今回の件ゆえに『ＮＯ！』と回答するところがあるかも知れん。しかしだ。お前が仮に入団できたとして……お前を影でゴソゴソ言う奴も出てくるだろうが、そんなものは放っておけ。『石の上にも三年』じゃないが、まずは一年、演奏の現場で必死になって音楽に集中して、さらに力を付けろ。そして、お前をとやかく言うような奴など、見返してやれ。『災い転じて何となす』だ。きっちりとお釣りを貰うくらい、今回の汚名を晴らすんだ」

「……分かりました。やってみます」

こうして、吉田義雄はプロとしての道を模索し始めた。

ちょうどこの頃、たまたまフィル東でトランペットに一名欠員が生じ、団員を募集していたので、吉田義雄は石嶺の口添えも得てオーディションを受けることになった。

もちろん、実力的には文句の付けようもないが、予想していた通り、フィル東として問題になったのは、全音コン本選欠場という〝前科〟だった。

オーケストラ・プレーヤーに要求されるもっとも基本的かつ最重要なことの一つは、時間厳守である。特に管楽器や打楽器のように一人でメロディを吹いたり、リズムを刻む奏者の場合、練習の際に一人のプレーヤーがいないことで、その部分が練習できなくなる。欠けた一人だけではない。一緒にアンサンブルを作る他のプレーヤーたちの練習までもが、できなくなるのだ。

コンサートの本番であれば、曲を演奏すること自体ができなくなる。極端な言い方をすればコンサートを開催できなくなってしまう。

従って、限られた練習時間を最大限有効に使い、定められた時間にコンサートを開始するためには、何よりもまず、プレーヤー全員が定められた時間に揃っていることが一大鉄則なのである。「演歌歌手は親の死に目にも会えずとも、笑顔でステージをつとめる」というが、オーケストラのプレーヤーの場合も、まさにこれに近い。時間にルーズであることは、プレーヤーにとって致命的な問題と認識されるし、こうした問題に対する風当たりが非常に強いのは、当然過ぎるほど当然なことなのだ。

最終的に吉田義雄のフィル東入団が決まったのは、石嶺が楽団長の渡辺亮に直談判した結果だったらしい。日本音大はそれまでにも何名かの卒業生をフィル東に入団させてきた関係があるし、石嶺自身もかつてフィル東の演奏にエキストラとして出演した経験もあるから、二人は旧知の間柄でもあった。

結果的には吉田義雄はフィル東入団を認められたのだが、その経緯をめぐって、いかにも義雄らしい噂話が関係者の間を流れた。

「フィル東の渡辺さん、吉田の力は充分に分かっちゃいるが、自分のオケでドタキャンされたら、目も当てられないからねえ。だから、石嶺さんに言って吉田の奴に念書を書かせたらしい。……それがさ、石嶺さんは『規則正しい生活を送り、練習とコンサートのすべてに対して常に最善のコンディションで臨みます』といった一文を吉田に書かせようとしたらしいんだが、奴も一時期のショックから立ち直ったのか、石嶺さんの言った『規則正しい生活を送り……』のくだりを書くのを嫌がって、『どんなコンディションに陥ろうとも、プロとして自分の責務をまっとうし、最善の演奏をすることを誓います』とか何とか、書いて出したらしい」

果たして、念書の有無やその内容についての真偽はともかく、フィル東に入団してからの吉田義雄の活躍ぶりは、彼の名誉挽回を果たして余りあるものだった。

激戦を繰り広げる在京約十団体のプロフェッショナル・オーケストラのなかで、フィル東最大の弱点は金管楽器だと言われ続けてきた。それが、義雄の入団した時期がフィル東の金管楽器のプレーヤーが世代交代に入る時期に重なっていたこともあり、義雄の入団から二、三年のうちに、義雄の金管アンサンブルに参加している腕の立つ仲間や後輩が数名、義雄を慕って入団し、義雄の脇を固めることとなった。これは、フィル東として嬉しい誤算だった。吉田義雄の親分肌的な人柄が、ギャラなどの待遇面で他のオーケストラに比べて優位に立っているわけでもないフィル東に金管楽器の若き才能を引き寄せたのだ。ホルンの石松寛太もそうした一人だったが、吉田義雄は彼らと一致団結してフィル東の金管楽器群の実力を日本のオーケストラのトップクラスに押し上げただけでなく、世界のどこに出しても通用する水準に成長させたのである。

トランペット奏者としての吉田義雄の類稀《たぐいまれ》なる技量もさることながら、フィル東金管楽器群の短期間での長足の進歩は、義雄の功績として音楽関係者の間では広く知られることとなった。今や吉田義雄は日本を代表するトランペット奏者としてだけでなく、フィル東の首席トランペット奏者として押しも押されもせぬ存在となったのだ。

かくして、吉田義雄はかつての汚名を完全に雪《そそ》いだ。

五

話が大きく脱線した。ここで、舞台を満開の桜が咲き誇る双葉中央公園に戻す。

急かされるようにして、石松寛太がカレーパンとバニラアイスを買いに出かけ、その後ろ姿をしばらく眺めていた吉田義雄は、高瀬あゆみに言った。

「今、新しい街って言いましたよね」

「ええ。ふたばケーブルは、区民文化祭や今日のロビー・コンサートもそうですけれども、区内のイヴェントやインフォメーションを定期的に取材し、紹介しています。でも、今日の皆さんのお話を伺っていて、何かもう少し『新旧の双葉』といった面を強く出しながらの企画ができたらいいな、とも思ったんです」

吉田義雄が、高瀬あゆみの話を聞いて、いつになく真面目な顔をして答えた。

「そうですよね。……新しい街っていうのは、何も新たに始まったものだけに焦点を定めるってことじゃ、ないですよね。昔から引き継がれて現在に残っているものがあって、それが新しいものと並存しながら新しい街の顔が作られていく、っていうのかな……。そうした双葉の両面を見渡せるような番組ができたら面白いんじゃないか、って思いますけどね」

話題が、「新しい街・双葉」を紹介するための企画へと移っていった。そして会話の中心は、もっぱら高瀬あゆみと吉田義雄の二人になっていた。

高瀬あゆみが、吉田義雄の顔を見ながら言った。

「私は双葉区で生まれ育ちましたが、この双葉という街は、(随分変わったな)って思う部分と、(昔から変わらない良さを持った街だな)って思う部分があるんです。たとえば、今日行って来た区役所は数年前に高層建築に建て替えられました。そして、まわりも含めてモダンな装いになって、以前とはすっかり変わってしまいました。でも、双葉は東京の端っこで、京川が県境を流れるロケーションです。いまだに畑が残っているし、区役所から京川に向かった一帯など、昔ながらの街がそのままになっていて、私の物心付いた頃の双葉の記憶が、こうした風景のなかに大切にしまわれているような気がするんです」

「この間ね、さっき入ったパン屋のおじさんが言っていましたよ。商店街が栄えていた頃には、今の倍の量のパンを作っていたんだって。……自分の子どもが小さかったときには、商店街があって店が賑わっていたから、たくさんのパンが売れて子どもを育てていくことができた。今は子どもが二人とも独立したから、パンの売れる量が半分になっても自分たちは何とか生活できるけど、お客さんの数もパンの量も半分になったってこと自体が、やはり淋しいってね……。自分の年齢を考えて、店をたたもうと思うときもあるんだそうですよ……。でもね、昔から三十年、四十年パンを買いに来てくれる常連さんが、人数は減っちゃったけど、今でもいるんだって。……それから、地方から上京して近所に住む学生が、あの店のパンを気に入って新たな常連さんになってくれることも、あるんだそうですよ。こうした人たちとの触れ合いを考えると、今を悲観してパンを作るのに手を抜くようなことがあっちゃいけないと思って、毎朝、気を入れ直して作業にかかるんだそうです」

「あのパン屋さんにも、ドラマがあるのですね。何となく寂しいけれども、素晴らしいドラマだわ」

高瀬あゆみが、しみじみと言った。

「この間、あの頑固親父に聞いて驚いたんですけどね、パン屋って朝が早いらしい。小麦粉を練ったり、パンに挟むコロッケやスパゲティとかの惣菜を作らなきゃならないでしょ。朝、三時半起きなんだって。週一日の休みはどうしているのか知らないけど、三時半の起床を半世紀以上ですよ。僕みたいな宵っ張りには、三日とできやしない」

「凄いわ！　こんなお話をお聞きした後だと、こうしていただいているパンが、今までよりずっと大切に感じるというか、何かたとえようもなく貴重な気持ちまでをいただいているような気がしますわ」

石松寛太が戻ってきて、カレーパンとバニラアイスを皆に配った。

カレーパンは揚げたての、口の中が火傷するような熱さだった。

「うっ！　……まい！」

口のなかに飛び出したカレーが熱かったのか、亀澤将郎が巨体を揺すり、目を大きく開いて素っ頓狂な声を上げた。身体に似合わぬ声が面白かったのか、それとも亀澤の表情が面白いのか、皆が笑った。笑われた亀澤もまた、笑っていた。

「日々の何気なく見ている人々の生活がこんなにも輝いていたなんて、何て素晴らしいことでしょう！　フィルハーモニア東都の皆さんの素晴らしい演奏を聴かせていただいた後に、こんな素敵なお話まで聞かせていただけるなんて、私、本当に良かったです。私、今日のお話、今後の番組作りに絶対生かしたいと思います。……『新しい街』。そう、双葉って、きっと新しい街と昔からの街が共存していて、私たちが考えているより、もっともっと素晴らしい街なんですわ！」

そう言った高瀬あゆみの笑顔に照らされ、公園の満開の桜がさらに眩さを増したように見えた。満開の桜のなかで、皆で食後に食べた梅ジャムアイスが大好評を博したこともまた、言うまでもない。

そしてこの日、吉田義雄の「幻の一位」の秘密が解き明かされることは、遂になかった。

六

このところ、吉田義雄が何となくよそよそしい。そんなことをフィル東のメンバーの多くが感じていた。

もともと風来坊のような吉田義雄なので、練習やコンサートの後に格段の用事などあろうはずがない。だから、いつもは後輩の石松寛太を誘って食事か呑みに行くのが通例になっていて、そこにさらに何人かのメンバーが加わって、義雄お勧めの安くて美味い店に入るのが日々のセレモニーのようになっていたのだ。

それが、最近では仕事が終わった後、

「じゃ、これで」

そう言うと、そそくさと一人で帰ってしまう。

誰かが食事や呑みに誘っても、

「いや、今日はちょっと用事があって……」

吉田義雄らしからぬつれないことを言って、どこかへ行ってしまうのだ。

吉田義雄の子分のようにいつも行動をともにしている石松寛太が、練習が終わった後に一人ポツンと残されているのを他の団員が見つけ、

「ヨッちゃん、最近、何かあったの？」

そう聞かれた石松寛太も、最近の吉田義雄の行動の理由がさっぱり分からなかった。

しかし、何人かの団員が街中で義雄を見かけ、それが団内のちょっとしたスクープになった。

「ヨッちゃん、昨日の練習の後、双葉駅の近くの商店街で、すげえ可愛い子と一緒に歩いていたぜ！」

「二人して肉屋の前に立っててさ、店のおばさんと何かいろいろ話していたぞ」

「それにしても、『美女と野獣』じゃあるまいし、何であいつがそんな美女と一緒なんだ？」

彼らのとりとめもないない噂話を耳にした晋一郎は、合点がいった。噂の彼女は、ふたばケーブルネットの高瀬あゆみに違いなかった。

「吉田さんと一緒にいた方は恐らく、ふたばケーブルネットというケーブルテレビのキャスターで、高瀬さんという方だと思いますよ。この間、区役所のロビー・コンサートに取材にいらして、コンサートの後で我々と昼食をご一緒したんです。そのとき、吉田さんと二人して双葉の街をテーマに盛り上がっていましたから、吉田さんは恐らくふたばケーブルの番組企画か何かで協力しているのだと思いますよ」

晋一郎の話を聞いた団員は、スクープが不発に終わった無念さとともに、半ば安堵したような口調で言った。

「何だ、やっぱり！　……どう考えても、あのヨッちゃんに美女が寄り付くなんて、考えにくいと思ったぜ」

「ヨッちゃんは『男はつらいよ』の寅さんと一緒で、カップル誕生に発展するなんてことには、ならないんだよな……仕方ないこととはいえ、可哀想に」

こんな無責任な発言とともに、吉田義雄の噂話も一旦は幕を閉じた。

……かのように見えたが、しかし。

それからさらに一ケ月ほど後、コンサート後の吉田義雄が、今度は場所を新宿に移して高瀬あゆみと歩いている姿が数名の団員によって目撃された。

彼らの話によれば、吉田義雄はいつもと同じヌーボーとした雰囲気で、別段変わったようすなど、何もなかったらしい。彼らが驚いたのは、高瀬あゆみがそんな義雄にぴったり寄り添って、いかにも嬉しそうな表情を浮かべていたというではないか！

「ちぇッ、何であのヨッちゃんにあんな美女が付いてるんだ？」

「これって、おかしいよ。俺だって彼女、欲しいんだ。不公平だ！」

団員間でそんな話が飛び交うなか、しばらくして今度は正真正銘のスクープが団内を流れた。

「祝・ご婚約！　首席トランペット奏者・吉田義雄さん。お相手は、ふたばケーブルネットの看板キャスター・高瀬あゆみ嬢――今年三月の双葉区役所でのロビー・コンサートが交際のきっかけ」

吉田義雄が結婚すること自体、風来坊のような性格からは到底想像しにくいことだった。しかし何はともあれ、フィル東の名物男であり愛すべきヨッちゃんが結婚するのは、この上なくめでたいことでもある。吉田義雄の結婚話で、フィル東全体が何か明るく華やいだような感じを覚えた団員も、少なくないに違いなかった。

婚約をきっかけに、フィル東の練習やコンサートの会場に高瀬あゆみが顔を出すようになり、帰りには吉田義雄を中心とした呑み会にも参加するようになっていた。

呑み会では、当然のことながら、吉田義雄と高瀬あゆみがいつも話題の中心となった。

「ヨッちゃん、どうやってこんな素敵な彼女のハート、射止めたの？」

「プロポーズの言葉って、どんなのだったの？」

女性団員の笑顔とともに浴びせられる質問に、

「俺はフィル東の仕事もあるし、仕事が終わったら酒呑みにも行かなきゃならなくて忙しいから、結婚なんてまだ早いと思っていたんだけどさ。何だか、あゆみちゃんが俺を気に入ってくれたもんだから……」

こう言って煙に巻く吉田義雄であったが、実際のところは……。

七

双葉区民会館でのフィル東の「ふたばシーズン・コンサート（秋季）」のときのこと。常任指揮者の宇田川瞬が指揮台に立ち、組曲『展覧会の絵』をメインとするコンサートで、満席の会場を大いに沸かせたのは、吉田義雄の妙技だった。

メインの曲目となった組曲『展覧会の絵』は、十九世紀ロシア国民学派の作曲家ムソルグスキーが、もともとピアノ・ソロ用に書いた作品で、亡くなった友人の画家の描いた十枚の絵を音楽で表現したものである。一枚一枚の絵の名前が付けられた音楽は、あるものは軽妙で、あるものはおどろおどろしいといった具合に、実にさまざまな趣に富んでいて、曲の冒頭と絵と絵の間には「プロムナード」と名づけられた短い音楽が何度も繰り返される。一説に、「プロムナード」は、ムソルグスキーが友人の遺作展の会場を歩きながら、一枚の絵画から次の絵画に目を移すさまを表現しているとも言われる。そんな曲想をオーケストラ用の作品にアレンジし、世界のオーケストラ曲のスタンダードとして仕上げたのが、二十世紀の近代フランス印象派の作曲家ラヴェルである。

〝オーケストレーションの魔術師〟の異名をとるラヴェルは、「プロムナード」をトランペットのソロ用に編曲するとともに、楽曲全体を大管弦楽による華麗で多彩な響きの展覧会として蘇らせ、作品に新たな生命を吹き込んだ。

指揮者の宇田川瞬にとっても、こうした豊麗な作品はまさに十八番といった感じで、まさに叙情と興奮が織り成す演奏が繰り広げられたのである。各絵画を表現する華麗な響き。そしてそれとは対照的に「プロムナード」での軽妙な吉田義雄のトランペットのソロが繰り返され、曲は大団円のクライマックスで幕を閉じた。

盛大な拍手が沸き上がるなか、宇田川瞬が指揮台から客席に振り返り、深々と一礼したのち、ステージの後方に向かって右手を力強く突き出した。

右手の先に座っていた吉田義雄が、何となく照れくさそうな表情で起立すると、

「ブラヴォー!」

会場のあちらこちらから、盛大な拍手に負けないほど大きな喝采が上がった。

吉田義雄は遠慮気味に一礼して座った。

高瀬あゆみは、そんな義雄の姿を会場の隅から穴が開くほど見つめていた。そして、満面の笑みを浮かべながら、会場の誰にも負けまいと精一杯の力で手を叩き続けた。

コンサートが終わった後、高瀬あゆみは文化会館から少し離れた双葉中央公園の入り口で吉田義雄を待っていた。

楽器を抱えた吉田義雄は、入り口のベンチに座っている高瀬あゆみの姿をみとめ、

「いやいや、今日は大変だった」

いたずらっ子のような笑みを浮かべて、言った。

二人は、京川に続いている公園の遊歩道を歩き始めた。

日曜日の午後三時から始まったコンサートであったが、つるべ落としの秋の陽はすでにまわりの風景を夜に変えていた。翌日が月曜日であるせいか、遊歩道には二人以外に人影はない。

その代わり、二人の足元から伸びた影法師が、彼らと歩みをともにした。

「義雄さんって、本当に面白い人ね」

「面白いって何が？」

「今日の義雄さんの演奏、凄かった。格好良かったわ！　礼服に身を包んで、千五百人もの人の前だっていうのに、あんなに颯爽と素晴らしいトランペットを聴かせちゃうんですもの。それなのに、演奏が終わったら貴方はいつもと同じ。全然気取らない、っていうか……」

「……て、いうか？」

「いつも、ぼうっとした感じで……。でも、そんな義雄さんって私……」

「えっ……！」

「……」

しばらく無言のまま、二人はゆっくりと歩き続けた。

義雄は珍しく大真面目な眼差しを高瀬あゆみに向けて、言った。

「春に区役所のロビー・コンサートの後、ここで昼を一緒に食べたときのことだけど……」

「……はい」

「亀さんっていうチューバのおっさんが、俺のこと『幻の一位』って言ったこと、覚えてる？」

不思議そうな表情でうなずく高瀬あゆみに、続けて言った。

「あゆみさんが俺とこうやって付き合ってくれるのは本当に嬉しいけど、これ以上、黙っているのは心苦しいから、話しとく」

吉田義雄は、「幻の一位」のことを話し始めた。学生にしてすでに周囲から嘱望されるトランペット奏者として全日本音楽芸術コンクールに出場したものの、うぬぼれが原因で本選を二日酔いで寝過ごし、欠場・棄権という大失態を演じたこと。周囲のバッシングに耐えかねて大学を中退したにもかかわらず、恩師・石嶺のはからいでフィル東が拾ってくれて、現在の自分があること。そして、今はフィル東を世界のどこに出しても恥じないプレーヤー軍団にしようと、石松寛太らと誓い合って日々の演奏に臨んでいること。

そして、最後に言った。

「こんな俺と、付き合ってくれていることに、感謝してる。……それで」

「……それで？」

「それで……こんな馬鹿な俺で良かったら、……これからも、ずっと一緒に……」

満月に照らされ、寄り添っていた二つの影法師が動きを止めた。

そして、一つになった。

八

吉田義雄と高瀬あゆみの結婚話がフィル東メンバーのスクープになっていた頃、ふたばケーブルネットで新しい番組がスタートした。「Our Town ふたば」という三十分番組で、「古くて新しい街・双葉の過去・現在・未来」という副題が付けられている。

番組がスタートして間もなく、路地のパン屋が登場した。店主の頑固親父は出演を渋り続けていたが、最後には高瀬あゆみの説得に折れたのだ。店主が朝三時半に起きてパン作りに励む姿が映し出され、今はなくなってしまった路地の商店街の賑わいを写した写真が何枚か、インタビューの間に画面に映し出された。

ケーブルテレビによる、区内限定のローカルな放送である。けれども、地元の人が自分の街をより深く知り、我が街に思いを馳せるという意味で、他にかけがえのない番組なのだ。かつての商店街を知る人たちやパン屋の近所に住む人たちから、感激と感謝の声がふたばケーブルネットに寄せられた。

番組を見たほとんどの人は気が付かなかったが、いつのまにか、パン屋の店内にフィル東の「ふたばシーズン・コンサート」のポスターが貼られていた。

「へえ！　親父さんにクラシック音楽の趣味があるとは思わなかったよ」

近所の常連客の一人に言われた親父は、

「そんなんじゃねえよ。うちによく来るお客の一人に、このポスターのオーケストラでラッパ吹いてるっていう、あんちゃんがいてよ。この間、事務局の若い人と一緒に来て、『貼らせてもらえませんか』って言うからさ……」

「ふーん、オーケストラねえ……。近くでこんなコンサートやっているんだったら、俺も一回、孫でも連れて行ってみるかな。教育ってやつにもなるだろうし……。ところで、ここはパン屋だってえのに、最近はコンサートのチケットも売るようになった、ってことか？」

「うちじゃ、売らねえよ。チケットのことは、ポスターに書いてあるよ」

晋一郎と団員の努力で、街のあちらこちらの店などでポスターやチラシが目につくようになり、フィル東のコンサートを聴きにくる街の人が少しずつ増えていった。

小中学校でフィル東のアンサンブルによる出張演奏を聴いた子どもたちも、親に連れられてコンサートにやって来た。

彼らの目当ては、指揮者やソリストではない。学校にラフな格好でやってきて、お話とともに楽しい音楽を聴かせてくれたプレーヤーが、黒ずくめの礼服に身を包み、ステージで華麗な音楽を奏でる姿が新鮮で、断然カッコいいと思うのだ。

トランペットの吉田義雄やホルンの石松寛太が百名近いオーケストラのなかでソロを奏でる姿も、子どもたちには、

「すごい！」

驚きだった。

コンサートが終わった後、興奮冷めやらぬ子どもたちが楽屋での着替えを終えたプレーヤーにサインを貰いにくることも、双葉でのコンサートの恒例行事になっていた。

「吉田のおじちゃん、すごかったよ。……あのさ、サインちょうだい」

「俺は、おじさんじゃないよ。こういうときにはな、おにいさんって言うんだよ」

口を尖らせてこう言いながらも、吉田義雄の目は笑っていた。

「あの、すみません……。サインいただけますか」

子どもたちがおずおずと石松寛太にサインをねだりに来たのには、寛太自身がえらく驚いてしまい、

「はあ、私のような者で良かったら……」

まるで自分より年上の人と話しているかのような態度で、石松寛太がコンサートのプログラムに自分の名前を一所懸命に書いていた。まわりの者が見たら吹き出しそうになるに違いない、みみずが踊っているような字だった。

少しずつ、しかし着実に、新しい双葉が作られている。

フィル東が奏でる音楽があり、音楽をとおした人と人との輪が作られている。

そして、吉田義雄や石松寛太はさしずめ、「新しい街・双葉」のニュー・ヒーローなのかも知れなかった。

彼らと子どもたちとの触れ合いを眺めつつ、晋一郎は今一度、自分がオーケストラの世界に飛び

込んだことの意味を噛みしめた。

邂逅

一

目に痛く染み込むほどの青い空が広がった晩秋のある日、〝隠れたる巨匠〟の異名で世界にその名を轟かせたドイツ人名指揮者ヘルムート・ローゼンベルクが日本にやって来た。妻エリーゼが穏やかな笑みを浮かべ、仁王のような顔をした夫に寄り添うようにして、二人で初めての日本の地を踏んだ。

フィル東からは、ローゼンベルク招聘の立役者となった松田碧が成田の空港に出向き、彼らを出迎えた。

この日は、松田碧にとって特別な日だった。

かつて声楽の道に進むためにドイツに留学し、ローゼンベルクの演奏を初めて聴いて魂が震撼するほどのショックを受けたのは、それこそ十年も前のことだった。日本に帰ってきてフィル東でのコンサート企画・制作の仕事に携わって以来、ローゼンベルク招聘を提唱しさまざまな折衝を重ね続け、やっとこの日を迎えたのだ。

長かったと言えば長かったし、今日という日を迎えたことが夢のような気がしないでもないが、本当の勝負はこれからだ。明日からの五日間の練習を経て、二日間のコンサートを何が何でも成功させなければならない。

松田碧が俯《うつむ》き加減の姿勢でこれからのことを考えていると、到着ゲートからローゼンベルクとエリーゼが姿を現した。碧は我に返って小さく手を振った。

ローゼンベルクは相変わらずいかつい表情のままで、それを受ける松田碧も真面目な固い表情を崩さなかった。エリーゼがそんな二人の間を取り持つかのように言った。

「こんにちは、ミドリさん。今度の件では、いろいろと細かいご配慮、ありがとう」

そして、碧に囁くように、

「主人はいつもこんな怖い顔をしているのよ。でも、何かに怒っているわけではないから、あまり気になさらないでね」

松田碧は二人をタクシー乗り場に導き、タクシーに乗って都内のホテルを目指した。ローゼンベルク夫妻が後方の座席に、そして碧が運転手の隣だった。

タクシーが空港を出てまもなく、道の両側に田んぼが広がった。すでに稲は刈り取られ、水の落とされた茶色い土壌がむき出しになった寒々とした光景である。

「あの畑のような土地は何かしら？」

不思議そうに尋ねるエリーゼに、

「あれは、田んぼ。十月頃まで米を栽培していたんです。日本では、耕作する土地の周囲にあぜという壁を作り、水を張って米を育てます。こうした畑を我々は田んぼと呼んでいます。農家は毎年、春に米の苗を田んぼに植え、秋に収穫します。今は収穫も終わり、来年の春まで田んぼも休みに入っているんです」

ドイツ人にはよほど田んぼが珍しいのか、ローゼンベルクとエリーゼは興味深げに収穫の終わった田んぼを車中から眺めていた。

「今の日本人はパンも食べますが、やはり米を食べる人が多いです。私が以前、ドイツにお持ちした日本の酒も米で造られます。もっとも、食べるお米とお酒を造る米とは種類が違うらしいですけど」

松田碧の話を聞いていたローゼンベルクが口を開いた。

「なるほど。米は食糧として日本人の生命を支え、酒となっては人の心に安らぎを与える。ところで、我々はミューズの神に加護を祈って音楽を奏で、バッカスに祈りつつワインを醸《かも》すが、日本人は何の神に護られて音楽を奏で、日本酒を醸すのか？」

松田碧は返答に窮し、後部座席のローゼンベルクに向き直ることができなかった。

「優れたワインや日本酒を醸す人は、酒造りをとおして人の舌と鼻、そして心に訴える。我々音楽家は響きを作ることで、人の耳と肌、そして心に訴えなければならない。酒を醸すことも音楽を奏でることも同じだと思う。私はフィルハーモニア東都とともに、日本の人の心に訴える音楽を作りたい。……いや、作らなければならないのだ」

ローゼンベルクの話を聞いた松田碧は、後部座席に身を乗り出さんばかりに向き直り、ローゼンベルクの顔を直視して首を縦に振った。

タクシーは三人を乗せ、都心のホテルを目指してひた走る。

会話の少ない、物静かな車中だった。しかし、松田碧にとって、そして恐らくローゼンベルク夫妻にとっても非常に濃密な時間が流れていた。

二

話は多少、前後するが……。

松田碧は、ローゼンベルク来日前の連絡のなかで一つの依頼を受けていた。碧がドイツにローゼンベルクを訪ねた際、土産に渡した日本酒をローゼンベルクが大層気に入り、その酒を造ったマイスターに敬意を表したいと言ってきたのである。

松田碧が渡独の際にローゼンベルクに渡したのは東都冠という名の酒で、双葉区にある吉村酒造という酒蔵で作られている。

フィル東では、事務局長の能登と晋一郎が吉村酒造を訪問して事の次第を報告するとともに、コンサートの招待状を届けることとした。

吉村酒造合資会社は創業約百五十年。双葉の地、京川のほとりで酒を造り始めたのが江戸時代末期。黒船来襲で国内が騒然としていた頃の創業だから、まさに老舗の名がふさわしい酒造メーカーである。東京では酒造りをしている蔵元は現在十社以上を数え、どの酒蔵も生産量こそは多くないが、それぞれに特色のある銘酒を造っていて、吉村酒造もそんな酒蔵の一つである。

吉村酒造は京川の堤防に沿ったバイパスの近くに、工場と直営店を構えていた。今から約四半世紀前に双葉区が出版した『写真集　東京双葉百選』などを見ると、歴史と伝統を感じさせる木造の醸造工場と高くそびえる煙突がいかにも酒蔵といった風情を醸し出しているが、建物は数年前に建て替えられたらしく、今はどこにでも見かける工場といった感じになっていた。

二人が工場の入り口をノックすると、社長の吉村真治が出てきて二人を事務所と一つながりになった社長室に招いた。

社長の吉村は、五十近くの物静かな雰囲気の男だった。音楽はまったくの門外漢で、それまでフィル東が双葉区に事務局を置いて音楽活動をしていることすら知らなかったらしい。それだけに、今回の件はまさに寝耳に水の話だったが、自社の酒がフィル東とドイツ人指揮者の関係作りに一役買った話に感激して言った。

「私どもが精魂込めて造った酒の一本一本が、どのような方に届くのかは分かりません。ですが、呑まれた方からお褒めの言葉をいただいたときなど、一本の酒をとおして私たちと呑まれた方とが縁《えにし》で結ばれた、という思いがして非常に嬉しくなります。私は音楽の方はまったく分かりませんが、今回は人と人とのご縁を作るのにうちの酒がお役に立ったとのお話。私どもとしましても、こんなに嬉しい話はございません。そのことをお教えいただくために、わざわざ弊社にお出でいただいて本当に恐縮です。御礼を申し上げたいのは、こちらの方ですのに……」

そして、ちょうど一人の社員がお茶を出しに来たところに、

「ちょっと、康さん、呼んできて」

と声を掛けた。

「今、酒造りの責任者を紹介しますので」

ほどなく、白い作業服に身を包んだ男が社長室をノックした。吉村がその男を自分の隣に呼び寄せて言った。

「取締役製造部長、昔風に言いますと杜氏《とうじ》の……」

男は帽子を取って、二人に丁寧に頭を下げた。

「田所康治郎と申します。このたびは私どもにとって大変有り難いお話を伺いましたばかりか、わざわざ足をお運びいただきまして、誠に有り難うございます」

年の頃七十をいくつか越えていようか。小柄で控えめな物腰とは対象的に、短く刈り揃えたなかに白いものが半分以上交じった髪型や、顔に刻まれた深い皺が、酒造りの現場に長年携わってきた者の持つ風格と厳しさを感じさせた。

「それでね、康さん」

吉村が田所に顔を向け、

「フィルハーモニア東都さんが、ドイツの先生が指揮されるコンサートにご招待下さると仰って、招待券を二枚お持ち下さったんですよ。私と一緒に是非、有り難くお伺いしましょう」

吉村から手渡されたコンサートのチラシと招待状を見て、田所康治郎は少し困惑した表情を浮かべ、言った。

「有り難いお話ですが……私はクラシック音楽ってえのは、まったく疎い者でして、しかも十二月の初めといえば、酒の仕込みの真っ最中で、そんな時期に工場から離れるってのは、どうも……」

「康さん、心配は分かるけど、現場のことは肇君に引き継いでいるんだから、こうした日くらいは彼に任せましょうよ。それに、康さんが精魂を傾けた酒に心惹かれたドイツの先生が、『こんな酒を造る文化を持った日本という国で音楽をしたい』とまで仰って日本にいらっしゃるんですよ。そのコンサートにご招待いただくなんて、こんな栄誉なこと、ないじゃないですか」

吉村が重ねて言うと、

「それではお招きにあずからせていただきます。本当にありがとうございます」

能登と晋一郎の顔を直視し、深々と頭を下げた。

能登も晋一郎も、田所の飾らない態度に接し、その人柄に好感を持った。

吉村が言った。

「私はいつも『康さん』なんて気軽に呼んでいますけれども、田所の親父さんがうちに来てくれたのは今から五十年以上も前で、私が生まれる何年も前のことです。私の祖父が蔵元だったときに始めて、先年亡くなった私の父、そして私と三代にわたって、うちの酒造りに励んでくれたのですが、それも今年限りにしようって話をしているんです」

「と、仰いますと……」

能登の問いかけに、田所が一言一言、噛みしめるような口調で言った。

「寄る年波には勝てません。今年七十五になったのを機に、一線から退くことにしました。うちのような小さな酒蔵はどこも後継者を育てたり、他所から見つけるのに苦労しとります。やれ、ITだの何だの言って、私のよく分からない言葉とともに自動化も進みましたが、やはり『ここ、一番！』ってところで人が細やかに手を加えなければ、『これぞ！』という酒は造れません。うちは運良く、といいますか、この近くで生まれ育った男が、うちの酒をよく買いに来てましてね。その男がある日、『自分も酒造りをしたい』って言ってきたんです……。『酒が好きだから造ってみたいなんて、そんな甘いもんじゃないぞ！』って、私はいつになく厳しく言ってやったんですが、私にどやされたことで本人の気持ちに火が付いたんでしょうか、結局、私の後継者として育ってくれました……。今村肇と申す男ですが、勤めて十年になります。その間、私が身に付けた技術も随分と教えましたし、新しい技術も取り入れながら今まで以上に優れた酒を目指すってことを一緒にやってきました」

能登と晋一郎は黙って、田所の話に耳を傾けた。

「老兵は消え去るのみです。でも、この世界では跡継ぎがいなければ老兵は消えることができないし、消え去ったら酒蔵を廃業しなけりゃなりません。私も一時は、自分が吉村酒蔵百五十年の歴史のなかで最後の杜氏になることを覚悟して嘆息しとりましたが、こうして若い者を育て、次の時代にバトンタッチできること、感謝しとります」

能登と晋一郎は、吉村と田所に案内されて工場を見せてもらい、銘酒「東都冠」を試飲した。田所と同じく、白い工場服に身を包んだ青年が、ケースに何本かの酒瓶を入れて持ってきてテーブルの上に置いた。その青年、今村肇はきびきびした態度でケースの一番右側に立ててあった四合瓶を取り出し、二つの猪口に注ぎ入れた。

「どうぞ」

今村に勧められて晋一郎と能登は猪口を口に持っていき、思わず顔を見合わせた。二人ともアルコールはあまり嗜む方でなく、付き合いで少しだけという程度だ。それにもかかわらず、試飲した酒はふだん宴会などで口にするものとはまったく違うレベルの酒であることが、すぐに分かる。

吉村も田所も、そして今村も静かな微笑を浮かべつつ、能登と晋一郎に驚きの表情が浮かんだのを見逃さなかった。

「お二人が今、お呑みになったのが、ドイツの先生にお持ちいただいた東都冠の純米大吟醸という酒です」

田所が言ったのを聞いて、

「なるほど！　これは、確かに凄い」

能登が納得して、唸るようにして言った。

「凄く香り高くて、芳醇で上品な味わいというか……」

晋一郎もまた、驚きの表情で続けた。

「こちらもどうぞ。通常の純米酒です」

今村に言われて、二人は続けて猪口を口にした。

それからも続けて何種類かの酒を注がれたものの、二人とも早くも三種類目くらいからそれぞれの味わいの違いなど、分からなくなってしまった。

こうして三十分程度、工場見学と試飲をさせてもらった能登と晋一郎は、吉村酒蔵の人たちに謝意を述べ、帰路についた。

秋の陽がどっぷりと落ち、あたりは暗くなっていた。二人は何となく京川の流れが見たくなり、堤防に上がって歩いた。

月が川面に映し出され、二人の歩みに合わせてゆっくりと歩を進めていた。

「どこにでも、いるんだね」

能登がぽつりと言った。

「オーケストラのファン交流パーティにやってきて、いきなり事務局入りを志願する人とか、酒蔵で酒を買って呑んでいるうちに自ら造り手を目指す人とか……」

「人間、誰でも、（やってみたい！）と思ったときに、それを止める人がいたりすると、逆に本気になっちゃうことってあるみたいですね」

晋一郎が返した。

「でも、あの我々が初めに試飲した、ローゼンベルクの心を動かしたという酒は凄かったね。僕は酒の味なんてそんなに分からないけど、今まで呑んだ日本酒のイメージを完全に覆された感じがしたよ」

晋一郎も頷いて言った。

「杜氏の田所さんという方が仰っていたように、酒造りという仕事は決して楽な仕事じゃないでしょうけど、あれほど素晴らしい酒が造れて、お客さんから『美味い！』って言ってもらえたときの造り手の気持ちって、最高でしょうね」

「そうだね。フィル東が凄くいい演奏して客席が沸き立つことってあるじゃない。そんなとき、ステージの指揮者やプレーヤーだけでなく、裏で支えている我々までもが幸福感で満たされる。あのときの気持ちと同じかな。もっとも田所さんや今村さんはさしずめ指揮者かプレーヤーの役割で、我々はスタフという違いはあるけどね」

「僕が入団する前にも後にも、宇田川さんが指揮したコンサートなどでそういうことがありました。ローゼンベルクともそんなコンサート、したいですね」

「今のフィル東ならいける。凄い演奏会になると、僕は確信してるよ」

晋一郎が話題を変えて言った。

「ところで、今日は僕たち、ふだん日本酒を呑まない人間が吉村酒蔵で試飲させていただきましたけど、トランペットの吉田さんをお連れしたら喜んだでしょうね」

「そうだね。ヨッちゃんとか、チューバの亀さんとか、オケっていうのは不思議と酒豪が多いんだ。彼らはふだん呑み屋に行くことはあっても、酒蔵見学なんて機会はまず、ないだろうからなあ」

「きっと凄い喜び方しますよ」

「そうかなあ……。彼らがあの凄い大吟醸なんか呑んだら最後、きっと本腰入れて呑みたくなっちゃうよ。いくら吉村酒蔵が試飲させてくれたって、それが呑み放題に変わるなんてことはないわけだから……。まあ、彼ら、試飲で昂《たかぶ》った気持ちを抑えられなくなって、かえって気の毒な思いをさせることになると思うな」

「それも、そうですね……」

晋一郎がこう言ってから少し考え、また言った。

「でも、それって意地悪な推測じゃないですか？　せめて工場見学の後で、吉村さんが経営している〝酔ひ楽《すいらく》〟って言ったかな、その居酒屋に駆け込んで溜飲を下げるくらいの結末にしてあげないと、あの人たち可哀相じゃないかと思いますよ」

「確かに、それは言えてるね」

　二人は顔を見合わせ、どちらからともなく笑った。

　笑い声があまりに大きかったので、反対方向から犬の散歩で歩いてきた初老の婦人が驚いて、凍りついたような表情で立ちすくんだ。

「済みません。驚かせてしまって」

　晋一郎は慌てて老夫人に詫びた。

　晋一郎の対応に婦人が落ち着きを取り戻し、すれ違ってからしばらくして、二人してまた思い出したように笑い出した。その横を、今度は一台の自転車が息急き切るようなスピードで追いつき、通り過ぎていった。自転車の影が自転車を追いかけるかのように凄いスピードで前に進んでいく。時間を惜しむかのような自転車と比べて、二人の歩むさまが何とものんびりと、そしておおらかに見える晩秋の光景だった。

三

ヘルムート・ローゼンベルク初来日の日程は、ちょうど十日間で組まれていた。日本に着いた翌日から五日間連続の練習、二日連続のコンサート、そして一日の休養を経て離日というスケジュールである。

演奏曲目は二曲。

フランツ・ペーター・シューベルト（Franz Peter Schubert 1797-1828）
　交響曲第八番ロ短調D.759『未完成』
ヨーゼフ・アントン・ブルックナー（Josef Anton Bruckner 1824-1896）
　交響曲第四番変ホ長調『ロマンティック』

練習の初日。
松田碧がローゼンベルク夫妻の滞在しているホテルに出向き、タクシーで練習会場の双葉区民会館に連れて行った。
練習は、ブルックナーの『ロマンティック』から始まった。

松田碧は誰もいない客席の片隅にエリーゼと並んで座り、ステージを凝視していた。チューニング（各楽器奏者が音程を正しく合わせる作業。練習やコンサートの本番前に行う）を終えたところで、ステージ・マネージャーの横田正がローゼンベルクをステージに先導し、オーケストラのメンバーに紹介した。

「マエストロ・ローゼンベルクです」

フィル東のプレーヤーのある者は楽器を軽く叩き、ある者は足で床を踏み鳴らした。共演する指揮者やソリストなどとの最初の出会いの際に行う、オーケストラ特有の歓迎の儀式である。ローゼンベルクは指揮台に上がると、

"Ich heiße Helmut Rosenberg.〔イッヒ・ハイセ・ヘルムートゥ・ローゼンベルク〕（ヘルムート・ローゼンベルクです）"

にこりともせずにただ一言。それに続けて、

「ブルックナーの第四交響曲、第一楽章冒頭から」

と言って、指揮棒を右手に取って構えた。オーケストラのメンバーも即座に演奏の構えを取り、指揮棒に神経を集中させた。指揮者とオーケストラの間に緊張の火花が散る瞬間である。

ローゼンベルクの指揮棒の動きに合わせて、弦楽器がさざ波のような微細な響きを立て始めた。

"Nein（違う）"

振り始めてわずか一秒か二秒。ローゼンベルクは棒の動きを止めて、言った。

「一つ一つの音の立て方を、もっとはっきりと」

もう一度、最初からやり直しである。

"Nein"

また、棒が止まった。

「もっと、微細な音で」

もう一度。今度はうまくいった。

三小節目から、その弦楽器をバックに、ホルンのソロが出た。

ソロを吹くのは、若き首席奏者の石松寛太である。類稀といわれるほどの技量を持つ若きホルン奏者とはいえ、このソロのメロディは世界中のホルン奏者にとって鬼門中の鬼門である。世界のどんな名手であろうと、弦楽器の聴き取れないほどの弱音のなかでソロを吹いて緊張しないホルン奏者など、いるわけがない。ましてや、ふだんから舞台度胸の弱さを指摘されて久しい石松寛太である。

ステージ上の吉田義雄も、客席の松田碧も、祈るような気持ちで、蒼ざめた表情でホルンを両手に抱えている石松寛太を見つめていた。

寛太のソロが、長くなだらかなメロディ・ラインをうまく繋ぎ切った。

上手い！　良かった！

だが、それも束の間。

メロディがホルンのソロから木管楽器とのアンサンブルに移行し、弦楽器も強さを増して、遂にその響きが最初のクライマックスに達したところで、

“Nein”
ローゼンベルクが指揮棒を止め、楽譜に書かれた小節番号を告げた。指示された箇所から、やり直しである。
　ローゼンベルクの指揮は一見、無造作で大雑把のように見える。しかし外見とは裏腹に、音楽の作りは物凄く微細である。一つ一つのレンガを正確に積んで巨大な建造物を構築していくような、恐ろしく地道な作業の連続である。こうして、一回の“Nein”で済めばまだしも、同じ箇所で何度もダメ出しされることもあった。それは、楽器間のアンサンブルの問題であったり、ピッチ（音の高さ）だったり、響きの色合いやリズム感だったり、実にさまざまな要求、それも音楽を熟知して初めて成し得《う》る高度の要求がローゼンベルクから容赦なく飛んできた。
　この高度な音楽的要求に対して、フィル東のメンバーも全力で応えていた。ローゼンベルクの棒、というか全身の動きや、口頭での指示を、それこそ全身全霊で吸い取ろうとするかのような気迫が感じられる、密度の濃い練習が続けられた。
　始終、
“Nein”
と言われつつ、着実にローゼンベルクの音楽を吸い上げ、練習を一歩一歩と先に進めていくフィル東のメンバーの姿を、それこそ穴が開きそうなほど見つめていた松田碧は、
（宇田川さんが妥協のない苛烈な音楽作りを挑み続け、それをフィル東が自分の力にしたからこそ、ローゼンベルクともここまでやれるようになった……。これなら、何とかいけそうだ）

と思い、安堵した。

初日の練習が朝十時に始まり、昼の一時間休憩を挟んで夕方の四時半きっかりに終わったとき、プレーヤーは皆、長時間の極度の緊張から解放された脱力感ゆえか、しばらく椅子から立ち上がろうとしなかった。しかし、この疲れは単なる疲労感などではなかった。ローゼンベルクの音楽性に心服し、この指揮者のもとで演奏できることの芸術的充実感と、そのなかで自分自身の持てる芸術性を百パーセント以上出し切ったことによる疲れだった。

指揮者とオーケストラのプレーヤーの関係は、実に微妙である。

指揮者がプロフェッショナルであるのと同じく、オーケストラのプレーヤーもまた、誇り高きプロフェッショナル軍団である。だから、時としてお互いのプロとしてのプライドが激突することも珍しくない。不運にもオーケストラの眼鏡にかなわない指揮者が迎えられたときや、指揮者とオーケストラとの相性が合わなかった場合、それは指揮者にとっても、そしてオーケストラにとっても、大変不幸な結末を意味すると言わざるを得ない。

逆に、指揮者の音楽性にオーケストラのメンバーが深く共感したとき、お互いの持つ芸術性がぶつかり合い、化学反応を起こしたように燃焼して、魂の高揚した類稀なる演奏が生まれるのだ。

ローゼンベルクの場合が後者であることは、いうまでもない。

二日目になると、フィル東のプレーヤーは、ローゼンベルクの指揮に対してより的確に、そして瞬時に付いていけるようになっていた。全員が、各々のそれこそ百二十パーセントの音楽的な力を振り絞るようにして演奏し、練習会場はまさに本番さながらの熱気を帯びた。

連日、朝から夕方まで、昼の休憩を除いて一分一秒の弛みすらない練習は、フィル東のメンバーにとって肉体的にも精神的にもかなり厳しいものだった。しかし、それとは逆に、日を追うに連れ、ローゼンベルクへの共感と、彼と音楽を作っていくことの喜びが強まっていく日々が過ぎていった。

そして、ローゼンベルクの指揮棒から放たれる音楽は、本番に向けて、神々しいまでの輝きをより一層増していった。

四

コンサートの初日。

事務局長の能登をはじめ、事務局スタフが午後一時過ぎに会場のハーモニーホール Tokyo に出向くと、当日券売り場にはすでに三十人くらいの人が寒空の中を並んでいた。彼らは全席売り切れを承知している。何らかの形でキャンセルが出た場合にチケットを入手できるかも知れない、そのわずかな可能性に賭けて並んでいるのだ。

ホールに入ってステージに顔を出すと、誰もいないステージにはすでにプレーヤーの人数分の椅子が各々の座る位置ぴたりに置かれていて、ムジキョーのスタフがステージ上に多数の録音マイクを設置している真っ最中だった。

「毎度!」

能登の姿をみとめた社長の竹田が声を掛けた。

「竹田さん、今回もよろしくね。うちの松田が直談判して日本に連れてきた〝隠れたる巨匠〟の日本初演奏だからね」

能登がステージの片隅で作業を続ける竹田に答えると、竹田が近寄ってきて、言った。

「任せといて下さい。でも、今回の演奏……。うまくいったら、記録用に保管しておくだけなんて、勿体無いですね。マエストロの許諾を得て、できれば世に出したいところですね」

能登はにこりと笑って頭を下げ、ロビーへと向かった。

ムジキョー（MusiKyo）という一風変わった会社の名前は、ドイツ語のMusik（音楽）と、東京のKyo（京）を掛け合わせた造語で、社員は社長兼プロデューサー兼エンジニアの竹田明以下数名、東京に事務所を構えるマイナーなレーベルの制作会社である。

日本では、邦人の演奏をライヴ録音し、そのなかの優れたものをCD化して販売するレコード会社がいくつかあって、ムジキョーもその一社である。音楽に対する真摯な情熱を持ったプロデューサーがいて、小さいながらも心あるレコード会社がある。だから、採算的には厳しいクラシック音楽のCDが商品となって、フィル東をはじめさまざまなアーティストたちの芸術を世に問うことができるのだ。

三時にGP（ゲネ・プロ。「ゲー・ペー」とも読む。ドイツ語のGeneral Probeの略称で、本番前の総練習の意味）が始まり、初共演のコンサートのための総仕上げが始まった。

すっかり夜の帳《とばり》が降り、開場時間が迫った頃、チケットを握り締めた多くの人たちがホールの入り口近くに集まってきた。

六時半。

「お待たせしました。ただ今より開場いたします」

ホールのレセプショニストの声とともに、正面の扉が開け放たれ、チケットを持った多くの人たちが先を争うようにして入口に押し寄せたので、来場者対応を行うホールのスタフは、顔こそ笑顔で、

「いらっしゃいませ」

をひっきりなしに繰り返し言い続けていたものの、しばらくの間、これ以上はできないほどのスピードでチケットの半券を捥《もぎ》り続けた。

そして七時。あっという間に開演時間である。

「時間です。よろしくお願いしまーす！」

ステージ裏で待機していたプレーヤーたちは、ステージマネージャーの横田正の掛け声とともに、ステージに出て行った。

左右の舞台袖からステージに出た彼らは、客席を見て圧倒された。一階の一列目から二階の最後列まで、そしてステージの左右に張り出したブロックやP席と呼ばれるステージ後方の席までが皆、聴衆で埋め尽くされている。満席のコンサートはもちろん、今回が初めての経験ではないが、今回は、客席から何とも形容しがたい、物凄く張り詰めた〝気〟が押し寄せてくるではないか！

プレーヤーの最後にコンサートマスターの米山治夫がヴァイオリンを持ってステージに入ってく

ると、拍手が沸き上がった。米山は指揮台の横にある自分の席の前で立ち止まって小さくお辞儀した後、右手に持ったヴァイオリンの弓を小さく前に差し出した。

「プー」

オーボエが「A（ラ）」の音を出すと、他の楽器も一斉に音を出し始めた。オーケストラの各楽器のピッチを合わせるためのチューニングである。

すべての楽器がピッチを合わせ終わってステージが静かになると、客席の明かりがゆっくりと落とされた。それと反対に、ステージの照明が一層明るさを増し、ステージ全体が客席から浮き上がるかのように見えた。

完全な静寂が支配すると同時に、たとえようもない緊張感がホール全体に広がった。この場に居合わせた二千の聴衆と演奏者だけの、特別な空間での特別な時間が今、始まるのだ。

「コツ、コツ、コツ……」

二千人の視線が集中したステージ下手（客席から向かって左側）の扉から、靴音とともに一人の大柄な人物が姿を現した。日本の音楽ファンが初めてその姿を目にする、ドイツ人指揮者ヘルムート・ローゼンベルクである。

演奏への期待で割れるように激しい拍手であるが、耳に入らないかのように、ローゼンベルクは無表情で指揮台へと歩を進め、正面に向かって小さく一礼したかと思うと、指揮台に上がった。

そして、チェロとコントラバスに向かって静かに指揮棒を振り始めた。シューベルトの不滅の傑作『未完成交響曲』の演奏が今、始まった。

チェロとコントラバスによる地を這う暗い呻き声のような響き。それはすぐに不安を予感するかのようなヴァイオリンの細かく刻まれた音型に引き継がれ、やがて木管楽器によるメロディが交錯しながら、第一回目のクライマックスとなる。

時間にして一分ほど。楽譜に書かれた僅か四十小節ほどの音符に、たとえようもなく深遠な悲しみが刻み込まれた音楽である。その後、曲は舞曲を思わせるテーマがところどころに顔をだしては、いっときの安らぎを見出すものの、それは一時的なものでしかなく、深い悲しみと絶望感のなかに沈み込むようにして第一楽章が終わった。

第二楽章が始まるまでの短いインターバルの間も、客席は水を打ったように静まり返っている。

(夭折の天才・シューベルトの傑作が、まさに今、生み出された)

そう思わせるほど真に迫った演奏に、聴衆が皆、神経を針のように鋭くして耳をステージに向けていた。

第二楽章。

穏やかで温かみのあるメロディが全体を覆っているかのようでありながら、楽曲の底流を流れる悲しみや不安から開放されることのない音楽。

わずか二十分ほどの作品が、たおやかな流れのなかで減衰し、最後の響きがたとえようもなく美しく、そして静かに消えていった。

と……。

「パラ、パラ、パラ……」

数名の聴衆が拍手をし始めたものの、まわりが誰一人として続けず、拍手が止まってしまった。

ホール全体が完全な静寂に包まれた。

演奏を終えたローゼンベルクも、フィル東のプレーヤーも、動かない。

聴衆もまた、動かない。いや、凍りついたように動けなかった。

五秒、十秒と、完全な沈黙が続く。

そして、沈黙とともに、ホール内の緊張感が異常なまでに膨れ上がった。

この場に居合わせた誰もが、あまりの緊張感に押し潰されるかと思ったとき、

「バチ、バチ、バチ！」

一人の、これ以上強く、そしてはっきりと叩けないであろう拍手が、客席から上がった。こんなに気合の入った拍手ができるのかと思うくらい、皆が（はっ！）とする拍手だった。

その拍手に呼応するかのように、客席から怒濤のような拍手が一気に沸き上がった。

ローゼンベルクは拍手に促されるかのようにゆっくりと客席に向き直り、厳しい表情を崩さないまま、小さく一礼した。

ローゼンベルクとフィル東に対する熱狂的な拍手は、ローゼンベルクが三度目のカーテンコールを終えても収まりそうもなかった。休憩後には、ブルックナーの大作『ロマンティック』が控えている。コンサートマスターの米山治夫はローゼンベルクが四回目のカーテンコールを行い、指揮台から降りたところで何かこっそりと囁いた。

こうして、一向に衰えない拍手を半ば中断してもらうかのようにして、フィル東のメンバー全員

が退場した。

聴衆は興奮のなかに取り残されたかのように、拍手がやんだ後もしばし座席から立ち上がれなかった。

五

ステージ裏のアーティスト・ラウンジでは、後半の『ロマンティック』一曲だけに出演するプレーヤーたちが控えていて、『未完成』での出演メンバーが帰ってくるや、拍手で迎えた。

「凄いコンサートになったねえ」

チューバの亀澤将郎に声を掛けられた吉田義雄は、言った。

「やっぱり、〝隠れたる巨匠〟って騒がれる人だけのこと、あるよ。それにしても、客席の視線の凄いこと！　ステージのまわり三六〇度、それこそ全部の客席から俺たちを刺すような緊張感が伝わってきて、こっちも異常なヴォルテージのなかで演奏することになる」

そして、深く息を吸い、ラウンジを見渡して言った。

「それにしても寛太、大丈夫ですかね？」

「……心配だ。今、ステージから帰ってきたと思ったら、蒼い顔してトイレに直行しちゃったぞ。かなり緊張しているようだったし……」

「あいつ、腕は間違いなく、いいんだけど、何と言ってもチキン・ハートだからなあ。この前も、『ローゼンベルクが指揮棒向けてお前を睨んだからって、うろたえるな！　ドイツの頑固親父が何だ！ぐらいに、相手を呑んでかかれ』ってハッパをかけたんですよ。もっとも、こんな大一番、あいつにとって初めてのことだし、緊張するのも無理ないけどね……。亀さん、今は奴のこと、じっと見守りましょうよ」

そう、石松寛太が緊張するのも無理はないのだ。

『ロマンティック』の冒頭、弦楽器がかすかにさざ波のような音型を奏でるのに合わせてのホルンの演奏は、首席奏者の石松寛太がソロで吹く。一見単純で、いとも易しそうなメロディだが、単純だからこそ難しい。ホルンの音色やメロディ・ラインの作り、そしてピッチの正確さといった奏者の力量がストレートに客席に伝わってしまうのだ。

もしも、ここでホルンのソロが失敗すると、一時間以上の大曲の出鼻が大きくくじかれることになる。この後の演奏がどんなに素晴らしくうまくいったとしても、聴き手は冒頭の躓きによって受けた痛手の大きさに、もはや立ち直ることができなくなってしまう。

指揮者やオーケストラのプレーヤーだけではない。聴衆もまた、そのことが分かっているからこそ、神経を研ぎ澄まして冒頭のホルンのソロに耳を傾けるのだ。

ホルン奏者は責任の重大さを認識し、二千人の目と耳が自分に突き刺さってくるかのようなプレッシャーを全身で受けとめつつ、ソロを吹かなければならない。

いつもなら、本番前に緊張している石松寛太に冗談を飛ばしたり、ハッパをかけて緊張をほぐしてきた吉田義雄だが、この日ばかりはそんな気配りが寛太のプレッシャーを却って増幅させかねない。

（プレッシャーに負けるな。……何としても頑張れ！）

吉田義雄は心の中で石松寛太にエールを送りつつ、成功を心から祈った。

六

二十分の休憩が終わると、フィル東のプレーヤーは上手と下手に分かれて一斉にステージに出て行った。

石松寛太は、

（遂に、このときが来たか……）

緊張のあまり、ふらふらしながら自分の座る席に向かった。

心臓が今にも口から飛び出しそうで、椅子に座った足がガタガタと震えた。

（落ち着け、落ち着け！）

緊張を少しでも和らげようとする自分への叱咤激励と、

（どうか、演奏がうまくいきますように！）

祈りの心が激しく交錯した。

ローゼンベルクが盛大な拍手に迎えられてステージに姿を現し、石松寛太も他のプレーヤーにつられるように起立した。そして、ローゼンベルクが客席に一礼したのを確認して、席に着いた。

いよいよ、『ロマンティック』の演奏が始まる！

スコアの冒頭に書かれた「感動をもって、速すぎず」の指定通り、ローゼンベルクがオーケストラ全体を見渡すかのように指揮棒を振り始めた。

Eins, Zwei〔アインス、ツヴァイ〕（ドイツ語で、「一、二」の意味）

Eins, Zwei

二拍子の指揮棒の動きのなかで、弦楽器が小刻みに弓を動かすと、霧のような弦楽器のさざ波が湧き上がった。そして、棒の動きが三回目のEinsに移行する瞬間、ローゼンベルクはまなじりを上げ、その視線が石松寛太を捉えた。

石松寛太はローゼンベルクの鋭い視線に貫かれるような戦慄を覚えつつ、抱きかかえるようにして持ったホルンに今一度の力を込め、息を送った。そして、寛太自身がローゼンベルクの指揮棒の動きのなかに吸い込まれてしまったかのように感じたとき、霧の中をたゆとうホルンのメロディがホール全体に放たれた！

石松寛太の、それこそ実力の百二十パーセントを発揮した演奏は、フィル東のプレーヤーの一人一人の全身全霊を奮い立たせた。ホルンのソロを木管楽器が引き継ぎ、やがてオーケストラ全体が有機的に絡み合ってのクライマックスに到達したところでは、〝大自然への賛歌〟ともいうべき響きがホール全体を覆った。

演奏の素晴らしさは、夜の森の暗がりと静寂を感じさせるような第二楽章でも、継続した。

第三楽章では、石松寛太率いるホルン奏者四名と、吉田義雄率いるトランペット奏者四名が、狩りの音楽のアンサンブルを力強く、そして輝かしく吹き切った。

そして最終楽章。

荘厳なオーケストラのハーモニーが聴き手を圧倒する第四楽章が、神々しいまでにその最後の和音を奏し切った瞬間！

盛大な拍手とともに、

「ブラヴォー！」

興奮を抑え切れないかのような喝采が、客席のあちらこちらから一斉に上がった。

ローゼンベルクは、指揮を終えて静止した巨体をすぐには動かそうとしなかった。ややあって、ゆっくりと客席に向き直り、真正面を正視したまま一瞬、動きを止めた。そして、自らの巨体で満場の拍手と歓声を大切に受け止めるように深々と頭を下げた。

客席からの拍手と歓声は熱を増し、ホール全体が興奮の坩堝と化した。

ローゼンベルクのカーテンコールが二回、三回、さらには四回と繰り返されても、熱狂的な拍手と喝采は一向に衰えぬばかりか、激しさを増していった。

カーテンコールが何度も続けられた。そして一体、何回目のカーテンコールのときだったであろうか。ローゼンベルクがステージの指揮台の横からオーケストラ全員に起立を求めると、コンサートマスターの米山治夫はじめ誰もが起立せず、楽器を叩き、ステージを踏み鳴らし始めた。〝隠れたる巨匠〟ヘルムート・ローゼンベルクに対する、フィル東のプレーヤー全員からの最大の賛辞である。

その光景を目の前にした聴衆は、ローゼンベルクとフィル東に対する熱い拍手を送り続けた。恐らく十回を優に超えたカーテンコールに現れたローゼンベルクは、改めて聴衆に深々と一礼した。仁王のような、いかつく怒ったような表情はいつもと少しも変わらないが、それでいてどことなく、精一杯の演奏を成し得たことの充足感が窺えるような表情だった。そしてヴァイオリンを左手に抱えた米山と握手を交わした後、何かを呟《つぶや》いてステージを後にした。

米山は、ローゼンベルクが扉の向こうに消えるタイミングを見計らい、オーケストラ全体を見渡し、正面を向いて〝気を付け〟の姿勢をした。それを見たプレーヤー全員が彼に倣い、米山と揃って一礼した。

拍手と喝采のなか、オーケストラ全員がステージから退出してアーティスト・ラウンジに帰ってきたが、拍手は一向に止みそうになかった。多くの聴衆が客席を去ろうとせず、起立して拍手を送り続けていた。ローゼンベルクはステージマネージャーの横田正に促され、再びステージに出て行った。

客席で演奏を聴いていた松田碧とエリーゼは舞台裏に戻ってきて、ステージに向かうローゼンベルクの後ろ姿を見た。その姿はさすがにひどく疲れた感があったが、芸術家としての使命感が姿勢を正さしめているようにも見えた。時間は終演予定時間の九時をはるかに過ぎ、九時半をまわっている。演奏が終わって早や、三十分近くが経過していた。

ローゼンベルクは、しばらく舞台裏に帰って来なかった。いや、あまりの拍手の凄さゆえに帰って来られなかったのである。

松田碧は、舞台袖で客席の熱狂的な拍手に耳に傾けながら、横田正が舞台袖に戻ってきたローゼンベルクのために用意した椅子をじっと見つめた。

そして、祈った。

（今日は、うまくいった！　あと一日。あと、一日！）

七

〝隠れたる巨匠〟ヘルムート・ローゼンベルクとの共演、二日目。

この日もまた、フィル東事務局は、コンサートの当日券を求める音楽ファンからの電話の嵐で始まった。とはいえ、この日のチケットも、すでにソールド・アウトである。事務局では、事情を説明してお詫びの対応をすることに追われた。

開演一時間前の午後六時。晋一郎は初日に続いて、ホール入り口横にしつらえた招待状の受付窓口で対応を始めた。作業を始めて間もなく、見覚えのある背広姿の二人組が晋一郎に二枚の招待状を差し出した。

二人は、東都冠醸造元・吉村酒蔵社長の吉村真治と杜氏の田所康治郎だった。

「先日はありがとうございました」

晋一郎がお礼を言いつつ、二人の座席指定席券を渡そうとしたとき、田所康治郎が律儀な口調で言った。

「今日はお招きいただきまして、誠にありがとうございます。邪魔になって却って迷惑かと思ったのですが、社長と相談しまして、うちの酒をお持ちしました。ローゼンベルク先生にお渡しいただければと思います。先生だけで量が多いようでしたら、皆様でどうぞ。ご面倒をおかけしまして、相済みません」

そう言うと、鮮やかな藍色の風呂敷に包んだ一升瓶二本を右手に持ち上げ、晋一郎の前に差し出した。

二人は後ろに並んでいる招待客に気兼ねしたのか、晋一郎からチケットを受け取って一礼すると、急ぐようにしてその場を去っていった。

晋一郎は招待客対応の合間を見てロビーを振り向き、たまたま近くで来場者対応をしていた松田碧に東都冠を手渡すと、碧は酒をローゼンベルクの控え室に届け、事の仔細を告げた。

「何て綺麗な色なんでしょう！」

エリーゼが、一升瓶二本を包んだ風呂敷に目を奪われるかのように言った。

「この色は……、ドイツにはない色だわ。それにしても、こんなに大きな布で酒瓶を上手に包むなんて、これもまた、日本人の素晴らしい知恵なのかしら」

エリーゼの感激する姿を見て、松田碧は改めて自分が届けた酒瓶を包んでいる風呂敷に目を向けた。藍色の地に吉村酒蔵の社紋と「東都冠」の文字が白く染め抜かれている。吉村酒蔵特注の販促用風呂敷らしかった。

「これは風呂敷といって、大きな布地でいろいろな物を包むのに使います。最近の日本人は風呂敷をほとんど使わなくなってしまいましたし、私もこんな形で一升瓶二本を包むのを初めて見ました。これは、東都冠を造っている吉村酒蔵が特注して作ったもののようですよ」

松田碧はこう言って、ローゼンベルクの控え室を退出し、ロビーの持ち場に帰った。エリーゼが喜んでいる姿に、しばし同室して話をしたい思いにも駆られたが、指揮者にとっては本番前の、神経を集中しなければならない大切な時間でもある。この時間帯での彼らへの気遣いは、必要最低限の的確なものであれば、それで良い。

八

初日に続いて、満員の聴衆で埋め尽くされた会場は、オーケストラのチューニングが終わった後、水を打ったように静まり返って指揮者の登場を待っていた。

そして、ローゼンベルクが登場し、演奏が始まった。

シューベルトの交響曲第八番『未完成』。ローゼンベルクとフィル東の演奏は、前日に引けを取らない素晴らしさであった。強いて比較するならば、初日が初共演特有の高揚した緊張感が前面に張る演奏であったのに比べ、二日目の演奏はローゼンベルクとフィル東の意思疎通がさらに進み、より練り上げられた表現が印象的な演奏となっていた。

両者のより練り上げられた演奏は、ブルックナーの『ロマンティック』でも持続された。

第四楽章の終結部。最後の、壮大で重厚なハーモニーがホール全体に力強く解き放たれると、客席から拍手と喝采、そしてどよめきが一斉に沸き起こった。

（終わった……！）

会場の隅で聴いていた松田碧は、演奏の手ごたえを実感し、熱狂的な会場を後にして舞台袖に向かった。

舞台袖では、二回目のカーテンコールを終えてローゼンベルクが戻ってきていた。熱狂して拍手や喝采を送る満場の聴衆にも、相変わらず笑顔は見せない〝隠れたる巨匠〟である。そして、松田碧と目を合わせるや、

「ミドリ。開演前に差し入れていただいた東都冠だが、オーケストラのメンバーで酒好きな人に呑んでもらってくれないか。人数が多いから、一口ずつになってしまうかも知れないが……」

「マエストロ、お気遣いは有り難いですけれども、うちは酒好きが少なくありませんし、マエストロの分がなくなってしまいますわ」

「あれだけの量は、私だけでは到底、呑み切れない。それに、今回の演奏はフィルハーモニア東都のプレーヤー一人一人の頑張りがあってこそなんだから……。酒蔵の人が折角持ってきて下さったものを私が手を付けないのは失礼なことかも知れないが、私の分は明日にまた、買い求めることに

するよ」

松田碧は黙って頷くと、ローゼンベルクは三回目のカーテンコールに出て行った。拍手と喝采が再び激しくなるのを耳にしつつ、松田碧はローゼンベルクの控え室へ走り、二本の「東都冠」を風呂敷をほどいてアーティスト・ラウンジの片隅にある大テーブルの上に置いた。そして、普段は練習や本番の合間にプレーヤー用に用意している紙コップをあるだけ、二本の一升瓶の横に並べた。プレーヤーがステージから戻ってきたとき、一口ずつでも喉を潤してもらうための配慮である。

初日に続いてこの日も、拍手と喝采がいつまでも終わらなかった。

十回以上のカーテンコールを経て、ようやくプレーヤーが舞台袖に引き揚げてきた。松田碧は舞台袖で繰り返し、プレーヤーたちに言った。

「皆様、今日は大変お疲れ様でございました。マエストロ・ローゼンベルクが皆様にと、吉村酒蔵さんよりいただいたお酒を差し入れて下さいました。お好きな方は一口、お呑みになってお帰り下さい」

引き揚げてくるなかに、吉田義雄の姿もあった。吉田義雄は舞台袖に入るや、ブルックナーの『ロマンティック』で見事に重責を果たした石松寛太に急くようにして近寄り、何度も肩を叩きながら、言った。

「寛太！　お前、よくやった！　二日続けて蒼い顔されたときには、俺もどうなることかと思って、声も掛けられずにいたけどな……。今までで一番凄い演奏、できたじゃないか！」

石松寛太は練習と本番の七日間にわたる極度の緊張による疲れがどっと出たのか、吉田義雄の絶賛にも無言のまま、虚脱したような表情を浮かべたままだった。

そんな石松寛太の首に自らの腕を回して健闘を讃える吉田義雄の耳に、松田碧の声が入り、アーティスト・ラウンジの片隅に目をやると、素っ頓狂な声を上げた。

「おっ、酒だ！　マエストロ・ローゼンベルクの差し入れ？　あの頑固親父、いつも怖い顔ばかりしてるけど、いいところ、あるじゃあねえか」

そして、今にもベソをかきそうな表情の石松寛太の肩に手を回し、酒の置いてあるところに連れて来ると、興奮して大きな声を上げた。

「おい、これ！　東都冠の純米大吟醸だ。前にマエストロが呑んで絶賛したっていう、一升瓶で一万円くらいする凄いやつだ！　みんな呑まないんなら、俺一人で全部もらっちゃうぞ！」

吉田義雄の上ずった声を聞き、チューバの亀澤将郎はじめ、十人くらいの酒呑みが、あっという間に二本の一升瓶の前に群がった。終演後のささやかな酒盛りが始まった。

「これは！　さすがに……」

「ローゼンベルクがえらく気に入って、フィル東の指揮を決めさせた酒だけのことはある！」

東都冠を口にしたプレーヤーたちから、感嘆の声が上がった。ホールからの最終退場時間が迫っているし、限られた量。しかし、自分たちのすべてを尽くしてベストの仕事をした後の最高の酒である。一升瓶を囲んで、笑顔の輪が作られた。

吉田義雄は、輪のなかで一人だけ硬い表情を崩せないでいる石松寛太に酒を注いでやって、言った。

「それにしても、お前がこれほどの演奏をするとは思わなかったよ。〝隠れたる巨匠〟の威力、絶大ってわけか」

「マエストロの強烈な視線に射抜かれたときに、今までになかったことが起きて……本当に、身も心も、きつかったです」

消え入りそうな声で話す石松寛太に、吉田義雄も声を潜めて、言った。

「何があったんだ？」

「ちょっと……」

「何だ？　勿体ぶるなよ」

「実は……」

石松寛太は吉田義雄の耳に右手をあて、ごそごそと話した。

吉田義雄は初めのうち、何事かと身構えて耳を傾けていたが、

「寛太、これも音楽家としての厳しい修行だよ。……それにしても、男は辛いよな！」

寛太を慮って声も小さく落としていたが、それでも我慢できないらしく、笑いをこらえて身体を激しく小刻みに震わせた。

さて……。

読者の皆様には、ここで石松寛太が吉田義雄に何を語ったのかを説明しなければならない。つまり、石松寛太が吉田義雄に語った〝今までになかったこと〟を、である。

実のところ、この二人のやり取りについて、読者の皆様に適切な説明をすることは、非常に難し

い。ややもすれば、コンサートの功績者である石松寛太ばかりか、オーケストラ・プレーヤーの名誉に関わることになるかも知れないし、あるいは、筆者の品性を問われることになるかも知れないからである。

こうした危険を覚悟のうえで、ここではあえて多少の医学的見地からの説明をも加えつつ、解説を試みることを許されたい。

男性は、下半身に二個の球体を有している。急所とも呼ばれるこの球体は、非常にナイーヴで、物理的な衝撃や精神的ストレスに対して極めて敏感に反応する特性がある。つまり、俗にいう「××が上がる」状態になるのである。

人一倍真面目で気の小さい石松寛太は、『ロマンティック』冒頭での極度の緊張に加え、自らがソロを吹き始める瞬間、ローゼンベルクの凄まじい一瞥を受け、まさにこの状態になってしまったのだ。

すると、その途端、今までに無い不思議なことが起こった。寛太は、自分の身体がローゼンベルクの棒の動きに吸い込まれるような気がすると同時に、今までに経験したことのないトランス状態のなかで演奏した、と言うのである。

偉大な芸術をして、〝芸術の非日常性〟ということが言われる。それは案外、こんなところから築かれるものなのかも知れないが、ここで話を元に戻そう。

コンサートが終わって、何人かの酒好きプレーヤーがアーティスト・ラウンジの片隅に集まって東都冠を味わい、吉田義雄が石松寛太の〝非日常的体験〟に腹をよじっているところに、ローゼンベルクがやってきた。オーケストラが舞台裏に引き上げた後も、何度も一人だけのカーテンコールをつとめ、一向にやまない拍手と喝采に延々と応えた末、ようやく舞台裏に戻ってきたのである。

近寄ってくるローゼンベルクの姿をみとめたプレーヤーたちは、吉田義雄を除いて皆、表情を硬くした。聴衆のあれほどの熱狂的な拍手と喝采を勝ち得た演奏をしたというのに、ローゼンベルクは笑顔一つ浮かべていない。自分たちがベストの演奏をしたにもかかわらず、満足していないのだろうか。芸術的にはこれ以上ないほどの敬意を捧げたい指揮者であることには違いないが、同時に敬して遠ざけたくなってしまう、恐るべき芸術家でもある。

しかし、それは杞憂に過ぎなかった。ローゼンベルクは、

「あなたのホルン、本当に素晴らしかった」

まず、石松寛太にねぎらいの言葉をかけ、握手を求めた。

「あなたも……。三楽章でのホルンとの掛け合い、実に見事だった」

次に、吉田義雄にこう言って握手を求めた。吉田義雄は周囲でただ一人、満面の笑みを浮かべて手を差し出した。

「あなたは今、彼と話していて随分と可笑しそうに笑っていたが、何かあったのかね?」

ローゼンベルクがおだやかな口調で吉田義雄に尋ねた。

吉田義雄はドイツ語はほとんど駄目だが、"Was〔ヴァス〕(何?)"とか、"lachen〔ラッヘン〕(笑う)"といった単語から、ある程度は質問の意図を解したらしい。悪戯っぽい顔をして、いきなり両手を大きく振り上げたかと思うと、両手を交差させて〝x〟の形にして言った。

"Top Secret!"

「……!?」

ローゼンベルクが吉田義雄の大げさなジェスチャーと訳の分からない英語に驚いたような顔をすると、義雄が、

「マエストロ、マエストロ……」

右手で小さく「おいで、おいで」のポーズを取って、壁際を見るようにして人垣に背を向けた。

吉田義雄が右手を口元にあてて囁きのポーズを取ると、ローゼンベルクは、

「?.?.?.……」

不思議、というより不審そうな表情を浮かべ、巨体を折り曲げて自分の左耳を義雄の右手に持っていった。

吉田義雄が何か、ゴソゴソと話しかけた。外国語はからっきし駄目な義雄ならではの、片言の英語といくつかのドイツ語の単語、さらにはジェスチャーを交えての話のようだった。

義雄は事の次第を伝えたあとで、最後にこう付け加えることも忘れなかった。

「カンタモ、ワタシタチモ、アナタト エンソウシテ カラダ コワスカモ シレナイ。デモ、ゲイジュツノミチ ニ ダキョウ、ユルサレナイ。ワタシタチ ダンセイ プレーヤー ミト ココロヲ トシテ、コンゴモ アナタト エンソウスルコト チカウアル。コレ、ニッポンダンジノ ブシドウセイシン ナリ」

義雄は声を潜めていたから、きっとまわりのメンバーが耳を澄ましたとしても、〝ゴールデン・ボール〟とか、〝ブシドウ〟とかいったキーワードすら聞こえなかったに違いない。

まわりにいたメンバーが唖然としてその光景を眺めるなか、石松寛太だけが、はらはらした表情を浮かべていた。

真剣な表情で吉田義雄の内緒話に耳を傾けていたローゼンベルクは、義雄のジェスチャーまじりの話の意味を聞き取るや、折り曲げた背中を小刻みに揺らして笑いを堪えていたが、遂には、

「ウァーッ、ハッ、ハッ、ハッ!!」

前に折り曲げた上体を大きくそり返すようにして、周囲がびっくりするような大声で笑い出した。

酒の輪のメンバーは、

(一体、何が起きたんだ!?)

予期せぬ出来事に一堂、呆然と立ちすくんだ。

その場に、松田碧が蒼ざめた顔をして飛んできた。

常に鬼瓦のような表情を崩さないローゼンベルクが笑うことなど、碧にとっても想定外。つまり絶対にあり得ないことだから、

(何かローゼンベルクを激怒させることが起き、大声を上げたに違いない!)

まずは、そう理解したのだ。

そして現場に駆けつけるや、状況をつかむためそれこそ目を皿のようにしてあたりを見まわした。

差し入れられた二本の一升瓶はほとんど呑み干されていて、そのまわりにローゼンベルクと数名の酒好きな団員がいる。

ローゼンベルクは、吉田義雄や石松寛太と話をしていて、大声を上げたに違いなかった。ローゼ

ンベルクの頬はいつになく紅潮し、怒り顔とも笑い顔ともつかない表情を浮かべている。吉田義雄は、いつもと変わらない悪童のような笑顔を浮かべ、それとは対象的に石松寛太が蒼ざめた表情で下を向いていた。

「吉田さん、マエストロは一体、どうなさったんですか」

真剣この上ない表情で尋ねる松田碧に、

「ハッ、ハッ、ハッ……。あのね、碧さんが単身、ドイツに乗り込んでマエストロに直談判してくれたお蔭で今回のコンサートが実現できたわけで、さ……。大和撫子の体当たり的活躍に、俺たち男性団員だって負けちゃいられないと思って、武士道精神をもって必死の演奏をしたって話を、マエストロにしてたのさ」

松田碧は、自分の慌てふためくさまをからかうような吉田義雄の口調にカチンときたらしい。

「『碧さん』なんて、気安く呼ばないで下さい！」

語気を強めて言い返し、

「一体、どうなさったの？」

今度は、俯いたままの石松寛太に、優しく尋ねた。

「いえ……別に……、何でも……ないん……です」

蒼かった顔を今度は耳たぶまで真っ赤にし、やっとのことで応える石松寛太のようすもまた、松田碧には理解不能だった。

松田碧はローゼンベルクに向き直り、真剣そのものの顔で尋ねた。もちろん、今度はドイツ語である。

「マエストロ、一体、どうなさったのですか。私はあなたの大声を聞き、何事かと驚いて、ここに飛んできたのです」

「それは、驚かせて申し訳なかった。実は今、彼らと芸術に関する非常に大切な話をしていたんだ。優れた芸術家は皆、自分が最高の芸術を成しうるための奥義を持っている。フィルハーモニア東都の素晴らしいプレーヤーである彼らもまた、しかりだ。この奥義は、各々の芸術家が秘しておくべきものであって、また、彼らにこうした奥義について、とかく尋ねるべきものでもないんだよ」

「……?」

松田碧は、ローゼンベルクの顔を改めて見つめた。笑っているのか、怒っているのか、よく分からない表情であるが、この状況はどう考えても、怒っているわけではないようだ。何かよほど可笑しいことがあってローゼンベルクが大笑いしたのか、それとも、感嘆のあまりに大声が出た。そういうことに違いない。

ならば、それはそれで良い。自分の心配が杞憂に終わったのだから。

しかし、それにしても！

この演奏会を成功に導くために、今まで自分自身がどれほどの努力を積み、細心の配慮を重ねてきたことか。

ローゼンベルクが大声を出したのを聞き、ここへ飛んで来たのだって、そうだ。

それなのに、吉田義雄は人を小馬鹿にしたような態度で訳の分からないことを言って笑っている。

悪戯小僧が年を食ったような吉田義雄なら百歩譲って我慢するにしても、よりによって、ローゼンベルクまでもが、こんなのと意気投合し、謎かけのようなことを言って寄こすとは！

まったく、人を馬鹿にするにも、ほどがある！

ずっと緊張の連続だった松田碧の精神の糸が一瞬にしてブチ切れ、言った。

「マエストロ！　私が今日の公演を終わらせるまで、一体どれほどの神経を遣ったか、あなたは分かっていらっしゃいますか！」

ドイツ語で一気にまくし立てた後、

「まったく！　ただでさえ忙しいっていうのに、一から十まで、マエストロのお守りばかり、しちゃいられないわ！」

今度は日本語で荒々しく言うと、怒り心頭の表情で彼らに背を向けた。

松田碧はアーティスト・ラウンジの反対側に行くと、テーブルや椅子の乱れを直し始めた。テーブルも机も、それほど乱れていたわけではないが、松田碧がこの場で仕事を見つけるとしても、それしかなかったのだ。テーブルや椅子は気の毒にも、碧の行き場のない怒りをぶつけられ、ときどき悲鳴を上げるような音を立てた。

先ほどからローゼンベルクと松田碧のやり取りを見ていたエリーゼが碧に近づき、静かに言った。

「ミドリ。昨日今日と、素晴らしいコンサート、本当にありがとう。彼らが何を話しているのか、私にも分からないけれど……」

エリーゼはそう言うと、少し黙考した後に続けた。

「あの人が、人前であんなに屈託のない笑顔を見せるなんて、一体何年ぶり、いえ、何十年ぶりのことかしら……」

　松田碧は、彼ら自身の人生を振り返るかのようなエリーゼの口調に驚き、自らの怒りがどこかへ消し飛んでしまった思いがした。

「松田さん」

　碧が背中越しにかけられた声に振り返ると、コンサートマスターの米山治夫が静かな笑みを湛《たた》え、両手に三個の紙コップを持って立っていた。

「間に合って良かった。みんなして結構な勢いで呑んでいるから、なくなっちゃうと思ってね。……東都冠、少しずつ戴けましたよ」

　米山から紙コップを差し出された松田碧は、恐縮して言った。

「そんな！　このお酒は、ステージで渾身の演奏をされた方々のためのものです。私のような裏方がいただくべきものじゃ、ありませんわ」

「何、言っているんですか。マエストロ・ローゼンベルクとの共演は、松田さんの情熱と、彼に対する体当たり的な交渉があったからこそ、実現できたんじゃないですか！　確かに、石松君はじめプレーヤーの頑張りは凄いものでしたよ。吉田君がふざけてあなたに何か言ったみたいだけど、彼にしても自分のプレーだけじゃない。石松君のこと、凄く心配して気を揉んでいるのを、僕はずっと見ていましたから……。本番がこんなにうまくいって、はしゃいでいるんだろうから、大目に見てあげて下さい」

「……分かっているつもりです」

「松田さん、でもね」

「はい？」

「こんな言い方は失礼かも知れないけど、松田さんこそは、今回のコンサートの影のＭＶＰですよ。本当にありがとう。こんなに素晴らしいアーティストとの出会いと、僕たちに最高の演奏をさせる機会、今後も作って下さい」

米山はこう言って再度、紙コップを松田碧に差し出し、そしてエリーゼにも渡した。

「本来なら、私が米山さんのところに行って『お疲れ様でした』って言わなければならないのに、これじゃ逆です。お酒、持ってきていただいた上に、こんなお話まで……」

米山は、みるみる目を潤ませて言葉を詰まらせる松田碧に、にっこりと微笑んで、

「乾杯！」

そして、エリーゼにも笑顔を向けて言った。

“Prosit!〔プローズィトゥ〕（ドイツ語の「乾杯！」）”

松田碧が米山とエリーゼとともに口にした東都冠は、涙が混じったからか、味がまったく分からなかった。

ホールの最終退場時刻まで、あとわずかな時間しか残されていない。これほどまでに幸せな時間が砂時計のようにサラサラと流れて消えてしまうのが、本当に惜しかった。

松田碧は、心から願った。

時間を止めてしまいたい。止めることが不可能なら、せめて、時間が進むのを遅らせたい！

ローゼンベルク夫妻のため、そしてローゼンベルクとの記念すべき初共演を大成功に終わらせたフィル東のプレーヤーのため、そして、自分自身のために。

九

長く、厳しく、しかし碧にとってもフィル東のメンバーにとっても、この上なく充実した練習とコンサートの七日間が終わった。フィル東のプレーヤーたちは待望の休日を迎えることができたが、松田碧はそうもいかない。翌日の帰国を控えたローゼンベルク夫妻にとって、日本での唯一の休日だからだ。

コンサートが終わった後、ホテルに向かうタクシーのなかで、

「明日は、何か希望がありますか？」

松田碧がローゼンベルクに尋ねると、

「急なことで先方には失礼かも知れないが……。今日、コンサートを聴きに来て下さり、酒までお持ちいただいた酒蔵の方にお会いしたい。できれば先方に訪ねて一言、御礼を言いたいのだが、ミドリにお願いできないだろうか？」

こうして、翌日の午後一番、松田碧がローゼンベルク夫妻を連れて吉村酒蔵を訪問することとな

ったのである。

吉村酒蔵では、社長の吉村真治と杜氏の田所康治郎が、ローゼンベルクたちの到着を本社工場の正門前で待っていた。

ローゼンベルクは、紹介されるまでもなく、目の前にいる小柄で凛然とした風格を感じさせる老人が、かつて自分が感銘を受けた銘酒・東都冠のマイスターであることを直感した。

ローゼンベルクは手袋を丁寧に外し、右手を静かに田所康治郎に差し出した。

お互いに目を見合っての、無言の握手である。

ローゼンベルクは、田所康治郎の、小さな身体に不釣合いなくらい、がっしりと硬い掌の感触に、酒造りのマイスターとしての風格と年輪を感じ取った。

田所康治郎は、ローゼンベルクの大きくて柔らかい掌の内側に秘められた、芸術家としての強固な信念を感じた。

三人は工場内の一室に通された。松田碧は、応接室に案内されてお茶でも出されるものと思っていたが、若き酒人・今村肇が持ってきたものは、木箱に納められた何本かの瓶だった。吉村が、

「本来ならまず、お茶でおもてなしするべきかも知れませんが、うちは造り酒屋です。ご挨拶代わりといっては何ですが、まずは試してみて下さい」

と言うと、今村がローゼンベルク夫妻と松田碧の前に猪口を置き、木箱の隅に立てていた瓶を手にして、少しずつ、各人の猪口に注ぎ入れた。

「どうぞ」

吉村に促され、三人はまず猪口を口元に近づけて香りを嗅いだ後、口を付けた。

（……！）

声にならない驚きの表情を浮かべつつ、松田碧はローゼンベルクを見た。昨晩の終演後、ホールのアーティスト・ラウンジで乾杯したときには分からなかったが、さすがに、ローゼンベルクを唸らせた酒である。

ローゼンベルクは少し俯いた姿勢で、両手に持った小さな猪口を見つめていた。その表情から、彼が何を思っているのかが分かる。そんな顔だった。

エリーゼは、ローゼンベルクを見つめる碧を温かい表情で見つめていた。

吉村酒蔵の、酒造りに人生をかける三人の男は、柔らかいながらも真剣な眼差しで、三人を見つめていた。

お互い、何の言葉も必要なかった。言葉はなくとも、一口の酒をとおしてお互いの心が通い合う時間が流れている。

次にまた、違う瓶から出された酒が勧められた。

「ドイツでいただいたものは、今呑んだ酒に近い。初めの方は、もっと練れたというか、熟成した趣がある」

二回目の酒に口を付けたローゼンベルクが、言った。

「今、二回目にお出ししたものが、今年の二月に蔵出しした酒です。そして一回目の酒は、先生が以前、ドイツでお呑みになった酒を、古酒にするため今まで低温保存している酒です」

今村の言葉を松田碧がドイツ語で伝えると、ローゼンベルクは納得するように、深く頷いた。

「素晴らしい！　どちらもそれぞれに、代えがたい良さを持っています」

ローゼンベルクが、田所康治郎の顔を見て言った。田所は、遅れてくる松田碧の日本語に、にっこりと頷いた。

「ローゼンベルク先生」

田所が言った。

「私はオーケストラってものを、初めて聴きました。何て言ったらいいんでしょうか、先生が身体を揺らしながら左手をひらひらさせたり、手の甲を返したりする。そうすると、響きの明るさとか、重さとかいったことが瞬時に変わっていく。爽やかに晴れていた空が、一瞬のうちに暗く、憂いを帯びた表情になるかのように……。我々は、甘さや酸味、苦味が織り成す、独自の香りや味わいを持った酒を造ろうと、日々仕事をしています。先生がフィルハーモニアさんとなさろうとしている仕事は、ひょっとして私たちがやろうとしていることを、音の世界で行っているんじゃないか。そんな気がしました」

「フィルハーモニア東都との演奏をそのように聴いて下さり、光栄です。マイスター田所がお造りになった東都冠。この素晴らしい酒はクリスタルのように輝いて、香りや味わいのハーモニーを私たちに与えて下さる。それは香りや味わいの愉悦であり、至福です。マイスター田所が仰るように、私たちは、作曲家が作った設計図をもとに、さまざまな情感を持つ音や響きの世界を構築したいのです。ドイツからやって来た私とともに、フィルハーモニア東都の楽友たちが音楽に対する惜しみない愛と努力をもって音にし、それを聴いた人に伝えることができました。一人の音楽家として、こんなに嬉しいことはありません」

松田碧の通訳を介しながらのローゼンベルクとの会話に、田所康治郎は深く頷きながら、横に立っている今村肇をちらりと見て、言った。

「おい、今村」

「はい！」

にこやかに彼らの会話を聞いていた今村肇が、緊張した面持ちになって姿勢を正した。

「ローゼンベルク先生。これは今村肇と申しまして、来年から私の代わりにすべての東都冠の造りを統括いたします」

驚いた表情のローゼンベルクに、田所は続けて言った。

「私は来年で七十五になります。寄る年波には勝てませんし、いつまでも自分が酒造りのすべてを取り仕切っていたのでは、次の世代に引き継ぐこともできません。この今村は、見習いから始めて十年あまり、この二、三年で随分まともになってきました。今は二人で議論しながら、酒を造っとります。酒造りは冬が仕込みの時期ですが、この冬までは私も一緒に造ります。私にとって、最後の冬です。『老兵は死なず、ただ消え去るのみ』という言葉がありますが、次の冬からはのんびりと自分が寝たい時間に寝て、起きているときに蔵に来て『ああでもない、こうでもない』と、ご意見番です。つまり、口うるさいじじいになるわけですわ」

田所康治郎が一言一言、噛みしめるようにゆっくりと話すので、松田碧が話の途中で通訳を入れるには都合が良かった。

「そうですか。これほどまでに素晴らしい酒を造る人が引退してしまうのですか……」

松田碧がローゼンベルクの言葉を日本語に訳した後、今村の案内で工場を見学した。工場内には、いくつかの大きなタンクがあって、酒が醸されていた。多くの蔵人《くらびと》が輪になって酒歌を歌いながら酒槽に櫂を入れて撹拌する昔ながらの姿を松田碧は想像していたが、技術革新によって合理化が進み、働く人も田所康治郎を筆頭に数名しかいないらしい。しかし、酒造りのことは何も分からない者であっても、整然としたたたずまいに蔵人の誠意と心意気が伝わってくる。そんな現代の酒蔵であることを、松田碧のみならず、ローゼンベルクもエリーゼも強く感じ取った。

工場見学を終えて、ローゼンベルク一行が吉村酒蔵を辞去するとき、吉村が言った。

「今晩よろしかったら、うちでやっている酒亭にいらっしゃいませんか？　大した店ではありませんが、うちの酒も置いてありますし、酒に合わせた肴も用意できますので……」

十

ローゼンベルクとエリーゼは吉村真治の申し出に感謝し、夜の再会を約して吉村酒蔵を後にした。

次に一行の向かった先は、吉村酒蔵とは程近い場所にある呉服屋の「澤村」だった。

澤村への訪問は、エリーゼの希望によるものだった。前夜のコンサート会場に差し入れられた東都冠を包んでいた藍色の風呂敷が澤村への特注によるものだったことを聞き、都内屈指の呉服屋でもあるという澤村への訪問を松田碧にリクエストしたのだった。

澤村は江戸時代末期の創業で、旧街道沿いに店を構えている。立派な店構えの中に一歩、足を踏み入れると、呉服だけでなく、風呂敷や手提げ袋などの和装小物も数多く陳列されていて、海外からの来客にとっては日本での土産を選ぶに良い品揃えがあった。

松田碧が澤村の主人に、同行のドイツ人は、主人が音楽家で演奏のために日本を訪れたこと、そして夫人が吉村酒蔵からいただいた日本酒を包んでいた藍色の風呂敷を大層気に入り、それが澤村で作られたことを聞いて来店した旨を告げると、澤村の主人は、

「それはそれは」

品の良い笑みを浮かべて、言った。

「うちの品を目に留めていただき、光栄です。うちは呉服屋ですが、風呂敷や手提げ袋などの小物も多く扱っておりますので……。あの風呂敷は、近藤染物工房というところで染めをしたものでして、うちでは呉服や小物の染めで随分と世話になっているんです」

そして、隣に座っている女将に向かって、

「そう言えば近藤社長、今日はデザインの打ち合わせでここに見えるはずだね」

「間もなく見える頃ですよ。……そう言えば近藤さん、クラシック音楽がかなりお好きだそうですから、この話を聞いたらきっと喜びますよ」

三人が、しばらく店内の色鮮やかな呉服や小物類を見て回っていると、

「こんちは」

四十絡みの男が、何本かの反物が入った手提げ袋を提げて、店に入ってきた。

そして、何気なく大柄な外国人の一行に目を向けた。

と……。

男の目がすっと引き寄せられたかのように、ヘルムート・ローゼンベルクに近寄ると、男が右手に持っていた手提げ袋が音を立てて床に落ちた。

彼、近藤染物工房の社長・近藤進は放心しているかのようにも見えたが、その目はローゼンベルクを凝視していた。

「近ちゃん、……大切な商品落として、どうしたの?」

澤村の主人の呼びかけにはまったく反応せず、近藤は震える声で、ローゼンベルクに尋ねた。

"Sind Sie Herr Helmut Rosenberg?〔ズィントゥ・ズィー・ヘル・ヘルムート・ローゼンベルク?〕(あなたはヘルムート・ローゼンベルクさんですか?)"

異様な雰囲気の男から、片仮名のようなたどたどしいドイツ語で話しかけられたローゼンベルクも、さすがに驚いた様子で、

"Ja(はい)"

と応えると、

「Herzlich Willkommen in Japan!〔ヘルツリッヒ・ヴィルコメン・イン・ヤーパン!〕(ようこそ、日本へ!) Ich heiße...(私は……)、エーと、ウーン……!」

ドイツ語の能力が限界に達したのか、しばらく言葉に詰まると、松田碧にいきなり、

「あなた、通訳の方？」

聞かれた松田碧も驚いた顔で首を縦に振ると、今度は日本語で、ローゼンベルクに向かってマシンガンのような勢いで喋りだした。

「おとといのフィルハーモニア東都の、あなたが指揮したコンサート、聴きました。凄かった！素晴らしかったです！　私は今まで何百回となく、いろいろなコンサートを聴いてきましたが、おとといのコンサートのように魂の底から震えが来たのは、これまでの人生で、三回目です！」

よほど興奮しているらしく、声が上ずってひっくり返っていた。

そして、松田碧が通訳する余裕も与えず、やおら澤村の主人に向き直って、言った。

「おい、社長！　ここにいらっしゃるお方を、どなたと心得てるんだ！　畏れ多くも〝隠れたる巨匠〟と呼ばれ、世界にその名を轟かせる大指揮者のヘルムート・ローゼンベルク先生だぞ！」

近藤のあまりの興奮ぶりに、澤村の主人も女将も唖然となり、近藤をじっと見つめることしかなかった。

そんな彼らの対応に苛立ったのか、近藤が、

「何やってんだ！　……お茶だよ、お茶！　早く座敷にお上げして、羊羹でもあったら、切って一緒にお出ししてくれ！」

「そんな！　私たち、ただ、お店の品を見せていただいているだけなんです。初めから何かを買うつもりでここに来たわけではありませんし、どうぞ、そんなお気遣い無しでお願いします」

松田碧が慌てて言ったが、澤村の主人が近藤の異様な言動に圧倒されてしまい、

「これは失礼しました！　今、お茶を淹れますので、どうぞお上がりになって下さい」

こう言って女将に茶菓子の用意を命じると、ローゼンベルク夫妻と松田碧を店内の座敷に招き入れた。松田碧は近藤や澤村の夫妻の心遣いに恐縮していたが、ローゼンベルクとエリーゼは一体何が起きたのかが分からず、驚いた顔をするばかりだった。

三人が座敷に通されると、近藤が中庭に面した障子を開け放った。大きな緋鯉が悠然と泳ぐ池と、まわりに植えられた南天や山茶花などの樹木が調和した風景を醸し出す、見事な中庭である。

「いいでしょ、この部屋。お茶が来るまでの間、私、ちょっと車に戻ってローゼンベルク先生にサインしていただくためのものを取ってきますので、お待ちになって下さい」

近藤は松田碧にそう言うと、そそくさと部屋を出て行った。

女将が人数分のお茶と羊羹を持ってきて、言った。

「本当に済みません。あの人が今さっきお話しした、近藤染物工房の社長です。腕もいいし、気のいい人なんですけど、まったく、そそっかしい人でしてね……。今朝、近藤さんの奥さんと電話をしたんですけれども、おとといの夜、近藤さんがコンサートに出かけて、えらく興奮して帰ってきたんだそうです。それで、『次の日も絶対、聴きに行く』と言ったので、奥さんが『予定していた会合潰して、仕事に穴空ける気か！』って怒鳴りつけたらしいんですけれども……。結局、チケットが売り切れで手に入らないことが分かって、昨晩は仕事をしたものの、近藤さん、まるでお通夜みたいな顔していたんですって。……それが今、指揮者の先生にお会いできて、あんなに喜んでい

るんですから、ご迷惑でしょうけど、許してあげて下さい」

「いえ、私たちこそ、こんなにお気遣いをしていただき、済みません」

松田碧が恐縮して言うと、澤村の主人が女将に、

「それにしても近ちゃん、『ここにおわすお方をどなたと心得る！』とか、『畏れ多くも……』なんて、まるでドラマの『水戸黄門』に出てくる助さん、格さんだったね。私たち、もう少しぼんやりしていたら、悪代官のように成敗されてしまうところでした」

これには、澤村の女将のみならず、松田碧も、声を出して笑ってしまった。

先ほどから、さっぱりと訳の分からないのが、ローゼンベルクとエリーゼである。

「ミドリ、一体どうしたの。何がそんなに可笑しいの？」

エリーゼの問いかけに、松田碧が答えた。

「昨晩、吉村酒蔵さんが差し入れて下さった東都冠を包んでいた風呂敷があったでしょう。あの風呂敷の色を染めたのが、今、私たちに声を掛けて座敷に上げるように言って下さった近藤さんという染物屋の社長さんなんです。近藤さんは大の音楽好きで、おとといのコンサートにいらして下さり、非常な感銘を受けたそうです。それで、昨晩も聴きたいと思ったものの、結局聴けず終いで物凄く落胆していたところが、今日こうしてマエストロに偶然お会いできて大喜び、というわけなんですって」

エリーゼの顔が驚きの笑みに包まれ、

「まあ。何て素晴らしい巡り合わせなんでしょう！」

「そうなんです。……それでね、今、マエストロと出会えて凄く喜ばれ、この座敷に上げるように呉服屋さんに言って下さったんですけど……」

松田碧は、可笑しいのを堪えるようにして続けた。

「ご本人は、ここでマエストロにお会いできるなんて、思ってもいなかったから、よほど興奮されたんでしょう。『ここにおわすお方を、どなたと心得る』とか、『このお方は、畏れ多くも……』とか、それこそ、呉服屋さんのご主人を叱り飛ばすような口調で、お茶菓子の用意をするように、仰ったんですけれども、そのときのセリフが『水戸黄門』という、昔の偉い武士のお話に出てくる有名なくだりにそっくりだったんです……。かつて武士が日本を統治していた時代、水戸光圀という副将軍だった人が身分を隠して諸国を巡り、悪代官たちを成敗するお話があるんですけれども、水戸光圀は商人に変装し、同じく身をやつした武士や忍者たちのボディガード軍団を率いて、全国各地にはびこる悪代官の手勢と戦ったのです。屈強のボディガード軍団が悪人どもをやっつけた頃、助さん、格さんという側近が、『こちらにおわすお方をどなたと心得る！　畏れ多くも先の副将軍・水戸光圀公にあらせられるぞ！』と悪代官を怒鳴りつけ、悪代官はそこで初めて目の前の老人の正体を驚愕とともに知り、観念して逮捕されるんです」

すると、松田碧の話を聞いていたローゼンベルクが、目を丸くして言った。

「驚いた！　昨晩、コンサートのあとで、ヨシダというトランペット奏者から武士道精神の話を聞いたとき、私は冗談話と受け止めて笑ってしまったが、かつて統治者として君臨していた武士みずから命を賭けて、そんな凄い世直しをしていたとは！　武士のリーダーみずからがこんな偉大なことを率先して行った国だからこそ、フィルハーモニア東都の諸君が短期間の練習であれほどの演奏を成し得たのだろうし、東都冠という銘酒がマイスターの代を継いで造り続けられてきたに違いない！　私は今、この話を聞いて日本という国の底力というか、潜在力を今一度、思い知った気がする。本当に凄い国、そして素晴らしい人たちだ！」

　大真面目なローゼンベルクの表情に、松田碧は慌て、

「マエストロ、勘違いなさらないで下さい！　水戸光圀は実在の人物ですが、この話は史実ではありません。後世の人による作り話なんです」

　そう言ってローゼンベルクの勘違いを正そうと思ったが、次の瞬間、その言葉をあえて喉元に押し留めた。

　そうこうする間に、ローゼンベルクにサインをしてもらうためのスケッチブックや無地の反物を自分の車に取りに行っていた近藤進が部屋に戻ってきた。

「近藤さん」

　澤村の主人が、あえて「近ちゃん」とは呼ばずに言った。

「あなた、少し落ち着きなさいよ。第一、あなたね……。ドイツの先生がどうしてここにいらしたのか、まだ聞いていないでしょ」

「え？」

「今年の春先だったか、吉村酒蔵さんが私どもの店に、東都冠の文字と社紋を染め抜いた藍色の風呂敷を発注されたことがあったでしょ」

「それが、どうしたんですか?」

「ローゼンベルク先生は以前、ドイツで東都冠をお呑みになって、大層お気に召したそうなんですよ。それで、吉村さんが昨晩のコンサートにお招きを受けることになって、あなたの染めた風呂敷に東都冠を包んで持って行かれたんだそうです。それでね、その風呂敷をこちらの奥様が気に入って下さって、ご夫妻でわざわざここにいらして下さったんですよ」

「エーッ!」

近藤は座敷がひっくり返るような素っ頓狂な声を上げた。

「こっ、こりゃ、きっと運命の神がマエストロとこの俺とを引き合わせたんだ! 昨日、あんなに行きたかったのにコンサートに行けなかった俺の代わりに、俺の染めた風呂敷がマエストロに挨拶に行ったに違いねえ!」

(気持ちを落ち着かせるどころか、却ってよけいに興奮させただけだ……)

澤村の夫妻も松田碧も、そう思った。

ローゼンベルクとエリーゼも、近藤進が店の主人を叱りつけるように何かを言ったり、素っ頓狂な声を上げるのに驚いていたが、事の次第を理解すると、この慌て者で人の良い染物屋の主人に好感を抱いた。

お茶菓子の後、近藤はローゼンベルクとエリーゼに店内に並べられた呉服や小物を見せながら説明していた。片言の、まったくあやしげなドイツ語に幾分ましな英語が交じっていて、ところどころに音楽談義と思しき話も入っていた。

近藤がローゼンベルクと音楽の話をしているときを見計らい、松田碧はエリーゼを手招きし、小声で言った。

「エリーゼ。ところで、昨晩のコンサートが終わった後、マエストロがステージ裏のアーティスト・ラウンジで大笑いしたでしょ。武士道が何とか言って、うちのオーケストラの吉田というトランペット奏者と話していたらしいけど、あの笑いが一体どういうことだったのか、ご主人に聞かれました？」

「私も今朝、彼に尋ねたんだけれども、『男にしか分からない、武士道の世界だ』とか何とか言って、はぐらかすのよ」

この件で昨晩、松田碧が激怒したことを思い出し、エリーゼは少し困ったような顔をして言った。

「そう……。それじゃ、私もエリーゼにだけ、さっきの私のお話、本当のことを教えてあげましょう」

不思議そうな表情をするエリーゼに、松田碧は悪戯っぽい笑顔で続けた。

「さっきの『水戸黄門』のお話ですけど、マエストロは『一国の統治者である武士のリーダーが変装して命がけの世直しをするなんて！』って言って驚いていたでしょう。でも、あの話は史実じゃありません。水戸光圀は実在の人ですが、全国行脚して世直ししたというのは、後世の人による作り話です。しかも、この話は日本人であれば知らない人は誰一人としていないほどポピュラーなお話で、毎週のように世直しのお話が新たに作られては何十年間もテレビで放映されるほどの人気番組になっているんです」

「まあ、そうだったの！」

「その番組のなかで、水戸光圀率いるボディガード軍団が悪代官やその手先を退治するのです。そのときに、助さん、格さんという側近が悪代官に言い放つセリフがいつも決まっていて、それがさっき言った『こちらにおわすお方をどなたと心得る！　畏れ多くも先の副将軍、水戸光圀公にあらせられるぞ。頭が高い！　控えおろう！』なんです。勧善懲悪の話が好きな日本人は皆、毎回毎回、この決まったこのシーンを楽しみにしていて、一時間番組の最後のところで助さん、格さんが水戸光圀公を背にして言うセリフに、悪代官たちがびっくり仰天して観念するのを見て、喜ぶんです」

「そういうことだったの。私、『こんな凄い話、本当にあるのかな？』って思っていたわ」

　くすっと笑うエリーゼに、

「そうですとも。人が刀を持って一対一の対決をしていた時代の話ですよ。数人の軍団がいかに剣の達人や一騎当千の忍者だといっても、テレビではそれこそ毎週、悪党の手先数十人に囲まれて戦うんですよ。こんなことを繰り返していたのでは、世直しするのに命がいくつあっても足りませんわ！　マエストロは昨晩、吉田と男同士で武士道の秘密話で盛り上がったんですから、このことは私たち、女同士の秘密にしておきましょう」

　エリーゼは松田碧の話を聞くと、顔を下に向けてクスクスと笑った。

　松田碧は、店の片隅で近藤進と話をしているローゼンベルクを見た。

　ローゼンベルクは、呉服の生地に顔を付けんばかりにして、真剣そのものといった表情で生地の模様に目を凝らしていた。「水戸黄門」の話を真に受け、絶妙な味わいを秘めた日本酒や精巧な呉服の生地を見るにも、大真面目で武士道精神との関係に思いを馳せているのだろうか。

　そう思うと、松田碧は突然、常日頃の冷静沈着、理路整然とした立ち振る舞いの彼女には似つかわしくなく、大口を空けて笑ってしまった。

　ローゼンベルクと近藤進は、松田碧の笑い声に驚いて顔を向けた。

「済みません。私、マエストロと思いもかけずこうしてお会いできたものですから、舞い上がっちまって……。下手なドイツ語や英語を使って、みっともない姿ばかり、お見せしてしまいまして……」

　自分のことを笑われたと思った近藤が言ったので、松田碧も恐縮して言った。

「驚かせてごめんなさい。決して近藤さんのことを笑ったわけではないんです。そう、お取りになられたら、許して下さい」

　日本語で何を話しているのか分からないまでも、松田碧の笑いが自分に関係していると察したローゼンベルクが、碧に言った。

「ミドリ。何か私に可笑しいことでも、あるのかね？」

「いえ、あの……。マエストロが呉服の生地に顔を付けんばかりになって、凄く熱心にご覧になっていたものですから……」

「微細な色合いの変化をこれほどまでに精妙に表現する職人芸は、我々音楽家の演奏にも共通するものだからね。こうした日本の技《わざ》が、深いところで武士道にどんな形で繋がっているのか、私は思いを馳せているんだ。それが何か、可笑しいのかね？」

ローゼンベルクがこう言うと、エリーゼが下を向き、声を潜めて笑った。松田碧もまた、それにつられるようにして笑った。

「日本酒のことは吉村社長や杜氏の田所さん、染物のことなら近藤社長という達人がいらっしゃいます。そして武士道のことなら、……そうですね。昨晩マエストロとお話をしていた、うちのトランペットの吉田あたりが、一番詳しいかも知れませんわ」

悪戯っぽい笑みを松田碧の表情にちらりと見たエリーゼがまた、クスクス笑った。

「君たち、何か私に隠しているな。一体、何があったんだ？」

不審そうな表情で尋ねるローゼンベルクを見て、碧とエリーゼが顔を見合わせて、また笑った。

（まったく、もう、どうしようもないな……）

今度ばかりは、ローゼンベルクは複雑な表情で肩をすくめるしかなかった。

近藤進がローゼンベルクとの別れを惜しみつつ、澤村の店員と仕事の打ち合わせに入った後、ローゼンベルク夫妻は、ドイツへの土産物を選び始めた。色彩豊かな風呂敷や財布などの小物は値段も手頃だったから、彼らはいくつかの品を買い求めた。

とはいえ、呉服屋に来て本来、買い求めるべきは和服である。エリーゼは、今さっき、ローゼンベルクが近藤に連れられて見ていた訪問着のところで足を留め、しばし眺めていた。

そんなエリーゼの表情を察した松田碧が、エリーゼに言った。

「日本で気に入った呉服を買うのは素晴らしいことですけれども、洋服と違って簡単に着られるものではないんです。着るのに三十分くらいかかるだけでなく、着付けといって、和服を着るためのの技術が必要だし、その技術を習得するのがまた、大変なんです」

「それじゃ、ミドリに手伝ってもらったら着られるのかしら？」

不思議そうに尋ねるエリーゼに、

「着付けは、日本人なら誰にでもできるというものではありません。日本には着付け教室というのが大抵どこの町にもあって、そこで着付けを学んで覚えるんです。でも、自分で習うのも大変だから、プロの着付師に着せてもらう人も少なくないんです」

「あの……」

ドイツ語の意味が分からないまでも、何となく状況を察した澤村の主人が、言った。

「お話の内容はよく分かりませんが、外国の方が日本にいらして、いきなり和服をお求めになるのは難しいと思います。和服は値段の幅も大きいし、お買い上げいただいたとしても、着付けのことがありますので。今日一日、といっても半日弱しかございませんけれども、手前どもの店でレンタルしている和服の中からお気に入りのものがございましたら、着付けもさせていただいて、というやり方もございますが……」

松田碧がすぐにドイツ語に訳すと、

「まあ、それは素晴らしい！　吉村さんにお招きいただいた今晩の夕食会、和服で伺うことも可能なのかしら？」

エリーゼは顔を輝かせて言った。碧が澤村の主人にエリーゼの希望を伝えると、

「分かりました。まずは着物をお選びいただくとして、着付けは当店でいたしましょう。お手数で

すが、吉村さんとの会食が終わった後、手前どもの店にお寄りいただき、帯を解いていただくということで、いかがでしょう」

エリーゼはさっそく、澤村の女将にレンタル着物のコーナーへ案内された。何十着とある着物のなかから、エリーゼの好みと女将のアドバイスで、鴇色《ときいろ》をベースに、桜の花びらが鏤《ちりば》められた訪問着が選ばれた。近藤進が染めを担当したもので、遠い春の訪れを待ち望む思いが込められているかのような色合いとデザインが素晴らしい着物だった。

エリーゼと女将は別室に場所を移して、着付けが始まった。女将の細かい気遣いで着付けられるエリーゼは、三十分ほどかかる作業にもかかわらず、本当に仕合せそうな表情をしていた。着付けが終わり、和服に身を包んだエリーゼを見た松田碧は、

（美しい！）

心底、そう思った。年齢的には五十をいくつも超えているはずだが、十歳以上若返ったように見えた。そして何よりも、エリーゼの品性や人柄が、着物に身を包むことでより際立って見えてくる、そんな感じがした。

ローゼンベルクは座敷で一人残され、退屈して待っていたところに、戻ってきたエリーゼの着物姿を見るや、

「おう、これは！」

驚きの表情を隠せないように、目を大きく見開いて自分の妻を見た。

エリーゼは、そんな自分の主人に、はにかむような笑顔で応じた。

そばにいる松田碧が思わず羨みたくなるような、二人の姿だった。

十一

松田碧とローゼンベルクは澤村を辞し、そのまま吉村酒蔵が経営する酒亭「酔ひ楽」に向かった。

「酔ひ楽」では、吉村と田所が個室を開けて彼らの到着を待っていた。エリーゼの和服姿を見て、田所が、

「こりゃまた、別嬪さんだ！」

思わず、驚きの声を上げた。

個室にはすでに人数分の突き出しや平目の薄造りなどの料理が卓に並べられていて、曇りガラスの徳利に入った酒が運ばれてきた。

「それでは僭越ながら、私が『乾杯』の音頭を取らせていただきます」

松田碧と吉村から勧められた田所が言った。

「乾杯！」

ローゼンベルクとエリーゼも、松田碧に習った「カンパイ」で唱和した。

酒は言うまでもなく、東都冠の純米大吟醸。田所康治郎が、持てる技術と努力、そして酒人としてのプライドのすべてをかけて醸した銘酒である。突き出しは、茹でた三つ葉と干し柿を使った白

和えだった。その見た目にも美しい一品に箸をつけ、豆腐の滋味が三つ葉の香りと柿の甘みを包みこんだところに東都冠を流し込んだ瞬間、繊細な味と香りがやさしく、そして静かに、口いっぱいに広がった。

「おいしいわ！　日本にはこんなに美味しいものがあるのに、昨日のコンサートが終わるまで、うちの主人はホテルとオーケストラの間を往復するばかりで、夕食もホテルのレストランでさっさと済ませたかと思うと、部屋に篭って楽譜を食い入るように見るばかりなんですから」

エリーゼが隣に座っているローゼンベルクに眼差しを向けながら、複雑な笑顔を浮かべて言った。松田碧がそんなエリーゼの表情を察し、エリーゼの気持ちを代弁するかのようにジェスチャーも交えながら日本語に訳すと、田所も吉村も笑った。

大きな鍋が部屋に運ばれてきた。鳥のつくねに春菊、白菜、人参、葱や白滝が入っていて、見た目にもいろどり鮮やかな鍋だった。しっかりした鶏がらのスープに野菜の甘みが溶け出し、わずかに入れられた塩が全体の味を見事に束ねていた。

追加の酒を注文した田所が、新しい徳利をローゼンベルクに傾け、酒を注いだ。

「マイスター田所、これは？」

盃を口にしたローゼンベルクが田所に尋ねた。ローゼンベルクの表情の変化を感じ取った田所は、松田碧の通訳を待つまでもなく、答えた。

「これは東都冠の、通常の純米酒です。いろいろと料理を召し上がっていただくときには、繊細な味わいを楽しむ吟醸よりも、すっきりした味わいの純米酒で料理と合わせた方が良いですから」

「なるほど。これだと、料理を楽しみながら呑みやすいですね」

「純米吟醸酒は米を多く磨き、手間も一番かけて造るぜいたくな酒ですが、通常の純米酒にせよ、本醸造にせよ、そのときどきで呑むのに適した酒ってのが、あるんです。一番高級だからって、いつでもどこでも純米吟醸って呑み方は、野暮ってもんですよ」

「確かに、この純米酒なら、料理を楽しみながら、たくさん呑めそうです」

「いくらでもどうぞ。うちに酒は売るほどありますから」

田所が深い皺を作るかのような笑顔で言い、松田碧が思わずその表情までを真似しながらドイツ語で話すと、一同は笑いの輪になった。

松田碧は、ローゼンベルクとエリーゼの表情を交互に眺めていた。

まさに修行僧の生活にも比すことができそうな練習と本番の続いた日々のあとの、たった一日残された日本でのオフ。松田碧は、初め、ローゼンベルク夫妻を浅草か銀座にでも連れて行くことを、漠然と考えていた。それが、夫妻の希望で吉村酒蔵や澤村を訪ねることになった。東京見物らしいことは何もしてあげられなかったが、吉村酒蔵の吉村社長や杜氏の田所、澤村の社長夫妻や近藤社長など、ローゼンベルクと共通して造ることへのこだわりを持った人たちとの心の触れ合いを持つことができた。偶然とはいえ、こんなに素晴らしい人たちとの出会いがこうもうまく作れるはずがない、そんな一日だった。

慣れない箸を使いながら日本食に興味を示すローゼンベルクと、その隣でいつになく嬉しそうなエリーゼ。

穏かで、本当に充実した一日を、ローゼンベルクもエリーゼも静かに堪能している。

（終わった……。何から何まで、最高の形で……）

松田碧は、思った。碧もまた、これ以上ないほど仕合せで充実した思いを満喫していた。

「本当にご苦労様でした。よく頑張りましたね」

銘酒・東都冠がそう言って碧の体を駆けめぐり、長かった緊張の糸を静かに、そして優しく解きほぐしてくれるような思いに、しばし浸った。

十二

ローゼンベルク離日の日。

松田碧は朝早く、ローゼンベルクが滞在していたホテルに出かけ、フロントで彼らのチェック・アウトを手伝った。玄関前のタクシーに大きな荷物を積み込み、彼らとともに、成田へとタクシーを走らせた。

タクシーのなかでは、三人ともほとんど口を利かなかった。

十日間にわたる充実感とは裏腹に、別離の寂しさをも感じ、それがお互いに伝わってくる雰囲気に、口が重くなってしまうのだった。

寒い日だった。わずか十日前には晩秋を思わせる青空が一面に広がっていたのが、この日は晴れてはいても、寒さに顔をしかめたくなるような冬の陽気だった。

空港にほど近くなって、水の落ちた田んぼ一面が真っ白になっていたのは、霜が降りたか、霜柱が立っているからに違いなかった。

そんな光景に目をやる三人の気持ちとは関係なく、タクシーは順調に走行し、ホテルから一時間余りで空港に到着した。

松田碧は黙って、二人の大きな旅行鞄を降ろすため、後ろのトランクにまわった。

そして二人を先導し、カウンターで搭乗券を発行してもらって手渡した。

いよいよ、ローゼンベルクとのお別れである。

「ミドリ、十日もの間、いろいろとありがとう。ミドリのお蔭で日本に来ることができ、新しい音楽の友とともに納得のいく演奏を作り上げることができた。そして吉村酒蔵の人たちをはじめ、素晴らしい日本の人たちと心を交わすこともできた。二年前、君がわざわざドイツに私を訪ねてくれたからこそ、私もエリーゼも、こんな幸せな経験を積むことができた。心から礼を言う。本当にありがとう」

ローゼンベルクはそう言うと、はめていた両手の手袋を丁寧に外して、大きな右手を松田碧にゆっくりと差し出した。

松田碧は、ローゼンベルクが片手でもう一方の手袋を外すしぐさを、じっと見つめていた。そして、彼の右手が自分の前に差し出されるや、ローゼンベルクの顔を見た。

その途端。

松田碧の両目から大粒の涙が溢れた。そして、両手で顔を隠すようにし、湧き上がってくる声を必死で押さえながら、激しくむせび泣いた。

ローゼンベルクの隣にいたエリーゼが前に進み、松田碧を優しく抱きしめた。エリーゼもまた、目を閉じたまま肩を震わせた。

碧は幼かった頃、母親に優しく抱きしめてもらったときのような心地よさのなかで、自分の気持ちが落ち着いてくるのを待ち、そして言った。

「マエストロ。私がギュンツェルブルクにあなたを訪ねてフィルハーモニア東都への来演をお願いしたとき、あなたはご親切に、エリーゼとともに私をホテルに送って下さいました。そのときも、あなたは丁寧にご自身の手袋を外され、私に手を差し出しました。そのときの握手は私たちにとって出会いの握手となり、あなたは約束通り、日本にいらしてフィルハーモニア東都と素晴らしい演奏を成し遂げて下さいました。でも、今はこうして、お別れの握手をしなければならないのかと思うと……」

松田碧はまたも、自分の感情がこみ上げてきてしまい、言葉が詰まったが、

（……！）

何と、ローゼンベルクもまた目を赤らめ、複雑な表情で立っていた。恐らく彼もまた、涙を堪えているのに違いなかった。

（この世で、仁王や鬼が泣くなんてこと、あるのかしら？）

そう思った碧に、浜田廣介の書いた『泣いた赤おに』の話が思い浮かんだ。

松田碧がこの童話を読んだのは小学生の頃。今から二十年以上も前のことだから、どんな筋書きだったかは、よく覚えていないが、世事に疎く、たとえようもなく純粋な赤鬼だったことが記憶に残っている。

（顔の怖い人だからといって、心の中までが怖いわけじゃない）

そういうことを、生まれて初めて知って驚いたのも、この童話からだった。

ドイツの頑固親父・ローゼンベルクもまた、この赤鬼のように世事に疎く、そして純粋一途な人物であった。

涙でかすんだ松田碧の瞼に、かつて自分が絵本で親しんだ赤鬼の泣き顔と、

「私は泣いていないぞ」

と言わんばかりのローゼンベルクの表情が、重なって見えた。

目の前の赤鬼が言った。

「ミドリ、フィルハーモニア東都が私をまた必要とするときがあったら、連絡してくれ。私は喜んで日本にやって来る。また、会える日を楽しみにしている」

松田碧の表情から涙は消えていた。ローゼンベルクとエリーゼと笑顔で握手を交わし、出発口へと向かう二人を見送った。

出発口のところで、二人は今一度、松田碧に振り向き、笑顔で手を振った。碧も大きく手を振った。二人の姿が見えなくなってしばしの間、碧は二人が最後に手を振った場所をじっと見つめ続けた。

そして、踵を返すと足早に空港の地下駅に向かった。

ローゼンベルクとのコンサートを終えたフィル東は、一日の休暇を挟み、この日から『第九』公演の練習を始める。

『第九』の指揮は常任指揮者の宇田川瞬で、彼はローゼンベルクと入れ違いの形で昨晩、ドイツから日本に帰ってきた。空港にローゼンベルクを見送った松田碧の代わりに、能登が宇田川のアテンドをしてくれていて、今、ちょうど練習が始まった頃である。

今日から三日間の練習を経て、『第九』公演がスタートする。

フィル東は毎年暮れに数回の『第九』公演を行っているが、公演全部を宇田川の指揮で行うのは今回が初めてである。

宇田川は、フィル東とはかつて「ベートーヴェン全曲演奏会」のシリーズで『第九』を一回演奏しただけで、今回はそのとき以来の『第九』なのである。

「日本みたいに、年末に『第九』『第九』って言って数多く演奏するの、僕は嫌だな。あの曲は演奏するのに凄くエネルギーを使う曲だから、モチベーションを長いこと維持するのだって、大変なんですよ」

そう言って、宇田川は暮れの『第九』連続公演の指揮を敬遠してきたが、二年前のベートーヴェンの交響曲全曲演奏会での『第九』演奏が音楽ファンの反響を呼び、再演を期待する声が数多く寄せられたのだ。音楽評論家からは、「現代のヒューマニズムを体現した『第九』」といった論評のほか、宇田川を評して「和製カルロス・クライバー」といった表現までが新聞や音楽関係紙に踊った。

カルロス・クライバーは先年亡くなった名指揮者で、豊麗でスタイリッシュ、精彩この上ない演奏を聴かせた超人気指揮者である。一部の論評とはいえ、宇田川が、かのカルロス・クライバーに並び称されること自体、彼への期待の大きさを裏付けるものに違いない。

フィル東は、こんな宇田川への期待ゆえに、彼を口説き落として年末の『第九』連続公演の指揮を実現させたのだ。これもまた、松田碧の宇田川に対する粘り強い説得あってのことである。

〝隠れたる巨匠〟ヘルムート・ローゼンベルクの、ではない。宇田川瞬の『第九』が、今日から作られるのだ。

松田碧の頭のなかから、ローゼンベルクとの初共演の成功が一旦、消し去られた。

次の目標に向かって走る。

そして、フィル東の歴史がこうして作られていく。

電車は松田碧の新たな思いを乗せ、東京に向かって走り始めた。

異能の人びと

一

年が変わり、晋一郎がフィル東に入って一年が経過した。

早いものである。コミュニティ・リレーションズの仕事で数名のプレーヤーを連れ、双葉区内の小中学校や社会福祉施設などを訪問したのも、はや五十回を数えるほどになった。

こうした仕事でプレーヤーとの触れ合いを重ねるにつれ、晋一郎はオーケストラの人たちのガクタイ気質なるものが、かなり分かってきたような気がした。

ガクタイ気質の〝ガクタイ〟とは、〝楽隊〟、つまりオーケストラのことである。

先年亡くなった指揮者の岩城宏之氏は、文章も面白いものをいろいろと書いている。それらはもちろん、自らも含めた音楽関係者を話題にしたものがほとんどで、そのなかにガクタイについて書いた一文がある。

晋一郎は高校生のときに読んだ氏のエッセーのなかで、ガクタイという言葉を初めて知り、

（一体、どんな人たちなのだろう？）

コンサートのステージで礼服に身を包み、格好良く演奏している人たちの本質というか、その裏側にえらく興味を覚えたものだった。

氏によれば、ガクタイとはオーケストラの関係者が自分たちのことを呼ぶときに使う業界用語で

あり、「彼らはことさらの愛情とプライドをもってガクタイという言葉を使う」とある。もっとも、最近ではオケ・マンなどという言葉が使われることがあって、そちらの方が今風の言い方なのかも知れないが、いずれにしても、同じ類《たぐい》の言葉と考えて差し支えないだろう。

氏の文章には、

「オーケストラに関係する音楽家をガクタイと称す」

とあるので、厳密に言うと、音楽家ではない晋一郎はガクタイではないのかも知れない。けれども、ガクタイに交じっての仕事を日々重ねてきたことで、自らも一年前とは随分違う人間になった感じがしないでもないから、今やその仲間入りを果たしたと考えても良いに違いない。

〝ガクタイ気質〟なるものを一言で分かりやすく言うのは難しいが、代表的な特徴をいくつかあげることはできる。

具体的な例として一つ挙げるならば、〝酒呑みが多い〟ということかも知れない。演奏という行為はクリエイティブで一発勝負的なものだけに、こうした仕事に日々向き合っているオーケストラのプレーヤーは、一般の会社員などと比べて、いわゆる〝枠〟にはめられていない人が多いような気がする。

演奏すること自体が往々にして極度の精神的集中や緊張を強いられるせいか、精神を集中するときとリラックスしたときの格差も、一般人よりずっと大きいようだ。

そのせいか、〝ここ一番!〟というコンサートでは、本番が終わった後、練習と本番で積み重ねてきた緊張を解きほぐしたいのか、仲間連れで呑みに行くメンバーの数が少なくないような気がする。

終夜営業の居酒屋にどっかりと腰を据え、酒と肴を友にオケ仲間で音楽談義を延々と続ける猛者がいて、そんな彼らがオーケストラの名物的存在になることだって、あるのだ。

昨年十二月、ローゼンベルクとの初共演が大成功に終わったあと、トランペットの吉田義雄やチューバの亀澤将郎たち数名の猛者は、街に繰り出して一晩中、呑み明かした。この日一番の功労者であるホルンの石松寛太は、義雄から、

「おい、行くぞ」

と、声を掛けられ、困ったような表情をしながら、実は、かなり楽しい気分で夜どおし付き合った。もっとも、酒が強いわけではない寛太は、日付が変わって間もなく酔い潰れて寝てしまったのだが、こうなったらフィル東一年生といえども立派なガクタイの仲間入りだ。

それから、料理の腕を知られる団員もフィル東には何人かいて、なかでも、吉田義雄としょっちゅう呑み食いをともにする亀澤は、まさにプロはだしの腕前である。彼はフィル東のチューバ奏者を四半世紀以上務めるベテランだが、少年の頃には、

(チューバ奏者を目指すのか、それとも料理人の道を歩むべきか……)

随分と悩んだらしい。大学受験のとき、絶対に受かるわけがないと思っていた音大受験が通ってしまったため、大学進学と同時に料理人としての修行は諦めてしまった。

「料理の方は、まったく独学の素人《しろうと》」

と謙遜するが、フィル東では料理に関する亀澤伝説が今もなお、語り継がれている。

亀澤が音大卒業後に入団したフィル東は、まだ設立間もない時期で、亀澤はチューバ奏者として活躍するかたわら、オーケストラの運営委員としてしばらくの間、事務局の業務にも関わった。

今から四半世紀以上も前、楽団長として新しいオーケストラを統率することになった渡辺亮以下、皆が若かりし頃の話である。

数名のメンバーが事務所に雑魚寝しながらオーケストラ運営に奮闘したこの時代に、事務局メンバーの腹を満たしたのは、亀澤の作る豪快かつ超安値の料理だった。

冬に魚屋に行っては鮪《まぐろ》のアラを大量に買いつけ、大鍋に鮪と大量の葱を交互に敷きつめた醤油味の葱鮪《ねぎま》鍋を作る。夏に肉屋で特売の豚バラ肉を買ってきては、茹でたモヤシやカイワレ大根、千切りの茗荷などを好みでトッピングできる冷しゃぶを出す。

フィル東創設期の事務局スタフは皆、亀澤の料理に舌鼓を打ちながら日夜、楽団の運営に励んだのである。今でこそ、事務局も専従スタフを拡充し、事務所にスタフが泊まり込む風習が消えてしまって久しいが、亀澤の作った料理は、創設時の活動をともにした渡辺や能登たちにとって青春時代の思い出そのものである。そして、今でもその当時の話を聞き、彼の家に料理を呼ばれることを期待する若い世代の団員だって少なくないのだ。

晋一郎がフィル東メンバーの多種多芸を痛感したのは、こうした呑み食いに関わる話だけではない。

二

晋一郎が、

「これは！」

と驚き、感心したのは、ヴィオラの大和晴造の特技だった。

大和晴造の特技は絵。それも似顔絵を描くことだ。

フィル東では以前から、

「コンサートやコミュニティ・リレーションズでフィル東の演奏に触れていただく方々に、どうやってフィル東への親しみをより感じていただくか。そして新しいファンやコンサートのリピーターを開拓するか」

ということが議論の的になっていた。

コンサートの来場者は、東京で数多く開催されるコンサートのなかからフィル東を選んでくれるのだ。また、コミュニティ・リレーションズの活動では、フィル東のメンバーが、市民のさまざまな人たちと音楽をとおした心の交流をはかるのである。オーケストラの一人一人がアーティストとして社会の人たちと触れ合うのはもちろんのこととして、もっと一人一人の人間性なり、活動にかける思いを知ってもらった方が良いのではないか。

そうした議論のなかで晋一郎が提案し、楽団として実行されることになったのが、小冊子「フィルハーモニア東都・楽団員紹介」の発行である。

フィル東のプレーヤーと事務局メンバー各人ごとに、〝生年月日（星座でも可）〟、〝好きなこと〟、〝苦手なこと〟、そして〝ファンの皆様に一言〟などを記してもらい、顔写真を付けた小冊子を計画したのである。

ところが、この話が正式決定して全団員に伝わったところ、何人かのメンバーから、

「顔写真でなく、ヤマちゃんに描いてもらった似顔絵を掲載してほしい」

という要望が寄せられた。

ヤマちゃんとは、ここで話題の大和晴造のことである。

大和晴造、通称ヤマちゃんは、年齢は四十を少し超えたくらいのヴィオラ奏者である。小太りでいつもにこにこ、話し声までほのぼのした感じの男で、そばにいるとこちらまで和んでしまうようなキャラクターの持ち主だ。

大和晴造は音大のときに漫画研究会に所属していて、絵の方も楽器と同じくプロの域に達しているという話を、晋一郎は他の団員から聞いたことがあった。そして、今回の件で、団員の似顔絵を実際に見せてもらい、驚いた。

「百聞は一見に如かず」とは、まさにこのことである。

似顔絵はその特徴を見事に捉えていて、すぐに誰と分かる出来映え。しかも、ユーモラスで愛嬌があり、誰が見ても微笑んでしまうような、優しさに溢れた絵だった。

そして、似顔絵の下に小さく、「日本晴」という朱色の印が押してあった。

そういえば、団員同士の会話のなかで、他のメンバーの名前に交じって、「ニホンバレ」という名前が出てくることが何度かあって、晋一郎はそのたびに、（そんな珍しい名前の人は、うちにはいないはずだけれど……？）と思っていたのだが、その「ニホンバレ」が大和であることも、初めて分かった。

大和とは本来、日本という意味だし、あの、いつも嬉しそうな表情を見れば、「日本晴」という晴れがましいペンネームも自然と頷ける気がした。

晋一郎は、リハーサルでヴィオラを弾いている大和晴造の姿を、改めて見つめた。

大和は、さすがに、いつものにこやかな表情から一変し、指揮者の動きに全身を集中してヴィオラを弾いている。しかしその表情は、音楽を作る厳しさを感じさせるというよりは、どことなく全体の響きのなかに溶け込む自分の音に愛情を注ぐかのような、優しさと慈愛に満ちた顔だった。

ヴィオラという楽器は、弦楽器のなかではヴァイオリンより少し大きく、さらにチェロ、コントラバスと、大きな楽器になってくる。楽器の音は大きさに反比例して低くなるので、一番小型で高い音を出すヴァイオリンが主旋律を弾くことが多く、メロディを支えるどっしりした低音の響きはチェロやコントラバスの領分だ。ヴイオラは内声部といって、ヴァイオリンの主旋律を陰で支える、縁の下の力持ち的な音を出すことの多い楽器である。

ヴィオラという楽器のこんな特性も、大和の人となりに影響しているのかも知れなかった。

さて……。

結構な数の団員が大和の似顔絵を写真代わりに掲載して欲しいと言ってきて、そんな彼らのために、大和は練習の前後の時間を使って彼らの似顔絵を描いていった。

いくら大和の腕が立つにせよ、身分証明の写真を一瞬のうちに撮影するのとは訳が違う。一人につき、最低十分から十五分くらいの間、大和が団員と向き合い、会話しながら描いていったのだ。

そのやり取りが面白くて、大和が似顔絵を描くさまを、まわりで眺める団員もいた。

ある日の練習後。トロンボーンの三橋忍が、大和を前にして言った。

「今から十年くらい前の私の絵にして。入団して間もない頃のよ。ヤマちゃんだって、その頃の私のこと、覚えているでしょ」

無茶な要求だが、これに応えるのも、大和の腕の見せ所らしい。

「……そう。じゃ、昔の記憶を辿りながら……、こんなもんかな」

大和がそう言いながら、スケッチを三橋に見せると、

「私、こんな丸顔じゃなかったわ。今だって、そうでしょ？　それからね、私、あんまりパッチリした目、好きじゃないから、強調しないでね」

「はい、ハイ……」

そう言いながら書き直しに励む大和の姿と似顔絵を交互に見ながら、三橋忍の夫でチェロ奏者の忠邦が言った。

「ヤマちゃん、これ、出来過ぎじゃないの？　十年前の似顔絵といっても、俺、こんな美人、口説いた覚え、ないけどなあ」

それを聞いた似顔絵の主が、やおら自分の亭主に向き直って手を伸ばし、黙って右の腿をつねったので、

「いてーっ！」

亭主の悲鳴に、まわり中が笑いに包まれる一幕もあった。

こんなドタバタ劇も交えつつ、楽団員紹介の小冊子は、「フィルハーモニア東都　オケ・マン&レディ録」と銘打たれて発行された。

ちなみに、フィル東一の名物男のスペースでは、やぶにらみのガキ大将のような似顔絵とともに、次のような文章が掲載されていた。

名前：吉田義雄（トランペット・首席奏者）
生年月日：一九七五年生まれ（水瓶座）
出身地：上州（今の群馬です）
趣味：双葉区内をはじめ各地の隠れた飲食の名店を探し出すこと
好きなこと：トランペットを吹くこと、演奏の後で仲間と呑み歩くこと
苦手なもの：酒肴品が怖い。特に、双葉の銘酒「東都冠」。
ファンの皆様へ一言：冗談言っても、演奏はマジで勝負します。ご期待を!!

「オケ・マン&レディ録」は、コンサートの会場で来場者に配布され、さらには晋一郎がコミュニティ・リレーションズの仕事で訪問する小中学校の関係者にも渡された。反響が大きかったのは、双葉区民会館でのコンサートのときだった。区民会館でのコンサートには、晋一郎が訪れた小中学校の演奏で見知った子どもや父兄が聴きに来ていることもあって、彼らの反響が結構大きかったのである。

前年のローゼンベルクとの初共演をきっかけに知り合った近藤染物工房の社長・近藤進は、大和の似顔絵にえらく興味を覚えた。コンサートの会場で、晋一郎から似顔絵の作者のことを聞いた近藤は、驚いて言った。

「エッ! 楽団員の方で、こんなプロ顔負けの似顔絵が描ける人がいるんですか?」

そして、ふと、呟くような口調で続けた。

「こんな楽しい似顔絵を描ける方がいらっしゃるんですから、この絵を使ったTシャツとか、絵葉書とか、フィル東さんのオリジナル・グッズができたら、きっと面白いでしょうね」

三

オーケストラのオリジナル・グッズについて、ここで今、少しの説明が必要であろう。

現在、世界中の数多くのオーケストラやオペラハウスがオリジナル・グッズを製作し、販売している。それらは、たとえば団体のロゴが入ったペンであったり、パソコン用のマウス・パッドであったり、さらにはTシャツやカレンダーであったり、さまざまだ。

こうしたオリジナル・グッズの販売の目的は恐らく二つあって、一つは、オーケストラを聴きに来たりオペラハウスを訪れた人たちにとってのスーベニール、つまり記念のお土産としての役割である。グッズを購入して身近に置いてもらうことで、オーケストラなりオペラハウスを、より身近なものに感じてもらえることにもなる。

もう一つは、グッズを販売することで、収益金をオーケストラやオペラハウスの活動資金にまわそうという考え。オーケストラの活動は、経済的には非常に厳しい構造になっている。もっと、はっきり言ってしまうと、オーケストラの活動に関わる費用を演奏による収益ですべて回収することは、不可能なのだ。オーケストラやオペラハウスの活動が公益的なものと看做《みな》され、公的支援や企業メセナ活動などの民間支援を得ることで、活動が何とか継続できているのだが、オーケストラ側でも、こうした状況を自助努力のなかで少しでも改善させたいと考える。その試みの一つが、グッズ販売なのである。

晋一郎は考えた。

オーケストラの会場で売るグッズだから、単価がそう大きくないものでなければ、フィル東の演奏を聴きに来た人達は気軽に買ってはくれないに違いない。しかも、人手も限られた状態で行うことだから、品揃えも収益の面でも、大きなものを期待することは難しい。

しかし、最悪で収支トントンになったとしても、グッズを買ってくれた人がフィル東により親しみを感じてくれるという収穫は、必ず残るに違いない。利益を上げることよりも、むしろこちらの意義の方が大きいかも知れない。

フィル東の企画会議で、晋一郎がオリジナル・グッズの話を議題に乗せると、

「収支が分からなければ何とも言えないから、まずはいくつかのグッズを想定し、見積りを取って検討する」

ということになった。オリジナル・グッズの企画と販売は、今までフィル東が取り組んだことのない領域だ。それだけに、素人考えでグッズを販売し、ただでさえ苦しい楽団の収支状況をさらに悪化させるわけにはいかないのだ。

晋一郎は、まずはフィル東のプレーヤーが全員で演奏している姿や、数名が室内楽を奏でるようすを大和に描いてもらい、それをTシャツやカレンダーに使うことで、企画を進めることにした。

さすがに、大和はいつになく真剣な表情で言った。

「団員の似顔絵を描いたのがきっかけで、話が何か、えらい方向にいっちゃったね。僕の絵が、本当にうちのオケのグッズとして売れるんだろうか……?」

「『オケ・マン&レディ録』の反応も、予想以上のものがありましたし、オリジナル・グッズについては未知数ですが、トライしてみたいんです。協力していただけませんか」

晋一郎に言われた大和は、しばし沈黙した後、言った。

「分かった。やってみよう。ただね、どんな絵をどんなグッズとして使いたいのか、佐藤さんとし

て具体的なアイデアは持っているの？」

それから二週間くらい経って、大和が何枚もの絵を事務局に持ってきた。メインは、ステージに揃った総勢百名近いプレーヤー陣がにこやかな雰囲気で演奏している大きな絵である。中央で、背筋を伸ばして両手を広げる宇田川瞬の指揮姿が第一ヴァイオリンを向いた横向きになっていて、その端正な若々しい表情が印象的な絵だった。

「カレンダー用の方、こんな感じで描いてみたけど……」

そう言って大和が広げた絵は、八枚もあった。

四枚は、弦楽四重奏や金管五重奏など、楽団員が演奏している姿と、それを聴いている子どもの笑顔や学校の風景が溶け合ったような、楽しい絵だった。残りの四枚は、演奏者が人間でなく、ネコやキツネ、タヌキなどの動物になっていた。そして、動物が演奏している場所が神社の境内であったり、お花畑であったり、雪で出来たかまくらのなかだったりして、季節感がうまく醸しだされている絵だった。

事務局の会議室のテーブル一杯に置かれた何枚かの絵を、楽団長の渡辺以下、事務局スタフの全員が取り囲んだ。

「可愛い！　こんな楽しい絵を見ながら一年を送れるカレンダーがあったら、私、絶対に買うわ」

動物の演奏会の絵を見て、チケット販売担当で電話予約窓口の戸田香が言った。彼女と気持ちを同じくする者も少なくなかった。

しかし、カレンダーは時期商品でもある。どんなに絵が素晴らしくとも、年が変わってしまえば売れ残りはデッド・ストックになり、廃棄対象になってしまう。だから、まずは慎重を期して、オーケストラ全員の演奏風景を図柄にしたTシャツだけをグッズとして作ってみることとなった。

生地の選定や試作品の色校正など、晋一郎にとっては経験のない仕事の連続だったが、近藤や彼の仕事仲間の協力もあって、何とか六月末には完成品が事務局に納品された。白地のTシャツにフィル東の演奏姿の絵が数色で刷り込まれていて、背中には"Philharmonia Toto"のロゴが刷られている。

フィル東オリジナルTシャツは、七月の「フィル東ふたばシーズン・コンサート」の会場で、初のお目見えとなった。

晋一郎は、グッズ販売に関する趣旨や商品のTシャツについて記したチラシを作って、プログラムに挟み込み、来場者に配布した。

そして、開場時には、オリジナル・グッズのTシャツに着替えた晋一郎と戸田香がロビーの片隅にブースを置き、その上に、S・M・Lと三種類のサイズのTシャツを並べた。そして、Tシャツ用の原画に加えて、当日は商品化していないものの、大和がカレンダー用に描いてくれた数枚の画を販売コーナー後方の壁際に展示した。

晋一郎と戸田香のTシャツ姿が新鮮に映ったのか、飾られた大和の絵が目に留まったのか、来場者が即売コーナーに大勢寄ってきて、物珍しそうにTシャツを手に取って眺め出した。

即売コーナーを作り、Tシャツを着たまでは良かったが、晋一郎も戸田香もブースに集まる人たちにどう売り込めば良いのか、戸惑った。うまく言葉が出てこないもどかしさに焦りを感じつつ、

表向きだけは作ったような笑顔を浮かべるだけが精一杯の二人に、

「佐藤さん、素晴らしいのが出来ましたね」

来場者が即売コーナーを取り巻くなかから、近藤進が声を掛けてきた。

「これ、シャツの生地もきちんと選んだのを使っていますし、絵柄の印刷も丁寧に色を出していますから、物もいいですよ」

まわりにいた人たちに声を掛けながら、LとMのTシャツを一枚ずつ買ってくれた。

「ありがとうございます。近藤さん、お客さん第一号ですよ」

晋一郎がそう言って近藤にTシャツを手渡すと、まわりも一人、二人とTシャツを買い始めた。

「あの絵は、絵葉書か何かになっているのですか」

白板に貼られた何枚かの絵を見て、晋一郎や戸田香に聞く人もいた。

「現在は、オーケストラの演奏風景の絵をTシャツに刷り込んでグッズにしたところまでです。他の絵は、皆様からのご希望を聞かせていただいて、将来的にカレンダーや絵葉書にすることも、検討したいと思います」

晋一郎はそう応えながら、来場者への対応を続けた。

人波は開演前、休憩時、そして終演後も途絶えず、結局この日だけで五十枚近いTシャツが売れた。

晋一郎は、グッズ販売に関するある程度の手ごたえを感じた。

この日のコンサートでは、来場者へのアンケートも行われた。多くが演奏に対してのものだったが、グッズに関する意見や感想もいくつか寄せられた。

「学校での楽器指導で顔見知りのお兄さん、お姉さんたちが、何とも可愛い似顔絵になって演奏している姿に、感動した」

という感想もあったし、

「Tシャツを着ることで、今まで自分の心に音楽の灯火を与えてくれたフィルハーモニア東都を常に身近に感じられるようになると思います」

という、何とも有り難い気持ちにさせられる感想もあった。

絵葉書やカレンダーのグッズを期待する声もあった。

晋一郎は、来場者が寄せてくれた温かな気持ちに、将来への思いを馳せた。

四

晋一郎が「フィルハーモニア東京　オケ・マン&レディ録」の作成に奮闘していた頃、やぶにらみの悪戯小僧のような似顔絵の本人が、華燭の宴を挙げた。

言うまでもない。首席トランペット奏者の吉田義雄が、ふたばケーブルネットの看板キャスター高瀬あゆみと結婚式を挙げたのだ。

二人が初めて出会ったのは、前年三月に双葉区役所で行われたロビー・コンサートのときだったたから、交際約一年でのゴールインである。

結婚式には、フィル東のメンバーや、義雄が個人的に主宰する金管アンサンブルの仲間たち、そして日本音大時代の恩師でいまだ義雄にとって頭が上がらない石嶺猛など、音楽関係者の顔も多く見られ、総勢百名を超える賑やかさだった。

吉田義雄の強い希望で、東都冠の二斗樽が披露宴の会場に運び込まれ、義雄とあゆみによる「樽割り」、そしてフィル東楽団長・渡辺亮の発声による「乾杯」が行われた。

披露宴では、吉田義雄はいつになく、緊張の面持ちだった。

というのも、式の前日に行われたフィル東の練習のあとで、石松寛太が心配顔でこう言ったのだ。

「あの、……明日の式ですけど。皆さん、凄く楽しみにされているのは良いんですけれど、義雄さんに酒を呑ませて潰しちまえって、笑いながら言ってます……。冗談とは思いますけれど、奥さんの前で義雄さんがそんなことにでもなったら、今後のこともあると思って……」

これは、吉田義雄にとって決して笑いごとなどではなかった。結婚式の席上で泥酔し、肉親や親族縁者、さらには知人の前で醜態をさらすなどということは、断じてあってはならないのだ。

二日酔いから目を醒ましたら、新婦が自分に愛想を尽かして逃げていた……。

そんなことにでもなったら、かつて、全日本音楽芸術コンクールで授かった「幻の一位」という不名誉きわまりない称号に加えて、「幻の花婿」などという新たな称号まで授かること、間違いなしである。

用心に身を固めた吉田義雄は、披露宴会場正面の新郎新婦の席に、新婦のあゆみとともに座り、来場者からの杯を受けていた。

しかし、吉田義雄の心配は杞憂に過ぎなかった。

こうした席で吉田義雄に一気呑みを迫るような者など、いるはずもなかった。

しかも、義雄に献杯に来た面々は皆、式に招待した義雄本人より新婦のあゆみに関心があり、あゆみと話をしたくて献杯に来たとしか思えなかった。

吉田義雄のコップにほんの少しばかりビールを注ぐと、大抵は、

「おう！　おめでとう」

短い一言を義雄に発した次の瞬間、あゆみに向かって、

「義雄君はだらしない男ですが、この上なく、いい奴なんです。どうか末永く、面倒見てやって下さい」

などと適当なことを言って、自分の席に帰っていく。

しかも、こんな中途半端なビールの注ぎ方をされていたのでは、泥酔どころか、ほろ酔い加減にすら、なりようもない。

神妙な顔をして鎮座している吉田義雄とは対照的に、楽団長の渡辺や恩師の石嶺、そしてチューバの亀澤たちは、主人公の義雄をさしおき、仲間同士で談笑しながら猛烈な勢いで呑み、そして食べていた。

石嶺といい亀澤といい、招待された音楽関係者たちには、巨漢が少なくない。そんな彼らとしてはごく自然な振る舞いなのかも知れないが、傍から見ると唖然とするほど、見事な呑みっぷりであ

る。楽団長の渡辺はどちらかといえば小柄で痩せ型なのにもかかわらず、酒の量では巨漢の彼らに、決して負けていなかった。

日頃からそれほど酒を嗜まない能登や晋一郎、そして石松寛太も、彼らの気勢に影響されたのか、いつになく盛り上がった雰囲気だった。

そんななかで、吉田義雄は、今日ばかりは新郎新婦の席におとなしく座っていなければならないのだ。いつもなら、

「おい、寛太！　樽酒、ここへ持ってこい」

そう言いつければ用は済むのだが、今日は雛壇に飾られた人形のように、にこやかに、そして行儀よく座っていなければならない。雛壇から離れたテーブル席に座っている石松寛太に用を命じるためには、大きな声で怒鳴らなければならないが、そんな、はしたない真似も慎まなければならないのだ。

出席者のメートルは、会食が始まるや、あっという間に上がっていった。そして、二斗樽の酒が一時間もしないうちに無くなるという非常事態に式場のスタフが慌てふためき、宴会場のテーブルに新たな酒を持ってまわり始めた。

結局、この日、吉田義雄の口に入った東都冠は、乾杯で口にした、小さな枡にわずか注がれた一口のみだった。

披露宴が終わり、義雄は呑み干された酒樽を覗き込んで唖然とした。樽をひっくり返して最後の酒を空けるなどという、はしたないことは誰もしなかったはずなのに、酒は一滴も残っておらず、

それを証明するかのように樽の底が乾いていた。

「まったく、人のこと肴にして、結局は自分が呑みたいんだよな……。二斗樽を一つ置いときゃ、二升や三升は俺が持ち帰れると思っていたのに、全部呑み干しやがって。チキショー」

そう呟いた吉田義雄の表情は、それでもなぜか、嬉しさを隠しきれないようにも見えた。

五

吉田義雄が高瀬あゆみと結婚したことで、ふたばケーブルネットでのあゆみの活動に、義雄が何となく裏方的な感じで入り込むようになった。

四月のある休日、二人が並んで京川にほど近い、梅畑の前を散歩していたときのこと。

梅畑には、梅が青い実をつけ始めていた。

「二月に来たときは、あたり一面に梅の花が咲いていたと思ったら、実が成りだしたか」

吉田義雄が、ぽつりと言った。

「去年、あなたと初めて会ったとき、亀澤さんお手製の梅ジャムをいただいたこと、思い出すわ」

「あのときの俺たちの出会いが今、こうなっていると思うと、不思議な気がするな」

「何か、縁があったんでしょうね。あのときに、あなたが路地のパン屋さんに連れて行ってくれた。そして、そこで買ったパンを持って、公園でお花見しながら話をして、私たちのその後が変わった。

ああいう出会い方をしたからこそ、今の私たちがあるのよね」

「そうだな……」

　吉田義雄が珍しく、意味深な表情で言った。

「ところで、去年の梅雨のころだったか、俺がこの畑の前を通ったとき、青梅がたくさん育っているのにまじって、熟れて黄色くなった実がいくつも地面に落ちていたんだ。同じ木でも、熟れるのが早い実があるってことだろうな……。梅のいい香りが辺り一面に漂うのはいいけれども、地面に落ちて腐らせたんじゃ、勿体無い。亀さんの梅ジャムを思い出して、そう、思ったよ。今年もあんなことになるんだったら、俺たちで梅ジャム作るから分けて欲しいよな」

「この梅畑ね、私、ふたばケーブルの地域情報番組で取り上げたこと、あるのよ。ここはもともと、山川梅園といって、山川さんという農家の方がやっている畑でね……。私、梅ジャムのこと、教えてさしあげようかしら」

「黄色くなって落ちた実を自宅でジャムにしてもらっても、いいけれど、ここは今や、都内二十三区じゃ珍しい梅畑だろ。ここの梅がどこに出荷されているのか知らないけれど、『ふたばの梅』とでもネーミングして、新しい商品の作り方とか売り方に発展するようなことがあったら、面白いと思うけど、な」

　一週間ほどのちに、吉田あゆみは、前年の取材で顔見知りになった山川家を訪問した。義雄が持たせてくれた亀澤作の梅ジャムも、持って行った。

「あれまあ！　あの梅の実が、こんなに美味しいジャムになるの⁉」

山川家の最長老でおばあさんの初枝が、梅ジャムの美味さに驚いて言った。

初枝の息子で現・当主の健介は、梅ジャムを口にしながら、自分が小学生だった昭和三十年代のことを思い返していた。

双葉区はかつて、大根やキャベツ、そして梅の畑があちらこちらに広がる、都民の食生活を支える農産地だった。

しかし、この、健介にとってかけがいのない原風景は、昭和三十年代後半を境に大きく変わってしまった。都市化・宅地化が急速に進むとともに、あっと思う間もないほどのスピードで農地がつぎつぎと消滅し、かつての風景が崩壊してしまったのだ。

双葉だけではない。東京全体がそうだったのだ。

それでも、双葉の農業は、かろうじて消滅から免れた。そうとでも言うほどにしか、その痕跡をとどめてはいないが、都心部のように完全に消滅しなかっただけでも、良しとすべきかも知れないけれども。

都内や近郊の人たちの食生活を支えてきた、双葉の農業のかつての誇りというか、充足感を感じる農業を、何らかの形で蘇らせることはできないものだろうか?

しばらく無言で梅ジャムの美味さに自らの思いを馳せていた山川健介は、言った。

「ジャム用とはいえ商品として出荷するためには、健康で傷のない熟した梅を育てなければなりません。梅はもともと手間がかかる作物だし、梅を完熟させて出荷するのは相当に大変な仕事です。

……でも、今後のうちの農業を考えるうえで、このジャム作りが何か一つの新しいきっかけ作りになるかも知れません。このジャムの作り方、教えて下さいませんか。できれば、作られた方にも直接、お会いしたいのですが……」

「分かりました。連絡を取ってみます」

首を縦に振って答えるあゆみに、山川健介は続けて言った。

「山川の家では代々、梅が主な農産物の一つだったのです。生産量は昭和三十年代をピークに、今ではそれこそ十分の一か、それ以下になってしまいましたが、伝統ある山川梅園の梅をアピールすることができないものか、と思います。それに、農産物に付加価値を付ける工夫をすることで、私たちの農業を新しい形で活性化することに繋がるかも知れませんし……」

六月に入って、梅の木が多くの実を結び、早熟な実が黄色くなってきた頃、吉田あゆみはチューバの亀澤将郎を連れて山川家を再訪した。作業の手伝いという名目で、吉田義雄も一緒だった。

山川家では、初枝と健介とともに、健介の長男で双葉中央商店街で八百屋を経営している朗が、彼らを待っていた。

山川家の人たちと一緒になって黄色い梅の実を集めると、大きなポリバケツに半分くらいの梅が採れた。

「キッチンの小さな鍋なんか使っていたんじゃ、全部煮るのに日が暮れる」

山川初枝はこう言って、家に隣接している土蔵に入ると、直径六十センチもあるような黒光りする大きな鍋を持ってきて、丹念に洗い出した。

亀山も吉田夫妻も、その鍋の大きさと、年季のいったことに、思わず圧倒された。

「昔は近所の人たちが大勢集まって、この大鍋で芋煮会でもやったのかな？」

亀澤の素朴な疑問に、

「芋煮会は山形の行事ですよ。でも、この辺《へん》でもかつて、採れたての野菜に肉でもぶっこんだ鍋で、呑み会なんか、やっていたんでしょうね。……昔は親戚縁者の数も多かったろうから、みんなで集まって農作業したあとで、宴会をしていたんだと思いますよ。でも現在じゃ、農地も狭くなったし、みんなで集まって作業する機会もなくなって、鍋も長い間、蔵で埃をかぶっていた、ってわけですよ」

吉田義雄が、実際に見たことも聞いたこともない話を、訳知り顔で言った。

都内では本当に珍しく、旧家のたたずまいをそのままに残した、大きな台所での作業である。

梅ジャムを作るための下準備が、かなり大変だった。

採った梅を洗うだけではない。楊枝を使ってホゾに付いた汚れを落とし、包丁で薄皮を剥ぐ。そして、傷んだ部分があったら切り取り、最後に果肉から種を取り除くのである。

こうして梅ジャム用に下ごしらえした果肉を計量すると、約十五キログラムあった。その梅の実ひとつひとつに対して、こうした丁寧な作業を続けるのは、六人での作業とはいえ、かなり大変だった。

大鍋がガス台に載せられている。

亀澤将郎が、下ごしらえされた梅肉をバケツから大鍋に全部移し、そこに二キロ入りのグラニュー糖の袋をいくつも開けて入れ、火を付けた。

大鍋の大きさにガスの火力が間に合うのか、心配な感じだったが、やがて大鍋に熱がまわり、熱せられた梅が音を立て始めた。

吉田義雄が、亀澤の背中越しに声を掛けた。

「亀さん、こんなに大量の梅ジャム作るの、初めてでしょ。大丈夫？」

「任せておけって」

巨体の亀澤が、大鍋のなかにしゃもじを掻きいれるさまは、相撲部屋のちゃんこ番を連想させた。そして、亀澤の手際の良さもあって、三十分もすると、鮮やかな琥珀色の梅ジャムが大鍋のなかに姿を現した。

ガスの火を止め、全員で用意していたパンやビスケット、アイスクリームにジャムをかけての試食会が始まった。

「済みません。申し遅れましたが、私、今こんなこともやっています」

そう言って、山川朗が三人に名刺を差し出した。そこには、

「特定非営利活動法人ふたば二十一世紀街興し　理事　山川朗」

と書かれていた。

「双葉の街興し……。都内の農業で街興しって、面白いですね。今日のことが何らかの形で街興しに繋がったら、素晴らしいですわ」

あゆみに続けて、義雄が隣から口を出した。

「最近、何かの雑誌で見たけれど、練馬区じゃ、区内で採れた野菜を具に使ったレトルトカレーの

商品もあるそうです。双葉でも双葉産の農作物で話題の新商品が出来たら、面白いですね」

　自分で調理した梅ジャムを試食していた亀澤が、納得の表情で言った。

「こうやって、あったかいジャムを冷たいアイスに載せると、これまた美味い！　作りおきして冷やしたジャムとは、一味違う美味さだな……。確か、昔、ミュンヘンのオペラハウスで食べた苺ジャムアイスは、あったかいジャムをアイスに載せていたような気もするし……。ヨッちゃんの言ったレトルト加工も、ありだろうな」

「家庭用にビン詰めで販売するのと、レトルトにしてレストランや喫茶店などで業務用に使うのと、両方ありうるわけですね」

　そう言った山川朗を受け、吉田義雄が、ぽつりと一言。

「ミュンヘン名物、苺ジャムアイスならぬ、双葉名物、梅ジャムアイスか……」

「そう。それだよ、ヨッちゃん！　双葉区民会館は、ミュンヘンのオペラハウスほど華麗で立派な建物じゃないけど、この梅ジャムアイスは、ミュンヘンの苺ジャムアイスに負けてないぜ！」

「オペラは上演しないけど、亀さん、俺たちの演奏も頑張んなきゃ！」

「もちろん！　俺たちの演奏だって、絶対にいい線、いってるよ」

「コンサートが終わったら……」

　吉田義雄が亀澤を見て、いつもの笑顔を浮かべて、言った。

「ミュンヘンならビールで決まりかも知れないけど、ここじゃ、銘酒『東都冠』が俺たちを待ってるさ！」

「……あの、済みません」

亀澤と吉田義雄の会話に、遠慮気味に割り込むように、山川朗が言った。

「今日、皆さんに来ていただいたお蔭で、町興しの具体的なヒントが一つ、掴めた感じがします。私たちのNPOは出来たばかりで、人もお金も、それから知恵も、これからの組織なんです。でも、双葉の将来をより良くという思いを持った人たちが集まって作ったNPOです。今後とも活動に一緒に加わっていただくことは、できませんでしょうか」

思いもよらぬ山川朗の申し出に、吉田義雄が躊躇して、言った。

「そう言われても俺たち、活動資金とか、持っているわけじゃないし……」

「NPOの活動に参加していただくのに、お金はかかりません。今日のような知恵をお借りしたいんです」

「今みたいに、こんな好き勝手な話をするだけでいいんですか？」

「そういうお話が、私たちの活動にとって大切なんです」

山川にそう言われ、

「じゃ、たまにこんな程度の、気楽なお付き合いなら……」

吉田義雄・あゆみの夫妻と亀澤が、ほぼ同時に言った。

三人は、出来たばかりの梅ジャムを特大のプラスチックの密閉容器に一杯に貰って、山川家を後にした。

六

山川家からの帰り路。

双葉駅に行く途中に、双葉中央商店街がある。

店の数とその賑わいにおいて、都内でも有数の商店街に数えられる双葉中央商店街のはずれ、つまり駅から歩いて数分のところに、吉村酒蔵が経営する「酔ひ楽」はある。

この店は二階造りで、一階が居酒屋、二階が大小宴会のできる割烹になっている。前年、〝隠れたる巨匠〟ローゼンベルクが吉村酒蔵の招きを受けたのは二階の割烹だが、三人が立ち寄ったのは、一階の居酒屋の方である。二階がそれなりの造りと料金を設定しているのに対して、こちらは大衆的な雰囲気とそれに見合った値段を売りにしている店だ。

陽も明るい時間に店が暖簾を出していたのは、その日が休日だったからかも知れなかった。

三人が暖簾をくぐると、時間が早かったせいか、店はがらんとして、彼らがこの日初めての客らしかった。

壁には、フィル東のポスターが貼られていた。九月から始まる次期シーズンのコンサートのライン・アップが記載されたものである。この店にもフィル東のポスターが貼られているのは、フィル東が吉村酒蔵と知り合ったのをきっかけに、晋一郎がお願いしたに違いなかった。

「晋ちゃん、頑張っているじゃないか。最近、この辺の店で、うちのポスターをちらほら見かけるようになったけど、ここでもまた……」

ポスターを見た亀澤が言っているところに、

「いらっしゃいませ」

そう言って三人の前に現れたのは、吉村酒蔵の若き杜氏・今村肇だった。

「まあ、こんにちは！　ここでお会いするなんて」

吉田あゆみが、今村の顔を見て、少し驚いたように言った。

ふたばケーブルネットはこの年の冬、吉村酒蔵の杜氏・田所康治郎最後の酒造りを地域情報番組で紹介した。そのとき、吉田あゆみ、当時の高瀬あゆみはレポーターとして、引退する田所と新杜氏として後を継ぐ今村を吉村酒蔵に訪ね、深夜に及ぶ二人の酒造りのようすをカメラに捉えたのだった。

今村は、はにかむような笑顔で、

「今は酒造りの方が休業状態でして、こうした時期には、酒に関わる他の仕事も経験したいと思いまして……」

と、言った。

吉田あゆみは、亀澤と夫の義雄を紹介し、

「こちら、吉村酒蔵の新しい杜氏さんで、今村肇さんです」

二人にも、今村を紹介した。

吉田義雄が、嬉しそうに言った。

「僕たちも双葉区民ですから、東都冠、愛飲していますよ。今村杜氏の第一号、いよいよ今年の冬からの仕込みですね」

「長年、杜氏をつとめた田所の後を継いだわけですから、正直なところプレッシャーも大きいです。造りの途中での迷いも多々、出てくると思いますし……」

複雑な表情を浮かべる今村に、亀澤もまた、笑顔で言った。

「田所さんという方が造ったお酒には、僕たち、随分お世話になりました。でもね、田所さんは長年のご経験と努力で、田所さんならではの酒をお造りになったのでしょう。あなたはこれから地道に、時間をかけて、今村さんの酒、というか、あなたならではの新しい東都冠を造っていけば、いいんだと思いますよ」

「なにせ新米杜氏ですから、全力で頑張るしか、ないです」

今村はそう言って、二合徳利に入った純米「東都冠」と、お通しを持ってきた。お通しは、葱とワカメ、浅蜊のヌタである。

三人が、お互いに酒を注ぎあっての乾杯となった。

東都冠の、爽やかでコクのある味と香りが、口中に広がった。

そこに、味噌と酢で淡く味付けされたヌタを一口した瞬間、何ともいえない愉悦感が全身を駆けめぐった。

三人とも、お互いの顔を見合ったまま、しばし無言である。少しして、

「この素晴らしい香りと味わいは、どう表現したらいいのかしら？」

吉田あゆみが、目を三日月のように細くして言った。

亀澤が、

「オーケストラの音楽にたとえるなら、さしずめ、ドビュッシーの『海』か『夜想曲』。……一見、抽象的で淡い曲想のなかに、味わい深いドラマがある、ってやつかな」

と、答えた。

吉田義雄が、亀澤に一献《こん》注いでから言った。

「ところで、今村さんならではの酒といえば、俺たちに手伝えることがあるかも知れない」

「どんなこと？」

妻のあゆみが、義雄に顔を向けて尋ねた。

吉田義雄は、フィル東のポスターに目をやりながら、亀山に言った。

「俺たち、来シーズンに『田園交響曲』、奏《や》るじゃないですか。ベートーヴェンのじゃなくて、ヴォーン・ウィリアムズの『田園交響曲』」

「それが、どうかしたのかい？」

亀山が、興味深げに尋ねた。

「九州の焼酎メーカーがね、ベートーヴェンの『田園』を、醸造中の焼酎に聴かせているって話、聞いたことがあるんですよ」

「酒を造るときに音楽を聴かせると、発酵が進んで美味い酒が出来るって話だろ。何でも、モーツアルトの音楽を聞かせている日本酒の酒蔵もあるらしい」

「酒蔵でね、生まれてくる酒に音楽を聴かせるとすれば、焼酎にベートーヴェンの『田園』って、結構合うと思うんですよ。でも、日本酒なら、ヴォーン・ウィリアムズの『田園交響曲』もいいんじゃないか、って思ったんですけどね」

「フィル東の演奏テープを、酒蔵で流すのね！」

あゆみが興奮したような口調で言った。

「そうさ！　東都冠は双葉で造られる酒で、東京を代表する銘酒でもある。俺たちの演奏をCDか何かで吉村酒蔵で流して良い酒が出来れば、東京の地酒の新しい売りにだって、なるじゃないか」

三人、実質的には吉田義雄と亀澤の二人、が注文した二合徳利は、すでに四本がテーブルの上に倒されていて、五本目が義雄と亀澤の間を行きつ戻りつしていた。頼んだ料理も、「酔ひ楽」自家製の糠漬け、コハダの刺身、野菜と鶏肉の煮物、穴子の天麩羅など、結構な種類と量になっていて、腹の方もかなり満たされてきた。

入ったときにがらんとしていた店内は、いつのまにか満席の賑わいとなっていた。一年生杜氏の今村は、テーブル席と板場との間をめまぐるしく立ち働いていて、三人が話した内容を伝える余裕もない雰囲気だった。

三人は今村と目線が合ったとき、ちょこんと頭を下げ、勘定を払って店を出た。

入ったときには明るかった陽が、とっぷりと暮れている。

酒と肴に満足した三人は、双葉駅に向かって商店街の雑踏をゆっくりと歩いた。

「今日は、面白かった」

吉田義雄が酒のせいか、かなり弛んだ顔つきで言った。

亀澤もにこにこして言った。

「山川さんから梅ジャムを、それこそ一年分くらい貰ったし、『酔ひ楽』は酒も肴も最高だった。値段がリーズナブルなのもいい」

「明日の朝食で、梅ジャムをパンやヨーグルトに付けて食べるの、今から楽しみですわ」

吉田あゆみが、この日一日を快く付き合ってくれた亀澤に頭を下げながら、言った。

「暑くもなく、寒くもない。さらりとして、気持ちのいい夜だ」

吉田義雄がこう言ったあと、亀山をちらりと見て、言った。

「こんないい日を過ごせた記念に、もう一軒……」

それを聞いた亀山が、酔った顔をさらに崩さんばかりに声なく笑った。

そのとき、

「いてえ！」

吉田義雄のたまぎる悲鳴に、亀澤は酔いを一瞬にして醒まされた。

吉田あゆみが、酒にだらしない亭主の腕を思い切り、つねったのだ。

驚いたのは、亀澤だけではなかった。吉田義雄の叫び声の大きさに、商店街のアーケードを歩いていた多くの人たちの視線が、一瞬にして、声の出処に吸い寄せられた。

吉田あゆみは、ふたばケーブルのキャスターとして街では結構知られた顔だし、吉田義雄と亀澤は、区内の小中学校での演奏をかなりの回数、行っている。面識こそないけれども、彼らを一方的に見知っているであろう人たちの視線も少なくないに違いなかった。

（これは、まずい。どうしよう……）

三人が思う間もなく、少し離れたところから子どもの声が飛んだ。

「あのおっさん、フィルハーモニカ東都っていうオーケストラで、ラッパを吹いている人だよ」

すると、母親が子どもを窘《たしな》めるように小声で言った。

「そんな、人を指して『おっさん』だなんて言っちゃ駄目よ。……でも、ハーモニカのバンドでラッパなんて変ねえ」

「フィルハーモニカじゃないよ。フィルハーモニア東都、オーケストラだよ」

今度は父親が言った。

親子連れの近くで、ニヤニヤして吉田あゆみを見ている人もいた。恐らく、ふたばケーブルを見ているのか、中央商店街などであゆみの取材姿を何度か目にしている人たちに違いない。

三人は一瞬、バツが悪くなって思わず俯いた。

そして……。

作り笑いのような表情を浮かべて顔を上げ、まわりの人たちにちょこんと頭を下げたかと思うと、双葉駅に向かって足早に消え去った。

再会

一

松飾りも取れた、一月の中旬。

〝隠れたる巨匠〟の異名で世界の注目を集めるドイツ人指揮者ヘルムート・ローゼンベルクが日本にやってくる。

前回の初共演以来、一年二ケ月ぶりの再来日である。

ローゼンベルクとの初共演を大成功に終えたフィル東は、間を置かず、ローゼンベルクに再共演を要請した。それも今後の継続的な関係を築くため、複数回の共演を視野に入れた打診をしたのである。

ローゼンベルクはすでに、ドイツのギュンツェルブルクとハルゼンのオーケストラとの共演予定が二年先まで決まっていたが、その日程の間を縫う形で二度の来演を契約してくれた。

それが、この年の一月と六月の二回にわたる共演である。

二回の共演は、一つのシリーズ・プログラムの形で実現されることとなった。

ヨハネス・ブラームス（一八三三〜一八九七）交響曲全曲演奏会（全二回）
●第一回（一月）

交響曲第一番ハ短調作品六八
交響曲第三番ヘ長調作品九〇
●第二回（六月）
交響曲第二番ニ長調作品七三
交響曲第四番ホ短調作品九八

ドイツ・ロマン派の大作曲家ブラームスは、生涯に四曲の交響曲を遺した。いずれもが、がっちりとした手ごたえの傑作揃いで、世界中の音楽ファンから愛され、オーケストラの基本的なレパートリーになっている作品群だ。

壮年期の力作である第一番から、晩年に完成した第四番までの四曲すべてが、二回のコンサートに分けて演奏されることもまた、少なくない。その際、がっしりした構成感が強く前面に打ち出された第一番と第三番、そして叙情的な色彩感の強い第二番と第四番をひと組とするケースが多い。

ローゼンベルクとフィル東によるコンサートも、その例に倣っての選曲となった。

先だっての、シューベルトの『未完成』とブルックナーの『ロマンティック』に勝るとも劣らない音楽ファン垂涎のコンサートが、間もなく始まるのだ。

二

このコンサート・シリーズでは、いくつかの嬉しい出来事があった。

それらはいずれも、前回の初共演が予想をはるかに上回る大成功に終わったことで、フィル東に手を差し伸べる人や組織が出てきたことによるものだった。

一つは、大阪公演の実現である。

前回の〝隠れたる巨匠〟初来日は、音楽マネジメント会社やホールのプロデューサーなど、音楽関係者の間でも大変な注目と評判を得た。

多くの音楽関係者がコンサートを聴いたなかで、関西からやって来た者もいた。大阪のザ・フィルハーモニーホールを運営する財団法人 関西音楽文化振興協会でチーフ・プロデューサーをつとめる財津伸彦である。

財津伸彦は、この世界では何といっても〝熱い男〟として知られている。年の頃四十代後半の、この世界ではベテランの類に入る男といってよいだろう。音楽を専攻した経歴はないのだが、音楽が心底好きでこの世界に飛び込んだだけあって、熱意とバイタリティの物凄さ！　それに加えて、関西弁丸出しの大きなダミ声で、関西一円のみならず日本中で名を馳せる音楽業界の名物男でもある。

その財津が、ローゼンベルクとフィル東の初共演コンサートにも当然のごとく足を運び、その数日後、大阪の事務所から松田碧に電話を入れてきた。

「松田さん！　先だっては会場に顔出しながら挨拶もせず終いで、ごめんな」

財津の、いつもながらのストレートな口調に、日頃は冷静な松田碧も、思わず笑みを堪えきれない表情で言った。

「やはり、来て下さっていたのですね！　私もご挨拶したかったのですが、今回ばかりはマエストロから一瞬たりとも目を離せない気分で、終演後は舞台裏に貼り付いていたものですから、こちらこそ失礼しました」

「良く分かっているよ。そんなことはお互いに気にしっこ、なしや。……それはそうと、フィル東さん。マエストロ・ローゼンベルクとの初共演、大成功。本当におめでとう！」

「ありがとうございます。辛口で有名な財津さんにそう言っていただけて、光栄ですわ」

「僕のこと、辛口とはよう言うわ！　……それはそうと、松田さん」

「はい？」

「ローゼンベルクとフィル東の演奏！　あれだけ感動的な演奏ちゅうのは、滅多なことでできることやない。世界に名だたる名門オケと世界的指揮者との、話題の組み合わせにしても、や。……そこでや。フィル東さんが今後、ローゼンベルクさんに客演指揮してもらう際、東京公演のあとで大阪に来て演奏してもらうこと、できないやろか？」

思いもよらない財津の提案に、松田碧は喜んだ。しかし、あまりに唐突な提案だっただけに、懸念を交えて言った。

「もちろん、東京だけでなく大阪でも演奏できたら、本当に素晴らしいです！　……ただ、東京に加えて大阪公演を入れるとなれば、全体の公演と練習スケジュールを新たに考えなければなりませんし、マエストロのご承諾も取らなければなりません」

「フィル東さんとしても、ローゼンベルクさんとの今後の契約は、これからやろ？　だからや、僕はフィル東さんがマエストロと契約するのに先行して、ローゼンベルクとフィル東を大阪に招聘することについての基本的な合意ちゅうか内諾を、うちの協会で早い段階に取れないか、と思っているのや。どやろ。これから詰めなあかんことも多々あるけど、検討していただけますか？」

「もちろんです！　うちとしても、今後、マエストロの指揮でコンサートを行う際には前回同様、一つのプログラムで最低二日以上の公演は行いたいと思っていましたから、大阪でのお話をいただけるなんて夢みたいなお話です！　早速、楽団長の渡辺と事務局長の能登に、財津さんのご提案、伝えます」

「ありがとう。僕の方もフィル東さんの感触を確かめたうえで、協会の合意と予算を取り付けるまで、当分は水面下の話として進めていくつもりや！」

今にも電話口から飛び出さんばかりの、生きの良い財津の声が聞こえたのち、彼の口調は少し寂しげになった。

「松田さんだから本音も言うけどな。本来なら、ローゼンベルクさんには大阪のオケを指揮して欲しい気持ちもあるんよ。……大阪のオケはどこもみな財政問題かかえながら、必死の頑張りでいい演奏してます。東京のオケにも負けてへんで。財政が苦しいのは東京のオケだって同じやろが、正直なところ、ローゼンベルクに大阪なり関西のオケを振ってもろて、それが関西の音楽界全体にとっての起爆剤になってくれたらもっとええ、と思うこともまた、確かなんや……。でも、ローゼンベルクを日本に招聘できたのは、何と言っても松田さんの眼力と行動力あってのことや。そして、彼が世界的な存在になる前に招聘を決めた渡辺楽団長以下、フィル東さんの英断にも脱帽してます。僕はこのことを尊重しますし、フィル東さんへの仁義にもとることをするつもりも、ない。今、マエストロに『フィル東以外の日本のオケ、振って下さい』言ったところで、首を縦に振って下さらんことも、よく分かってます。……ただ、あの素晴らしい演奏をな、関西の人たちにも、是非、聴かせてあげて欲しいんや。東京公演以上の一番濃いいとこ、大阪に来て、聴かしてや!」

松田碧は財津の提案に再度、感謝の念を述べた。

そしてまた、財津の大阪、そして関西という地元に寄せる思いにも強く心惹かれて、静かに受話器を置いた。

ほどなく、大阪公演は本決まりになった。財津は関西音楽文化振興協会の企画会議でローゼンベルクとフィル東の大阪公演を上申した。大阪でローゼンベルクを聴けるコンサートは話題性の面でも世界の超一流オーケストラの来日公演に決して引けを取らないし、フィル東の遠征費などの費用がチケット料金に反映されるとしてもチケットの完売は間違いない。今まで比類なき音楽への愛と情熱で幾多の優れた公演をプロデュースしてきた財津の熱弁は、今回も関西音楽文化振興協会を動かしたのだ。

三

もうひとつの、フィル東にとって嬉しい出来事。

それは、ＪＨＫ（ジャパン放送協会）が、ローゼンベルクとフィル東による一月と六月の全コンサートを収録し、放送することになったのだ。

公共放送のＪＨＫは、自らが運営するＪＨＫフィルハーモニー交響楽団のコンサートを放映するだけでなく、全国各地のオーケストラによる注目のコンサートを選んで、テレビやラジオで放送している。フィル東とローゼンベルクの再共演は、日本のオーケストラのなかで飛び切りのコンサートとして、ＪＨＫからフィル東に打診があったのだ。

ＦＭでのライヴ放送に加えて後日に地上波やＢＳでテレビ放映されるとなれば、コンサートを聴くことのできない多くの音楽ファンが、電波を通じてフィル東の演奏を享受できるのだ。この意義はとてつもなく大きい。

ＪＨＫの番組編集者や大阪公演に関する財津との打ち合わせもあって、松田碧は前回とは違ったあわただしさのなかにいた。

しかし、今回は周囲の理解と協力も得られた。

ローゼンベルクへの初コンタクトのときに力になってくれた美穂シュミット中川が、今回のローゼンベルク来日に合わせて帰国。ローゼンベルク夫妻のアテンドを手伝ってくれることになったのもそのひとつである。

ローゼンベルクと妻エリーゼの来日を前にして、松田碧が、

「今回の来日中にご希望されることはありますか」

と尋ねた際、エリーゼから、

「もしも可能であるならば、訪日中に着付けを習い、ドイツに着物を一式買って帰りたい」

というリクエストが寄せられた。人に対する配慮の細やかなエリーゼのこと、そこは、

「ミドリや関係者の方に無理をお願いしないという範囲で、検討してもらえるなら……」

という遠慮がちのリクエストだった。

ちょうどその頃、松田碧が美穂シュミットと電話で話す機会があり、そのなかで話がエリーゼの着付けの件におよんだとき、

「それじゃ、彼らのアテンド、私も日本で手伝うわよ」

美穂シュミットが即座に言ったのには、碧自身が驚いてしまった。

「えっ⁉　だって、先輩はベルリンじゃありませんか」

「彼らの日程に合わせて、私も日本に里帰りすることにするわ。私はかつてドイツに留学したうえ、親の反対を押し切ってこっちで所帯まで持ってしまったけれども、今でも父や母が『たまには、日本に帰って来い』ってうるさいのよ。それに、私のボランティアってことで協力すれば、あなたをフィル東に入れてくれた能登さんへの義理も果たせるしね」

こうして美穂シュミットの協力を得ることとなった松田碧は、澤村に出向いて事情を話したところ、こちらもエリーゼのために五日間のコースを組んでくれるように取り計らってくれた。

澤村の女将はエリーゼの特別講師として、近藤染物工房社長、近藤進の妻・華子に話をつけてくれた。

「今から二十年くらい前のことでしたかしら……」

女将は昔を懐かしがるかのように言った。

「先代のお父様から染めの会社を継いで間もない近藤さんが、うちに打ち合わせに来ましてね。そのとき、たまたま着付けを習いに来ていたうら若き女性を見初めたんです。その人が、今回、エリーゼさんの着付け指導をお願いした華子さんなんですよ」

そして、可笑しさを堪えるような表情で続けた。

「華子さんを初めて見たときの近藤さんの顔ったら、なかった！　一年前、ここでローゼンベルク先生を見て放心状態になってしまったときの表情と、同じだったんです。そのあと、近藤さんは華子さんにアタックして結婚し、華子さんはうちで着付けの技術を身に付けて、今では着付け講師の一人です。華子さんはハキハキした方ですから、時間の制約があるなかで着付けを教えるには良いと思います。ご主人、今回のこと、きっと大喜びしますよ」

思い返せば、ローゼンベルクの招聘をフィル東の企画会議で初めて提唱したとき、松田碧は一人ぼっちだった。味方になってくれた人は、ローゼンベルクの演奏録音を探してくれ、出演交渉の手はずも付けてくれた美穂シュミット以外、誰もいなかったのだ。

けれども、今は違う。

ローゼンベルクとフィル東の演奏に感銘を受けた人がいて、組織がある。

そして、松田碧に惜しみない協力をしてくれる人がいて、組織がある。

前回の、ローゼンベルクとの初共演までの苦労が一気に花開いたかのような幸福感と充実感に包まれながら、松田碧はローゼンベルク再来日のための準備に追われた。

四

成田空港の入国者出口で待っていた松田碧の前に、ローゼンベルクとその妻エリーゼが姿を現した。

「またお会いすることができました。ドイツから遠路はるばると、ようこそ！」

松田碧は満面の笑顔でこう言って、彼らと握手をし、軽い抱擁を交わした。

ローゼンベルクは、いつもながらの仁王のような表情をわずかに弛めた。これぞ、一刻者のローゼンベルクにとって、精一杯の努力の証《あかし》である。

エリーゼは、本当に嬉しそうな表情を隠さなかった。

約一年ぶりに再開したローゼンベルクは、少しやつれたようだった。

そのことが気になった松田碧は、尋ねた。

「マエストロ。少し、お痩せになられたようですね。お体、大丈夫ですか」

「気にしてくれて、ありがとう。このところ、練習とコンサート続きでえらく忙しくてね」

彼らがドイツのライプツィヒ＝ハレの空港を発ってから、フランクフルト経由で東京に着くまで、すでに十五時間以上が経過している。こんな長旅のあとでは疲労も相当なものと察した松田碧は、二人の荷物を手伝いながら急ぎ足でタクシー乗り場へ先導した。

松田碧は疲れた姿のローゼンベルクを心配そうに見た。

ローゼンベルクはそんな松田碧の心中を察したらしく、はっきりとした口調で言った。

「私は作曲家が作った楽曲を間違いなく音にして聴く人たちに届けるのが仕事だ。ミドリが私に、日本での仕事を望んでくれたんだ。だから、私は喜んで日本に来た。明日からのことは心配するな」

都内のホテルに旅装を解いた二人を、松田碧はホテル内の天麩羅《てんぷら》屋に連れて行った。

「お飲み物はどうされますか」

碧の問いに、

「日本酒で東都冠があれば……」

ローゼンベルクとエリーゼが答えたが、東都冠のような小さな酒蔵の酒をホテル内の料理屋に置いていないのは、致し方のないことだった。

「それならば……」

というわけで、ビールでの乾杯となった。

料理の方は、芋や蓮、海老や穴子など、揚げたての天麩羅がカウンターの座席の前にひとつずつ供された。

付汁に浸した大根おろしを付けて食べる熱々の天麩羅を、ローゼンベルクもエリーゼも気に入ったらしかった。

「これは美味しい。油を使ってコクがあるのに、さっぱりと食べられる」

ローゼンベルクはこう言って喜んだが、明日からのことを考えているのであろう。ゆっくりと少量ずつ、口にしていた。

翌日から始まるフィル東との練習を前に、ささやかな心の安らぎがここにあった。

五

五日間の練習が始まった。

練習開始時刻、十時の三十分前に、松田碧がローゼンベルクとエリーゼを双葉区民会館に連れて行った。

団員たちが舞台袖から姿を現したローゼンベルクの姿をみとめると、激しい足踏みと楽器を叩く音でステージ上が興奮に包まれた。前回の初共演での大成功以来、一年二ケ月ぶりの再会に、ステージに上がっていたプレーヤーすべてが最大級の歓迎を表したのだ。

「フィルハーモニア東都の皆さん、おはよう」

ローゼンベルクはそう言うと指揮台に上がり、
「ヨハネス・ブラームス、交響曲第三番、第一楽章冒頭から」
そう言って、ステージ後方の管楽器に向け、両手に勢いを付けて大きく前に伸ばした。
管楽器による輝かしく透明な二小節を受け、そこに弦楽器と打楽器も交じり合った荘厳なフォルテがホール一杯に鳴り響いた。
練習は前回同様、緊張感が張りつめた厳しいものだった。
ところどころでローゼンベルクの、
“Nein（違う）”
の声とともにやり直しが入ったが、こうしたことが初共演のときよりはるかに少なかったのは、フィル東のプレーヤーがローゼンベルクの音楽づくりをより理解して演奏しているからにほかならなかった。
松田碧は練習を見ていて、（今回は、前回とは随分違う）と思った。
初共演のときも、碧がフィル東のプレーヤーを信頼していなかったわけではないが、先行きが読めない不安感が常にあった。
だから、練習に立ち会いながら祈り続けた。
ローゼンベルクの、
“Nein”
が同じ個所で何度も続いたときなど、

（このままうまくいかず、ローゼンベルクが怒ってドイツに帰ってしまったら、どうしよう？）

言いようもない恐怖感と不安に襲われ、いても立ってもいられない思いをしたことすら、あったのだ。

こうした底知れぬ不安や恐怖の念は、今回の練習では見事に払拭されている。

フィル東のプレーヤー一人一人が、ローゼンベルクの棒にすばやく順応している。そして、ローゼンベルクの芸術性に心酔し、彼との音楽を造るために持てる限りの技術と精神力を十二分に発揮しているさまが見てとれる。

ローゼンベルクもまた、今までにたった一度、一週間の練習と本番の経験を積んだだけとは思えないほど、フィル東を信頼して指揮棒を振っていることがよく分かる。

こうしたお互いの関係は、前回のコンサートが終わった後、舞台裏のアーティスト・ラウンジで吉田義雄がローゼンベルクを大笑いさせたこととも関係があるのかも知れない、と松田碧は思った。

吉田義雄もローゼンベルクも、大笑いの理由を碧に教えてくれなかった。

しかし、彼らが言っていた「武士道精神」なるものがお互いの信頼関係のもとになったことは、間違いないようだった。つまり、吉田義雄はローゼンベルクを大笑いさせながら、実のところ、「まじない」を掛けて、ローゼンベルクをフィル東の音楽仲間にしてしまったのではないか。松田碧にはそんな思いがして仕方がなかった。

練習が始まってまもなく、美穂シュミットが会場にやってきて、がらんとした客席で碧やエリーゼと一緒に練習を聴いた。そして午前の練習が終わると、近所のレストランでローゼンベルクや松田碧たちと昼食をともにしたあと、エリーゼを澤村に連れて行き、着付け教室に立ち会って、エリーゼと近藤華子の通訳をした。

「私自身、着付けの勉強なんてしたことなかったから、自分にとっても勉強になる」

そう言って、美穂シュミットは笑った。近藤夫人のテキパキした指導と美穂シュミットの的確な通訳の助けを得て、エリーゼの着付けの稽古は順調に進んでいった。

そして、三時に和菓子や抹茶をいただくのも、エリーゼにとって楽しいひと時となっていた。

六

東京公演の初日。

フィルハーモニア東都の一月定期演奏会の会場となったハーモニーホールTokyoは、前回と同じく全席売切れの超満員だった。

プログラムは、ブラームスの交響曲が二曲。

交響曲第三番ヘ長調作品九〇
交響曲第一番ハ短調作品六八

作曲順を考えれば第一番を先に演奏するべきかも知れないが、両作品の演奏時間や性格を考え、より重厚で長大な第一番をメインに据えたプログラミングである。

ステージには、七十名ほどのプレーヤーの合間を縫うようにしてＪＨＫとムジキョーが設置した数多くの録音マイクが所狭しと並べられ、さらにはステージに向けられたＪＨＫの数台のテレビカメラがこれから始まる音のドラマを待ち構えている。

舞台袖ではフィル東のプレーヤーが上手と下手に別れて集結し、出番を待っていた。

「はい、出番です！　よろしくお願いします」

ステージ・マネージャーの横田正がそう言って下手の扉を引き開けると、プレーヤーたちは緊張の面持ちで、ぞろぞろとステージに出て行った。

プレーヤーが各々の音出しを終えたのを見計らって、コンサートマスターの米山治夫がステージに出て行くと、満場の聴衆から拍手が沸き上がった。

オーボエ奏者が「Ａ（ラ）」の音を出し、他の楽器がそれに合わせてチューニングを開始した。

米山をステージに送り出した横田は、いったん下手《しもて》の扉を閉めた後、指揮者控え室にローゼンベルクを迎えに行った。

舞台袖に隣接した指揮者控え室では、ローゼンベルクが横田の迎えを待つまでもなく、部屋から出てきていた。

横田の先導で舞台袖に歩を進めたローゼンベルクは、扉の近くで立ち止まると、右手に指揮棒を持ったまま両手を胸に当て、黙想した。

否。それはむしろ、黙禱《もくとう》といった方がよいのかも知れなかった。

チューニングを終えたステージからは、何の音も聞こえてこない。

完全な静寂のなかで、五秒、十秒……。ローゼンベルクの黙禱が続く。

横田正は、少し離れたところから、黙ってローゼンベルクを見守っている。

そして、ローゼンベルクが静かに瞼を開け、いつもの仁王像のような表情を取り戻したのを確認すると、ローゼンベルクと視線を交わし、

「マエストロ、プリーズ」

そう言って扉を内側に引き開けた。

ステージのまばゆい明かりが差し込むとともに、緊張ではち切れんばかりの会場の空気が、横田を一瞬にして押し潰さんばかりの勢いで舞台裏に流れ込んできた。

ローゼンベルクは、やや俯き加減になって一歩一歩、足元を踏みしめるようにステージへと歩を進めた。

客席から嵐のような拍手が沸き上がった。

指揮台の横に歩を進めたローゼンベルクが正面を向いて深々と頭を下げ、指揮台に静かに上がる。

再び、会場は物音ひとつない。

客席に陣取った二千人のひとりひとりが息を呑んでローゼンベルクを凝視するなか、ローゼンベルクが指揮棒を振り上げた。

そして、斜め上方に伸びきった両手が一瞬静止し、反動で下へと降りていく瞬間！

後期ドイツ・ロマン派の大作曲家ヨハネス・ブラームスの真骨頂ともいうべき、渋く、そして重厚な音楽がホール内に響き渡った。

勇壮な第一楽章に続く第二、第三楽章は、巨大な室内楽を思わせる音楽である。第三楽章の憂愁たるメロディがローゼンベルクの棒によって渋く歌われたのを聴き、聴衆は辛口の美酒に酔った思いがした。

そして、第四楽章（フィナーレ）は、第一楽章と対をなす激情の音楽である。

それが、やすらぎの音楽と化して静かにその生命を終えたとき——。

客席は、演奏が始まる前の静寂に再び戻った。

誰も、拍手をしない。誰もが凍りついたように、動かない。

恐ろしいほどの緊迫感がホール全体を覆い続けるなか、二階客席の前方から、一人の、意を決したような拍手が鳴り響き、それを機に怒濤のような拍手が沸き上がった。

「ブラヴォー！」

の喝采も、数ケ所から飛び交った。

何回目かのカーテンコールが終わったところで、コンサートマスターの米山治夫が正面に向き直り、深々と頭を下げた。

休憩。

ロビーやティー・ラウンジで極度の緊張から解放されて二十分間の休憩を過ごした聴衆が、期待と緊張の面持ちで座席に戻ってきた。

コンサートの後半。ブラームス作曲の、交響曲第一番ハ短調作品六八。

一言でいえば、荘厳で、威容に満ち溢れた、たとえようもなく充実した傑作である。

それもそのはず。ブラームスは二十歳をわずか過ぎた若き頃から交響曲の作曲を志しながらも、交響曲第一番の初演は四十歳過ぎ。つまり、構想から完成まで実に約二十年以上もの年月を要した作品なのだ。

ブラームスは、自分が作曲家としてあまりに遅く生まれてきたと思っていた。

交響曲の世界では、ハイドン、モーツァルトを経て、ベートーヴェンの九曲の交響曲こそが不滅の金十字塔的存在であって、それ以降、ベートーヴェンの九曲に比肩するに足る、あるいはそれを超える作品を残すことなど不可能と看做されていた時代があった。

一八三三年に生まれたブラームスは、まさにそうした時代を生き、そして克服すべき宿命を負わされた作曲家だったのである。

ブラームスは偉大な先人たちの作品に感銘を受けるとともに、こうした偉大な作品を継承すべき新たな作品を生み出すことの困難さを痛感していた。先人たちの作品に呪縛されていたといっても良い。

そうした苦悩を抱えた彼は、慎重に慎重を重ねた筆を進め、遂に、重厚で荘厳で、そのなかに夢見るような美しいメロディをも盛り込んだ交響曲第一番を完成させた。

この曲の初演は成功を収め、ときの大指揮者ハンス・フォン・ビューローをして「ベートーヴェンの交響曲第十番」、つまりベートーヴェンの不滅の九曲を継承すべき交響曲とさえ、評せしめた。

かくして、ブラームスは交響曲の作曲に対する呪縛を自ら解いたのである。

第一楽章。ローゼンベルクの指揮のもと、フィル東が恐ろしいまでに重厚な音楽を奏で始めた。ベートーヴェンで頂点を極めた交響曲の歴史に新たな命を与えようとしたブラームスの長年にわたる労苦と叡智を結集した、響きの大伽藍。その響きは、まさに深々として限りなく青い大河の奔流を見ているかのようである。

尋常ならざる緊張感に貫かれた巨大な第一楽章のあと、第二楽章はホールの空気がほんのりと緩む。優しさとあこがれに満ちた楽想。短い楽章の終わりに奏されるコンサートマスター・米山治夫のソロは、もっともっと甘く、せつなく演奏することができるのに、ローゼンベルクの指揮のもとでは、そうはしない。まさに渋い、男のロマンである。

早春のやわらかな陽射しを浴びて野道を歩いていくようなクラリネットのメロディが忘れがたい第三楽章。

そして、フィナーレの第四楽章。暗く重苦しい序奏のあと、牧歌的なホルンのソロが暗から明へと楽想の転換を先導し、遂には凱歌のような勇壮な響きによって全曲が閉じられる。

最後の輝かしい和音がハーモニーホールTokyoの空間に放たれ、この上なく充実した響きが減衰してホールの片隅に散り消えた瞬間、客席から割れるような拍手と、

「ブラヴォー！」

の歓声が上がった。

ブラームスが満を持し、持てるすべてを注ぎ込んで世に問うた交響曲第一番。

その、たとえようもなく充実した音楽を盛り込んだ一冊の楽譜が、たった今、ローゼンベルクとフィル東による音の大伽藍となってホールの空間を揺さぶり、演奏する者、そして聴く者すべての心を揺り動かしたのである。

拍手と歓声のなか、ローゼンベルクは渾身の演奏を繰り広げたフィル東のプレーヤーたちに向かって右腕を大きく伸ばし、起立を求めた。

彼らの健闘を讃えるとともに、聴衆に対して彼らへの賞賛を求めてのことである。

第四楽章で、暗から明への楽想の転換を象徴するホルンのソロを吹いた石松寛太に向けて、ローゼンベルクのがっしりした右腕が伸びた。

石松寛太はいつものようにおずおずと立ち上がったが、もはや一年前の、ブルックナーの『ロマンティック』のときのような泣きべそ顔ではなかった。

立ち上がった石松寛太に向けて、拍手と歓声が一段と大きくなった。

第二楽章後半の、燻《いぶ》し銀のようなヴァイオリン・ソロを弾いた米山治夫も、起立を求められた。静かな笑顔を湛えてすっくと立ち上がった米山に、聴衆の温かい拍手が寄せられる。

そして、ローゼンベルクへの拍手と喝采!

全員に起立を求めるジェスチャーのローゼンベルクに対して、コンサートマスターの米山以下、プレーヤーの誰もが起立しようとせず、足で床を踏み鳴らし、楽器を叩いて最大の敬意と賞賛を表明する。

この日もまた、ステージ上のローゼンベルクとフィル東に対する拍手と喝采は、いつまでも鳴り止まなかった。

満場の聴衆のなかに、今回も大阪からやってきた一人の男がいた。

財津伸彦はこの東京公演の初日に、ゲネ・プロと本番をとおして現場に貼り付き、演奏の出来を確認して翌日に帰阪。大阪公演の最後の準備を行うことになっているのだ。財津は終演後、ステージ裏のアーティスト・ラウンジでローゼンベルクやプレーヤーの対応に追われる松田碧を訪ねて、言った。

「期待していた以上の素晴らしい出来映えや！　フィル東のアンサンブルも、ローゼンベルクの意を汲んで間然するとこなしやな。……ただ、芸術に『完成』の二文字はないんや。明日はきっと、もっと練れた演奏になってさらに良くなるやろし、一日置いた大阪の最終公演は三回公演の総決算や。一番凄くなったとこ、是非、大阪に来て聴かしてや！」

七

東京公演の初日は、会場のハーモニーホール「Tokyo」に来場した人たちだけのものではなかった。会場に来られなくとも、ＪＨＫのＦＭライヴ放送を聴いた全国のクラシック音楽ファンに、魂が震撼するほどの感動を与えたのである。

コンサートの来場者が二千名であるのに対して、ＦＭを聴いた音楽ファンは一体どれほどの人数になったのか、正確なことは分からない。放送をライヴで聴いた人だけではない。放送を留守録音し、帰宅した後に聴いた人たちも少なくなかったはずである。

音楽を聴くなら、当然、生が良い。けれども、コンサートを聴くのに時間や地理的な制約は避けてとおれない問題である。ホールに収容できる人数の限界もある。放送や録音は、生の演奏を聴くことのできない人にとって、きわめて大きな福音なのである。

そして、翌日の朝。

事務局には、ＦＭを聴いて感動した人たちから当日券の問い合わせの電話が多数入ったが、二日目の公演もチケットはとうに売り切れている。

そして昨日同様、夕刻には売切れにもかかわらず、ホールの当日券売り場に長蛇の列ができていた。

こんな状況のなか、二日目の公演は異様なまでの興奮と緊張のなかで行われた。ローゼンベルクとフィル東の演奏が、この日も大成功に終わったことは言うまでもない。

近藤染物工房社長・近藤進のように、初日に引き続き連夜で来場した人の数も少なくなかった。近藤は、初日はフィル東の定期会員として一人でホールに来た。そしてこの日は、和服に身を包んだ妻の華子と並んで客席にいた。

「ブラッ、ヴォー！」

交響曲第一番の演奏が終わるやいなや、近藤は立ち上がり、喝采を叫んで力一杯の拍手を続けた。

亭主の興奮したさまを見た隣の華子は、

（この人……、気は確かだろうか？）

そう驚きつつも、ローゼンベルクとフィル東による演奏に深く心揺さぶられていた。

八

二日間の東京公演が終わり、あとは一日おいての大阪公演のみを残すところまで来た。

東京公演の翌日、ローゼンベルクとフィル東のプレーヤーたちは一日のオフとなった。

五日間の練習、そして二日間の東京公演は、これ以上ないといってよいほどの素晴らしい形で乗り切ることができた。

そして、大阪への移動と夜の公演を控えてのささやかな休息である。

ローゼンベルクは、練習から一週間続いた激務に、かなり疲労している様子だ。

それでも、せっかくのオフである。前回同様、吉村酒蔵の人たちと「酔ひ楽」で夕食をともにすることだけは、おこなった。

「酔ひ楽」に行くのは、ほかでもない。前の年、半世紀にわたる杜氏稼業を引退した田所康治郎と再会し、田所が杜氏として最後のシーズンに仕込んだ東都冠・純米大吟醸を酌み交わすためである。

この日の昼下がり、ホテルで身体を休めるローゼンベルクを置いて、エリーゼがシュミット中川に連れられて澤村に出かけて行った。

五日間の特訓で、エリーゼは着物をある程度、一人で着られるところまで上達していた。近藤華子の協力を得ながらエリーゼが自身で着付けた着物は澤村で買い求めたものだった。淡いピンク系の素地に萩の花が描き込まれた訪問着で、すらりとした長身のエリーゼによく似合う。

翌日の大阪への移動と公演を控えていたため、「酔ひ楽」へは夕方の五時に集まることになっていた。ローゼンベルク夫妻と松田碧、美穂シュミット中川、そして吉村酒蔵社長の吉村真治と前杜氏の田所康治郎の六名による、ささやかな会である。

「酔ひ楽」では、店の前に田所康治郎が立っていて彼らの到着を待っていた。

田所の姿をみとめたローゼンベルクが歩み寄って、がっちりと握手をした。

彼らが案内されて入った店内の卓には、ローゼンベルク夫妻に日本の季節感を味わってほしいと思ったのか、御節《おせち》を思わせる美しい料理が数品、小皿に盛られて供され、華やかさを演出していた。

紅白の蒲鉾、かずのこ、鰊昆布巻き、季節の野菜と蒟蒻の煮物、そして、ふぐの薄作り。

「マイスター田所」

ローゼンベルクが、田所の目を見て言った。

「本当に長い間、杜氏としてのお仕事、お疲れ様でした。そして、これからもあなたに、健やかで実り多き人生がありますように」

田所が松田碧の通訳を受けて、応えた。

「ローゼンベルク先生、ありがとうございます。これからは今村肇という男が新しい杜氏として吉村酒蔵の将来を背負いますが、私もできる限りの協力はさせてもらうつもりです。これからの東都冠も是非、味わってやって下さい」

東都冠の入った徳利を持った田所康治郎の腕が、ローゼンベルクに伸びた。同時に、吉村真治がもう一本の徳利を持ってエリーゼに向けた。

「これは、私が杜氏として最後のシーズンに仕込んだ東都冠・純米大吟醸です。どうぞ」

田所が、ローゼンベルクに言った。

ローゼンベルクは、おだやかな笑みを浮かべる田所の目を見ながら盃を受けた。

続いて美穂シュミットと松田碧にも東都冠が供され、彼女たちもまた、彼らに東都冠を注いだ。

皆の盃に東都冠が満たされたところで、田所が、

「約一年ぶりに、こうして皆様とお元気で再会できましたことに感謝しております。東京でのコンサートが大成功に終わりましたこと、誠におめでとうございます。そして明日、大阪で有終の美を飾られますことを祈念して、乾杯の音頭を取らせていただきます」

と言った。

「乾杯！」

皆が唱和して、待望の東都冠・純米大吟醸を口に含んだ。

「何て、素晴らしい！」

エリーゼが感嘆の声を上げた。

松田碧も美穂シュミットも、驚きと喜びの表情で吉村と田所の顔を見つめた。

ところが……。

ローゼンベルクだけは複雑な表情で、いったん口から離したぐい呑みをじっと見つめていた。

ローゼンベルクはしばし、何かを考え込むような表情を浮かべていたが、それを心配そうに見つめる田所に気付いて言った。

「申し訳ない。実は、マイスター田所が造られた酒の香りと味がよく分からなかったのです。きっと私自身、仕事の疲れもあって味覚と嗅覚が一時的に衰えているのでしょう。マイスター田所がお造りになった酒に、間違いなどあろうはずがありません。マイスターが精魂込めてお造りになった酒に対してこんな状態で接してしまい、本当に失礼なことをしました」

松田碧の通訳を聞いた田所は、ローゼンベルクを案じて言った。

「何の、何の。私の造った酒は、まだまだ、たくさんあります。当分、なくなりゃしません。ドイツにお持ち帰りいただくなり、また、こちらにいらしたときにお呑みいただいても良いですし……。それよりも今は、先生のお体を考えることが第一です」

松田碧は、田所の話を受けてローゼンベルクに言った。

「マイスター田所はマエストロのお気持ちをよく、分かっていらっしゃいます。そして、それよりも今はまずマエストロのお体を大切に、と仰って下さいました」

ローゼンベルクもそれを受けた後、松田碧に小声で、

「吉村さんとマイスター田所には大変申し訳ないが、今日はあまりゆっくりしない方が良いようだ」

と囁いた。

しばし、皆が酒と料理を味わったあと、松田碧がローゼンベルクに言った。

「マエストロ。次回はお身体を万全にしたうえで、ゆっくりと会を持ちたいですね」

「もちろんだよ、ミドリ」

「それに……」

「何だね？」

碧が嬉しそうな顔をして言った。

「この先もずっと、『酔ひ楽』で銘酒・東都冠を味わっていただくためには、次回のブラームス・ツィクルスが終わった後もフィルハーモニア東都を指揮していただかなければ、なりませんわ。ブラームスの交響曲全曲の演奏が終わったといっても、指揮していただきたい曲は山ほどありますし。……ハイドン、モーツァルト、ベートーヴェン。そして、シューベルト、メンデルスゾーン、シューマン、ブルックナー。それから先は、誰の作品を指揮して下さいますか？」

「ミドリにあっては、敵わない！　でも、日本を訪れてフィルハーモニア東都と音楽し、その疲れを東都冠で癒させてもらうのは最高の気分だな」

ローゼンベルクが珍しく、笑顔で言った。

エリーゼも、自分の夫が笑いながら話す姿を嬉しそうに見つめた。

一方、ドイツ語が分からない吉村と田所の視線は、松田碧とローゼンベルク夫妻の間をめまぐるしく動いていた。

それに気付いた松田碧は、

「あっ、失礼しました」

会話の内容を日本語で伝えると、彼らも嬉しそうに笑った。

そして、

「それでは今後とも、末永くよろしく」

こう言って六人は再度、盃を合わせた。

和服姿のエリーゼは、この日もまた、会合に輝きを放っていた。

翌日の大阪への移動と公演を控えての、ささやかな団欒。

そして、この団欒は、東京でローゼンベルク夫妻の世話をしてくれた美穂シュミットとローゼンベルク夫妻との別れの場ともなった。

吉村と田所が気を遣ってくれた「酔ひ楽」での夕食会が終わり、彼らが「酔ひ楽」を退出したところで、エリーゼが言った。

「美穂。本当にいろいろとありがとう。あなたや着付けの近藤先生が私にして下さった親切、私は忘れないわ」

ローゼンベルクも続けた。

「ドイツに帰ったら、ほどなく私が指揮するハルゼンでのコンサートにも、是非来て欲しい。ベルリンからちょっと遠いのが難点だが……」

「是非、伺いますわ！　ドイツでまたお会いできますこと、楽しみにしています」

美穂シュミットはこう言うとローゼンベルク夫妻と抱擁を交わし、老齢の父母の待つ実家に帰って行った。

九

大阪公演の当日。

朝、松田碧はホテルにローゼンベルク夫妻を訪ね、彼らを連れて東京駅から新幹線で大阪入りした。

新大阪からタクシーで二十分くらい走ったところに、大阪公演の会場となるザ・フィルハーモニーホールはある。

この日、ムジキョーの竹田明が大阪に出張し、三時からのプローベ（ドイツ語でProbe。リハーサルの意味）を前にステージで多数の録音用マイクを配置していた。ムジキョーにとって、二日間の東京公演に続く三回目の録音である。

財津が、マイクの設置を終えてチェックを行っている竹田の姿をステージの片隅に見つけ、声を掛けた。

「竹田さん、東京から遠路はるばる、おおきに。今日は、マエストロとフィル東さんが三回のコンサートのなかで一番ええ演奏、ここでするんやから、しっかり録ってや！」

「大阪公演は一日だけですからね、こっちも一発勝負です。失敗は許されませんから、準備も入念にやらせてもらいます」

竹田がそう言っているところに、松田碧とローゼンベルク夫妻がホールに到着した。協会のスタフからローゼンベルク到着の報せを聞いた財津は、

「じゃ、頼んます」

笑顔で竹田明に小さく手を上げ、舞台裏から指揮者控え室へと小走りに去って行った。

ステージではフィル東のプレーヤーが集結し、各人プローベに備えての音出しに余念がない。舞台を東京から大阪に移して、役者は揃った。

プローベが始まった。

通常、同じ演目を本番で何回か演奏する場合、二日目以降のプローベは行わない場合が多いし、行ったとしても問題点の復習やホールの音響特性を確認する程度の短いものに終わることが多い。

しかし、さすがにそこはローゼンベルクのプローベである。

ザ・フィルハーモニーホールの音響を確認しながら、二つの交響曲を冒頭から丹念にさらっていく。

入念なゲネ・プロは、一日の休日が入ったことも理由だったかも知れない。しかし、フィル東の出来上がりは素晴らしかった。ローゼンベルクからほとんど、

“Nein”

の声を聞くこともなく、最大延長五時半までを想定していたゲネ・プロが終了したのは五時少し前のことだった。

「ええ出来や……。あとは、お客さんが仰山入って場の雰囲気が高まれば、もっと凄い演奏になる

で」

ゲネ・プロ中、客席の松田碧とエリーゼの隣に座って腕を組み、ステージに穴が開くかと思うほどの厳しい視線でゲネ・プロを聴いていた財津が呟くのを、碧の耳は聞き逃さなかった。

十

六時半の開場とともに、チケットを握り締めた多くの人たちがホールに押し寄せんばかりに入場し、ホールのロビーは、あっという間に人で溢れんばかりになった。

大阪では初の登場となるローゼンベルク、そしてフィルハーモニア東都であるが、東京公演初日のJHKのライヴ放送を耳にした来場者も少なくないに違いない。あるいは、実演や放送を聴いた人の感想が、インターネットやブログで数多く掲載されたのを目にした人もいたであろう。

そんなことも影響しているのか、ロビー全体の雰囲気が異常なまでに高揚している。

でも、この雰囲気の高揚は、ひとつには大阪という土地柄も影響しているのかも知れないと松田碧は思った。

世間一般では、大阪というか西日本の人たちは東京や東日本の人たちに比べると感情をはっきり表に出す、と言われる。もちろん、これはすべての人に当てはまることではないが、松田碧の友人や仕事でのお付き合いのある人で関西出身の人たちを思い浮かべると、はっきり物を言う人が多いような気もする。

大阪出身で東京に転勤してきたフィル東の定期会員の一人が、こう言ったこともあった。

「大阪は名演を生みやすい場所だと思います。なぜなら、大阪は演奏に対するお客のノリが良い。飲み食いの店に入ったときもそうですけれど、この種のことに関しても『いい、悪い』とはっきり態度に出す人が東京より多いのでしょうね。ステージで熱い演奏をすれば、お客のノリが直接ステージの演奏者に伝わり、演奏がさらに凄いレベルに高められるってことですかね」

松田碧は、財津が、

「大阪での最終公演が、三公演のなかで最高の演奏になる」

と、予言していたことが本当に実現するかも知れない、と思った。

聴衆の熱い思いがステージに立った奏者にオーラを与え、奏者は、楽器という物体から発せられる音、つまり科学的に言えば単なる空気の波動を妙なる響きに変え、聴く人に感動を与えるのだ。

ローゼンベルクとフィル東による「ブラームス交響曲全曲演奏会　第一ツィクルス」。

三日目。大阪での最後の演奏が間もなく始まる。

十一

開演を告げるベルの音がロビーに鳴り、溢れんばかりの来場者は、吸い込まれるようにしてホールに入っていった。

財津は、満席となった客席の一階中央ライト側、通路際の席に座った。これから始まる演奏を聴くだけのために、財津がここに座を占めたのではない。ステージと客席でこれから繰り広げられるであろう、演奏者と聴き手の一挙一動を見届けるのだ。

フィル東のメンバーが上手と下手に別れてステージに入ってくると、満席の会場から拍手が沸き上がった。この段階で拍手が起こるのは、東京公演ではなかったことである。

フィル東が東京から遠征して演奏することに対する、歓迎の拍手。

しかし、奏者に対する心の温もりを感じさせる拍手とは、少し調子が違っていた。

演奏に対する聴衆の期待が込められた、たとえようもなく熱い拍手である。

ステージ上のプレーヤーたちは、自分の席の前で起立したまま、聴衆の思いを受け止めた。そして全員のプレーヤーが定位置に出揃うと、それまで各所からバラバラに発せられていたように聞こえた拍手が、客席からのひとつの思いを込めたハーモニーを奏でるかのように、ステージに寄せられた。

間髪入れず、コンサートマスターの米山治夫がステージに現れ、自分の席の横に起立した。

米山が正面を向いて深々とお辞儀をしたあと、全員が着席してチューニングに入った。

チューニングが終わりステージが暗転すると、ホール全体が静寂に包まれた。

少しして、拍手は二階のライト側の客席から起きた。ローゼンベルクが姿を現す下手奥の扉は、一階席からはよく見えない。扉がよく見える二階席の聴衆は、ローゼンベルクが姿を現すであろう扉をじっと見つめ続け、ローゼンベルクがステージに出てくる瞬間を待ち構えて拍手を送ったのに違いなかった。

あっという間にホール全体が静寂から一転し、熱い拍手に包まれた。会場を支配していた〝静のなかの緊張〟が、一瞬にして〝感情の爆発〟に転化した瞬間である。

ローゼンベルクが拍手に応えてお辞儀し、指揮台に上がると、会場が再び〝静のなかの緊張〟に支配された。そして、ローゼンベルクが諸手を高く前に振り出した次の瞬間、オーケストラからブラームスの楽興が迸《ほとばし》った。

ステージの上で繰り広げられているのは、もはやローゼンベルクの芸術でもフィル東の響きでもない。今から百年以上前、ドイツ・ロマン派の大作曲家ヨハネス・ブラームスが持てるすべてを注ぎ込んで楽譜に封じ込めた音楽そのものが、今、永い眠りから封を解かれ、ザ・フィルハーモニーホールでの響きとなって蘇ったのだ。

音を楽譜から解き放ち、響きとしての生命を与えるのは、言うまでもなくローゼンベルクとフィル東である。

けれども、彼らだけでこの演奏が成り立つわけではない。

客席にいる聴衆の演奏に対する熱い思いがステージのプレーヤーを奮い立たせ、響きの生命力をさらなる高みへと押し上げるのである。

客席とステージとの熱い心のやり取りは、休憩後の交響曲第一番になると、より一層、強さを増していった。

（これや……。この、ステージと客席との掛け合いが、名演をさらに一層の高みへと導くんや！）

財津は、耳はステージの演奏に集中しつつ、客席から発せられる強いオーラを感じた。これは、演奏と違って耳では聞けない。第六感を頼りに体全体で感じ取るものだ。

（これほどの、凄いコンサートになろうとは！　本当に、プロデューサー冥利に尽きる……）

第四楽章最後のハーモニーが雄渾に響き渡り、その残響が絶妙な音響特性を誇るザ・ハーモニーホールのなかに消え去り、再びの沈黙が訪れんとした瞬間、

「ブラヴォー！」

の掛け声と激しい拍手がホールを包み込んだ。

多くの人が興奮の面持ちで、両手を高く掲げて熱烈な拍手を送っている。

何人もの人が立ち上がり、スタンディグ・オベーションをしている。

松田碧は、エリーゼと並んで一階中央レフト側の席で拍手を送っていた。碧の目がエリーゼと合った瞬間、エリーゼがこの上なく嬉しそうな笑顔を浮かべた。

松田碧もまた、本当に嬉しかった。ローゼンベルクとの二回目の共演を、大阪公演も含めて最高の形で締めくくれたのだ。

碧にとって、人生のなかで嬉しかったことは少なからずある。けれども、この日の公演、というか、ローゼンベルクとフィル東との二回目の共演をこうして大成功に導けたことこそは、今までの人生のなかでもっとも嬉しかったことのひとつに違いないし、「もっとも嬉しかったこと」そのものかも知れなかった。

二回目のカーテンコールを待たずして、松田碧はエリーゼとともに立ち上がった。舞台袖に移動し、カーテンコールから引き揚げてきたローゼンベルクにねぎらいの言葉を掛けるためである。

その場には当然、このコンサートをプロデュースした財津も現れるものと、松田碧は財津の座っているライト側の席に目を遣った。

財津は、席にいなかった。

（私たちより早く、席を立ったのかしら？）

と思ったが、そうではなかった。

財津は、座っていた客席近くの、ライト側の壁に貼りつくようにようにして立っていた。

松田碧の視線は、思わず、財津の立ち姿に吸い寄せられた。

財津は拍手を続けながらも、その顔を客席に向けていた。この日、財津が企画し、開催に漕ぎ着けたコンサートに数多くの聴衆が詰め掛け、二千弱の座席に空席はない。そして、その客席ひとつひとつに座った人たちが、渾身の演奏を行ったステージ上のローゼンベルクとフィル東のメンバーに対して、それぞれの興奮と感動を胸に、心からの拍手と喝采を送っている。

そして、こうした聴衆の興奮と感動が一塊の感情のうねりとなって、ステージに押し寄せている。

財津は、拍手と喝采を送り続ける聴衆の姿を目にし、右肘を曲げ顔を袖口に押し付けていた。中肉中背の体が、かすかに震えている。

ややあって顔を上げた財津の表情は、いつもの〝思ったことは何でも言って、実行したるで！〟調の、直情的で精力的な面構えではなかった。驚くほどに優しく、そして子どものような純真さに満ちた表情だった。

松田碧は、涙に暮れる財津をそっと見守った。

優れた演奏が、奏者と聴き手を感動で強く結び付ける。そんなとき、裏方としてコンサートをプロデュースした人間もまた、これ以上ない感動に浸ることができるのだ。こんなときには裏方として、できれば人に知られず、涙を流すのがいい。

エリーゼもまた、涙する財津の姿をしばし見つめていた。そして、松田碧と視線を合わせると、ふたり連れ添って舞台袖へと急いだ。

二人が舞台袖に到着すると、三回目のカーテンコールを終えたローゼンベルクが舞台袖に戻って来ていた。

さすがに疲れを隠し切れないローゼンベルクであったが、その表情からは当夜の演奏に満足しているさまが窺えた。松田碧はローゼンベルクと視線が合うや、手が千切れんばかりの拍手を送った。エリーゼがそれに続き、さらにステージ・マネージャーの横田正も、温かい拍手でローゼンベルクを迎えた。

ローゼンベルクがカーテンコールに出ていくと、入れ違うように財津が舞台袖にやってきた。そして、松田碧の姿をみとめるやいなや、しみじみと言った。

「ありがとう、松田さん。お蔭で、こんなに凄いコンサートを開催することができた。今までにこのホールで感動する舞台、いくつも造ってきたけれども、今日のはまた、格別や。あんたが一人ドイツへ行かはって、〝隠れたる巨匠〟と騒がれる前のマエストロ、口説いてくれはったから、今日のステージができたんや。……本当に礼を言わせてもらいます」

ステージでは、ローゼンベルクがフィル東のプレーヤーに起立を促し、その健闘を聴衆とともに讃えているらしい。その都度、客席からの拍手と喝采が賑やかさを増し、そこにフィル東のメンバーが楽器を叩き、ステージの床を踏み鳴らす音が加わった。

ますますヴォルテージを上げていく会場のようすを耳にした財津は、今度は満面の笑みを浮かべた。そこにはもう、涙はなかった。

財津が差し出す右手に、松田碧も満面の笑顔で右手を差し出し、握手した。碧の手が少し痛くなるほど、力のこもった握手だった。

握手を解いた二人のところに、ローゼンベルクがステージから戻ってきた。

「マエストロ、ヴンダバー！（wunderbar:ドイツ語で〝素晴らしい〟）」

財津が興奮した表情で、ローゼンベルクに近寄って一言だけ片仮名のようなドイツ語で話し、松田碧の顔をちらりと見て日本語で一気に続けた。

「大阪にいらして素晴らしい演奏をお聴かせいただきましたこと、今日のコンサートのプロデューサーとしてだけでなく、関西の一音楽ファンとして、深く感動して感謝申し上げます」

ローゼンベルクは松田碧の通訳を聞き、静かに言った。

「フィルハーモニア東都の諸君が、本当に良く頑張ってくれた。そして、東京といい大阪といい、音楽を愛するお客様が、ブラームスの音楽と私たちの演奏を心深く捉えて下さった。さらには、ミドリといいザイヅさんといい、音楽に対する熱い愛と情熱を持ったスタフがコンサートを支えて下さった。こんなに素晴らしい人々に囲まれて指揮をすることができた私もまた、幸せです」

ローゼンベルクはステージ・マネージャーの横田正に促され、また、ステージに出て行った。

さらに繰り返される、熱烈な拍手と喝采！

ところで……。

こうして、大阪でのコンサートをこの上ない形で締めくくることができた財津だったが、ひとつだけ心残りだったことがあった。

財津は公演終了後、市内の割烹にローゼンベルク夫妻や松田碧など数名の関係者を招待しての打ち上げ会を予定していたが、ローゼンベルクの疲れが予想以上だったので、取りやめになってしまったのだ。

前回の共演を踏襲する形で、今回は大阪のザ・フィルハーモニーホールに東都冠が運び込まれ、終演後のアーティスト・ラウンジでフィル東の酒呑みメンバーがローゼンベルクを囲むささやかな宴だけは行ったものの、ローゼンベルクの体調を懸念して、それ以降の予定はキャンセルせざるを得なかったのだ。

財津がこの日のために予約した割烹は、日本酒の品揃えでは大阪でも有数の店だった。

財津は大阪公演を前に、松田碧に言っていた。

「双葉で造っとる東都冠ちゅう酒をマエストロがえらく気に入って、そのこともあってフィル東の指揮を承諾した話、能登さんから聞いてるで。マエストロのお気に召したんやから、東都冠はきっとええ酒なんやろ。でもな、関西には灘と伏見ちゅう、日本を代表する酒造りの本場がある。大阪にも、ええ酒造っとる酒蔵があるという話や。だから、マエストロがこっちにいらした際には大阪、そして灘、伏見!! 関西の酒蔵の総力を結集して、最高の演奏をしてくれはったマエストロに味わってもらいたい、思ってるんや」

松田碧は、財津が言った「関西の酒蔵の総力を結集して……」というくだりのところで、思わず笑ってしまった。音楽の世界に身を置く財津に関西の酒造メーカーの人脈など、あるわけがない。それは財津ならではの大風呂敷的な物言いではあるけれども、こんなに一途の思い入れあっての財津だからこそ、言えるセリフなのだ。

けれども、そんな愛すべき財津の気遣いは実現されなかったのだ。

「残念や。せっかくええ店、見つけたのに、な……」

肩を落として呟く財津に、松田碧が慰めの言葉をかけた。

「確かに、今回のことは残念ですけれども、マエストロは六月にも大阪にいらっしゃるわけですし、それまでに関西のお酒がなくなってしまうわけでもないんですから。……そのときの楽しみに、取っておきましょう」

「そやな。明日は早よにドイツへお帰りになるのやし、無理も言えへん。でも、次回は是非、大阪でもオフを一日、取っていただきたいもんや」

「私からも、そう伝えます」

松田碧はさわやかな笑顔を縦に振って言った。

十二

コンサートが終わると、フィル東のプレーヤーたちは解散となった。

一直線に予約したホテルに向かった者もいたが、せっかく大阪まで来たのである。少なからぬメンバーがコンサートでの緊張を解きほぐすべく、三々五々街に繰り出していった。

当然のことながら、そのなかに吉田義雄もいた。

吉田義雄以下総勢十名ほどの一行は、ホテルの近くにある深夜営業の居酒屋に腰を据えていた。

「まったく！　東京公演終えて一日休みになるといったって、翌日に大阪の公演を控えていたんじゃ、全然のんびりできなかったよな。でも、やっと今、こうして緊張の糸をほぐすことができるんだ。しっかり羽を伸ばさなきゃ、気がおさまらない」

「そうそう。でも、何といっても今日も含めて三回、凄くうまくいったから、僕たちも気持ちよく羽を伸ばせるってわけだよね」

と、ヴィオラの大和晴造が応えた。

石松寛太も笑顔で続けた。

「今回の三公演、東京のお客さんも凄かったですけれども、大阪の、僕たちに直接熱い思いが伝わって来るようなお客さんの反応、怖いくらいでしたね。……僕、燃えましたよ！」

「そうか！　前回、お前が『ロマンティック』のソロで蒼ざめていたときは、どうなることかと思って、こっちも本番が終わるまで夜もおちおち寝ていられなかったけどな。そんなことまで言えるようになるとは、お前も一丁前になったってことだな」

　吉田義雄が嬉しそうな顔で言いながら、串揚げを頬張り、大ジョッキを勢いよく傾けた。

「ヨッちゃん、羽を伸ばしたい気持ち、よく分かる。でもね、今日はストップをかける奥さんが隣にいないからって、好き放題に呑まない方がいいよ。明日も夕方から仕事、入っているんだからさ」

　大和が静かな笑みを浮かべて、言った。

「ヤマさん、そんなの大丈夫。……しかし、まあ、これだけの演奏、大阪でもやれたことは本当に良かったけれども、ホンマ、きつかったよな。練習五日に二日公演、一日の休みだってのんびりできずに大阪と続いたから、九日間ぶっ続けで緊張の日々ってわけだ」

「はいはい、お疲れ様でした」

　大和がそう言うと、

「それにしても、事務局っていうか、碧の姉ちゃんの意気込みは大したもんだけど、ステージに立ってお客さんの目と耳にさらされるのは俺たちなんだ。少しはそのへんのところも考えろって言うんだよな」

「碧の姉ちゃんなんて、松田さんに失礼ですよ」

　石松寛太が言うと、

「別に俺は、俺流の親しみを込めてそう言ってるだけだ。……それにしてもあの姉ちゃん、いつもツンと澄ました綺麗な顔して、取り付く島がないくらいに冷徹っていうか、理路整然とした物言いするから、こっちも『何だ！』って言いたくなるけどよ……。でも、ちょっとからかったようなこと言うと、口をとんがらかして言い返してきたりして、あれで結構、可愛いところ、あるんだよな」

「そういう話はとにかく、コンサートがうまくいったあとのビールって、本当にたまらないわ！」

トロンボーンの三橋忍がそう言って、ビールのジョッキを勢いよくあおった。その勢いの良さをまわりのメンバーが心地よく眺めているなか、吉田義雄がなおも不満げに言った。

「大体、せっかく大阪にやって来たっていうのに、こんな、ごく普通の居酒屋に入って呑むんじゃ、つまらないよ。大阪じゃ何と言っても、立ち呑みで串カツか土手焼きでもって思うのが『通』だろうに、コンサートが終わって十時をまわってから街に出たんじゃ、そんな店は閉まっているし……」

飲食の店を選ぶ才覚に長けた吉田義雄といえども、時間的な制約には敵わないということらしい。

「次回は亀さんも大阪に来るんだし、どこか大阪ならではの面白い店、見つけておかなきゃならないや」

吉田義雄がなおも続けた。

「あ、そうか。今日の呑み会、何かいつもに比べて静かで変だと思ったら、今回はチューバの出番なかったからな」

三橋の夫でチェロの忠邦が言うと、

「そうさ。亀さんも店の選択についちゃ、結構うるさいからね」

吉田義雄が言った。

さらに、吉田義雄はおどけた表情で続けた。

「亀さんのことはさておいて、次回の大阪公演じゃ練習か本番、どっちかさぼって、できればミナミにでも出向いてゆっくり呑みたいもんだ。演奏の方は、ドイツの頑固親父とみんなに任せてな」

もちろん、これは義雄一流のハッタリというかジョークである。

(相変わらず馬鹿なこと、言っているな)

周囲が吉田義雄をニヤニヤと眺めるなか、

「そんなことしたら、義雄さん……」

石松寛太がポツリと言った。

「『幻の首席奏者』って、言われちゃいますよ」

その一言で、席に居合わせた全員の手と口が止まった。吉田義雄の、かつてのコンクール「幻の一位」をもじった寛太の一言があまりにも可笑しかったから、皆、口に含んだビールや食べ物を噴き出しそうになったのだ。

一瞬の静寂のあと、皆が口のなかのものを飲み込んだところで、一同、大笑いとなった。

「寛太君、うまい!」

「こりゃ、寛太に座布団一枚だ!」

「いや、ビール、ジョッキ一杯進呈だ!」

石松寛太への喝采が飛び交うなか、笑いの中心にされてしまった吉田義雄はバツの悪い表情を浮

かべたが、

（チキショウ、これはどうも寛太に一本、取られたな。……しかし、こんな気弱な奴がオケで続けていけるかどうか心配続きだったけど、最近は神経も太くなってきたし、まあ、良しとするか）

そう思うと、顔にも自然と苦笑いが浮かんできた。

テーブルを囲んで、皆がそれぞれに呑み、食べ、語り、そして笑う。

これこそが、フィル東の明日の演奏を支える活力源なのに違いない。

大阪の夜は、彼らの喧騒をよそに、静かに更けていった。

十三

大阪の夜が明け、陽が昇った。

ローゼンベルク夫妻にとって、日本での最後の朝である。

寒さが厳しいが、空には雲ひとつ見えない。快晴である。

ローゼンベルク夫妻と松田碧、そして財津の朝は早かった。関空からフランクフルト行きのフライトが、午前に出るからである。

財津はローゼンベルクの離日のために、小型のワゴン車を一台用意した。タクシーより広々としているし、何より、ローゼンベルク夫妻と松田碧、そして財津自身が空港までの時間をともに過ごすることができる。財津はドイツ語がほとんど駄目なので、松田碧は通訳に時間と手間を取られるが、碧は財津とローゼンベルクがともにする時間を作ることに、気持ちよく協力した。

「マエストロ。ドイツにお帰りになったあとは、次もブラームスでしたね？」

松田碧が、ローゼンベルクに尋ねた。

「そうだ。ハルゼンで二週間後に『ドイツ・レクイエム』を演奏する。オーケストラだけでも大変なのに、声楽のソロと合唱が入るから苦労するよ」

「最近のマエストロのレパートリーで、声楽付きの大曲は珍しいですね」

ローゼンベルクの隣にいたエリーゼが嬉しそうに、松田碧に応えた。

「私たちの息子が合唱の指揮をしていて、今回、初めて親子で共演するのよ」

「その人、ひょっとしてペーター・ローゼンベルクという人じゃ、ありませんか？」

財津がエリーゼを見て尋ねると、

「良く、ご存知ですこと！」

エリーゼがびっくりして、財津に言った。松田碧も初めて知った話だったので、そんなことを言い当てた財津に驚いた。

「どうして、ご子息をご存知なんですか？」

松田碧が財津に聞いた。

「最近、ドイツの小さなＣＤメーカーから、ペーター・ローゼンベルクがハルゼンの合唱団を指揮した、ドイツ・プロテスタント教会音楽のＣＤがリリースされているんよ。僕は梅田のＣＤショップでそのCDを偶然見つけ、ローゼンベルクという名前に気を取られて買ってみたんやけれど、演奏もまた、思わず襟を正さしめられるほどの素晴らしさや！　ペーター・ローゼンベルクがどんなアーティストかと思ってCDの解説を読んだら、オルガニストでハルゼン室内合唱団の指揮者とあったけれども、この人がマエストロのご子息とまでは書いていなかった。それだけに、僕も今この話を聞いてびっくりや」

松田碧は財津から聞いたことを、ローゼンベルク夫妻にドイツ語で伝えた。

やがて、一同を乗せたワゴン車が関空に到着した。前回は成田で松田碧がローゼンベルク夫妻に別れを告げたのだが、今回は大阪で財津と二人、連れ添っての別れである。

航空会社のカウンターでローゼンベルク夫妻が荷物を預けたあと、四人は出国出口へと歩を進め、去る者と送る者とが向き合った。

ローゼンベルクは、一つの仕事を成し得た安堵感からか、一刻者の表情が少し和らいでいるように見える。

エリーゼは、いつもの穏やかな笑顔を浮かべて、松田碧と財津を見つめている。

松田碧は、さわやかな笑顔を二人に向けていた。

財津は、いつもの彼には似つかわしくないほど、神妙な面持ちを崩さない。

ローゼンベルクが言った。

「今回もまた、ミドリには何から何まで世話になった。そして、大阪でのザイヅさんのご配慮も忘れません。本当にありがとう」

エリーゼが続けた。

「東京、大阪と、私たちに本当に細やかな配慮をいただいたこと、ミドリとザイヅさんに感謝します。六月にまた、お会いしましょう」

財津が松田碧をチラリと見て、目で通訳を頼んだ。そして、しみじみとした口調で、ローゼンベルクに言った。

「マエストロ。私は今回のこと、本当に嬉しいですし、感謝しとります。ドイツの指揮者が日本のオーケストラを指揮して、まさに燻《いぶ》し銀《ぎん》のように輝くブラームスを聴かせてくれはった……。六月のお越しを、お待ちしております」

そして静かに、ローゼンベルクと、そしてエリーゼと、握手を交わした。

松田碧は、二人と抱擁を交わして言った。

“Auf Wiedersehen!”〔アウフ・ヴィーダー ゼーエン〕

“Auf Wiedersehen!”は、ドイツ語で「さようなら」の意味だが、日本語の「さようなら」とはニュアンスが違う。wieder（再び）という言葉と、sehen（会う）という言葉が合わさって出来た言葉で、直訳すると「再び会う」という意味だ。中国語の「さようなら」は「再見」であって、これも「また、会いましょう」という意味なのに違いない。日本語の「さようなら」という言葉の元の意味は良く分からないけれども、こんな別れのときには、絶対に「また、会いましょう」と言いたくなる。

ローゼンベルク夫妻を出国口で見送った後、財津は松田碧をお茶に誘った。

「今回は松田さん、本当にありがとう。僕の気持ちといっても大したこと何もできへんけど、ここでお茶くらい飲んで行ってや」

松田碧は、

「そんな……、感謝すべきは、こちらの方ですわ」

と言ったが、結局は財津の好意を気持ちよく受けることにした。

二人は空港内の、離発着する飛行機が見えるラウンジで、しばし音楽談義に花を咲かせた……とは言っても、実際のところは財津が喋りっぱなしで、いわば財津の独演会といった雰囲気だった。

「マエストロ・ローゼンベルクは今、七十歳や。この年齢を考えると、あと二十年くらいは指揮活動、頑張っていただかなければならん！　大阪じゃ、何と言っても御大の朝比奈隆大先生が九十過ぎの、亡くなる直前まで大阪フィルを頻繁に指揮されてたし、フランスの名匠ジャン・フルネだって、九十歳近くになるまで大阪にいらして指揮されてたんやからな」

松田碧は、財津の一人舞台に耳を傾けていた。お互いまったくタイプの違う人間だが、音楽に対する深い愛情と仕事に掛ける熱き情熱に違いはない。そのことこそが、お互いに対する敬愛や尊敬の念ともなるのである。

「朝比奈センセのドイツ物は、センセ一流の本当に風格に満ちた演奏やったし、マエストロ・フルネのフランス物ときたら、これはもう世界の他のどんな指揮者でも聴けんような、高貴で典雅さに満ちた演奏やった……。あのお二人の素晴らしき時代は過ぎ去ってしもうたが、今、マエストロ・ローゼンベルクとの出会いを得て、二十一世紀のはじめに大阪の音楽界に新たな一頁を築けるかと思うと、嬉しゅうてたまらんわ！」

財津は顔を綻ばせながら、続けた。

「次回以降、演奏はもちろんやけど、マエストロにはこっちの酒にも親しんでもらってや、『関西の酒も呑みたいから、大阪でもっと指揮したるで』くらいのことを、言って下さればな。それで将来的には、大阪のオケも振って下さるようなことにでもなったら、最高や！」

松田碧は財津の話を笑顔で聞きながら、何となしに窓の外を眺めた。

雲ひとつない紺碧の空を、飛行機がひっきりなしに発着している。

一台の飛行機が、まさに今、飛び立って高度を上げつつあった。

角度にして二十度くらいだろうか。飛行機がまるでスローモーションで空を上がって行くように見える。

財津は喋るのを中断して、松田碧の視線の先にあるものを目で追った。

「あ……、ごめんなさい」

松田碧は、財津の視線の変化に気付いて言った。

「マエストロご夫妻のフライト、まだやろ？」

「そうです。でも、あの飛行機どこへ行くんだろうと思ったら、目で追いたくなってしまって……」

「そやな……。どこ、行くんやろ？」

二人が見ている飛行機の姿は徐々に小さくなって、やがて芥子粒ほどの大きさになると、空に吸い込まれてしまうようにして見えなくなった。
二人は、飛行機が吸い込まれていった青空をしばし、黙って見つめていた。

乱れ雲

一

三月のフィル東のコンサートは、年に一度の変化球だった。

それは、中堅からベテランへと歩みを進める指揮者の風間隼人が、定期演奏会と春のふたば・シーズン・コンサートに登場するからである。

風間隼人は、年の頃五十代半ば。百八十センチを超える長身に、モード雑誌から抜け出たようなダンディないでたち。そして、ロマンス・グレーの髪と品格ある顔立ちが、世間でいう「中年の魅力」を絵に描いたような人物である。

音楽作りも、ローゼンベルクや宇田川瞬とは随分と違う。

一言で言うなら、彼らのように、音楽を作るために格闘しない。音楽とも、オーケストラのプレーヤーとも、戦わない。

練習と本番をとおしてフィル東のプレーヤーに穏やかな態度で接し、演奏するすべての者が音楽をすることの喜びに溢れる雰囲気を自然に作り上げる。こうして、フィル東のプレーヤーの自発性を最大限に引き出していくのだが、それでいて風間ならではの滋味豊かで品格のある音楽が自然に溢れ出てくるのだ。

そんな風間が大切なレパートリーとしているのは、イギリスの音楽である。

イギリスは四方を海に囲まれていることが影響してか、クラシック音楽に関しては独自の歴史と作品の数々を誇る国でもある。二十世紀に入ってからも、エルガーやヴォーン・ウィリアムズが交響曲や協奏曲をものし、それらのなかにはイギリスのみならず世界中で愛聴される曲も少なくない。一九一三年生まれのベンジャミン・ブリテンにいたっては、二十世紀の最重要な作曲家の一人として、オペラ作品や管弦楽曲のいくつかが世界中のオペラハウスやオーケストラのレパートリーとして定着した感すらある。

風間隼人が三月のフィル東のコンサートのためにプログラミングしたのは、次の曲目である。

まずは、上旬に開催されるハーモニーホールTokyoでの定期演奏会。

サー・エドワード・ウィリアム・エルガー（一八五七－一九三四）
　チェロ協奏曲ホ短調作品八五
　交響曲第二番変ホ長調作品六三

そして、下旬に開催される春のふたばシーズン・コンサートには、次の二曲。

レイフ・ヴォーン・ウィリアムズ（一八七二－一九五八）
　交響曲第三番『田園交響曲』

グスターヴ・ホルスト（一八七四－一九三四）
組曲『惑星』作品三二

風間は国内のいくつかのオーケストラと良好な関係を続けているだけでなく、この十年くらいの間、イギリスのオーケストラからも招かれて指揮をしている。近年では、風間が満を持して取り上げたイギリス物の指揮が、遂に作品の母国でも高い評価を得つつあるのだ。

定期演奏会では、そんな風間のイギリス物に期待して来場した音楽ファンの数も少なくなかった。一月のローゼンベルク指揮によるブラームス・ツィクルスほどの話題性なり、作品のポピュラリティに富むコンサートではない。しかし、いい意味で落ち着いていて、曲と演奏の素晴らしさを噛みしめるに足るコンサートといった感がある。年間十回をとおした定期演奏会のなかで、こうした出演者と作品によるプログラミングの意義をはっきりと示したコンサートなのである。

二

フィル東に一本の電話が入ったのは、この月の定期演奏会の翌日、夕刻のことだった。

「はい、フィルハーモニア東都でございます」

いつもの通りに電話を取った晋一郎の耳に聞こえてきたのは、ドイツ語。それも、聞き覚えのある男性の声だった。

晋一郎はドイツ語がほとんど分からないが、その電話の主が誰なのかは、すぐに分かった。

「松田さん。ドイツの、マエストロ・ローゼンベルクからのお電話のようです」

晋一郎の声を聞くと、気難しい顔でパソコンを睨み続けていた松田碧の顔が一瞬にして輝いた。

「イヨッ！　ドイツの、奥様公認の恋人からの電話ですね」

珍しくも碧の浮き浮きした表情を見て、事務局のなかから声が飛んだ。

「いやねえ。そんなんじゃ、ありません」

口調とは裏腹に嬉しさを隠し切れない表情の松田碧が、言った。

それにしても、ローゼンベルクからこのような形で電話をもらったことは今までになかったし、思ってもいないことだった。松田碧は不思議な思いも抱きながら、受話器を取った。

「ハロー、松田碧です。マエストロ、お変わりありませんか？」

松田碧の流暢なドイツ語が事務局のなかに響くや、スタフは皆、仕事を止めて碧に視線を集中した。〝隠れたる巨匠〟に関する限り、今や碧の笑顔がフィル東全体にとっての喜びでもあるかのように、皆もまた碧を笑顔で見守っている。

しかし……。

松田碧の明るさ一杯のドイツ語は、この出だしだけだった。

あとは、ローゼンベルクの話を黙って聞き、たまに相づちを打つばかりとなっていった。

そればかりではない。

これ以上ないほどの輝く笑顔を見せた松田碧の表情が、暗く重苦しいものに変化してしまうのに、それほど時間もかからなかった。

そのことを事務局のスタフも感じ、何らかの異変を察した。

松田碧が疲れきった顔をして受話器を置いたのは、ローゼンベルクからの電話を取ってから十分ほど後……いや、数分くらい後だったかも知れない。

受話器を置いた松田碧はふわりと力なく立ち上がり、部屋から出て行った。今までに見たことのない、虚脱したような碧の表情に皆、息を呑んだ。

（一体、どうしたんですか？）

碧に声を掛けようかと思ったが、誰もが、とてもそんな質問ができる雰囲気ではなかった。

それから、さらに十分くらい経った頃であろうか。

松田碧は部屋に戻ってきた。少し落ち着きを取り戻したようだったが、その分、表情は険しさを増していた。

松田碧は席に座っている能登のところに進み出て、静かに言った。

「事務局長、お話があります」

能登もまた、松田碧の言動に重大な異変を察して言った。

「楽団長は？」

「ご一緒の方が、よろしいと思います」

能登は黙って立ち上がると、楽団長室をノックし、部屋のなかに入っていった。

少し経って、能登が一旦閉めた扉をなかから小さく開けると、松田碧を招き入れた。

楽団長室の扉が再び、音を立てて閉められた。

事務局は、やりきれないほど重苦しい不安感のなかに沈んだ。

三

ローゼンベルクが国際電話を使ってまで松田碧に話したことについて、記さなければならない。

結論から先に記すならば、ローゼンベルクは体調の悪化により六月の来日を断念せざるを得なくなったのだ。

しかも、それは一時的な体調の悪化ではない。

もはや回復の見込みのない、絶望的な状況だった。

ローゼンベルクの病気は、癌。大腸にできた悪性腫瘍が各所に移転し、末期癌の状態を呈していた。

ローゼンベルクは電話で自らの病状を松田碧に話し、六月の来日を果たせなくなってしまったことを詫びたのだ。

「医者が言うには、私の寿命はあとわずかしか残っていないらしい。投薬するなり、酸素マスクの助けを借りるなりして体力を温存し、何とかフィルハーモニア東都の指揮台に立つことを検討したものの、どう考えても六月の段階で指揮台に立てる可能性は極めて低い。もっとはっきり言うと、絶望的だと判断せざるを得ない……。本当に残念だし、申し訳ないが、ミドリやフィルハーモニア東都の人たちに対してこれ以上、私の病状を黙っているわけにはいかないし、私の抜けた穴を少しでも良い形で埋めてもらわなければならないと思って、電話で連絡させてもらったんだ」

そして、こうも付け加えた。

「このことを、どうやってミドリに伝えようかと、エリーゼとも相談した。まわりの人もいることだから、夜の遅い時刻にミドリが家に帰ったところへ電話することも考えた。しかし、そんな時間、一人きりの君にこんな話をするのは余りにも、と思い、この時間に電話させてもらうことにしたんだ。……迷惑を掛けておいて、こんなことを言うのは本当に心苦しいが、ミドリ。気をしっかり持って、事を運んでもらいたい」

松田碧からの報告を受け、渡辺と能登もまた顔面蒼白となった。

このとき、三人には共通した二つの思いがあった。

一つにはもちろん、ローゼンベルクが死の病に取り付かれたことへの深い悲しみであり、もはやフィル東との共演が叶わなくなったことへの嘆きと無念の思い。

と同時に、この難局をどう乗り切るか。

三ケ月後に迫った六月のローゼンベルク指揮のコンサートは大阪公演も含めてチケットが発売され、三公演ともすでに完売してしまっている。ローゼンベルクを気遣い、過酷な運命を恨みたい気持ちはもちろんとしても、六月のコンサートへの素早い対応を取らなければならないことは、言うまでもない。

三人はしばし、こわばった表情で何一つ喋ることができなかったが、しばらくして楽団長の渡辺が重い口を開いた。

「六月には代理の指揮者を立てて、コンサートを乗り切るしかない……。正式には楽団の企画会議を経なければならないが、松田君。まずは宇田川君の日程をあたってみてくれ。彼が第一候補となることは、まず間違いないからな……。彼のマネジメントに極秘の条件で彼の日程を聞き、空いていたら仮押さえするんだ。宇田川君が駄目なら、企画会議で第二、第三の候補を決めたうえで、その人たちの日程をあたるしかない……。ともかく日を置かず、緊急の企画会議を開いて代理の指揮者を決定した時点で、対外的には正式に発表しよう」

「楽団長。大阪公演は、どういたしましょうか?」

能登が声を発した。

〝隠れたる巨匠〟が来日できなくなった以上、関西芸術振興協会は代わりの指揮者で『イエス』とは言ってくれないだろう。しかし、彼らには一刻も早くこの事態を報告した方が良い。そのうえで、代理の指揮者を立てたときの大阪公演の可能性についても検討してもらってくれ」

「分かりました」

松田碧が厳しい表情で言った。

能登と松田碧が楽団長室から出てきたとき、事務局スタフは皆、不安に沈んだ表情で二人を見た。彼らの気持ちを察した能登は、事務局にいたスタフ全員を会議室に集めた。そして、ローゼンベルクが病気のため六月の来日が叶わなくなったこと。そして代理の指揮者の選定など、楽団としてのこれからの対応を急いで取っていかなければならないことを伝えた。

能登は事務局スタフの動揺を感じ取り、あえて先手を打ったのだ。ローゼンベルクが癌という死病に取り付かれていることは、当然のことながら言わなかった。

能登の話が終わるやいなや、松田碧は自席に戻って受話器を取った。

三回目のコールののち、宇田川瞬が所属する音楽事務所ジャパン・アーティスツで宇田川を担当する神村典子が電話口に出た。

「もしもし、フィルハーモニア東都の松田です」

「まあ、松田さん、お久しぶり！　お元……」

神村が「お元気ですか？」と言うのを遮るようにして、

「ちょっと済みませんけれども、宇田川さんの今年六月十二日から二十日までの日程、至急、確認していただけますか？」

松田碧から、いきなり用件を突きつけるように言われたのには、神村も、

「えっ……!?」

少なからず驚いてしまった。挨拶も抜きに相手の話を遮って本題に入るような礼儀知らずの松田碧でないことは、神村もよく知っているからだ。

神村の驚きを察した松田碧は、あわてて言った。

「ごめんなさい、驚かせてしまって。でも、この電話の内容はしばらく神村さんどまりにして欲し

いんです。……実は、マエストロ・ローゼンベルクがご病気で、六月の来日が不可能になりました。大阪公演がどうなるかは関西音楽文化振興協会と協議しますが、とりあえずは至急、代理の指揮者を押さえておかなければならないのです。フィル東としても、代理の指揮者を決定するのに最低三、四日はかかると思いますが、その間に、第一候補になるに違いない宇田川さんの予定は確認しておきたいんです」

神村は事態の深刻さをすぐに理解し、声を潜めて言った。

「分かりました。少し、お待ち下さい」

電話口からパソコンを操作する音が聞こえてきたのち、

「良かった……。今のところ、大丈夫です。仮押さえしておきますね」

松田碧は、安堵とともに大きなため息をついて言った。

「……ありがとう。よろしくお願いします。四日、いえ三日以内には正式なお願いをさせていただくことになると思いますので、それまでよろしくお願いします」

次に松田碧が番号をプッシュしたのは、大阪。関西音楽文化振興協会の財津伸彦だった。

今度は深呼吸をし、落ち着いた口調を意識して話した。

「フィルハーモニア東都の、松田です」

「おう、松田さん！　今日はまた、メゾ・ソプラノの一段と冴えた美しい声で！」

かつて松田碧が歌手を目指していたことを知る財津の声が、嬉しさを満面に表したかのようなおどけた口調で聞こえてきた。

しかし、

「あの……、今日は大切なお話がありまして……」

松田碧のえらく深刻な声に驚いたらしく、財津もまた、それまでの口調とは打って変わり、

「どした……？」

「実は……、マエストロ・ローゼンベルクがご病気で、六月に来日できないことになりました」

「何やて⁉」

椅子から飛び上がらんばかりの財津の声が、電話口から発せられた。

「今はマエストロの病状についての詳しいお話はできませんが、マエストロに無理を押して来日をお願いすることはできないと判断せざるを得ない状況なのです。この三、四日中に代理の指揮者を決定することで動きますが、まずはこの状況を財津さんにお報せしなければと思って、お電話を差し上げました」

松田碧の持った受話器から、しばしの沈黙とともに重苦しい空気が流れてきた。

「……そうか。一月の大阪公演の終演後に『疲れた』言うて打ち上げ会をパスしはったんも、今思えばその病気ゆえだったんやな」

「こんな話をお報せしなければならず、済みません」

「いや……、これぱかりは、致し方、ないことや。……ところで、松田さん」

「はい？」

「マエストロの病気って、どんなんや？　……今回は延期ということで、また、日を改めて日本に

来ていただけるんやろな？」

「……」

「……ごめん。今回のこと、一番悲しくて悔しくて、辛いの、あんたやもんな。こんなこと聞いてしまって、申し訳なかった」

「……いえ、いいんです」

「もう、これ以上は何も言わんでええよ」

「……」

「松田さん。……あんた、今、物凄く辛いと思う。そんなあんたに、こんなこと言うのは悪いけど」

「……はい」

「頑張ってや！　あんたは無名の実力派指揮者やったローゼンベルクに直談判して日本に連れてきたプロ中のプロやと、僕は思っとる。その指揮者が世界的巨匠と騒がれ、日本のオーケストラとあれほどの演奏を成し遂げたこと。あれはまさに、あんたの功績やで！　あんたの積み重ねてきた努力が、今まさに危機に瀕しているんやろうけど、人生、こうしたアクシデントに見舞われることって、きっとあるんやと思う。マエストロの病状は気がかりやけど、その穴をきちんと埋めてこそ、プロの仕事やで！　偉そうなこと言って申し訳ないけど、くじけないでや！」

「財津さん。本当に……ありがとう……ございます」

松田碧は、財津の深い思いやりに感謝して電話を切った。

この日、松田碧が自宅のアパートに戻ったのは夜の十一時過ぎだった。

ローゼンベルク来日中止に伴う対応のため、この時間になってしまったのだ。

自分にとって今やもっとも大切な人の一人となったヘルムート・ローゼンベルクの絶望的な病状を嘆き悲しむ気持ちを封印し、フィル東の企画制作担当としての任務をまっとうしているうち、身も心も凍りついてしまったような気がした。

ローゼンベルクから電話をもらった夕方の五時頃から、何も食べていない。

松田碧は冷蔵庫から一片のチーズを取り出し、湯を沸かしてカップにコーヒーを淹れると、キッチンの椅子に腰をおろした。

口に入れたチーズは、何の味もしないまま胃のなかに落ちていった。

コーヒーを一口啜ると、凍りついていた心がほんの少し融《と》けてきたような気がした。融けだした心の片隅に、ローゼンベルクが電話で言ったことが蘇った。

「迷惑を掛けておいて、こんなことを言うのは本当に心苦しいが、ミドリ。気をしっかり持って、事を運んでもらいたい」

ローゼンベルクは、そう言ったのだ。

(寒い……!)

心ばかりか身体までもが芯から冷え切っているのを感じた碧は、やっとの思いで椅子から立ち上がると風呂場に向かい、バスタブに熱めのお湯を満たした。

バスタブに肩まで身を沈めてから、どれくらいの時間がたったろうか。

ようやくに全身に血が巡り、自らの感情を封じ込めていた頭のなかがゆっくりと動き出したと思った瞬間、松田碧の両目から涙が滂沱として流れ出した。

ローゼンベルクは、こうも言ってくれた。

「夜の遅い時刻を見計らい、ミドリが家に帰ったところに電話することも考えた。しかし、そんな時間、一人ぼっちの君にこんな話をするのは余りにもと思い、この時間に電話させてもらうことにしたんだ」

一人の音楽家として、そして一人の人間として、碧が最大の尊敬と親愛の情を寄せるローゼンベルク。その彼が、死の淵に追い詰められながらも、これほどまでに自分のことを慮ってくれたのだ。ローゼンベルクの隣には、エリーゼがいたに違いない。最愛の夫が死病に取り付かれながらも、関係者に迷惑を掛けまいとして電話する姿を、エリーゼは一体どんな気持ちで見つめ、彼の話を聞いていたことか！

松田碧は自分の感情を抑えきれなくなり、飛び上がるようにしてバスタブから出た。そして、壁に掛けているシャワーの栓を水量最大のところまで一気にひねった。

激しい音とともに、シャワーの湯が立ち姿の碧の長い黒髪を濡らし、全身から間断なく雫がしたたり落ちた。

シャワーの音と、したたり落ちる雫の音のなかで、松田碧は初めて声を上げて泣いた。

碧がローゼンベルクのことで泣いたのは、これが三回目だった。

一度目は、初共演のコンサートが終わったステージ裏でのことだった。心配に心配を重ねた初共演が大成功に終わり、コンサートマスターの米山治夫から掛けられたねぎらいの一言に、不覚にも涙をこぼした。

二度目も、初共演のとき。十日間にわたるローゼンベルクのアテンドをとおして、お互いが揺るぎない信頼と親愛の念を築くことができた末の、成田空港での別れの涙だった。

どちらも、碧にとってはこの上なく嬉しく、自らの人生にとってかけがえのない涙だった。

しかし、それが。

こんな形で三度目に、悲しみと絶望の涙を流すことになろうとは！

思い返してみれば、一月の来日の際、ローゼンベルクは一年前より痩せていて、体調のことも口にしていた。

東京でのたった一日のオフの晩、「酔ひ楽」で口にした東都冠の香りと味が分からないと言って、田所に詫びていた。

そして、大阪ではコンサート終了後に財津が用意してくれた打ち上げ会もキャンセルし、関西の銘酒を口にすることもなかった。

確かに、前兆ははっきり見て取れていたのだ。

それなのに、「酔ひ楽」でローゼンベルクから体調の異変を聞きながら、

「今後も東都冠を味わいたかったら、また東京に来てフィル東を指揮してもらわなければ！」

などと、ふざけ半分の口調で言った自分の浅はかさが本当に腹立たしかった。

不幸は、いきなり碧を襲ったのだ。

悲しみと絶望の涙が碧の目から溢れては、シャワーの湯とともに洗い流された。

松田碧は、声をあげて泣き続けた。

シャワーの音と、碧の嗚咽と、そして湯と涙が交じり合ってタイルに滴り落ちる音が、浴室のなかで延々とこだました。

四

六月のローゼンベルクの来日中止は、日を置かずフィル東のプレーヤーにも伝えられた。ローゼンベルクの代わりに、常任指揮者の宇田川瞬が指揮棒を取ることも同時に伝えられ、それと同時に団外へも正式に発表された。大阪公演は、予想した通り中止となった。

こうした六月の対応はともかく、三月にはすでに予定されていたコンサートが開催され、そのための準備も忙しく行われることに変わりはない。

先に記したように、フィル東は三月に風間隼人を指揮に迎え、定期演奏会とふたばシーズン・コンサートを開催することになっていた。すでに、定期演奏会は成功裡に終わり、桜の花が一斉に開花した下旬の日曜日、ふたばシーズン・コンサートが双葉区民会館で行われた。

双葉区民会館は、築三十年を超えるホールである。多目的のホールだから音楽専用ホールのような豊かな響きは期待できないし、老朽化したホールゆえのハンディもある。カフェは昔式の売店といった風情だし、客席やトイレの古めかしさも、今となっては「クラシック音楽を楽しむにはちょっと……」という感がなきにしもあらずだ。

とはいえ、そこは〝地の利〟が生きるホールでもある。双葉区在住の音楽好きの人たちや、区内の学校や社会福祉施設などで多彩な活動を重ねるフィル東のファンが集う場所でもあるからだ。

さらに、今回のコンサートでは、イギリス音楽に定評のある風間隼人の指揮に期待する音楽ファンや〝ダンディ風間〟の追っかけ的ファンが会場に詰め掛け、客席約千四百の会場は、当日には遂にソールド・アウトとなってしまった。

ほとんどの来場者の目当ての曲はホルストの組曲『惑星』だったが、前半のヴォーン・ウィリアムズの『田園交響曲（交響曲第三番）』の演奏は、この曲を聴いたことのない多くの人たちの心に深く分け入り、感銘を与えることとなった。

ヴォーン・ウィリアムズは二十世紀前半を中心に活躍した作曲家で、一九五七年に八十五歳で没した。ベートーヴェンと同じく九曲の交響曲を作曲し、その多くは穏健で滋味深い魅力に溢れている。

『田園交響曲』といえば何といってもベートーヴェンの作品が有名で、これは実際に田園で展開される自然の様相を音楽で描写した作品だが、ヴォーン・ウィリアムズの作品はより抽象的。いわば心象風景を音にした趣の作品で、彼が第一次世界大戦で従軍したフランダースの自然に着想を得たと言われている。

ベートーヴェンの『田園』をさまざまな色を使った油絵にたとえるなら、こちらは水彩画か墨絵の趣で、最終楽章にはソプラノのソロが入る。

来場者の多くはヴォーン・ウィリアムズの名前すら知らなかったが、風間隼人が穏やかで品格ある笑みとともにステージに現れ、指揮棒を一振りすると、ヴォーン・ウィリアムズの世界に誘われていった。

強烈なインパクトを持った曲に、一気に引きずり込まれるのではない。自然に、静かに、心のなかに沁み入ってくる音楽である。

第四楽章のソロは、この年の全日本音楽芸術コンクール声楽部門第一位で音楽ジャーナリズムから「未完の大器」と評される新進ソプラノの樋口遥が歌った。歌詞はなく、

「アー」

という母音だけのヴォーカリーズもまた、聴く人すべての心に深く響いた。

時間にして全曲三十五分ほどの音楽がその幕を静かに閉じたとき、客席から上がった拍手は激しいものではなかったが、この上なくほんのりと温かいものだった。

聴き手がステージ上の指揮者やオーケストラと対峙し、奏者が発する音楽のオーラを一瞬と逃さずにキャッチするのではない。

奏者と聴衆が一体となって、ヴォーン・ウィリアムズの音楽に静かに深く誘い込まれていくのである。そして、その楽興の輪の中心に指揮者の風間隼人がいる。

風間隼人は、聴衆の拍手に対していつもと寸分違わぬ穏やかな表情で頭を下げた。そして、美しいヴォーカリーズを歌った樋口遥に拍手を送り、楽曲のなかに鏤《ちりば》められた繊細で移ろいやすいメロディを奏したフィル東のメンバーにも起立を促し、聴衆の拍手を求めた。

吉田義雄と亀澤将郎は、オーケストラの全員が起立して拍手に応えるなか、横目でお互いをちらりと見た。

吉田義雄はにやりと笑って、だらりと下げた左手の親指と人差し指で丸を作り、客席から見えないようにして亀澤に示した。

亀澤もにたりとして、頭をかすかに縦に振った。

そんな吉田義雄や亀澤と、指揮台の脇からオーケストラを振り向いた風間隼人の目が合った。義雄は〝にやり〟、亀澤は〝にたり〟、そして、風間は〝にっこり〟と笑顔を交わした。

吉田義雄は、ほくそえんだ。

演奏はうまくいった。

この曲の演奏録音を、吉村酒蔵の新杜氏・今村肇が年末から仕込む東都冠・純米大吟醸に聴かせることについては、フィル東全体としての合意を取り付けてある。

指揮の風間とソプラノの樋口にも事前に相談がなされ、両者からも演奏の出来映えを条件に使用の許諾を受けている。

このレベルの演奏であれば、オーケストラとしても、そして風間と樋口からもＯＫが出ることは、まず間違いない。

「東京の地酒に東京のオーケストラの演奏を聴かせて醸す。その日本酒が今まで以上のものになれば、まさにそれは東京・双葉の特産品の誕生だ。指揮者やソリストだけでなく、アイデアを発案した俺たちにも東都冠・純米大吟醸が振る舞われるだろうし、一升瓶の一本くらい貰えるかも知れない……」

そんなステージ上の吉田義雄や亀澤将郎の思惑はさておき、客席では一組のカップルがステージに温かい拍手を送っていた。

近藤染物工房の近藤夫妻である。

近藤はふだんステージを睨みつけるかのような厳しい形相で演奏を聴き、演奏が終わると興奮して喝采を叫ぶことも少なくないのだが、この日ばかりは静かだった。

華子は、いつもと違っておとなしい亭主をいぶかって囁いた。

「あんた、今日は馬鹿に静かねえ。どうしたの、具合でも悪いの？」

「まったく……お前《めえ》には、音楽ってもんが分かってねえなあ。こんなに静かに沁み入ってきた音楽を心に留めながら、俺がブラヴォーを叫ぶなんてこと、するわけがねえだろう」

思いがけない亭主の反撃を食った華子は、少し不機嫌な顔をして言った。

「音楽のことが分からなくて、悪かったわね。……そんなことより、私は喉が渇いたわ。今日は付き合ってあげたんだから、コーヒーでも奢りなさいよ」

そして、亭主の進と連れ添ってロビーに出た。

ロビーは大勢の人で賑わっていた。

フィル東のオリジナル・グッズ売り場には、日本晴こと大和晴造の絵がプリントされたTシャツや絵葉書が置かれ、そのまわりを多くの来場者が取り囲んでいた。

大和の描いた「フィル東・動物音楽絵葉書」は、絵の素晴らしさもあって発売当初から好評を得た。さらには、双葉区に本社を置く大手文具チェーン店・双葉屋の社長がフィル東のコンサートを聴きに来たことがきっかけで、新宿や池袋など都内数店舗で取り扱ってくれるようになったのだ。

オーケストラのグッズが一般の市場に出たことには、マスコミも注目したらしい。毎朝新聞が晋一郎に取材を申し入れ、フィル東でグッズ販売を行うに至った経緯や目的などを記した文面に加えてTシャツと絵葉書の写真が東京版に紹介された。

そんなことが重なってTシャツや絵葉書がさらなる評判を呼び、毎回のコンサート会場では結構な数が売れるようになり、晋一郎と戸田香がお客さんの対応に大童になっている。

一方、奥のティー・ラウンジではお客さんの長い列が出来ていた。

列をなす人の多くの目当ては、山川梅園の梅で作られたジャムをバニラアイスの上にたっぷりとかけた「ふたば梅ジャムジェラート」である。前年の夏に収穫された梅を使ったジェラートは、NPO法人「ふたば二十一世紀街興し」とフィル東が双葉区民会館に打診して咋秋のフィル東ふたば・シーズン・コンサートで試験的に販売したところ大好評を得て、予定数の五十食があっという間に完売してしまった。そればかりか、このジェラートの評判が口コミや音楽ファンのブログで広まり、多くの来場者が数量限定の梅ジャムジェラートを目当てにラウンジで列を成すようになったのだ。

ラウンジの横壁には手作りのポスターが貼られていて、山川梅園の風景やバニラアイスの水彩画が描かれたその下に、

「双葉の京川堤防沿い・山川梅園で採れた梅ジャムと、バニラアイスが織り成す味覚のハーモニー！是非、お試し下さい」

と書かれている。

ジェラートを手にした人たちが梅ジャムのかかったアイスを口にし、

「これは！」

「アイスの甘みと梅の酸味の取り合わせが、何とも言えない！」

感嘆の声をあちこちで上げている。

お客さんのなかには、ＮＰＯ法人「ふたば二十一世紀街興し」の関係者もいた。彼らも梅ジャムジェラートの美味さに舌鼓を打ちながら、お互いの目を輝かせ合っている。彼らはこの夏から本腰を入れて梅ジャム用の梅を生産し、コンサート会場に限らない販路の開拓に力を入れることが決まっている。吉田義雄とあゆみが夫婦して山川梅園の脇道を散策しながら交わした会話がこのような形で双葉期待の特産品誕生に繋がろうとは、吉田義雄にとっても地元の人々にとっても、予想だにできなかったに違いない。

松田碧はロビーの片隅に立ち止まり、オリジナル・グッズ売り場やカフェ・ラウンジを眺めて思った。

（芸術面だけの進展じゃない。佐藤さんがフィル東に入ってから、街や人との関係が以前にも増して強くなっている）

前任者の黒木のような人当たりの良さやスマートさは、晋一郎にはない。それは、

「黒木さんより一回り以上も年齢が若いのだから、仕方がない」

と言ってしまえばそれまでだが、晋一郎は朴訥で、悪く言ってしまえばボーッとした感じすらあ

る。けれども、その人柄で晋一郎はフィル東のプレーヤーたちとも連絡を取りながら、以前にも増して双葉のさまざまな人々との関係を深め、着実に新しい社会との関係を築いている。

（コンサートホールにいらしたお客さんに演奏を提供し、芸術的に満足してもらうだけがオーケストラの仕事ではない）

ということを、最近の晋一郎の仕事振りから以前にも増して強く感じる松田碧であった。

ただ……。

こうした光景を目にしても、碧の心は晴れなかった。

今頃は病床に臥せっているであろうヘルムート・ローゼンベルクのことが、頭から離れないのだ。

勤務時間中は仕事に忙殺されることで、ローゼンベルクのことが頭に入ってこないよう、自らを仕向けることができる。

しかし、ふっと気が抜けたときにローゼンベルクのことが頭をよぎる。

（もはや、誰にも手の施しようのない病状。自分がどんなに祈っても、救いようがない……）

そう思うたび、涙がうっすらと両目に浮かんできてしまうのだ。

「松田さん」

後ろから呼び止められた松田碧は、はっとして我に返り、振り返った。

声の主は、ヴィオラの大和晴造だった。大和はこの日のコンサートが降り番（非番の意味）だったので、コンサートを聴きに来ていたのだ。

「あっ、大和さん」

松田碧は、一瞬ながら魂の抜けた自分の姿を見られたような気がし、慌てて言った。

「今日は、聴きにいらしてたんですね」

「うん。風間さんの指揮で演奏できないのが残念だったから、せめて聴きたいと思ってね」

「さすがですね。風間さんのイギリス物」

「素晴らしい！　あれだけ団員がのびのびと演奏していながら、風間さんならではの音楽が出てくるんだものね。……ところで、松田さん」

「はい？」

大和には珍しく、憂いを帯びた顔をして言った。

「心配なんだね……ローゼンベルクさんのこと」

「……」

自分の心のなかを見抜かれた松田碧は、複雑な表情で大和を見るのが精一杯だった。

「それでね、お見舞いといっては何だけれども。……マエストロがフィル東のメンバーと一緒にいるところを絵に描いて贈ってあげたらと思うんだけれど、どうだろう。マエストロ、喜んでくれるだろうか？」

大和の申し出に、暗く沈んだ松田碧の瞳がかすかに輝いた。

「それは素晴らしいですわ。マエストロ、きっとお喜びになると思います」

「そう。それじゃ、少し時間はかかると思うけど描いてみるよ」

大和はそう言うと、少し間を空け、続けて言った。

「松田さん」

「はい？」

「辛いと思うけど……、頑張ってね」

松田碧は答える代わりに、深々と頭を下げた。それは単に、大和への感謝の礼ということだけではなかった。両目にまた涙が浮かんできそうなのを、見せまいとしてのことでもあったのだ。

二週間ほど経って、大和は出来上がった大きな絵を筒に入れ、事務局にやって来た。

絵は横長。演奏配置についたフィル東のプレーヤーと指揮台上のローゼンベルクが起立して正面を向いていた。コンサートが終わったあとの、カーテンコールをイメージしての絵である。

絵の真ん中に描かれたローゼンベルクはいつもの通りの頑固親父風だが、大和の手にかかると、どことなく愛嬌のある表情になってしまうのが、何とも面白い。

フィル東のメンバーはコンサートマスターの米山治夫以下、皆が静かな笑みを湛えて立っている……と思ったら、違った。

二人だけ違うのだ。

ホルンの石松寛太が汗を噴き出しながら、両目が飛び出さんばかりの表情で立っている。そんな寛太を、吉田義雄がいつもの悪童のような笑顔で横目使いに見ている。恐らく、大和もまた〝フィル東男子の大和魂〟の件《くだん》を聞き及び、こんな絵を描いたに違いなかった。

それから、松田碧も……いた。

ステージに勢揃いしたメンバーの、第一ヴァイオリン最後列から少し離れたところで、エリーゼと松田碧が並んで立っていた。エリーゼはいつもの穏やかな微笑を浮かべ、その隣に、少し心配顔をした碧が寄り添っている。

碧たちと反対側、ヴィオラやコントラバスの方には、楽団長の渡辺や能登、そして晋一郎たち事務局スタフが描かれていた。

大和の心遣いが込められた絵を取り囲んだ事務局スタフは皆、大和の絵の素晴らしさに沸き立った。

「楽しい！　こんなに楽しい絵を送って差し上げたら、マエストロのご病気も良くなって、『六月は大丈夫だ！』なんて、仰るかもしれませんよ」

ローゼンベルクの本当の病状を知らない戸田香がそう言うと、何人かのスタフも嬉しそうに目を輝かした。

松田碧は思わず奥歯を噛み、口元を引き締めた。嗚咽がこみ上がって来そうになるのを、必死になって押さえ込んだのだ。

(この絵が、マエストロを元気づけ、病気を追い払ってくれたら、どんなに嬉しいことか！　……でも、本当に悲しいことに……)

「こんなに素晴らしい絵を大和さんが描いて下さったんですから、マエストロにお送りする前に記録にとっておきましょう」

晋一郎はそう言うと、デジカメを持ってきて絵の撮影を始めた。

「こういう絵を撮影するのって、色がうまく出なかったりして、結構難しいんですよね」

と、何枚かの写真を撮ってはパソコンに画像を映し出す作業を繰り返した晋一郎が、

「これぐらいのレベルなら、許されるかな」

パソコンのプリンタから絵の写真を取り出した。

松田碧は原画を大切に押し戴くようにして紙包みにしまい込み、エア・メールでドイツのローゼンベルクの許へと送った。

そして、晋一郎がプリンタから打ち出した写真はしばらくの間、フィル東の練習会場に置かれた大きな移動式立て看板に掲示され、写真の下には次のような文章が付記されていた。


この絵は、病気療養中のマエストロ・ローゼンベルクのために、日本晴こと大和晴造さんが描いて下さいました。原画はすぐにドイツのマエストロにお送りしましたが、皆様にこの絵をごらんいただきたく、写真に撮って掲示することとしました。大和さんのご好意に感謝するとともに、マエストロの一日も早いご回復を心より祈ります。

事務局

五

松田碧が大和の描いた絵をローゼンベルクに送ると、ほどなくしてローゼンベルクからお礼の電

話があった。今度は事務局ではなく、碧のアパートに夜遅くにかかってきた電話である。

松田碧が耳にする限りでは、ローゼンベルクはまだ体力が比較的残っている感じだった。

「こんなに素晴らしい絵を送ってくれて、生きる勇気をもらったような気がする」

そう言って小さな声で笑うローゼンベルクの声が、碧の電話越しに聞こえた。

「そうですよ、マエストロ！　フィルハーモニア東都のメンバー、みんなしてマエストロがまた元気になって指揮して下さることを信じているんですよ！」

松田碧は、力んで言った。助かる見込みのない人間に偽りの慰めを言うのではない。できる限りの気合を込めて相手に伝えることで、奇跡を起こしたいと願って言ったのだ。

「ありがとう」

ローゼンベルクの声が心なしか、弱々しく聞こえた。

長電話をさせて体調を悪化させてはとの思いもあって、松田碧は早めに電話を切り上げた。

別れの挨拶は、

“Auf Wiederhören〔アウフ・ヴィーダーヘーレン〕（さようなら）”

である。ドイツ語では、実際に会っている相手と別れるときに使うWiedersehenが、電話だとWiederhörenになる。sehen（会う）がhören（聴く）に変わるのだが、いずれもwieder、つまり「再び」という意味が入っている。

松田碧は、一月に関西空港で別れの際に交わした、

“Auf Wiedersehen!”

を思い起こした。あのときは、

「また、会いましょう」

と、確かに言ったのだ。

このときの“Auf Wiederhören”は、松田碧にとって本当に辛かった。辛かったが、精一杯の思いでwiederに自らの願いを込めた碧だった。

実際のところ、ローゼンベルクが松田碧に来日中止を告げる電話を入れてから一ケ月近くの間に、ローゼンベルクの病状は予想を超えるスピードで悪化していた。三月の上旬にはまだ何とか歩くことができたのに、この時点では車椅子での歩行を余儀なくされ、ベッドに伏せる時間も長くなっていた。

病院生活を嫌ったローゼンベルクは、ライプツィヒ近郊の小さな町にある自宅にとどまって療養を続けた。このことは、癌と闘うローゼンベルクにとって一つの精神的な救いでもあった。自宅の庭には春の到来とともに緑が芽吹き、さまざまな花が咲いて、ローゼンベルクの目と心をなごませた。

そして、庭を見渡せる自室のベッドの脇には大きな花瓶が置かれ、週に二回、新しい花が飾られた。ローゼンベルクがベッドに伏せっているときにも花を見ることができるようにとの配慮で、ギュンツェルブルクとハルゼンの両オーケストラが相談し、それぞれ月曜日と木曜日に見舞いの花を送ってくれているのだ。

そこに東京のフィル東から送られた絵が加わった。絵は額縁にはめ込まれ、ローゼンベルクの病床から見やすい位置の壁に飾られていた。

病床に伏せっているときなど、ローゼンベルクは大和が描いた絵をしばらく見つめながら自らの一生を振り返った。

世渡りが下手で、音楽に対する妥協のない態度がオーケストラやオペラハウスの関係者との軋轢を生み、仕事にあぶれ、生活にも困窮した日々が続いた。近年になってやっと、自分が目指す音楽作りに共感し音楽の使徒としての厳しい道をともに歩んでくれるギュンツェルブルクとハルゼンのオーケストラとの関係を築くことができたのだ。

そして、地位や名声とは無縁でも妥協のない音楽作りに深く心打たれた一人の女性が、はるか東方の日本のオーケストラの指揮を依頼するためにドイツまでやってきた。松田碧との出会いである。プロフェッショナル・オーケストラが何と十団体以上あるという大都市東京の一オーケストラ、フィルハーモニア東都。この団体がまさか、これほどまでに自分たちの血となり肉となった音楽を深く理解し真摯に演奏するなどとは、思いもよらないことだった。

そしてまた、日本では吉村酒蔵や呉服屋・澤村の人々との素晴らしい出会いもあった。

今、自分がこうして生を受けていることを喜び、深い感慨のうえに今後の音楽家人生をまっとうしたいと思っていた矢先、病魔が自分を襲ったのだ。

ローゼンベルクはしばし病床で目を閉じ、無念さに唇を噛みしめた。

六

六月。

宇田川瞬がドイツから東京に帰ってきた。当初予定されていたローゼンベルクの代わりに、フィル東の定期演奏会と翌日の特別演奏会を指揮するためである。

東京公演のあとで行うはずだった大阪公演は、ローゼンベルク来日中止にともない、ほどなくして中止が決まった。これは、今や世界的指揮者となった〝隠れたる巨匠〟が指揮することで実現した企画だっただけに、致し方ないことだった。

それでも、財津伸彦は宇田川指揮で大阪公演を実施すべく、協会の上層部にも進言してくれた。宇田川が中堅の日本人指揮者のなかでもトップクラスの存在であり、天才肌の音楽造りが音楽ジャーナリズムから特別な評価を受けていること。そして将来は世界的な指揮者になるに間違いないことも力説したが、その努力は実らなかった。

「残念や。宇田川さんは、かつてのカルロス・クライバーを髣髴させるような音楽づくりで多彩なレパートリーを聴かせてくれる存在やし、この機会にフィル東を率いて大阪で指揮してくれてもええ、と思って頑張ったんやけど……」

力なく電話口で喋る財津に、松田碧は言った。

「そこまで考えて下さったなんて、本当に有り難いです。でも財津さん、今回の大阪公演はマエストロ・ローゼンベルクが指揮することが前提の企画ですから、仕方のないことですわ。宇田川さんは確かに、これからが本当に楽しみな指揮者です。今後に是非、期待しましょうよ」

「その通りやな……。ローゼンベルクも宇田川も、本当に素晴らしい指揮者や。それに『二人のどっちがより優れた指揮者か？』聞かれても、回答できへん。音楽作りのタイプがまったく違うし、宇田川さんはローゼンベルクさんよりずっと若い世代のお人や。この二人を比較すること自体、意味がないんや。それに宇田川さんなら近い将来、大阪のオケを振りに来てくれる日があるかもしれへんし、今回はこれで決着やな。残念やけど」

さて……。

フィル東のプレーヤーたちにとって、ローゼンベルクが病気で来日できなくなったことは非常に残念だったが、そこはみなプロフェッショナルである。代演といえば聞こえはよくないが、常任指揮者の宇田川に対するプレーヤーの信頼も非常に厚いものがある。だから、

「ローゼンベルクとの共演は今後に期待するとして、今は宇田川との音楽づくりにベストを尽くす！」

まさにその意気込みがプロの証明であり、プライドである。

ローゼンベルクが指揮するブラームスと宇田川が指揮するブラームスは、これが一体、一人の作曲家の同じスコア（総譜）を演奏したのかと疑いたくなるほど、違っている。

これは、楽譜を改変して演奏しているのではない。楽譜は同じでも、その解釈と表現の仕方が違うのだ。

ブラームス特有の堅固で重厚な響きを前面に打ち出すローゼンベルク。堅固な構成感は勿論として、そのなかに現れては消えるあこがれや悲しみの感情をしなやかに表現し、双者を絶妙にバランスさせる宇田川瞬。

出てくる音楽は違っているが、どちらもが紛れもなくブラームスの遺した一冊のスコアからひもとかれた音楽であり、これこそ指揮者がシェフと称される所以《ゆえん》でもある。

練習は、宇田川がスコアから思い描くブラームスの音楽を丹念に作り上げていく作業の連続である。

曲の響きや音色は、時々刻々と移り変わっていく。

この、絶え間なく変わっていく楽想。一瞬一瞬、さまざまな楽器の多彩な音色が重なり合ってハーモニーを構成し、そのハーモニーの繋がりのなかで美しいメロディが空間に解き放たれる。

宇田川とフィル東による、音楽を生み出すための飽くなき探究の集大成であるコンサートに期待し、チケットを買い求めてくれる音楽ファンの数もこの二、三年ほどの間、着実に増えている。

フィル東にとって、ローゼンベルクの病気欠場は経済的な面でも痛手だった。しかし、当初の不安をよそに、初日、二日目ともにチケットの払い戻しがそれほどの数にはならなかったのは、何といっても宇田川に対する音楽ファンの熱い思いと信頼の念があってのことだろう。結局、初日の定期演奏会はハーモニーホール Tokyo の約九割、二日目の特別演奏会は少し落ちるものの八割強の来場者を迎えることとなっていた。

コンサート初日。

開演を告げるベルの音に来場者が一人残らず客席に着き、オーケストラのチューニングが終わった。

静寂のなか、

「コツ、コツ、コツ……」

小さな、そしてはっきりした靴音とともにステージ下手側の扉から現れた宇田川瞬に送られた拍手は、急場を救わんとする常任指揮者に対して客席から寄せられた温かい心でもあった。

宇田川は背筋をピンと伸ばし、切れ長の目を大きく開けた笑顔で指揮台へと向かう。目を大きく見開いた笑顔はいまやステージに現れる宇田川のトレードマークになった感があるが、この日はいつもより心持ち、目の開き方が大きいようだ。

まさに、このコンサートにかける宇田川の心意気が知れようというものである。

拍手に応えて一礼した宇田川は指揮台にさっと上がり、チェロとコントラバスに身体を向け、腕を小さく一振りした。その瞬間、早春の風のようなさわやかで芳しい響きが湧き上がった。

ブラームスの「田園交響曲」と呼ばれることもある、交響曲第二番。二十年以上もの年月をかけて慎重のうえにも慎重な筆を進めた交響曲第一番とは対象的に、交響曲第二番は第一番を完成した翌年、わずかひと夏で書き下ろされた。いわば、交響曲第一番で交響曲の作曲に自信を得たブラームス円熟の筆跡なのだ。

交響曲第一番で垣間見せる難渋さ――もっとも、これはブラームスならではの魅力でもあるのだが――でなく、重厚さのなかの平明さや躍動感、そして早春の芽吹きにも似た若々しさに満ちた作品である。

こうした魅力の楽曲が宇田川の手にかかると、それはまさに生気溢れる一枚の油絵のようだ。さまざまな楽器の音が、たくさんの絵の具、それをパレットで調合し、響きの色やハーモニーの重さを一瞬一瞬変えていくのが宇田川の手腕であり、そこにはときに、

「ここに、こんな音や響きが隠れていたのか！」

と思うような新しい発見すらある。

ローゼンベルクであれば、もっと重厚で辛口。いうなれば、宇田川よりモノクローム的な表現をしながら、そのなかにブラームスの音楽の素晴らしさがじんわりと浮かび上がってくる。

宇田川は、そうしない。宇田川のブラームスを表現する。

より軽やかで若々しく、交響曲第二番が躍動感に満ち満ちた響きで全曲を閉じたとき、客席の各所から沸き上がった拍手と、

「ブラヴォー！」

の掛け声は、そんな宇田川のブラームスに対する賛辞でもあった。

ローゼンベルクの代役として指揮台に立った宇田川であったが、ホールに放たれた響きは、ローゼンベルクの代わりの音楽ではない。まぎれもない、宇田川の、宇田川でなければ作れないブラームスの音楽に聴衆は賛同し、熱狂したのである。

休憩を挟んでの交響曲第四番でも、宇田川の指揮は「見事！」の一語に尽きた。

決然とした最後の和音がホール全体を揺るがし、その短い命を全うして散り消えたとき、客席か

ら再び熱い拍手が送られたのも当然のことだった。

客席の片隅で演奏を聴いていた松田碧は思った。

大阪公演は残念ながらキャンセルとなったが、翌日の特別演奏会で有終の美を飾って欲しい。

松田碧は、拍手と喝采に応えて舞台裏からステージに出てくる宇田川の姿を見ながら、そう祈った。

七

コンサート会場の後片付けを終えた松田碧が家に帰り着いたのは、夜中の十二時近くだった。

コンサートが無事成功をおさめたことで、何よりまずほっとした。このこと自体が、ローゼンベルクに対する慰みや励ましにもなるに違いない。

宇田川とフィル東のプレーヤーは、明日もきっと素晴らしい演奏をしてくれるに違いない。ローゼンベルクには明日の公演の結果も合わせて電話で報告することとして、今は明日に備えて早く寝ることだ。

松田碧はシャワーを済ませ、床に就いた。

身体を横たえたと同時に睡魔が襲ってきて意識が急速に薄れゆく、その瞬間……。

スタ、スタ、スタ……。

足音が静かに廊下から聞こえてきて、碧の枕元のところまで来て止まった！

松田碧は眠りの世界から一瞬にして引き戻され、電気ショックを受けたかのように飛び起きた。

しかし、そこには誰もいなかった。

足音が聞こえたのは、気のせいだったらしい。けれども、碧が虚ろな意識のなかで何か強い気配を感じたことだけは、間違いなかったのだ。

（誰かに見られているのかも……!?）

しかし、この狭いアパートのなかに人が潜り込む場所などあるはずがない。

（一体、何が？）

松田碧は部屋の明かりをつけて、考えた。

（ひょっとして……窓か、扉？）

窓や玄関を確認したが、これもすべて施錠されている。

（どうも変だ。このところ心身ともに疲れきっているから、こんな変な感覚に捕らわれたのかしら？）

松田碧はキッチンの椅子に座り、しばらくのあいだテーブルに頬杖をついてぼんやりとしていたが……。

一転、すさまじい勢いで近くに置いてあった受話器をひったくるようにして手にすると、猛烈な勢いでボタンをプッシュした。

「プーッ、プーッ」

碧が耳にあてた受話器から聞こえてくるのは、ドイツ特有の呼び出し音だった。

“Rosenberg spricht〔ローゼンベルク・シュプリヒトゥ〕（こちら、ローゼンベルクです）”

八回目のコールで、エリーゼ・ローゼンベルクが電話口に出た。

“Hallo, Guten Tag. Midori, Midori Matsuda...〔ハロー、グーテン・ターク。ミドリ、ミドリ・マツダ…〕”

「フィルハーモニア東都の松田です」と言おうとするのを遮るかのように、エリーゼが言った。

「まあ、ミドリ！　どうしてあなた、……今、このときに？」

（やはり、そうだったのか……）

松田碧は覚悟を決め、エリーゼの話に耳を傾けた。

「主人は今から三十分ほど前に、息を引き取りました。……フィルハーモニア東都に来演できなくなったことを気にして、最後まであなたとフィルハーモニア東都の皆さんに申し訳ないと言っていた……。本来なら今日、自分が東京で指揮台に立つはずだったことも分かっていて、意識がなくなるまで、しきりと時間を気にしていたわ」

「……」

「こちらの時間で正午。……日本でコンサートが始まる時間に、まともに動かすことのできない彼の両肘から下が、かすかに動き出したのよ。初めは痙攣を起こしたのかと思ったけれども、そうじゃなかった。ヘルムートは死の床にいながら、残された力を振り絞って指揮しようとしていたのよ。しばらくのあいだ、そうやっていたけれども、やがて力尽きたのか、動かなくなった。……それから昏睡状態がしばらく続いて、今から三十分ほど前に……」

「たった今、マエストロは、私のところに来て下さいました」

「何ですって⁉」

「今晩のコンサートは、マエストロ・宇田川の指揮で、私たちとしても納得のいく演奏をすることができました。コンサートの後片付けを終えて先ほど帰宅し、ベッドに入っての寝入りばな、何か訳の分からない、物凄く強い人の気配を感じて、私、飛び起きたのです。誰かが私を見ているのかとも思って、窓やドアも確認したのですが、何の異常もなかった。だから……『もしや⁉』と思って、お電話を……」

「そうだったの……。きっと、ヘルムートがミドリにお別れを言いに行ったのだわ。彼、あなたのこと、物凄く気にしていたから」

「そんな‼　……病気になったこと自体、やむを得ないことなのですから、何も、お気になさる必要なんて、まったくなかったのですよ！　それなのに……それなのに……」

電話をとおして向き合った二人は、しばし、静かに嗚咽した。

「マエストロのご冥福を。それではまた」

こう言って電話を切った松田碧は、おもむろにバッグに入れてあった携帯電話を取り出すと、アドレス帳に記録してある番号をプッシュした。

言うまでもない。楽団長の渡辺と事務局長の能登に、ローゼンベルク逝去を報告するためである。

渡辺は、

「そうか……」

一言だけ、重々しく呟くようにして言うと、しばしの沈黙ののちに言った。

「明日……といっても今日だな。コンサートの会場で、お客様にはマエストロが亡くなったことを何らかの形でお知らせしなければならない。それからな、宇田川君には朝になってからで良いから、彼の自宅に一報を入れてくれ。団員には、四時にプローベを始めるとき伝えよう」

「分かりました」

松田碧が必要な連絡を取り終えると、二時近くになっていた。

再び部屋の明かりを消して寝床に入り、身体を横たえて布団にくるまると、自然と涙が溢れてきた。ローゼンベルクの死は悲しかったが、

（マエストロがわざわざ、私のところにまでお別れを言いに来て下さった）

と思うと、何ともいえない安らぎにも似た温かい気持ちがした。流れ出る涙がほおを温かく濡らし、それが碧を優しく慰めてくれているかのようにも思えた。

それこそ、突撃隊員にでもなった気持ちでただ一人ギュンツェルブルクに乗り込み、ローゼンベルクにフィル東への来演を直談判したときに始まる彼との思い出が、走馬灯のように碧の脳裏を巡った。

（夢の世界でなら、マエストロに会えるかも知れない）

そう思った松田碧の意識は次第に薄れ、静かに眠りの世界に入っていった。

八

コンサートの二日目。

フィル東の事務局はいつも通り午前十時に始まったが、この日ばかりは当夜のコンサートの準備に加えて、ローゼンベルク逝去への対応に追われた。

楽団長の渡辺と事務局長の能登が協議して、この日のコンサートを急遽「ヘルムート・ローゼンベルク追悼コンサート」とすることにして、電話で宇田川にも伝えた。

電話口で、宇田川は渡辺に言った。

「今日は曲順を変えましょう。二番を演奏したあとに四番で締めくくるのは、あまりに悲しすぎる。まず四番の演奏をもってマエストロへの追悼とし、そのあとで二番を演奏した方が良いと思います」

ローゼンベルク追悼のため、ブラームスの前に何らかの小曲を演奏することはしないことにした。新たに曲を決めて練習する時間がなかったたし、ぶっつけ本番的な演奏をすること自体、追悼されるローゼンベルク本人がもっとも嫌っていたことだからだ。

この夜のプログラムに挟み込むためのチラシの文章も急ぎ作成され、印刷に回された。

《追　悼》

当初、本日のコンサートを指揮する予定でしたヘルムート・ローゼンベルク氏におかれましては、薬効の甲斐なく本日の未明（日本時間）、ご逝去されました。

フィルハーモニア東都一同、マエストロ・ローゼンベルクの病気のご回復を強く祈っておりましたが、ご逝去の報に接し、深い哀悼の意を表するとともに、心よりご冥福をお祈り申し上げます。

二〇〇×年六月十八日

フィルハーモニア東都一同

ゲネ・プロ開始時刻の四時。

コンサートに出演するプレーヤー全員がステージに出揃っている。

彼らは、指揮者の宇田川と松田碧だけでなく渡辺や能登までもがステージに来て硬い表情を崩さないでいるのを、一様にいぶかった。

渡辺が松田碧に促すようなそぶりを見せると、碧がステージ中央の指揮台の前に歩を進めて、言った。

「皆様、お早うございます」

これは、仕事が午後に始まることが多いにもかかわらず、音楽業界でよく使われる挨拶である。

松田碧は続けた。

「今日は皆様に、大変悲しいお知らせをしなければなりません。今日、本来であればこの指揮台にお立ちになるはずでしたマエストロ・ローゼンベルクにおかれましては、今日の未明、お亡くなりになりました」

松田碧の話に、それまでざわついていたステージが凍りついたかのように静かになった。

「マエストロがご自身の深刻なご病気に気付かれたのは、前回の共演を終えドイツにお帰りになってから少しあとのことでした。それでも治療を続けながら、何とか今回の公演を指揮される方策を真剣にお考え下さったのですが、どうしても無理との結論で、今回の共演をキャンセルするご連絡をいただいたのが、三月のことでした。私たち、マエストロのご病気の回復に、ほんのわずかでも望みをかけていただけに……本当に、……本当に」

碧がそこまで言い続けて声を詰まらせた、そのとき。

「ウォ……ウヮーン」

ステージ後方で、泣き声とも呻き声ともつかない声が上がり、その場に居合わせた全員の視線がその声に集中した。

視線の先にいたのは、吉田義雄だった。

義雄はトランペットを逆さにして床に立てたまま、顔を下に向けて子どものように泣きじゃくっていた。

松田碧は自らが涙を堪えたことも忘れ、吉田義雄の姿に目を奪われた。

吉田義雄が泣くのは無理ないことかも知れない、と松田碧は思った。初共演の際、終演後のアーティスト・ラウンジでのささやかな呑み会で、義雄はローゼンベルクに、碧には訳の分からないまじないをかけ、フィル東との精神的な距離を一気に縮めてしまったのだ。

いつもは、とぼけてふざけたことばかり言っている男だが、ときにはフィル東全体にとってきわめて重要なことまでを、いかにも義雄らしい流儀でやってのける。「フィル東一の名物男」と、団員から慕われる所以でもある。

そんな名物男が、あたりかまわず泣きじゃくっているのだ。

「また、お互いに納得のいく仕事して……アーティスト・ラウンジで乾杯して……あの仏頂面、笑わせて……ほぐしてやろうと思ってたのに……。俺たちに何の断りもなく、勝手に逝きやがって……。チキショウ！」

これは泣きながらの呟きだったから、まわりの者には何を言っているのか、聞き取れなかったかも知れない。けれども、こんな義雄の姿にオーケストラ全体が引き込まれた。弦楽器にフルート、そしてトロンボーンと、何人かの女性プレーヤーがしくしくと泣き出し、目にハンカチをあてる者もいた。もちろん、ローゼンベルクの死を悲しんでの涙ではあるが、義雄の姿を見てのもらい泣きも何割か混じっていたに違いなかった。

涙の環《わ》は徐々に広がっていき、ステージはまさに、お通夜か告別式のようになってしまった。

こうした状況を、宇田川は黙って見ていた。

ローゼンベルクの死を悲しむのは、当然のことである。しかし、自分たちには今夜の演奏がある。

昨夜の演奏は、自分たちとしてベストを尽くした納得のいく出来だった。それでも、何ケ所かについて再度の確認と徹底をしたいからこそ、二日目の公演であるにもかかわらず、プローベを行うのである。

(この状況では始められない。どうしたものか……)

宇田川瞬が思案顔になった、その瞬間。

チューバの亀澤将郎が立ち上がって、宇田川を見た。

亀澤の視線に何かを感じ取った宇田川は、それが何を示すのかは分からなかったが、このベテランの大男の意思を受け止めるかのように首を小さく縦に振った。

亀澤はプレーヤーの間をすり抜けるようにして吉田義雄の後ろに行くと、義雄の肩をポン！と叩いた。

吉田義雄は力なく後ろを振り返り、亀澤を見た。涙がほおを濡らしている。

亀澤はおだやかな表情で義雄を見て、諭すように言った。

「涙は、ここまで」

吉田義雄は、きょとんとした顔で亀澤を見た。そんな義雄に、亀澤は、

「いざ、出陣！」

気合をこめて言うや、斜め後ろに陣取るティンパニの田村雄太に視線を向け、右手の人指し指をさっと伸ばした。

田村は亀澤の視線の意図をとっさに理解し、

「ドン、ドン、ドン！」

ティンパニによる陣太鼓《じんだいこ》を叩き始めた。

すると思いがけず、そこにすかさず法螺貝の勇壮な音が加わり、ステージ上の誰もが音の出処に目を向けた。

法螺貝と思った音は、石松寛太のホルンだった。寛太が法螺貝を真似て吹いているのだ。

思いもかけぬ出陣の儀式に、ステージ上のあちこちからクスクスと笑い声が漏れた。

吉田義雄も、「テヘ……」ちょっときまりの悪そうな笑顔を浮かべて涙を拭き、正面を向いた。

「交響曲第二番、第一楽章。冒頭から」

宇田川がそう言って指揮棒を構えた。

何事もなかったかのように、プローべがいつもと変わりなく始まった。

九

午後六時過ぎにハーモニーホールTokyoに集まり始めた人たちは、ホール入り口に貼られた追悼のチラシでローゼンベルクの死を知った。

ローゼンベルクが死んだ——。

フィル東——実際には松田碧——の努力があったればこそ、世界でもめったに聴けない〝隠れたる巨匠〟の演奏を東京と大阪で聴ける福音に巡り合えた。

しかし、巨匠の死によって、かけがえのない演奏を聴く機会そのものが永遠に奪い去られてしまったのだ。

近藤染物工房社長の近藤進は、ホール前の貼り紙を見て涙を流した。呉服屋・澤村でのローゼンベルクとの出会いやエリーゼの着付けを妻の華子が指導したことなどが過ぎ去った楽しい思い出になってしまったことを思い、まわりに多くの人がいるにもかかわらず、嗚咽がしばし止まらなかった。

関西音楽文化振興協会の財津はこの日の午前、松田碧からの連絡でローゼンベルク逝去を知らされていた。もともと、財津はこの日、東京に出張してコンサートを聴く予定だった。そして開場十分前くらいにホールに着いたのだが、ホール入り口の前に掲示されたローゼンベルク逝去の貼り紙を見、改めて深い感慨に捕らわれた。

一月には体調の不安を抱えつつも、東京と大阪での三公演を見事に振り切ったローゼンベルクがもはやこの世の人でないという現実を、どのように理解したらよいのだろう。ローゼンベルクが死んだことへの深い悲しみに加えて、大阪での演奏が一月のたった一回で終わってしまったことが、本当に無念でならなかった。

外からは、開場準備に追われてロビーで忙しく立ち働く晋一郎や戸田香の姿が見えるが、松田碧の姿はない。きっと、舞台裏に行っているに違いなかった。

財津は、松田碧が気の毒でならなかった。

三月に松田碧が沈痛極まりない声でローゼンベルクの来日中止を電話してきたときのことを思い出し、

（松田さん、どんなに辛かったんやろ……）

そう思うと、胸が痛んだ。

七時。ロビーにいた来場者が、すべて客席に着いた。

舞台裏のプレーヤーは両袖に集結し、ステージ・マネジャーの横田正が出すいつもの「キュー」を今かと待ち構えている。

「時間です。よろしくお願いしまーす」

横田のいつもの「キュー」が出ると、

「いざ、出陣！」

誰かの声が、小さかったがはっきりと聞こえた。その声に呼応するかのように皆、何かを期すような表情でステージに出て行った。

コンサートマスターの米山と指揮者の宇田川も、プレーヤーに続いてステージに出た。

米山以下、全プレーヤーが椅子に座った。

宇田川だけは指揮台の脇に立ち、やや前かがみの姿勢で客席を向いている。

客席は、ローゼンベルク逝去に関する何らかのセレモニーがあることを察し、ステージのようすをじっと見ている。

下手側の袖から楽団長の渡辺が現れ、舞台袖に程近いところで立ち止まった。そして、マイクを手に、客席に向けて短い追悼の挨拶を行った。

挨拶が終わって渡辺がステージから姿を消したところで、コンサートマスターの米山が立ち上がり、ステージの真ん中に座るオーボエ奏者に目を向けて小さく手を伸ばした。

「プー」

オーボエの「A（ラ）」が鳴った。チューニングの始まりである。

ひとしきりステージ上の全プレーヤーが音を出してピッチを合わせ終わると、ステージはまた、静まり返った。

客席の照明が落ち、宇田川瞬が指揮台に上がった。このときを意識してであろう、宇田川は客席を振り向いたが、小さく頭を下げて聴衆に目で合図するような仕草のみ。宇田川の意図を解した客席からは、拍手はない。

静寂のなか。

宇田川のエモーショナルな二拍子の棒さばきで、交響曲第四番が始まった。

ホ短調の、哀切のなかに憧れが込められたメロディとハーモニーが、この日ほど演奏する者と聴く者との胸に迫る演奏はなかったに違いない。まさに、失われたかけがえのないローゼンベルクその人への思いと悲しみを体現した演奏である。

すさまじいまでに聴く者の肺腑を衝く演奏に、客席からすすり泣きの声が漏れ聞こえた。

ステージ上のプレーヤーたちは、ローゼンベルクの弔い合戦に臨んでいるかのような形相で、宇田川の棒に食いつかんばかりに演奏している。何人かのプレーヤーが顔をくしゃくしゃにして演奏しているのは、きっと涙を堪えているからに違いなかった。

第二楽章。冒頭のホルンは、さながら葬送の調べのようである。それに続いて、過去を静かに振り返るような楽想が、聴く者の悲しみを静かに癒してくれる。

第三楽章はこの曲で唯一、賑やかな長調の調べとなるが、これもいまや楽しかった過去の思い出に心を弾ませる一瞬の楽興でしかない。

そして、再び暗く重苦しい第四楽章で、聴く者はまた深い悲しみへと引き摺り込まれていった。第四楽章の決然とした最後の和音を全身全霊で奏しきったところで、指揮の宇田川も、オーケストラのプレーヤーも、動きを止めた。演奏を終えたまま、動かない。

ステージが凍り、そしてホール全体の空気までもが凍りついた。

時間が、凍りついた空間を砂時計のように流れていく。

それは、実際に計ってみれば十秒程度のことかも知れない。けれども、その場に居合わせた人々は皆、物理的な長さでは計り知れない長さと重みを共有している。

ようやく、宇田川が凍りついた空間から生還したかのように、姿勢を自然な立ち姿に戻すと、オーケストラのプレーヤーも皆、宇田川に倣った。

けれども、誰も拍手しない。完全な静寂が続いている。

宇田川は客席に向かって小さく頭を下げると、静かに舞台袖まで歩いていって、ステージから立ち去った。

プレーヤーたちもまた、立ち上がると、ステージから両袖に分かれて姿を消した。

二十分間の休憩になった。

ロビーはいつになく、静かだった。来場者の一人一人が、ローゼンベルク追悼を態度に表しているのだ。そしてまた、ローゼンベルクに捧げられた宇田川とフィル東のすさまじい演奏の余韻を、心深く、静かに噛みしめているのだった。

後半の交響曲第二番になってホールは少しばかり、通常のコンサートの雰囲気に戻った。

プレーヤーが全員ステージに出揃い、各人の楽器の音出しを賑やかに終えたところに、米山が現れた。

米山が客席を向いて深く頭を下げると、パラ、パラと、この日初めての拍手が出た。

チューニングが終わり、ホール全体が静寂に包まれたところに、宇田川瞬がステージに姿を現した。

客席から拍手は出たが、ローゼンベルク追悼の余韻か、いまだ遠慮がちで静かな拍手である。

宇田川もまた、いつもの、目を大きく見開いた笑顔の宇田川ではない。切れ長の目をより細く、口を真一文字に結んだその表情の厳しさを、ステージ上のプレーヤーも客席の聴衆も凝視した。

その宇田川が指揮台に上がって小さく一礼し、チェロとコントラバスに体を向けて静かに棒を下ろすと、三拍子の音楽がじわりと動き出した。

ブラームスが辛苦の末に交響曲第一番を完成し、それが成功を収めたからかも知れない。交響曲の第二番は、しなやかで明るい楽想が全体を大きく支配している曲だが、そこはブラームス特有の重厚さも兼ね備えた曲である。

第一楽章の、長調でありながら物悲しさを秘めた楽想は、いまだローゼンベルク追悼の思いを持つ聴衆の胸に迫るものがあった。

しかし、ときに「ブラームスの田園交響曲」と呼ばれるように、交響曲第二番の音楽は、自然のなかで日々の生活を営む人間の生を肯定するかのようだ。

ゆったりした心の安らぎを覚える第二楽章。そして、オーボエ、クラリネットとファゴットが活躍する第三楽章が静かに閉じると、最終楽章はまさに百花繚乱の趣で輝かしさと力強さに溢れた音楽である。

宇田川の棒は、第一楽章はやや翳りを帯びた楽想をこれ以上ないほど繊細な感情をもってドライブした。それに続く第二・第三楽章は第四楽章へと続く極上の間奏曲の感があり、第四楽章にいたって、それまで抑えてきた情念を爆発させるような音楽作り。

ここに至って、プレーヤーも聴衆も、心はローゼンベルク追悼から解き放たれた。

死者を悼む。そして、死者と共有した過去を慈しむ。

しかし、いまだこの世に生を受ける者は皆、死者への思いとともに、今日という日を肯定的に歩み将来に向かうのだ。

第四楽章が最後の壮麗なハーモニーを奏で切った瞬間、この日初めての喝采と熱い拍手が客席から沸き上がった。

この日のために大阪から出張してきた財津伸彦は二階前方の席から立ち上がり、これ以上強く叩けないほどの激しい拍手をしながら、

「ブラヴォー！」

を連呼した。

一階席の中央では、近藤進がときおり右手で両目をこすりながら両手を高く掲げ、渾身の拍手を送っている。

ステージの宇田川瞬とフィル東のプレーヤーは、客席からの熱く、温かく、そしていまだ悲しみの涙が混じった拍手と喝采を浴び続けた。

そして、この日の演奏をとおして自分たちの何かが変わったような感覚にとらわれていた。ひょっとしてそれは、アーティストとしての、あるいは一人の人間としての成長なのかも知れない、と彼らは思った。

いつものような笑顔は、この日のステージにはない。熱い拍手と喝采とは対象的に、静的な、心の深みにじっと沈んでいくような精神の高揚と今を生きることの意味を、彼ら一人一人がそれぞれに深く噛みしめていた。

絆

一

人は生を受けてこの世に現れ、死とともに去っていく。

その人の魂が、死とともにこの世を去るのだ。

けれどもそれは、その人の生前の活動や足跡までもが、死とともにこの世から消え去ることを意味しない。

その人の考えや業績が今を生きる人に受け継がれ、さらなる発展を遂げることもあれば、その人の死によって、新たな人と人との出会いが生まれることもまた、あるのだ。

まさにそれは、

「死者が生者を引き合わせる」

のである。

二

ローゼンベルク逝去の報は、日を置かず世界中を駆けめぐった。

二〇〇二年、ドイツ人指揮者のギュンター・ヴァントが九十歳を超える人生に幕を閉じたとき、「ドイツの巨匠の時代」が終焉したと嘆息した世界の音楽ファンは少なくなかったに違いない。

しかし、そこに救世主が現れた。

ドイツ人指揮者のなかでは、中堅指揮者のクリスティアン・ティーレマンがヴァーグナーの楽劇などできわめて高い評価を勝ち得ているとはいえ、「巨匠」と称されるまでに今しばらくの時間的成熟を要すると思われていた矢先、無名といっても過言ではなかった実力派指揮者ヘルムート・ローゼンベルクが注目を浴び、一躍、「巨匠」としての期待を一身に背負うことになったのだ。

ローゼンベルクは、モーツァルトやベートーヴェン、そしてシューベルトやブルックナーといった独墺系のレパートリーに高い評価を得ていたし、年齢的にも今後がさらに期待される指揮者だった。

そして、いくら気難しい人物とはいえ、現在のギュンツェルブルク、ハルゼン、そして東京での活動以外に、ドイツの主要都市やヨーロッパ各国、さらにはアメリカのオーケストラを指揮することもそう遠くない将来、実現するのではないか。そう期待する向きも、少なくなかった。

けれでも、彼を襲った病魔が、こうした音楽ファンの期待を木っ端微塵に打ち砕いてしまったのだ。

ドイツの、日本の、そして、世界の音楽ファンの落胆はあまりにも大きかった。

ローゼンベルクの逝去を悼み、彼に関するプロジェクトが二つ、ドイツで動き出した。

その一つは、ローゼンベルク追想録の出版である。

追想録の刊行を企画した音楽ジャーナリストのヴォルフガング・ヴィルデンブルフは、ローゼンベルクの無名時代から彼の類稀なる芸術性に心酔し、彼のコンサートに足繁く通っていた。ローゼンベルクは生前、音楽ジャーナリズムやマスコミの取材に積極的に応じるタイプではなかったから、ヴィルデンブルフもまた、ローゼンベルクと話をする機会をほとんど持ち得なかった。そこで、ローゼンベルクの死後、妻エリーゼや息子のペーター、そして親友で癌の治療にもあたった医師のハンス・グラウプナーへのインタヴューを行い、彼らによる手記の形で一冊の追想録を完成したのである。

この追想録は『追想—音の芸術家ヘルムート・ローゼンベルク』の題名が付され、ローゼンベルクの死後一年を経ずして、ハンブルクにある音楽関係出版社ムジカ・クラシカから刊行された。

これまでの、ヘルムート・ローゼンベルクに関する著述といえば、晩年のコンサートの演奏批評が新聞や音楽専門誌に掲載されたくらいのものだった。だから、ローゼンベルクの経歴などについては、まったく知るすべすらなかったので、ローゼンベルクを知るための文献として唯一の重要な書籍が刊行されたわけである。

この追想録は、〝隠れたる巨匠〟ローゼンベルクの早すぎる死を惜しむ音楽ファンを中心に、音楽関係書籍としては異例ともいってよいほどのベストセラーとなった。

もう一つのプロジェクトは、ローゼンベルクの遺した演奏録音のCD化である。

ローゼンベルクは、いわゆるスタジオ録音をしたことがなかったが、晩年にギュンツェルブルクとハルゼンで指揮したコンサートの多くが地元の放送局によって収録され、そのテープが保管されていた。

ローゼンベルクの遺族や放送局の協力を得てそれらの録音をCD化し、リリースする企画を進めたのは、ケルンに本社を置くクラシック音楽CDの中堅メーカーFerne Klang（フェルネ・クラング）であった。

ドイツ語で「はるかなる響き」という意味を持つ同社の社長でチーフ・プロデューサーのマックス・フォン・ブラウアーは、ローゼンベルクが指揮したコンサートの録音を保有するいくつかの放送局に話を持ちかけた。そして、ヘルムート・ローゼンベルクの子息で指揮者・オルガニストのペーター・ローゼンベルクや、ギュンツェルブルク、ハルゼンのオーケストラのスタッフとともに、一曲一曲を聴いていった。

これは、演奏の水準を確認してCD化の可否を決める作業であり、数ケ月にも及ぶ彼らの丹念な試聴のすえ、CDにして約四十枚に及ぶ曲目が選定されていったのだ。

三

こうしたプロジェクトは、ローゼンベルクがわずか二度とはいえ演奏活動の足跡を遺したフィル東をも巻き込むこととなった。

まずは『ヘルムート・ローゼンベルクの芸術』と題されたCD化プロジェクトである。

こちらは、エリーゼがFerne Klangに強く進言したことがきっかけで、日本でのフィル東との演奏をもCD化の対象とすることになった。

当初、フィル東とムジキョーは、日本での演奏録音をエリーゼの許諾を得てムジキョーからリリースしたいと考えていたが、今回のFerne Klangの企画に乗ることにした。同社からローゼンベルクの録音を纏《まと》めてワールド・リリースするなかに東京での演奏を組み込むことで、ローゼンベルクとフィル東による演奏をワールドワイドに聴いてもらえることになるからだ。

こうして、ローゼンベルク指揮による初めてのCD約四十枚がセットとして一斉にリリースされることとなったのである。

収録された曲目は〝隠れたる巨匠〟の全貌とまではいかないものの、晩年のレパートリーを世界の音楽ファンに知らしめるには充分なボリュームがあった。

収録された作品の作曲家名をざっとあげると……。

独墺系では、古典派のハイドン、モーツァルト、ベートーヴェン。ロマン派のシューベルト、シューマン、メンデルスゾーン、ブルックナー、そしてブラームス。近代では、二十世紀に活躍したヒンデミットとハルトマン。

フランスでは、印象派のドビュッシーとラヴェル、そして二十世紀のメシアン。

東欧・ロシアでは、国民楽派のチャイコフスキーとドヴォルザーク。そして二十世紀に活躍したバルトークやプロコフィエフ、ショスタコーヴィチ。

晩年は「独墺系音楽の守護神」として世界的に高く評価されていたローゼンベルクだが、そのレパートリーは決して独墺系に限定されていたわけではないことが、よく分かる。

フィル東との演奏は、『ローゼンベルクの芸術』シリーズの巻末、"Rosenberg in Japan（ローゼンベルク・イン・ヤーパン）"と題された四枚組のCDセットとして組み入れられることとなった。

初共演となったシューベルトとブルックナーは、二日行われた演奏のなかから初日の、異様なまでの緊張感に貫かれた演奏がCD化された。

そして、ブラームスの交響曲第一番と第三番では、財津が予想した通り三回公演のうちの最終日、大阪での演奏がCD化されることとなったのである。

CDがワールド・リリースされるやいなや、世界中の音楽ファンはCDショップに出かけ、競うようにしてこのCDセットを買い求めた。あまりの過熱ぶりに、当初の生産分は即座に全数売りつくされ、慌てたFerne Klangは世界各国から寄せられた発注リストに対応すべく追加生産に踏み切るほどだった。

ＣＤの評判も非常に高かった。ローゼンベルクが指揮した三つのオーケストラが、世界の超一流どころに比べて技術的に今一つの部分があることを指摘した向きもあった。しかし、三つのオーケストラがそれこそ自分たちの実力の百二十パーセントを出し切ってローゼンベルクの棒に応えた演奏の数々は、そんな論評など吹き飛ばしてしまうだけの凄みを持っていた。知性をもって感心させる演奏でなく、心の奥底から感動できる演奏に、世界中の多くの音楽ファンは熱狂したのである。

四

追想録『追想―音の芸術家ヘルムート・ローゼンベルク』がドイツで発売される直前に、エリーゼ・ローゼンベルクから松田碧に一冊が贈呈された。また、発売間もなくベルリンの美穂シュミット中川も松田碧に一冊を送ってきた。

「あなたのことが素晴らしく書かれているわよ！　私、読んでいて涙が出ちゃった！」

美穂シュミットは興奮しながら電話でそう言い、追想録を碧に送ってくれたのだ。

追想録がドイツで反響を呼んでいることは、松田碧もよく知っていた。しかし、追想録のなかでローゼンベルクと再会することのためらいが、碧が追想録に手を付けられない原因にもなっていた。

そんなとき、日本の音楽出版の大手である樂友書房から松田碧に一本の電話があった。

電話の主は出版部の高尾雄之介だった。

樂友書房は、『追想─音の芸術家ヘルムート・ローゼンベルク』がドイツで刊行されると同時に、同書をドイツから取り寄せた。そして、同書の日本語版刊行を決意し、その翻訳者として松田碧に白羽の矢を立てたのである。

「ちょっと待って下さい。私、まだその本、読んでいませんし、フィル東の仕事だけでも忙しいんですから」

「まだ、お読みになっていらっしゃらないんですか？　でしたら、一冊お送りしますから、是非、お考えになって下さい」

「いえ……。持っていることは、持っているのですけれども……」

松田碧は、口ごもった。

松田碧はすでに追想録を二冊、持っているのだ。松田碧にとって、追想録を送ってくれた二人の好意は本当に嬉しかったが、同時にローゼンベルクの死は碧にとってあまりにも重かった。死後一年を経たとはいえ、こうした追想録をとおしてローゼンベルクと再び向き合うことは、碧にとってあまりに勇気のいることでもあった。だから、今まで本を手にすることはあっても、ページをめくるのをためらい続けてきたのだ。

それに、実際に追想録を読んでみなければ分からないが、碧自身が追想録に語られる当事者になっている部分が少なからずあるに違いない。追想録のなかで語られる自分について、自らが日本語に訳すことの是非についても考えざるを得ない。

松田碧は、自らが懸念していることを高尾に伝えた。

「そうですね。確かに、松田さんの記されている部分までご本人に翻訳していただくのは……」

電話口で考え込む高尾に、松田碧は翻訳者としてベルリンの美穂シュミットを推薦した。

「もし、樂友書房さんがよろしければ、本人には私からもお願いしてみます」

再考を約して一旦は電話を切った高尾が、松田碧に再度の電話をかけてきたのは二日後のことだった。その内容は、樂友書房として追想録の翻訳を美穂シュミットにお願いしたいというものだった。樂友書房としては、月刊誌「樂友」のドイツ音楽通信のコーナーなどで美穂シュュットとの付き合いはあるものの、今回の依頼に関しては彼女との付き合いが深い松田碧に格別の口添えを依頼したのだ。

松田碧から、ことのいきさつを聞いた美穂シュミットは、思いもよらぬ大役に躊躇したが、

「大変な仕事だけれども、やりがいのある仕事だし、私も彼の二度目で最後になってしまった来日公演でのお付き合いがあったのだから……」

この依頼を喜んで受けてくれたのだった。

五

こうして、美穂シュミットによる追想録の翻訳作業が始まった。

松田碧も、「これ以上、追想録を自分から遠ざけているわけにはいかない」との思いで、勇気を

奮ってページをめくり始めた。

追想録は、エリーゼがローゼンベルクから生前に聞いた話に加えて、二人が出会ってからの共同生活のなかでエリーゼが見聞きしたことが手記の形で纏められている。さらには息子のペーターや医師で親友のハンス・グラウプナーの手記も織り込まれていた。

ローゼンベルクの幼少期や青年時代、つまり結婚前の時代の記述が少ないのは、関係者による追想録であることを考えれば当然のことだが、とりわけ亡くなる十年ほど前に定期的な関係を持つに至ったギュンツェルブルクとハルゼンでの演奏活動以降に記述が集中していた。これは一つには旧東ドイツ時代、さらには東西統合後しばらくの間、ローゼンベルクが思う形で指揮活動をできなかったことなど、エリーゼにとっても思い出したくない記憶が少なくなかったからかも知れない、と松田碧は思った。

そんななかで、二人の出会いの話は新鮮だった。

若きヘルムート・ローゼンベルクとエリーゼ・シュヴァインフルトが出会ったのは、旧東ドイツの北東にある、とある小さな劇場だった。ヘルムート・ローゼンベルクは三十を少し超えていたが、いまだ劇場のコレペティトゥール（一般的に「練習ピアニスト」と訳され、ドイツでは伝統的に指揮者への道を歩むための修練を積む仕事）で、エリーゼはバレリーナ。それも小さな街の劇場とはいえ、若くしてプリマを張る看板バレリーナとしてすでに高い評判を勝ち得た存在だった。

松田碧は、若き二人の姿を想像しながら文面に入っていった。朴訥で無口、痩身のローゼンベルク。そして、華麗な演技と美しい容姿で街中の話題をさらっていたエリーゼ。若き日の二人が碧の前に現れ、稽古場でバレエの練習に没頭している。

ローゼンベルクは、エリーゼがプリマを演ずるバレエ公演に合わせて、オーケストラの代わりにピアノで伴奏している。

バレエの体の動きを見ながら、その動きに音楽をつけるのは至難の業だ。バレエの動きと音楽が少しでも離れると、その瞬間、バレリーナは自分の踊りができなくなってしまうのだ。

ローゼンベルクはピアノの演奏も堪能だったが、バレエの動きに合わせて指を操るのには本当に苦労した。

あるとき、ローゼンベルクのピアノにエリーゼがいらついて言った。

「ちょっと！　私の体がまだ動き始めていないうちに、ためを作らずにピアノが出てしまったら、私が踊り出せなくなってしまうじゃありませんか」

「……はい」

また、あるときには、

「遅すぎるわ！　ピアノにこんなに遅く付けられたら、私、踊り続けられない！」

「……済みません」

ローゼンベルクは、愛想のよい人物でもなければ、器用なピアニストでもなかった。しかし、持ち前の誠実さと努力、そして何よりも音楽的感性の鋭さで、彼はエリーゼの舞踏の伴奏を着実にものにしていった。

自らを無にして芸術に奉仕する一人の無骨な男に対して、初めはプリマの立場でクレームを付け続けたエリーゼの心が動いた。

二人が心を一つにしてぴたりと寄り添い、バレエと音楽の見事な競演を成し得たとき、二人は深く愛し合い、結ばれた。

しかし、練習ピアニストと花形バレリーナという一見不釣合いなカップルには、幸せはなかなか訪れなかった。

結婚してほどなく、エリーゼは練習中にアキレス腱を断裂した。若いにもかかわらず過酷な練習の積み重ねで腰痛などの持病を抱えていたエリーゼであったが、この大怪我がもとで、バレリーナとしての人生に幕を閉じなければならないこととなったのだ。

夫のヘルムートにも、めでたいことなどなかった。

劇場での裏方として地味ながらも着実に仕事をこなしていくローゼンベルクは、徐々に頭角を現していった。あるとき、急病で倒れた首席指揮者の代役として初めて劇場での指揮を任されたのである。モーツァルトの歌劇『魔笛』を指揮することになったのだ。

急な登板であったにもかかわらず、その公演は劇場としてかつてないほどの大成功を収めた。

当時、空席だった第一指揮者の穴を見事に埋めて余りあるローゼンベルクの仕事に対して、窮地に陥った楽団関係者や地元の音楽ファンは狂喜し、口々に言った。

「この劇場の次期第一指揮者は、ローゼンベルク以外にはあり得ない！」

しかし、この話は実現されることはなかった。

ローゼンベルクが指名されなかったのは、彼に実力がなかったからではなかった。それは、他の町から新しくやってきた第一指揮者が指揮した公演の評判一つを取っても明らかだった。

この指揮者が当時の政府関係者と近しい関係にあることをローゼンベルクが知ったのは、それから間もなくのことである。

松田碧は、ローゼンベルクがふだんから寡黙で人前で自分の殻にこもるタイプの人間という印象を持っていたが、それは、彼のこうした経歴や苦労ゆえのことかも知れないと思った。

そして、フィル東との初共演後のアーティスト・ラウンジで、ローゼンベルクが吉田義雄と大笑いしたときのことを思い出した。

あのときエリーゼは、自分の夫を見て、しみじみとこう漏らしたのだ。

「あの主人《ひと》が人前でこんなに大笑いをするなんて、何年振り、いや何十年振りのことかしら……」

六

追想録は、ローセンベルクがギュンツェルブルクとハルゼンの両オーケストラとの関係を築いたところが終わり、いよいよ、最終章『日本のかけがえなき友人たち』に辿り着いた。

松田碧がこの追想録を読むことを避けていたもっとも大きな理由は、この章があったからだった。

松田碧は、震える手でページをめくった。

そこには自分の知らない、ローゼンベルク夫妻から見たもう一人の松田碧がいた。


ギュンツェルブルク市立フィルハーモニーとのコンサートに向けての練習が始まったある日、事務局スタッフのパウル・シュトレックが、指揮者控え室の私たちを訪ねてきて、言った。

「実は、お話がありまして……。日本の東京の、フィルハーモニア東都というオーケストラが、マエストロに客演をお願いしたいと言ってきています。オーケストラとしてマエストロへのコンタクトの手段を持たないので、私どもに仲介を依頼してきたのですが、マエストロが話だけでも聞いて下さるのならドイツに来てお話をしたいと……」

「日本の……東京のオーケストラ？」

ヘルムートは、いぶかしげに聞いた。

「はい。何でも、こちらとハルゼンでマエストロの指揮を聴いたことのあるオーケストラのプロデューサーがマエストロに心酔し、是非ともお願いしたいのだそうです」

「……」

しばし黙ったまま考え込むヘルムートに、私は言った。

「良かったじゃありませんか。あなたの芸術を理解してくれる方が海外にもいらしたのですから」

そして、なおも沈黙を続けるヘルムートに言った。

「申し出を受ける受けないは、あなたのご判断でいいじゃないですか。あなたに指揮をお願いするために、わざわざここまでいらっしゃると仰っているのですよ。せめて、そのオーケストラのプロデューサーの方にお会いして、お話だけでもお聞きしたらいかがですか？」


（中略）


ヘルムートがフィルハーモニア東都への来演に対する気持ちを大きく変えたのは、ミドリ・マツダという同オーケストラのプロデューサーの来訪がきっかけだった。

私はこのプロデューサーについて何も情報を得ていなかったので、この人物が中年の男性だと勝手に思い込んでいた。あとでヘルムートから聞いた話だが、彼もまた、経済大国として知られる日本のオーケストラ・プロデューサーを、精力的なベテランのビジネスマン的な雰囲気で想像しており、それが彼の気持ちを後ろ向きにしていたのだった。でも、それは考えてみれば無理もない。私たちは、日本人の名前から性別を判断することすらできなかったのだ。

それだけに、ギュンツェルブルクでのコンサートを終えたのち、私たちの部屋をノックして扉を開けた人物を見たときのヘルムートと私の驚きは小さからぬものがあった。

ミドリ・マツダは、ドイツ人のなかに入ってしまえば小柄で華奢な感じの女性だった。

しかも、端正な顔立ちとストレートの長い黒髪、そして真一文字に結んだ口元が意志の強さを感じさせる、若く美しい女性だった。

挨拶の握手も抜きにして、ミドリは燃えるような瞳をヘルムートに向け、ドイツ人かと思うほど流暢なドイツ語でとうとうと喋りだした。

フィルハーモニア東都がヘルムートに客演指揮を希望することに続いて、ミドリはかつて自分がドイツで耳にしたヘルムートの演奏について話し始めた。

彼女の論評は、ヘルムートが一つ一つの作品をいかに解釈し、苦労しながら音の集合体として組み立てたのか、その核心を見事に衝いたものだった。

私はこの、初めて会う日本人プロデューサーの熱意と情熱、そして見識に圧倒される思いだったし、ヘルムートもまた同じ思いを抱いた。

ミドリ・マツダは、まさに「疾風怒濤」という表現が似つかわしい女性だった。フィルハーモニア東都が考え、願っていることを一気に話し終えて辞去しようとするミドリを、ヘルムートが止めた。ヘルムートは「女性の一人旅は危険だから、私たち夫妻でホテルまで送って行く」と言った。もちろんミドリの身を案じる気持ちもあったが、私は、これほどまでに音楽に対する愛と情熱に溢れた一人の魅力ある人間と出会いながら、ほんの一瞬の出会いで終わってしまうとすれば、それは本当に残念だとの思いがあった。きっと同じ思いが、ヘルムートにもあったに違いない。

ミドリを宿泊先のホテルまでタクシーで送っていったのは良いが、ヘルムートはもともと無口だし、ミドリもほとんど話をせず、場を繋ぐのに苦労したのは私だった。

沈黙を守るミドリの態度からは、

(私からは思うこと、お願いすることをすべてお話ししました。あとは、あなた方でご判断下さい)

といった感じの、潔さすら感じた。


追想はさらに続く。

ヘルムート・ローゼンベルクの親友で医師のハンス・グラウプナーの手記である。松田碧がローゼンベルクをギュンツェルブルクに来訪した翌日のことが記されていた。


ある日の朝、親愛なる友ヘルムート・ローゼンベルクから一本の電話が入った。

用件は、私の家のリスニングルームでCDを聴かせて欲しいということだった。

「えっ、君がCDを聴くんだって⁉」

私は驚いて、ヘルムートに言った。

というのも、指揮者ヘルムート・ローゼンベルクは常々、音楽ソフトに対して否定的な見解を口にしていたからだ。

実演の音は、完全にマイクに入り切らない。しかも、マイクで拾った音を演奏したホールと違った空間に解き放ったところで、元の演奏とはまったく違ったものになってしまう、というのが彼の持論である。だから彼の演奏を聴きたくとも市販されているCDがなく、地元の放送局が彼のコンサートを電波に乗せてくれない限り、コンサートに行くしか聴きようがないのだ。

「いつもの君と、言うことが随分違うじゃないか」

私が言うと、彼は電話口でしばし沈黙したのち、弁解するような口調で返した。

「仕方がないんだ、実際にオーケストラが私のところにやって来て演奏を聴かせてくれるわけにはいかないのだから。……日本のオーケストラのプロデューサーに、そう言われてしまったよ」

（……？）

私は、ヘルムートが何を言わんとしているのか、その心境の変化を理解することができなかった。しかし、やがて彼がエリーゼとともに私の家にやってきたことで、すべてが分かった。

彼らが我が家を訪れたとき、ヘルムートは緊張しているというか、何か興奮を抑えかねているような面持ちに見えた。彼に直接聞きづらい雰囲気を感じた私は、小声でエリーゼに尋ねた。

「一体、どうした風の吹き回しなんだい？」

エリーゼは悪戯っぽい笑顔を見せ、私の耳に口を寄せて小声で言った。

「ヘルムートは、昨晩に会った東洋の美女にすっかり魅了されてしまったのよ」

こうして私は、エリーゼの口から、ヘルムートが日本のオーケストラから指揮を依頼されたことを初めて知ったのだ。

この日、ローゼンベルクはエリーゼとともに昼過ぎに我が家にやってきた。ヘルムートが手にしていたのは、ベートーヴェンの交響曲全集のＣＤだった。宇田川瞬の指揮によるフィルハーモニア東都の演奏によるものである。この五枚組のCDボックスは、日本で商品化されているものらしく、リブレットはすべて日本語で書かれていて私たちには読めなかったが、曲名は英語でも表記されていたので、ローゼンベルク夫妻と私の三人で、交響曲第一番から聴き始めた。

聴き出してみて、驚いた。実のところ、私は日本のオーケストラを聴くのは初めての経験だったが、これほどまでのレベルに達しているとは思っていなかった。

ドイツ語にはmusizieren〔ムズィツィーレン〕（音楽する）とarbeiten〔アルバイテン〕（働く）という言葉がある。日本人は物作りの世界では非常に器用なことで定評があるから、arbeitenのレベルからすれば相応の演奏をすることは予想できなくもなかった。しかし、musizierenに関しては、民族の血なり伝統といったことが彼らの前に大きく立ちはだかっているに違いない。私は、そう思っていたのだ。

しかし、このCDに収録されたベートーヴェンの交響曲全九曲は、そんな私の先入観を見事に覆すに足る力を持っていた。

我々三名は途中に何回かの休憩を挟みながら、結局、九曲全部を聴きとおしてしまった。

午後一時過ぎに始めた試聴が終わり、時計を見ると午後九時近くになっていた。

私は、黙りこくって部屋のスピーカーを睨み続けているヘルムートに言った。

「予想を超える素晴らしさじゃないか」

ヘルムートは重たい口を開けて、言った。

「オーケストラが修練されていることはもちろんだが、指揮者も優れている。このウダガワという指揮者。劇場かどこかの、現場で積み上げた音楽の力を持っている」

そういえば、私はこの日本人指揮者の名前を、ドイツのどこかの歌劇場の上演予定表のなかで見た覚えがあった。

エリーゼは私とヘルムートの話を黙って聞いていたが、やがて、バッグから紙に包まれた箱を取り出して言った。

「この、CDで演奏しているオーケストラのプロデューサー、ミドリ・マツダが『私たちに』って、日本から持ってきて下さったの。日本の、お米で造ったお酒ですって」

酒の化粧箱には付箋が貼ってあり、

「振らないで下さい。常温か冷やして呑んで下さい」

とドイツ語で書いてあった。

私たちもまた、日本からの土産のお相伴にあずかることになった。

妻のエーファがささやかな手料理と四つのワイングラスを持って、リスニングルームに現れた。そして、エリーゼがワインボトルくらいの大きさの酒瓶の封を切り、ごく少量の酒を私のワイングラスに注いでくれた。

ワインのような香りを持った酒ではないが、口に含んだ瞬間、これがどれほどの素晴らしさを持つ酒であるか、日本酒初体験の私にもすぐに分かった。

私はエリーゼに目でOKの合図を送り、エリーゼは四名のグラスに日本酒を注いでくれた。

エーファも加わって四人での乾杯となったが、私はあのときの、ヘルムートがこの酒に深く感じ入る表情をしたことを、今でも昨日のことのようにはっきり覚えている。

ヘルムートは本当に物静かで無口な男である。しかし、彼の表情を見れば、彼が何を思い、何を考えているのかが分かる。そんな男だった。

私はこのとき、ヘルムートがすでに日本行きを決断したことを、彼の表情から確信した。

七

ローゼンベルクやエリーゼが自分という人間をいかに大切に思って接してくれていたのかを知ったのは、松田碧にとってこの上なく有り難いことだった。そしてまた、ローゼンベルクが日本への来演に際して、フィル東や吉村酒蔵など日本のさまざまな組織や人たちとの出会いに喜び感謝していることが綴られていたのも、本当に嬉しかった。

それだけに、ローゼンベルクが癌という病魔に襲われ、闘病の日々を送るところを読むのは、この上なく辛かった。

そして遂に、ローゼンベルク最期のときがやってきた。

六月十七日。

本来ならば我々は日本にいて、フィルハーモニア東都とのコンサートの初日を迎えているはずだった。

ヘルムートの病状は、私たちの予想をはるかに超えるスピードで悪化し、すでに時間の問題というところまで追い詰められていた。

衰弱しきった夫の姿を見るのは本当に辛いことだったが、この時期はとにかく、残された時間をこれ以上ないほど大切に共有するのが私のつとめだと思う日々だった。

癌の壮絶な痛みを抑えるための薬の副作用で、ヘルムートはときに過去と現在が混濁する症状を呈していたが、この日が東京での初日であることを忘れてはいなかった。

「今、何時だ？」

ヘルムートは朝から何回か、私に聞いた。

彼が何回目かに聞いたとき、時間は正午まであと少しだった。

「十二時五分前ですよ」

「……そうか」

ヘルムートはそう言うと、じっと目を閉じた。

少し経って、ベッドに横たわっているヘルムートの体に異変が起こった。寝たきりで、もはや腕を上げることすら叶わない状態であるにもかかわらず、両肘から下が微かに震えだしたのだ。

それだけではない。その両手に呼応するかのように、全身のあちこちが、わずかに震えだしたのである。

（痙攣だ！）

そう思った私は、ヘルムートの親友で主治医のハンス・グラウプナーと息子のペーターに連絡を取り、すぐに来てくれるように言った。

二人はほどなくして飛んできた。そして、ペーターは微かに震える父親の姿を見て、言った。

「これは痙攣じゃない。お父さんは指揮をしているんだ！」

私ははっとして主人を見た。ヘルムートはこのとき、日本とドイツの時差を知っていて、ドイツの正午すなわち日本時間でコンサート開演時刻の午後七時きっかりに指揮を始めたのだ。

これが、私の最愛の主人《ひと》ヘルムート・ローゼンベルクが指揮する最後の姿だった。

私は涙を流しながら、彼の生涯最後のステージ姿をしっかりと瞼に焼き付けた。

曲はいうまでもない。ヨハネス・ブラームスの交響曲第二番ニ長調作品七三。

しかし、ヘルムートにはもはや全曲を振り通す力は残されていなかった。恐らく時間にして二十分ほどだったから、第二楽章途中までを死力を尽くして指揮したのだろう。曲の途中で指揮が止まると、ヘルムートは昏睡状態に入った。

（中略）

ヘルムートの納棺には、私とペーターが付き添った。

私は納棺に際して、ヘルムートの病室に掛けてあった大きな絵を入れようと思った。

この絵は、フィルハーモニア東都のヴィオラ奏者でカリカチュアの達人でもあるニホンバレという人が、ヘルムートの病気の回復を願って描いてくれたものである。

指揮台に立つヘルムートと演奏配置についたフィルハーモニア東都のプレーヤーたち、そしてミドリはじめ事務局の人たちや私までが皆、幸せな表情で一枚の絵に収められている。

ベッドに伏せるヘルムートは、よくこの絵に見入っていた。そして、指揮台に立つ自分の表情がよくもこれほどに、ほんのりとした温かい表情に描かれるものだと感心していたものだった。

私はこの、壁に掛かった絵を自分の脳裏に焼き付けようと思い、今一度この絵を凝視した。そしてペーターに頼んで壁から下ろしてもらい、額縁から絵を取り出して紙筒にしまい込んだ。

そして、私はこの紙筒を思い出深い藍色の大きな布で包み込むことにした。

この布は、ヘルムートと私が初めて日本に行ったとき、吉村酒蔵の社長と杜氏さんがコンサート会場に差し入れて下さった銘酒・東都冠を包んでいた風呂敷である。

その風呂敷は吉村酒蔵オリジナルの品物で、素晴らしい藍色の地に吉村酒蔵の社紋と東都冠の文字が白抜きで入っている。

風呂敷の染めは近藤さんという職人さんの手によるものだ。近藤さんとは偶然にも、お酒の差し入れをいただいたコンサートの翌日、私たちがオフで澤村という呉服屋さんを訪れた際にお会いした。近藤さんは大の音楽好きで、ヘルムートが指揮したコンサートをお聴きになって深く感動されたそうだ。それだけに、近藤さんはヘルムートとの出会いに大変喜んで下さったばかりか、このときのご縁がもとで、彼の奥様に私が着付けを習うことにもなったのだ。

そして、日本からの思い出をもう一品、棺に納めることとした。

それは、吉村酒蔵の前杜氏・田所康治郎さんがヘルムートに送って下さったお見舞いの手紙だった。齢七十五を超えた田所氏は酒蔵業を引退して故郷に帰っていたが、そこにヘルムートの病状が伝えられたらしい。田所さんはドイツ語ができないから、日本語のお手紙を書いて下さった上で、我が親愛なるミドリ・マツダにドイツ語訳を依頼し、ミドリが田所さんの書状にドイツ語の訳文を添えて送ってくれたのだ。

田所さんの手紙には、ヘルムートの病気の回復を祈り、ご自身が杜氏として最後に造られた東都冠を再びともに味わいたいとあった。万年筆で書かれた日本語の文章を私たちは読むことができないが、その筆跡からは彼の律儀な人柄と真摯な思いがひしと伝わってくる。

ヘルムートは、仕事こそ違え「造る」ことに格別のこだわりを持つ田所さんに対して深い尊敬の念を抱いていた。彼が引退を前にして最後に醸したマイスター・ヴェルク（ドイツ語で〝巨匠の仕事〟）の集大成である東都冠・純米大吟醸を健康な舌と体で味わえなかったことは、ヘルムートにとって大きな心残りであったに違いない。

ヘルムートは病床で、田所さんからの手紙を何度となく手にしていた。それはきっと、ヘルムートがこの手紙に触れることで一人のマイスターの気合を貰って自らを鼓舞しようとしたのに違いない。

松田碧にとって追想録を読み通すのはこの上なく厳しく辛いことでもあった。しかし読み通したことで、ローゼンベルクに本当の意味で、

“Auf Wiedersehen”〔アウフ・ヴィーダーゼーエン〕（さようなら、ではまた）

が言えるようになった気がした。

生と死。違う世界に住む者同士が、

「また、会おう」

ということは、現実にはあり得ない。

けれども、追想録を呼んだことで碧の心のなかに生前のときよりはるかに強くローゼンベルクがいるようになったような気がした。

心のなかのローゼンベルクと、今はもっと頻繁に会い会話をすることができる。

松田碧は、改めて湧いてくる悲しみのなかに一抹の心の温かみを感じた。

八

十二月。

フィル東に一つの報せが入った。

Ferne KlangからワールドＷ・リリースされていたCDセット『ローゼンベルクの芸術』が、その年のヨーロッパ・クラシック音楽ソフト大賞のグラン・プリに輝いたのだ。約四十枚という膨大なCDセットのなかで、フィル東の演奏が収められているのは四枚だから、全体の一割を占めるに過ぎないが、ギュンツェルブルク、ハルゼンの両オーケストラがローゼンベルクと十年がかりで築いてきた演奏が高く賞賛されるとともに、フィル東との新鮮で緊張感溢れる演奏も高く評価されての受賞であった。

それに、フィル東にとって棚からぼた餅的な喜びがさらに加わった。『ローゼンベルクの芸術』のリリースと時を同じくして、宇田川瞬が指揮した「ローゼンベルク追悼コンサート」のライヴ録音がFerne KlangからCD化され、それが何とヨーロッパ・クラシック音楽ソフト大賞の交響曲・管弦楽部門で受賞してしまったのだ。欧米の名門オーケストラによるCDが百点以上も候補に上がっているなかから三点の受賞CDに選ばれたのだから、フィル東にとってまさに快挙といって良いできごとだった。

宇田川瞬指揮によるブラームスの交響曲第二番と四番のCDリリースは、『ローゼンベルクの芸術』に使用するフィル東の演奏テープをムジキョーからFerne Klangに渡す際、参考程度の気持ちで一緒に送ったことがきっかけだった。

もちろん、松田碧もムジキョーの竹田明もこの演奏には相当の自信を持っていたから、「うまくいってFerne KlangがCD化してヨーロッパ市場に……」といった希望を抱いて送ったのだが、それがまさに図に当たった形になった。

この演奏を聴いたFerne Klangの社長マックス・フォン・ブラウアーが即座にCD化の決断を下し、同社より急遽リリースされたのだ。

ヨーロッパ・クラシック音楽ソフト大賞の選考委員長で音楽評論家のゲルハルト・シュライバーは、長文の論評のなかでこう記した。

「今年のヨーロッパ・クラシック音楽ソフト大賞の最大の特徴は、言うまでもない。今まで、ドイツ国内においても、あるいは国際的にも存在を知られる機会の乏しかったオーケストラが大活躍したことである。

（中略）

昨年のヘルムート・ローゼンベルクの早過ぎる死は、我々音楽をこよなく愛する者にとって痛恨のできごとであった。しかし、彼がこの十年ほどの間に築き上げてきたギュンツェルブルクとハルゼンのオーケストラとの間に相当数のライヴ録音を残してくれていたことは、まさに僥倖以外の何物でもない。

演奏はライヴならではの疵もある。しかし、感動的な演奏を耳にしてしまえば、そのような仔細なことなど気にする気持ちなどは吹き飛んでしまうに違いない。

（中略）

そして、この『ローゼンベルクの芸術』のなかに組み入れられた、日本のフィルハーモニア東都との演奏もまた特筆すべてである。

ローゼンベルクとフィルハーモニア東都との出会いと日本での共演については、『追想―音の芸術家ヘルムート・ローゼンベルク』でかなり詳細に記されている。晩年のローゼンベルクにとって、信頼を寄せるに足る関係がフィルハーモニア東都との間にも築かれたことが窺える演奏である。

シューベルトの『未完成』とブルックナーの『ロマンティック』の演奏は、彼らにとっての初共演だが、そんなことなど微塵も感じさせないほどフィルハーモニア東都がローゼンベルクと一体になった演奏を繰り広げている。『未完成』の第一楽章で、暗く蠢《うごめ》くようなチェロとコントラバスによる序奏といったら！　まさにローゼンベルクが築き上げてきた芸術の本質が、ここにはある。

（中略）

なお、フィルハーモニア東都は、ローゼンベルクとの間でブラームスの交響曲全曲演奏を予定していたが、彼の病気により第一番と第三番の演奏のみに終わり、第二番と第四番はフィル東の常任指揮者・宇田川瞬が代演した。そして、そのコンサートが奇しくもローゼンベルク逝去当日となり、演奏がCD化されて交響曲・管弦楽部門での受賞となった。この演奏は、宇田川瞬という日本人指揮者の魅力を存分に伝える演奏である。宇田川瞬はこのところドイツの歌劇場やオーケストラでしばしば名前を耳にする中堅の指揮者だが、色彩感やリズム感にかなり秀でたものを持っている。この演奏は、ローゼンベルク追悼という特別なコンサートであることも手伝い、心を抉るような真摯な表現が随所に聴かれる。また、フィルハーモニア東都がローゼンベルクと宇田川という二人のまったく違ったタイプの指揮者に高度な対応をし、まったく違ったタイプの名演を成し遂げたことにも賛辞を評したい」

松田碧は、ドイツの音楽専門誌に掲載されたこの文章に複雑な気持ちで目をとおした。

もちろん、嬉しくなかったわけではない。けれども、ローゼンベルクの死によって思いもかけない形で降って湧いたできごとだったのが、何とも割り切れない思いなのだ。

これは、フィル東のメンバー全員に一致した思いでもあったようだ。

こんな賞など受けなくても、ローゼンベルクに元気でいてもらい共演を重ねていきたかった。こうした叶わぬ思いを抱く者もまた、少なくなかったのだ。

とはいえ、この快挙に日本の音楽ファンが沸き立ったこともまた確かなのだ。

日本のオーケストラはこの二十年くらいの間、急速な進歩を遂げている。それは、一つには若い世代の優秀なプレーヤーが多数オーケストラに入団したこともあるし、全国各地に優れた音響特性を誇るコンサートホールが誕生し、そこでの練習とコンサートを重ねる機会が増えたことも大きいだろう。

フィル東によるヨーロッパ・クラシック音楽ソフト大賞受賞は、現在の日本のオーケストラの水準を世界に知らしめるのに充分な役割を果たしたと言って過言ではなかった。そして日本でも、各都市のＣＤショップのクラシック音楽専用コーナーには、『ローゼンベルクの芸術』と宇田川指揮によるＣＤが山と積まれ、この種のＣＤとしては異例の売れ行きを記録したのである。

九

一つ、重要なことを記すのを忘れていた。

ヨーロッパ・クラシック音楽ソフト大賞受賞の、それこそ半年以上前。五月の出来事である。晋一郎や松田碧、吉田義雄や亀澤将郎などのフィル東メンバーのもとに、一通のEメールが一斉配信された。

発信者は吉村酒蔵の若き杜氏・今村肇である。

《謹告と御礼》

皆様におかれましては常日頃より格別のご配慮と弊社商品のご愛顧を賜り、深く感謝申し上げます。

さて、弊社が今冬に仕込み、早春に出荷いたしました東都冠・純米大吟醸は、皆様のご協力をもちまして、今年度の全日本新酒鑑評会にて栄誉ある金賞を受賞致しました。ここに謹んでご報告申し上げます。

前杜氏・田所康治郎のあとを継いだ新米杜氏の私が、このような賞を受賞することになりましたことは、ひとえに皆様のお蔭と言うしかなく、ただただ、深く感謝申し上げるしかございません。

　フィルハーモニア東都の吉田様より「東京の地酒に東京のオーケストラの演奏を聴かせて醸す」というアイデアのもと、平井電気の平井社長様のご協力で酒蔵内にスピーカーを設置いただき、ベートーヴェンとヴォーン・ウィリアムズの『田園交響曲』のCD演奏を聴かせながら、新酒を育てました。

　酒蔵米こそ東京産ではありませんが、京川水系の東京の伏流水にフィルハーモニア東都の演奏の助けを得て育った東京産の酒は、私の予想をはるかに超える出来でした。そして、このような栄誉ある賞をいただくこととなり、今はただ皆様への感謝の念をお伝えしたく、まずはご報告まで。

二〇〇×年五月
吉村酒蔵合資会社
杜氏・製造部長　　今村　肇

朝八時頃に目を覚ましてパソコンの新着メールに目をとおしていた吉田義雄は、

「ヒャッホー！」

奇声を上げて、妻のあゆみを驚かせた。

「おい、……これ……これ！」

興奮気味の義雄に、何事かとメールを覗き込んだあゆみも、

「やったー！」

義雄に負けないほどの甲高い声を上げた。

吉田義雄は今村肇に電話をし、その日の夜の「酔ひ楽」での呑み会をセッティングした。

そして、夕刻。

六時過ぎから、「酔ひ楽」にメンバーが集まり始めた。

吉田義雄夫妻に亀澤将郎、そして晋一郎や松田碧といったフィル東のメンバーに加えて、近藤染物工房の近藤進、そして平井家電社長の平井信吾といった顔ぶれである。

平井信吾は、双葉区商工会の実質的な取りまとめ役をしている五十がらみの男で、東都冠・純米大吟醸の金賞受賞を陰で支えた功労者でもある。

そもそも、平井がこうした集まりに参加するようになったきっかけは近藤進だった。平井は親分肌で面倒見の良い人柄が商工会のメンバーからの信頼を得ていて、近藤とは旧知の間柄でもあった。

平井は仕事の関係もあってBS放送でオペラやコンサートを聴いて楽しむのが趣味で、それを知った近藤がフィル東のコンサートに誘ったのだ。

「家にいて世界中のオペラやコンサートが楽しめるっていうのに、何もコンサート会場に行って日本のオーケストラを聴かなくたって……」

そう言って渋る平井を、近藤が、

「まあまあ、そう言わず、だまされたと思って一回付き合って下さいよ。生じゃなければあの凄さ

は分からないし、帰りがけに一杯も、ってことで……」

と言って誘い出したところが、

「生はやはり迫力が違う！　それに日本のオーケストラもなかなか、やるじゃねえか」

見事に平井がはまってしまうとともに、近藤に連れられてフィル東の晋一郎や吉田義雄たちとの呑み会の場にも顔を出すようになったのだ。

東都冠・純米大吟醸の仕込中、フィル東の演奏録音を聴かせて醸すという吉田義雄のアイデアも、平井の協力があって日の目を見たのである。「酔ひ楽」での呑み会で吉田義雄から話を持ちかけられた平井は、懇意のオーディオ専門会社からクラシック音楽向けのスピーカーを借り出し、大吟醸のタンクに向けてスピーカー・セットを設置した。工場の柱に括りつけられたスピーカーは繊細で柔らかな音が特徴で、ヴォーン・ウィリアムズやベートーヴェンの『田園』を生まれ来る新酒に繰り返し聴かせ、今までにない香りと味わいを東都冠に与えたのだ。

この日、「酔ひ楽」には近藤と平井が一番乗りでやってきた。今村の心遣いで金賞受賞の純米大吟醸の四合瓶を出してくれたのにはさすがに手を付けず、二人して注文した純米酒の二合徳利で差しつ差されつしているところに、フィル東のメンバーが三々五々やってきた。

全員が揃ったところで今村がその場に呼ばれ、お待ちかねの逸品、東都冠・純米大吟醸の封が開けられた。

吉田あゆみが、各人の猪口に酒を注いでいく。

「俺の、ちょっと少ないぞ」

夫の義雄が文句を言うとあゆみは不服そうな顔をし、それを見たまわりが笑った。

乾杯の音頭は、この集まりのなかの最年長者で今宵の酒に最上の音を与えて育てた平井である。

平井は右手で黒ブチの眼鏡を押さえたのち、顔を上げて言った。

「えー、それでは。まずは、東都冠・純米大吟醸の金賞受賞、おめでとうございます。もちろん、受賞されたのは吉村酒蔵。なかでも若き杜氏・今村さんのご努力の賜物と思いますが、フィル東さんの演奏と、今はここにいらっしゃいませんけれども、ムジキョー竹田さんの録音技術。それから、私が借り出したスピーカーが柱に括り付けられながら日夜頑張ってくれたであろうこともまた、多少は貢献したのかな……。そう思うと、我々もまた、今回のことは他人事ではない嬉しさで一杯です。我々、来年以降も頑張りたいと思いますし、今村さんの杜氏としての力量も、きっとさらに向上されることでしょう。ですから、今日の『おめでとうございます』は、来年以降のさらなる発展のために、ということで……」

そこまで言うと、平井は集まったメンバーの一人一人を今一度見渡して、言った。

「乾杯！　おめでとうございます」

期待の新酒に口を付けた瞬間、

「こりゃ、たまらねえや！」

平井と近藤が臆面もなく歓喜の声を上げるなか、

「この酒……ドイツの頑固親父にも呑ませてやりたかったな」

吉田義雄が俯き加減で猪口を覗き込むようにして、ぽつりと言った。

そんな義雄の肩に、左隣にいた亀澤将郎が優しく右手を掛けた。

松田碧がその二人の姿を静かに見つめていた。

それぞれが、それぞれの思いを、それぞれに表現している。

そして、各人の喜びや悲しみをともに噛みしめるのだ。

「ところで……」

晋一郎が言った。

「こうした特別のお酒って、同じ酒蔵の製品でも従来とは違う名前を付けるものじゃないんですか？」

「確かにそうですね。……何か良いネーミング、ありますか？」

今村が聞いた。

しばしの沈黙のあと、

「響宴という名前はいかがですか？」

そう切り出したのは、松田碧だった。

「キョウエン？」

平井が不思議そうな顔を松田碧に向けた。

「ひびき（響）のうたげ（宴）です」

松田碧が涼やかな笑顔で答えると、間髪入れずに吉田義雄が、

「そりゃ、いい名前だ！　みど……」

と言いかけたところに、碧の視線が飛んできたのに驚き、

「いい名前。うん、さすがは松田さん！」

そう言い直した。

吉田義雄の反応が可笑しかったのか、皆が義雄の顔を見て笑った。一旦は義雄をいつもの厳しい目で捕らえた松田碧も、苦笑いするしかなかった。

ところで。

東都冠・純米大吟醸の金賞受賞は、ちょうど『追想—音の芸術家ヘルムート・ローゼンベルク』がドイツで刊行された頃の出来事だった。それは、CDセット『ローゼンベルクの芸術』が間もなくドイツのFerne Klangから世界各国にリリースされる時期にもあたっていた。

この年は、東都冠の新酒鑑評会金賞受賞に始まり、フィル東としてのトピックスが続く一年だった。

日本には「二度あることは、三度ある」という諺がある。

ローゼンベルク追想録の刊行。日本語版の刊行も決定。

東都冠・純米大吟醸が、全日本新酒鑑評会で金賞を受賞。

フィル東演奏のCDが、ヨーロッパ・クラシック音楽ソフト大賞にてダブル受賞（グラン・プリと交響曲・管弦楽部門）。

しかし、このフィル東の「二度あること」は、今回は三度でも終わらなかった。

もっと大きな報せ。

フィル東としてその報せを受けるだけでなく、楽団としての対応を迫られる大きな報せが年末に舞い込むことになろうとは、この日「酔ひ楽」で祝い酒に酔いしれる誰もが知る由もなかった。

出発《たびだち》

一

フィル東の朝は十時に始まる。

これは事務局のことである。

事務局への一番乗りは大抵の場合、晋一郎だ。フィル東に入団してまもなく、晋一郎は双葉中央商店街からほど近いアパートを借りて移り住んだので、事務局へは歩いて十五分くらいで通えるのだ。午前中に区内の小中学校でアンサンブルの演奏があるときは、双葉駅でプレーヤーと落ち合ってそのまま学校へ直行することもあるが、そうでない日は晋一郎が事務局の鍵を持って出勤するのである。

十二月のこの日も、寒さが厳しい日だった。アパートから商店街のアーケードに出るまでに畑の脇を通ってくるのだが、人参の葉が地面に這いつくばるようにして霜に覆われてしまっている。そんな畑の光景を見ながら歩く晋一郎の吐く息も真っ白だ。

寒さに首をすくめながら歩いてきた晋一郎は、九時半頃に事務局に着いた。これが晋一郎の定刻である。冷え切ったオフィスの暖房のスチッチをONにした晋一郎はポットの水を入れ替え、湯を沸かし始めた。そして、しばらくして部屋が暖まった頃を見計らってコートを脱ぐと、コーヒーを飲みながら事務局の共用パソコンに入ってきたEメールの対応に取りかかるのだ。

この日は、何通かの新着メールのなかに英語で書かれたメールが一通入っていた。

（音楽祭……への招待？）

英語の苦手な晋一郎が読んだメールの大意は、次のようなものだった。

Eメールの発信者は、毎年秋に開催される世界的な音楽祭、ベルリン国際芸術フェスティバルの事務局だった。そして、文面は二年九ヶ月先に開催されるフェスティバルにフィル東の来演を打診するものであり、その理由としてヨーロッパ・クラシック音楽ソフト大賞でダブル受賞したことが記されていた。

その他、今回の件で改めて正式な書状を郵送することなどが記されているようだったが、詳細にまで目を通すには晋一郎の英語力が足りなかった。ともあれ、メールの内容に驚いた晋一郎は能登のパソコンにメールを転送して、能登が出勤すると同時にEメールのことを報告した。

能登は急いでメールの全文に目を通すと楽団長室をノックし、部屋に入っていった。

しばらくして楽団長室を出てきた渡辺と能登は、何とも複雑な表情をしていた。

オーケストラにとって栄誉この上ない連絡を受けたにもかかわらず、彼らが喜色満面の顔をできなかったのには、わけがある。

このフェスティバルには毎回、地元ドイツのみならずヨーロッパ諸国、さらにはアメリカなどからも著名なオーケストラが参加している。アジアからは毎回というわけではないが、世界各地の一流オーケストラが集い、お互いの技を競い合う場にフィル東が招聘されたのだ。フィル東がこの世界的なフェスティバルから招聘を受けたのはまさに快挙だし、最高に嬉しいことでもある。

しかし、問題はそこからだ。

フェスティバルの事務局ではフィル東来演のために一定の配慮をしてくれるが、来演に要する経費を全額負担してくれるわけではない。今回の場合、日本からの往復の旅費や楽器運搬費、さらに現地滞在費などは基本的にフィル東の負担となる。

フィル東にとっての問題は、自腹となるこの費用をどうやって調達するか。その一事《いちじ》に尽きる。フィル東にしてみれば、フェスティバルに招待されてドイツに行くとはいえ、ベルリンでの一回のコンサートだけで日本に帰って来るのはあまりに忍びない。できることなら他の都市での公演をセッティングし、合計で何回かのコンサートツアーを組みたいと思うのは当然のことでもある。フィル東として、初のヨーロッパ・コンサート・ツアーを実現する絶好のチャンスなのだ。クラシック音楽の本場数都市で演奏し、そこに住む人たちに自分たちの演奏を聴いて欲しい。そして、こうした演奏経験を積むことがオーケストラの実力を高めることにもなるのは、日本の他のオーケストラの例からも立証されていることなのだ。

夢と希望は遥かに広がっていく。しかし、数都市での旅程を組むとなれば、フィル東の負担額がさらに膨れ上がることは言うまでもない。まったく悩ましいこと、この上ない。こうした海外公演に関しては国への助成申請という手段もあるのだが、それでもざっと見積もって数千万円が足りないのは明白だ。

フィル東の場合、年間百数十回のコンサートで演奏することで、楽団総経費の約七割を稼ぎ出している。コンサートできちんとした演奏をするためには練習も積まなければならないから、日程的にもこの百数十回という回数が精一杯で、あとは活動の公益性ゆえに官民からの支援を受けて何とか運営が存続できているのだ。

自転車操業のスピードを加速させて収益比率を上げたくても、現状以上に加速させることはまず不可能に近い。日頃からお世話になっているフィル東ファンやスポンサーなどにこの快挙を伝えて協力を仰ぐにしても、現在の厳しい経済情勢のなかでお願いできることには限度がある。

一月上旬に行われたフィル東の楽団全体会議は、この議題で紛糾した。

否。紛糾したというよりは、何も決定できずに終わってしまったと言う方が正しいかも知れない。

この快挙を無にしたいと思う者など、いるはずがない。

「こんな栄誉を断る手はない！」

「フィル東初の海外公演を行う絶好の機会だ。今後一層の成長のためにも、何としても実現すべきだ！」

こうした威勢のよい意見が相次いで出されたが、資金調達に関して具体的な回答を示すことができないのでは、話をそれ以上先に進めることができない。そればかりか、

「フィル東の財務は現在、収支均衡にするだけで精一杯の状況だ。ここで海外公演を決めたとしても、その費用を捻出できなかった場合、財務が一気に悪化して楽団存続の危機すら招きかねないのではないか⁉」

という懸念が出されるに至って、それまでの積極的な意見が沈黙させられてしまった。

会議は、結局、

「今後半年程度の期間内で、自己負担費用への対応が取れる目処がある程度つけられた場合に限り、楽団としてヨーロッパ公演を決定し、ベルリンのフェスティバル事務局に参加連絡をする」

という内容で終幕となった。

自らの実力を認められたことで世界的なフェスティバルへの招待を受けただけに、事務局のスタフもプレーヤーたちも大いなる落胆の気持ちを隠せなかった。

吉田義雄は全体会議に参加した後、「酔ひ楽」へ行った。そして

「ヨーロッパで演奏できる千載一遇のチャンスだっていうのに、いい夢を見させてもらっただけで終わるのか……」

そう言うと、肩を落として盃を傾けた。

亀澤と石松寛太が、珍しくも元気のない吉田義雄の姿を黙って見ている。

平井信吾と近藤進はこの日、フィル東の全体会議があることを聞きつけ、会議のあとに何名かのメンバーが「酔ひ楽」に顔を出すであろうことを予想して店に来ていた。彼らもまた、ベルリンの招待話を我がことのように喜んでいたのだが、思った通り壁は厚かった。このところ、平井と近藤は定期会員などフィル東の熱心なファンに呼びかけてフィル東サポーターズ・クラブを立ち上げたこともあって、クラブとして何らかの支援はできると考えてはいたものの、何せ金額が金額である。クラブ会員なり関係者への支援を募ったとして、果たしてどれだけの金額が寄せられるのかさえ分からない。

重苦しい沈黙を破るように、平井が言った。

「ヨッちゃん……まあ、そう、しょげるなよ。何も今日、すべてが決まったわけじゃないんだろ？　みんなでこれから半年間、どうやったらいいのか考えようじゃないか」

「そうですよ。今日は残念会じゃないんですから、お互いの今後の健闘を祈って乾杯しましょうよ！」

近藤の一言で、皆が気を持ち直して東都冠を口にした。

蒼白い顔をした吉田義雄の表情に、少し生気が戻ってきた。

ともあれ、大変な宿題を抱えた状態で、フィル東のヨーロッパ公演のための活動は始まったのである。

二

フィル東にとって、大いなる期待と不安を抱えた活動が始まって間もない頃。

〝神風〟が吹いたのだ！

楽団長の渡辺、事務局長の能登は、文化庁などの公的機関はもとより、支援企業など楽団関係者や日頃からのサポーターたちにヨーロッパ公演に関する協力のお願いをし始めたが、この活動を実現に向けて大きく前進させるに足る、二つのレスポンスがあった。

すなわち、自己負担推定金額約一億円の約三分の一が、二人の篤志によって賄われることになったのだ。

否。この場合には、「二人の篤志によって賄われることになったらしい」と、推定の形で記すのが正しかろう。実際には、「二人」は間違いのないところであるが、その名前と寄付金額についての正確のところは、分からない。

というのは、この件について、フィル東サイドが〝協力者のプライバシーに関する希望〟を理由に、固く口を閉ざしたからだ。

ただ、筆者の推測をもとに記させていただくならば、このなかの一人は、恐らくエリーゼ・ローゼンベルクである。

エリーゼは、今回のベルリンでのフェスティバルがフィル東を招聘することを、フェスティバル事務局から直接聞いていた。

フィル東招聘となった大きな理由が、膨大なCDセット『ローゼンベルクの芸術』と『追想―音の芸術家ヘルムート・ローゼンベルク』であり、さらにはローゼンベルク自身、病床でフィル東への来演が叶わなかったことを悔やみ、そのことがフィル東に与える影響をいたく心配していたという。

だから、無遠慮と失礼を承知で記すことをお許しいただけるのなら、予想を遥かに超えたヒットとなったCDと『追想』の著作権をもとに、エリーゼがフィル東のドイツ来演を支援する意思を表明したのではないか、というのが筆者の推測である。

そして、もう「一人」。筆者は、こちらは恐らく、とある元会社オーナーではないか、と推測している。

この人は双葉区在住で、経営していた会社も区内に本社を構えている。そして、先般、七十歳になったのを機に、自らが経営する会社の会長職をも辞し、会社経営を完全に長男に譲り渡した。その際に、会社から個人に譲渡された資産の一部をフィル東に寄付することにした、というのではなかろうか、と思うのだ。

いくつかの職を経て独立して以来、それこそ半世紀にわたって事業経営に邁進《まいしん》してきたこの元オーナーは、事業の安定と継続によって家族と社員を養うことのみを念じてきた人だった。

それが十年ほど前、社長職を息子に譲ってからは、「あまりに忙しかった自分の生活を、少しは取り戻そう」と思ったらしい。

もともと、芸術にはまったく興味を持たない人だった。しかし、自分の孫が小学校の授業でフィル東の金管アンサンブルを聴いたことがきっかけで、中学校のブラスバンド部に入ってトランペットを習うことになったのだ。

孫に言わせると、

「トランペットが物凄く上手なんだけど、いつもボーッとした感じのおじさんが気さくに指導してくれるので、その人に習いたくてブラスバンドに入った」

らしい。

孫から、オーケストラの名前が出てきたのを聞いた元オーナーは、

「孫の教育のこともある。一回、フィルハーモニア東都のコンサートに連れて行ってみようか」

双葉区民会館でのフィル東シーズン・コンサートに孫を連れて一緒に行ったのが、何と自らの〝ク

ラシック音楽開眼〟のきっかけとなってしまったのである。

「柔らかい響きが肌に染み込んでくるかと思うと、強烈な響きが頭の天辺から体全体を貫く！」

こう言って、生で聴くクラシック音楽にすっかり魅せられた会長は、それ以来、忙しい仕事の合間を縫っては、フィル東の演奏会に足を運ぶようになった。定期演奏会はもちろんのこと、休日に開催される双葉区民会館でのシーズン・コンサートには毎回、年老いた母や孫を連れて来ては、一階後方の車いす席の母の隣で演奏に耳を傾けている。

ちなみに、この元オーナーが経営する会社は、フィル東のサポーター企業の一社であり、長男が社長を引き継いだ今も、この支援を継続している。

そこで！

百万力にも匹敵する心強い助け舟を得て、フィル東のメンバーも奮い立った。

三

事件が起きたのは、三月のふたばシーズン・コンサートのときのことである。

フィル東は、自らが主催するコンサートの会場ロビーに「楽器購入のための募金箱」を置いている。

オーケストラではヴァイオリンやトランペットなど大抵の楽器は各人が自前の楽器を持ち込んで

演奏するが、一部の大型楽器や使途の限られた楽器は楽団として用意しなければならない。こうした楽器を団として保有していない場合、演奏のたびに結構な金額でレンタルしていて、こうした楽器を購入するための協力をフィル東では創立間もない頃からコンサートの来場者に募っているのだ。

募金箱は一辺が六十センチくらいの立方体の青色の箱で、グッズ販売コーナーの脇に置かれている。寄せられた募金はコンサートが終わったあと晋一郎が箱ごと車で事務所に運び込み、お金を取り出して金庫に保管するのが毎回のルールだ。

このときのふたばシーズン・コンサートでは、硬貨や紙幣数枚に加えてご祝儀袋が一つ入っていて、袋の表には「寸志」と書かれていた。

募金箱にご祝儀袋が入っていたのは、少なくとも晋一郎の記憶では初めてのことだった。箱はいつもグッズ販売の場所から目の届く範囲にあるが、晋一郎たちはグッズ販売の対応にてんてこまいになっていて、誰が募金してくれたのかは確認できなかった。ともあれ、この日、事務所には晋一郎一人しか帰ってこなかったので、ご祝儀袋は未開封のまま現金とともに金庫に仕舞って帰宅してしまった。

翌朝、晋一郎がご祝儀袋を開けて中を確認すると、一枚の宝籤とともに手紙が添えられていた。手紙は長文で、こう記されていた。

フィルハーモニア東都御中

拝啓　突然の私信にて失礼致します。

私は貴楽団に深い感謝の気持ちで私信を寄せさせていただきますとともに、同封の当選券をお渡ししたく存じます。このような物を送らせていただくのは不躾とも思いましたが、ご笑納いただけましたら幸いです。

私は貴楽団に命を救っていただきました。昨年暮れの『第九』を聴いたことで、生きる勇気をいただいたのです。

プライヴェートな話で恐縮ですが、その頃、私がこの上なく大切に思っていた人との別離がありました。そして、これがよりによって私のもっとも信頼していた人間の裏切りによるものだったことを知ったとき、私は生きる気力を完全に失ってしまいました。

死ぬことしか考えられなくなって数日間、あてもなく町をさまよっていた私の目に止まったのが、双葉駅の改札口近くに貼られていた『第九』コンサートのポスターでした。幼い頃、今は亡き両親に連れられて『第九』のコンサートを聴きに行ったことを思い出した私は「今生最後の思い出に」と思い、コンサートに足を運びました。

双葉区民会館に足を向けて当日券を買い、ホールの片隅に座った私はただ一人、今にも消え入りそうな気持ちで演奏が始まるのを待ちました。

ところが、『第九』が始まるとそんな私に大きな変化が現れたのです。

第一楽章の深遠な音楽が体に入ってくると、それまで息をするのが辛くて仕方なかった私は、いつしかその苦しさから解放されていました。そして、第二楽章のティンパニの激しい打音に叱咤激励される思いがし、第三楽章では母の胸に抱かれるような深い安堵感を覚えて感涙にむせびました。第四楽章では合唱が「生きろ！　生きろ！」と私に繰り返し訴え続けているような気がして、私は遂に心のなかに一つの温かい灯火を取り戻した思いがしました。捨てようとした命を『第九』に救われた！

私は正直、そう思いました。

コンサートが終わり、双葉中央商店街を散策した私は一軒の居酒屋に入りました。再び生きる気力を持つことのできた自分のためにささやかな祝杯をあげようと思ったのです。そこで呑んだ一杯の酒は、それまで自暴自棄に陥った私が浴びていた酒ではなく、まさに生きていることの喜びを感じさせてくれる酒でした。

その店にはコンサートを聴きに来た人やこの日の演奏に合唱団で参加した人たちが大勢いました。合唱団で知り合って結婚するというカップルを囲む数人のグループもいれば、貴楽団のサポーターらしき人たちの集まりもありました。

私は生きる希望を取り戻した特別の思いに浸りながら、こうした人たちの会話にいつしか耳を傾けました。失礼ながら、貴楽団が苦しい経済状況のなかで運営を続けていることや、ドイツの有名な国際音楽祭から招待を受けているにもかかわらず参加できる可能性が極めて厳しいという話も仄聞しました。

私は貴楽団に御礼を一言申し上げたいと思い、また、何らかの形でこの感謝の気持ちを表したいとも考えましたが、ほどなく以前のあわただしい生活に戻ってしまったことで、貴団に御礼を申し上げる機会を逸したまま日が経っていきました。

年末のある日、会社帰りの私は街角の宝籤売り場を目にして思いました。

（もしも当ったら、命を救ってもらったお礼に渡そう……）

自分自身でそんな軽い誓いを立てて買った宝籤の一枚が当選しておりましたので、自分との約束を果たすべく、貴楽団にお渡しします。

この一枚の当選券が、私の命と引き換えにできるほどの価値があるのかどうかはさておき、多少なりとも貴楽団の活動に役立てていただけましたら幸いです。

今後とも、貴楽団の演奏によって多くの人たちが心の癒しや喜び、そして生きる勇気を授かりますように！

そして、貴楽団の今後益々のご発展を祈念いたします。

敬具

手紙を読み通した晋一郎は、深い感慨にふけった。

（うちの演奏が、こんなにも凄いこと、素晴らしいことを成し得たんだ……！）

今までにも、フィル東の演奏を聴いた人から感謝・感激の手紙を寄せられたことは少なからずあるが、命を救ってくれたとまで言われたのは初めてのことだった。

それにしても、これほどの深い感謝を表すといって宝籤の当選券を贈ってくれたことに不思議な思いにとらわれた晋一郎は、自分のパソコンを立ち上げて当選番号を確認し始めた。

（下三桁の番号から調べていって……）

やがて、机に置いた宝籤の番号とホームページの当選番表の照合をしていた晋一郎の表情が激変し、

「あ……たっ！　大変だ‼」

晋一郎の叫び声に事務局の全員が驚いて顔を上げた。

「一体、どうしたんだ⁉」

渡辺までもが楽団長室から飛び出して来て、立ち上がって引きつった表情をしている晋一郎の姿を直視した。

「こっ、これ！　……これ！」

興奮で震えの止まらない晋一郎がそう言って、宝籤と手紙を机の上に置いたまま、当選番号が記されたパソコンのページを指し示した。

「一体、何事だ⁉」

渡辺と、能登以下事務局のスタフ全員が晋一郎のまわりを取り巻くなか、能登が急ぎ手紙に目を通して宝籤とホームページの当選番号を確認した。能登もまた興奮した表情を隠せなかったが、渡辺を見るとつとめて冷静な口調で言った。

「二千五百万円の当たり券です。うちの演奏に特別な感銘を受けた方が、ベルリン・フェスティバル出演のために使ってくれと……」

この一言に、事務局は大騒ぎとなった。

「静かに！」

能登が皆を静めてから、手紙を渡辺に渡した。

渡辺は手紙を手にすると、黙って全文に目を通した。その間、二、三分のことだったかも知れない。事務局員全員の刺すような視線を浴びていた渡辺は、沈黙を破るように言った。

「生きる気力を失った方が、今生の最後にと思って聴かれた双葉での『第九』に生きる勇気を授かったと仰って、寄付して下さったんだ。……どなたのご好意か分からないが、こんなに音楽家冥利に尽きる素晴らしいこと、栄誉なことはない。それにまた、本当に有り難いことだ。……これで決まりだ。これから先、我々としても背水の陣を敷いて、何としてもヨーロッパ公演を実現させ、成功させなきゃならん」

最後はつぶやくような口調だったが、静まり返った事務局スタフの心の底に染みとおる一言だった。

四

宝籤の寄付事件はニュースにもなった。

遺失物の扱いと違うとはいえ、宝籤の所有権に関しての確認を取るため、フィル東がこの一件を双葉中央警察署に届け出たことがきっかけで複数の新聞紙が扱ったほか、ふたばケーブルネットも地域情報番組でこの事件を取り上げた。

「毎朝新聞」には、次のような記事が掲載された。

「宝籤当選券、オーケストラの夢実現に向けて」

東京都双葉区に事務所を構えるプロフェッショナル・オーケストラのフィルハーモア東都は、芸術的なレベルの高さを認められ、国際的に有名なベルリン国際芸術フェスティバルから出演を打診されている。招待は二年先の秋のことで、同楽団として渡航に関わる費用の捻出を検討していたところ思いもよらない高額寄付が寄せられ、関係者を喜ばせている。

双葉区でのコンサート会場に設置された同楽団の募金箱に一枚の宝籤券が入れられ、番号を調べたところ二千五百万円の当選券だった。同封の手紙にはフェスティバルに参加するための費用にあててほしいとの内容が記されていたという。

楽団長の渡辺亮氏によれば、手紙には寄付された方の名前が記されておらず、同楽団の演奏を聴いて特別な感銘を受けた匿名の方からの厚意とのこと。渡辺楽団長は「どなたのご厚意か分からないが、この善意をもとに二年先のベルリン公演を何としても実現し成功に導きたい」と言っている。

匿名とはいえ、寄付者のプライバシーに関する部分については対外的に一定の配慮がなされての記事となったのだ。

百万力にも匹敵する助け舟を得て、募金活動を推進してベルリンのフェスティバルに参加することが正式に決まった。

ベルリンでのフェスティバル出演に加えて、ドイツとオーストリアの合計四都市で公演を行うことも決定した。


フェスティバルの一年前になると、渡辺楽団長をはじめ事務局のメンバーが楽団関係者やスポンサーに支援のお願いを開始した。さらには、ツアーの概要と募金への協力のお願いを記したチラシがコンサートの来場者に配布された。

指揮者や楽団のプレーヤーたちが、ステージの上から支援のお願いをすることもあった。

ツアーでコンサートの指揮をする宇田川瞬は、定期演奏会でのスピーチを能登と松田碧から依頼された。

練習日の初日に依頼を受けた宇田川は驚いて、

「でもなあ……僕は指揮者だから棒を振るのは訳もないけど、この手の話をするのは……」

しばし考え込んでいたが、

「……分かりました」

その一言に続けて、

「今回のコンサートでは、アンコールを一曲、やりますから。……ベートーヴェンの『フィデリオ』序曲の譜面、用意しておいてください」

松田碧はにこりとして、隣に座っていたライブラリアン（一般的には図書館司書を指すが、オーケ

ストラでは楽譜係を意味する）の細野順輔に、

「よろしくお願いします」

と言った。

細野は、そのときはきょとんとしていたが、定期演奏会の会場で、宇田川のリクエストと松田碧の笑顔の意味が初めて分かった。

コンサートのメインの曲目であるシューマンの交響曲第三番『ライン』の演奏が終わった。いつものように、拍子が沸き起こり、宇田川が三回目のカーテンコールのために舞台袖から指揮台に戻ってきたときのことである。

宇田川が聴衆に向かって、両手を小さく広げて掌を客席に向けるポーズをとった。話をするために拍手を制したのだ。そして、静まった客席に向かって語りかけた。ときに流麗、ときに弾け飛ぶような変幻自在の指揮姿が信じられないような、朴訥とした口調である。

「今日は、フィルハーモニア東都のコンサートにいらして下さってありがとうございました。……実は、皆様すでにご存知のことと思いますが、我々、フィルハーモニア東都は、来年の九月に開催されるベルリン国際芸術フェスティバルより招聘を受け、音楽祭でのコンサートをはじめとするヨーロッパ・コンサートツアーを敢行させていただくことになりました」

パラ、パラ……と、客席からまばらに上がった拍手を受けて、さらに続けた。

「現在ではドイツとオーストリアのヴィーンでのコンサートを予定していますが、実はそのための渡航費等々、さまざまな費用がかかり……いや、かかるんだそうです。それで……今日、チケットをお買い上げいただき、私たちのコンサートを聴きに来て下さった方々に、このような、さらなるお願いをすることは、演奏する側の立場として辛い思いもございます。……ですから一曲、演奏させていただきます」

話し終わるや間髪を入れずオーケストラに向き直り、右腕を大きく一閃させた途端、激しく快活な響きが炸裂した。

曲はベートーヴェン作曲、歌劇『フィデリオ』序曲。

ベートーヴェンは生涯にたった一つのオペラを遺した。それが、当初『レオノーレ』と題され、のちに『フィデリオ』と改題されたオペラである。

政敵に幽閉され、生命の危険に曝《さら》されている正義の夫フロレスタンを救出するため、男装して敵地に乗り込み、遂には夫を救出して政敵を倒すレオノーレ（男装名フィデリオ）の姿を描いた『フィデリオ』は、まさに勧善懲悪のオペラである。ベートーヴェンはこのオペラのシナリオを、短い序曲のなかで音として表現したかったに違いない。明快で力強く、ドラマティックで推進力に富む曲調は、まさに宇田川の十八番《おはこ》とするところでもある。

スリリングな緊張感のなかで序曲の演奏が終わるやいなや、客席から嵐のような拍手と喝采が送られたことはもはや記すまでもないし、来場者からの善意もまた、寄せられたのである。

こうした光景は、他のコンサート会場でも繰り返された。

日本指揮者界の重鎮的存在である岩原宏勝は、双葉区民会館でのふたばシーズン・コンサートを指揮した際、アンコールの演奏を前にして聴衆にこう切り出した。

「皆さん、フィルハーモニア東都がドイツのベルリン国際芸術フェスティバルから招聘を受けたこと、大変な栄誉だと思いますし、私もまた本当に嬉しい限りです。私も一緒に連れて行ってもらえないのは、大変残念ですけれども……」

客席からかすかな笑いが漏れるなか、続けて言った。

「このフェスティバルに参加することに、どういう意義があるかと申しますと……。皆さんは甲子園の全国高校野球選手権大会、ご存知ですよね。都道府県選抜の末に出場する高校は、いわば学校のある町や都市の期待を背負って全国大会に出場するわけです。ベルリンのフェスティバルは、いわばオーケストラの世界における甲子園大会の成人版にして国際版。つまり国際的な規模と世界的なレベルで行われている芸術フェスティバルにフィルハーモニア東都が選ばれた、と考えていただければ良いと思います。東京代表、日本代表。そして、今回に関してはアジア代表と考えていただいても良いでしょう。もちろん、野球と違ってオーケストラの演奏で勝ち負けを競うわけではありませんが、お互いの持ちうる音楽の力を披露し合い、国際的な芸術文化親善の輪を作りたい。そういうことです」

静かに耳を傾ける聴衆に、岩原はさらに続けた。

「宇田川君が先だっての定期演奏会で、皆様に支援のお願いをしたと聞きました。彼は今から二十年くらい前、学生時代には私の生徒だったんですが、今では本当に成長して国際的に活躍するまでになりました。……ただですね。音楽は素晴らしいけれども、人前で喋るのは物凄く苦手で、先日、皆さんの前でスピーチしたと聞いたときには、私、本当にびっくりしました。……あいつ、今回ばかりは清水の舞台から飛び降りるぐらいの悲壮な決意でボソボソ喋ったんだろうな、と思いましてね……」

客席は大爆笑になった。

来場者のなかには、先の定期演奏会で宇田川の朴訥きわまるスピーチを聞いた人も少なくなかった。また、普段の宇田川の流麗きわまりないバトン・テクニックに魅了される来場者も多かっただけに、岩原のユーモア溢れる語りが大受けしたのだ。

大爆笑が一段落したところで、岩原は続けた。

「必死の思いでスピーチを敢行した宇田川君に敬意を表し、私もフィルハーモニア東都のヨーロッパ・ツアー実現に向けて、一曲お手伝いさせていただきます。……ヴァーグナーの歌劇『ローエングリン』より、第三幕への前奏曲」

次の瞬間、吉田義雄たち金管楽器群の火を噴《ふ》くようなファンファーレによって、音楽が一気に全開した。

吉田義雄たちオーケストラのプレーヤーにとって、これは、〝たかがアンコール〟なのではない。

演奏が始まる瞬間のダイナミクスというものがある。

プレーヤーは、指揮者の話をぼんやりと聞いてはいない。指揮者が話を終え、自分たちに指揮棒を向けてくる瞬間を〝今か！〟とばかりに待ち受けているのである。

『フィデリオ』序曲や『ローエングリン』第三幕への前奏曲は、出だしが激しい曲である。こうした曲の場合、指揮者がオーケストラに向ける指揮棒の気迫は、武士が真剣勝負で切り込んでくるほどの凄まじさだ。

その気迫に対して、オーケストラのプレーヤーたちも、指揮者と同じく侍の集団と化す。切り込んできた真剣に対して、真剣で切り返す気迫と勢いで音楽を発するのだ。

だからこそ、単なる物理的な音に魂が吹き込まれ、人びとを感動と興奮に誘《いざな》う音楽が生まれるのである。

息もつけないほど熱く激しい前奏曲が輝かしくその幕を閉じた時、聴衆の興奮は最高潮に達した。熱烈な拍手はやがて場内をゆるがす手拍子の渦となり、ステージと聴衆が一体化した至福のときが延々と続いた。

満場の来場者が興奮冷めやらぬ表情で会場を後にしたとき、ロビーに置かれた数個の募金箱には多くの人からの気持ちが寄せられていた。そのなかに、お年玉のポチ袋が一つ入っていて、中には千円札二枚と手紙が添えられていた。

ポチ袋の募金をしてくれたのは小学生だった。なかの手紙には、こう書かれていた。

☆フィルハーモニア東都のみなさまへ☆

学校に来てくださって、楽しいアンサンブルをきかせてくれたり、双葉区民かいかんでのすばらしいえんそうを、ありがとうございます。

いつもわたしたちの近くで音楽をしてくれる人たちが、モーツァルトやベートーベンがすんでいたヨーロッパに行ってえんそうするなんて、すごいです。ドイツやオーストリアの人たちに、すばらしい音楽、そしてすてきなえんそうを、とどけてください。

　これは今年のお正月にもらったお年玉です。このお金が、ヨーロッパでのえんそうのために使われて、とおくにいる人たちのきもちを、わたしたちと同じようにしあわせにしてくださることをねがっています。

双葉だい三小学校　藤代まさみ

五

　こうした募金活動と並行して、ヨーロッパ・コンサートの概要を記しておく必要があるだろう。

　CDセット『ローゼンベルクの芸術』での演奏が高く評価されたこともあるし、エリーゼの『追想録』での記述も、ものを言ったのであろう。さらには、ドイツでの宇田川の評判が上がってきたことも影響したかも知れない。ベルリン国際芸術フェスティバルでの公演以外に三都市でのコンサートの話がまとまり、最終的に合計四都市四公演からなるツアーの概要が決定した。

　ベルリン（フェスティバル参加公演）、ライプツィヒ、さらにオーストリアのヴィーンに行ってからドイツに戻り、最後はフランクフルトで演奏して帰国する一週間の日程である。

　コンサート会場も、その都市を代表する素晴らしい音楽専用ホールが選ばれた。

ドイツの首都ベルリンのフィルハーモニーホールは、往年の大指揮者ヘルベルト・フォン・カラヤンが建設に携わり、一九六三年にオープンしたホール。今でこそサントリーホールのように客席がステージを三百六十度取り囲む形状のホール（ワインヤード形式ともいわれる）は珍しくないが、これはベルリンのフィルハーモニーが元祖である。建設当時、奇抜この上ないコンサートホールの形状に、音楽ファンの間で「カラヤン・サーカス」というニックネームが付けられ、賛否両論の的となった。すっきりした響きが特徴のホールで、オーケストラ界の名門中の名門、ベルリン・フィルハーモニー管弦楽団の定期演奏会で使用されるだけでなく、世界各国から演奏に訪れるオーケストラやアーティストも多い。いわば〝クラシック・コンサートのメッカ〟ともいうべきホールである。

ライプツィヒでの公演は、ヘルムート・ローゼンベルクが住んでいたことが縁で実現したもので、ローゼンベルク追悼のために一曲が選ばれている。会場のゲヴァントハウスは「織物協会会館」という意味で、もともと織物協会の会館として建設された建物を演奏会場として使用したことが名前の由来である。現在のホールは、一九八〇年代になってベルリンのフィルハーモニーのような形状をしたホールとして再建されたもの。作曲家として有名なメンデルスゾーンが指揮者をつとめるなど、クラシック音楽の伝統を背負ってきたライプツィヒ・ゲヴァントハウス管弦楽団が定期演奏会で使用しているホールでもある。

オーストリアの首都にして音楽の都ヴィーンの楽友協会大ホールについては、「毎年元旦に開催され、世界中に生中継されるヴィーン・フィルのニューイヤーコンサートの会場」

と言えば、思い出す音楽ファンも少なくないに違いない。

ヴィーン・フィルハーモニー管弦楽団が演奏会場としている楽友協会大ホールの素晴らしさといったら、たとえようもない！　大きなシャンデリアや柱に施された彫刻、そして天井に描かれた絵画などの内装は、えもいえず美しく、ホール全体を優しく包み込む豊かな残響が特徴のホールである。十九世紀末に建設され、戦火を免れて今なお使用されているこのホールは、ブルックナーやブラームス、マーラーといった大作曲家たちが自らの作品を聴き、ときに演奏した伝統を持つ。まさに世界中の音楽ファンのあこがれの的といってよいホールなのである。

そして最後は、フランクフルトの旧オペラ座である。

フランクフルトはドイツ最大の経済都市。音楽の世界ではヴィーンやベルリン、そしてライプツィヒほどの知名度こそないものの、立派なオペラハウスがあって盛んな上演活動が行われているし、コンサートは旧オペラ座を中心に行われている。旧オペラ座が、その名称とは裏腹にコンサートを開催するのはわけがある。本来の旧オペラ座は戦火で消失し、戦後再建された旧オペラ座が、外観はかつての姿そのままに、中は新しいコンサートホールとして蘇ったのだ。付記すると、オペラは新しい近代的なオペラハウスが旧オペラ座近くに建設され、そこで行われている。

余談だが、日本はこのホールと、とある関係があることを記しておきたい。

一九八〇年代、同地のフランクフルト放送交響楽団が当時の音楽監督エリアフ・インバルの指揮で、マーラーの交響曲全曲を旧オペラ座で録音した。これは日本のレコード会社が実現した企画であり、ワールド・リリースされた十枚以上ものＣＤは、世界的に高い評価を得たのだ。

これらのＣＤは今も耳にすることができる。インバルとフランクフルト放送交響楽団による先鋭で尋常ならざる緊張感に貫かれた演奏の陰には、日本のレコード会社の見識に加えて、録音に携わった日本人スタッフたちの熱い音楽愛と職人魂があるのだ。かつて日本人が録音技術で活躍したホールで、今度はフィル東が演奏するのである。

次は、演奏曲目について記しておこう。

演奏曲目については、ベルリン国際芸術フェスティバルの要請を検討しつつ、常任指揮者の宇田川や楽団長の渡辺、能登と企画・制作グループのスタッフ、そしてプレーヤー代表が参加する企画会議で選考された。

フェスティバルからの要請は、ただ一点。強制ではないが、できれば日本人作品を演奏曲目に入れて欲しいというものだった。

この要請を容れ、既述した四つのホールでの演奏を考えると、ある程度は楽器編成の大きな作品を演奏することになる。渡欧するメンバー数が膨らむことで費用がかさむのが頭痛の種だが、クラシック音楽の故郷に行って演奏するのだ。

「フィルハーモニア東都、ここにあり！」を示さずして、一体何のコンサート・ツアーであろうか！

たび重なる議論を経て決定したのは、二種類のプログラムに配される五曲。二種類のプログラムがそれぞれ二回のコンサートで演奏される。

Aプログラム（ベルリン、フランクフルト）
細川俊夫　『循環する海』
マーラー　交響曲第五番　嬰ハ短調
Bプログラム（ライプツィヒ、ヴィーン）
武満徹　『弦楽のためのレクイエム』
プロコフィエフ　ピアノ協奏曲第三番　ハ長調　作品二六
ベートーヴェン　交響曲第三番　変ホ長調　作品五五『英雄』

今回のプログラミングは、世界的にその名を知られた二人の日本人作曲家、武満徹《たけみつとおる》と細川俊夫《ほそかわとしお》の作品を冒頭に演奏するのが大きな特徴である。

武満徹（一九三〇－一九九六）は、日本人作曲家のなかで初めて世界的に高い評価を得た人物であり、一九九六年に病没したのちも今なお、その作品の数々が世界的に演奏されている。

武満作品のなかから演奏曲目に選ばれた『弦楽のためのレクイエム』が、ライプツィヒでのローゼンベルク追悼のために用意された一曲であることは言うまでもない。この弦楽合奏のための演奏時間十分弱の作品は、弱冠二十七歳だった武満徹が結核を患い、死を意識しながら書いたといわれ、瞑想的な楽想のなかに何かを突き動かすような強烈な情念が見え隠れする曲である。二十一世紀を代表する作曲家ストラヴィンスキーが来日した折にこの曲を聴き、絶賛したという話は有名である。

武満徹に遅れること四半世紀、一九五五年に生を受けた細川俊夫は今がまさに活躍盛りの作曲家であり、その作品が国際的に上演されるようになって久しい。

『循環する海』は二〇〇五年、ザルツブルク音楽祭の委嘱作としてヴァレリー・ゲルギエフ指揮ヴィーン・フィルハーモニー管弦楽団によって世界初演された。

この曲は、初演後まもなく宇田川瞬が楽譜を入手し、フィル東との演奏を希望していた作品でもある。演奏時間約二十分、『雲の風景』『暴風雨』『波』『海上の微風』『海の霧』などの題が付けられた九章が連続して演奏される。生命の源である海と、さまざまな自然現象のなかで海と空とを行き来する水の動きを、管弦楽で表現した作品である。

日本人作品として選ばれたのはこの二作品だが、この決定までの段階で、多くの作曲家たちの作品が候補に挙がっていたことには、触れておいた方が良いだろう。

確かに武満徹は日本人作曲家のなかで国際的に高い評価を勝ち得た最初の作曲家である。しかしながら、武満以前の作曲家たちが彼を生み出すための序幕に過ぎないかといえば、決してそうではなかったことが現在、再認識されつつあるからだ。

これは近年、ある国際的な音楽ソフトメーカーによって日本人作品のCDが続々とワールド・リリースされていることが大きい。このCDのシリーズでは、現在すでに二十名ほどの作品が紹介されている。これらのCDによって、日本人作曲家たちが第二次大戦前の段階で、独自の作風を持った充実した作品を数多く世に問うていたことが、音として示されたからである。

怪獣映画「ゴジラ」の音楽で知られる伊福部昭や、黒澤映画の音楽を数多く手がけた早坂文雄、近年まで名前を忘れ去られていた感のある大澤壽人など、さまざまな作曲家と作品の名前が俎上に上がり、議論が重ねられたうえで、最終的に二作品に絞られたのだ。

そして、この喧々諤々《けんけんがくがく》の議論のなかで演奏曲目として決まったのが、プロコフィエフのピアノ協奏曲第三番である。この作品は日本人の作品ではないが、世界的なポピュラリティを持ち、しかも日本所縁《ゆかり》の作品として演奏曲目に選ばれた。

セルゲイ・プロコフィエフ（一八九一－一九五一）はロシアに生を受け、社会主義革命の波を避けて亡命。さらに二十年後、ソヴィエトと改名された祖国に帰って生涯を送った作曲家で、交響曲や協奏曲、オペラなどさまざまなジャンルで多くの作品を遺した。

ピアノ協奏曲第三番は、プロコフィエフが遺した五曲のピアノ協奏曲のなかでもっともポピュラーな作品であるばかりでなく、シベリア、日本経由でアメリカへと亡命したプロコフィエフの日本での音楽体験が盛り込まれた作品だという説がある。この曲の第三楽章冒頭のメロディが、彼が日本で聴いた『越後獅子』からヒントを得たといわれており、このメロディが第三楽章のなかでさまざまに形を変えながら現れるのだ。

この説は裏付けの取れた話ではないらしいが、第三楽章冒頭のリズムとメロディを聴いて、日本古来の音楽を思い浮かべる人は少なくないに違いない。こうした日本との関連の真偽はともかく、ピアニストとしても抜群の技量を誇っていたプロコフィエフらしく、ピアノの超絶技巧を駆使したスリリングな傑作でもある。

最後に、各々のプログラムの後半に置かれたメインの曲が二曲。

一曲は、ベートーヴェンの交響曲第三番『英雄』。

ルートヴィッヒ・ファン・ベートーヴェン（一九七〇－一八二七）については、今さら紹介するまでもない。さまざまなジャンルの楽曲を遺したが、そのなかでも九曲の交響曲の存在はたとえようもなく大きく、世界中の指揮者やオーケストラの最重要なレパートリーとして今でも位置付けられている。

そのなかで、今回演奏される交響曲第三番『英雄』は、生まれ故郷であるドイツのボンからヴィーンにやってきたベートーヴェンの若かりし頃を代表する傑作である。当時、新しいジャンルの音楽だった交響曲の世界で、ハイドンの影響を受けながら作曲を続けてきたベートーヴェンが、この第三番によって独自の新しい世界を確立したと言われているのだ。一時間近い演奏時間は当時の交響曲として破格の長さであり、斬新さ、雄大で推進力に富んだ楽想が、初演後二百年を経た今なお多くの音楽ファンの心を掴んで離さない。

宇田川瞬とフィルハーモニア東都も、数年前にベートーヴェンの交響曲全曲演奏会を敢行し、そのライヴ録音がＣＤとなってムジキョーからリリースされたことはすでに記したとおりだが、このときの全曲演奏のなかでも『英雄』に対する賞賛の声は、ひときわ大きかった。ベートーヴェンが作曲して初演が行われたヴィーン。そのヴィーンで、宇田川とフィル東の演奏がどのように響き、ヴィーンの人たちは彼らの演奏をどのように受け取るのだろう。

ちなみに、『英雄』という副題は、ベートーヴェン自らが付けた題である。ベートーヴェンはこの作品を作曲していた頃、ヨーロッパで破竹の勢いにあったナポレオン・ボナパルトを崇拝し、この作品を献呈しようと考えていたのである。しかし、ナポレオンが皇帝の座に付いたことを知ったベートーヴェンは憤慨し、この副題を削除。献呈もとりやめて副題のない作品として初演した、という話はあまりにも有名である。第二楽章が葬送の音楽になっているのは、ナポレオンの将来の没落を予感したベートーヴェンが挿入したから、と言われている。

もう一曲は、マーラーの交響曲第五番。

グスタフ・マーラー（一八六〇－一九一一）は、生涯に九曲の番号付き交響曲を遺した。九という数はベートーヴェンと同じだが、ベートーヴェンよりはるかに巨大な楽器編成で声楽をともなうものも少なくない。演奏時間はどれもが長く、そのなかでは、第一番、第四番、第五番の三曲が一時間程度。それ以外の作品はどれもが一時間を越え、第三番に至っては一時間半以上に及んでいる。マーラーの音楽には、厭世観や死へのあこがれをイメージさせる楽想が数多く盛り込まれている。生まれ育った環境や人間関係の軋轢、そして早過ぎる娘の死といった彼の人生がその楽想に深く影響を及ぼしたのであろうし、現代人の精神的な病巣すら象徴しているとも言われる。このことが、現在、世界各国のオーケストラでマーラーの作品が頻繁に演奏される大きな理由であろうことは、論をまたない。

交響曲第五番は、「葬送行進曲」と題された第一楽章から、勇壮で輝かしい第五楽章まで、さまざまな楽想が全曲のなかに織り込まれている。

第四楽章「アダージェット」の甘美で退廃的な音楽が、トーマス・マン原作、ルキノ・ヴィスコンティ監督の映画「ヴェニスに死す」のなかで効果的に使用されている、といえば、「あの音楽か……」と、思い浮かべる方がいらっしゃるかも知れない。

ところで、マーラーの音楽では、ソリスティックな活躍をする楽器も多い。この交響曲第五番では、第一楽章は「葬送」を示唆するトランペットのソロで始まるし、第三楽章ではホルンのソロが楽章全体をリードする。

トランペットとホルンといえば、言うまでもない。吉田義雄と石松寛太という日本最強コンビによる妙技の見せどころである。マーラーといい、その前の細川作品といい、大編成で非常に複雑な構造を持つ作品である。だから、フィル東の音楽性と技術力の両方が厳しく試されることになるが、もちろんそれを承知の上での選曲なのである。

役者が揃い、曲目も決まった。

あとは、ツアーを待つばかりである。

六

ツアーのための募金も何とか目標額が見えてきて、スケジュールや演奏曲目が決まった頃、晋一郎にも喜びのおすそ分けが来た。

ツアーに同行する事務局スタフの一員として、プレーヤーたちのアテンド業務を仰せつかったのである。

ツアーには、当然のことながら楽団長の渡辺をはじめとして、能登、そして松田碧などが同行する。渡辺は行く先々で、楽団代表としての挨拶や会合があるわけだし、松田碧は制作の立場でステージ裏での業務があり、こうした事務や裏方的な業務の取りまとめは事務局長の能登の仕事である。ツアーの事務方としての仕事はこの三人を中心にまわるであろうことは晋一郎も分かっていたが、この三人だけですべてがこなせるわけではなかろう。それ以外の業務をこなすため、ほかのスタフの誰かにも声が掛かるものと、密かに期待していたのだ。

それにしても、晋一郎は今まで海外に行ったことは、個人旅行でヨーロッパとアメリカに三回という程度で、ドイツやオーストリアにコンサートやオペラを聴きに行くといった経験はなかった。今回は、当然ながら遊びに行くわけではない。しかし、大好きな音楽を自らの職業とし、音楽の本場に仕事で行けることは、何物にも代えがたい喜びだったのだ。

事務局スタフのツアー同行メンバーが決まって間もなく、晋一郎は能登、松田碧に連れられ、首都フィルハーモニー管弦楽団の事務局を訪れた。今まで数回の海外ツアーを経験している首都フィルに、海外ツアーの事務方対応としての留意事項などについて、体験をもとにしたアドバイスを聞きに行ったのである。

首都フィル事務局の片隅に置かれたテーブルに案内された三名の前で、事務局長の野口はにこやかな顔で言った。

「フィル東さん、このたびは、おめでとうございます。我々の体験で分かっていることはすべてお話ししますから、何でも遠慮なく聞いて下さい」

ふだんはお互いがライバルとして、東京のクラシック音楽市場で火花を散らし合う仲である。極端なことを言ってしまえば、同じ日にコンサートが重なれば、結果的に、クラシック音楽ファンの取り合いをすることすら、ある。しかし、同じオーケストラ界の仲間として、ともに音楽文化の振興やクラシック音楽の普及という共通の目的をもって活動を続けてきた〝戦友〟でもあるのだ。それだけに、野口の対応は、フィル東にとって非常に嬉しく有り難いものだった。

「エアー・チケットは、事務局のメンバーがまとめて出発当日、空港に持参し、渡航者各人に渡すこと」

といった、基本的なことがらを野口がしばらく話していると、オフィスの扉が開く音とともに、一人の足音が近づいてきた。

歩いてくる人物の気配に気付いた能登と松田碧が、すっと立ち上がり、頭を下げた。二人の動きに晋一郎もつられて立ち上がり、頭をちょこんと下げた。

「おう。今日はまた、珍しいな！」

三人から頭を下げられてそう言った男の顔を、晋一郎は知らなかった。年の頃六十半ばといった感じの、中肉中背で、顔と声にドスの利いた人物である。

「ご無沙汰しております。今日は当団のヨーロッパ・ツアーの件で、海外経験の豊富な首都フィルさんにアドバイスを伺いに参りました」

「そうか」

能登は、その男が三人を見ながらそう言ったので、付け加えた。

「紹介します。彼はうちのスタフで……」

晋一郎は名刺を取り出して、その後を受けた。

「佐藤晋一郎と申します。フィル東で、コミュニティ・リレーションズの仕事を担当しております」

「いや、どうも……」

男は、自らも胸ポケットの名刺入れから、名刺を一枚引き出して晋一郎に渡した。

その名刺には、「財団法人首都フィルハーモニー管弦楽団　楽団長　河田龍一郎」とある。

「今日は、私もツアーのスタフということで、首都フィルさんへの訪問に同行させていただきました。いろいろと貴重なアドバイスをいただきまして、ありがとうございます」

晋一郎は楽団長に対する敬意を込めて、丁重に言ったのだが、河田はそんな晋一郎にニヤリと笑みを浮かべ、

「なるほど……。でもまあ、そう硬くならず……」

「は……？」

「海外のツアーというのは、百人からのメンバーが向こうへ行って、連日移動しながらコンサートをやるってことですよ。事前にいろいろとアドバイスを受けることも大切だが、何も起きないなんてことは、まず、考えない方がいいんだ」

「……」

「ドイツやオーストリアは、ヨーロッパでも治安の良い方だが、最近はどうなんだろうな……。でも、行く人数の多さを考えれば、盗難なり、抱きつきスリに遭う可能性だって、それなりに出てくるわけだ。それだけじゃない。団員がパスポートを紛失して国境を越えられなくなるとか、病気で

倒れるといったアクシデントだって、起こりうる」

河田の話に驚かされた晋一郎は、ツアーの大変さと前途の多難さを思い、不安顔になった。

河田は、晋一郎のそんな顔色をチラリと見ると、

「だから、まずは〝ドン〟と構えることですよ。〝ドン〟と！」

そう言って、能登と松田碧の顔をも見渡して、

「ワッ、ハッ、ハッ！」

笑いながら、楽団長室に入って行った。

首都フィルからの帰路。

いつもは穏やかな晋一郎が珍しく、電車の中で憮然としていた。

その表情に気付いた能登が、言った。

「晋ちゃん、今日は珍しく、面白くない表情しているね」

「ええ。……あの河田さんって方、こちらが丁重に話をしているっていうのに、随分だなと思って」

晋一郎が不愉快そうな表情で答えた。

「まあ、そう怒りなさんな。あれはね、河田さん流の、僕たちに対するエールなんだから」

「どなた流儀なのかは知りませんが、やはり、あんな言い方をされるのは……。うちが、こんな形でヨーロッパ・ツアーをやることになったから、嫉妬して、ああいうことを仰ったんじゃ、ないですか」

晋一郎がそこまで言いかけたとき、左横に座っていた松田碧が目元にうっすらと笑みを浮かべて

晋一郎の横顔を見ているのに驚き、黙ってしまった。

　能登が言った。

「河田さんは、そんな人じゃないよ。……あの人は言ってみれば、日本のオーケストラ界の首領《ドン》みたいな人だ。首都フィルは去年、創立五十周年を祝った〝老舗〟の楽団さ。だから、昨年は五十周年記念コンサート・シリーズをやったし、海外ツアーも過去に何度か経験していることは、知っているだろう。……でもね、現在に至るまで、経営危機に陥って解散の瀬戸際まで追い込まれたことだって、何度か、あるんだよ。そのたびに歯を食いしばって楽団を継続するために奔走したのが、あの、河田さんだ」

「……」

「河田さんが、さまざまな人たちに陳情して支援をお願いしたり、いろいろな工面をしながら急場を凌いで、楽団員の給料の遅配や欠配を未然に防いだという話、僕はほかの人から随分と聞いたよ」

「はあ……」

「運営がいつも苦しいのは、うちも首都フィルも同じだよ。だから、楽団長のような立場にある人は、単に『音楽を愛する優しい人』というだけじゃ、つとまらない。楽団運営のために考えられる、ありとあらゆることをやり抜く強い信念と実行力を持ちながら、さっき河田さんが晋ちゃんに言った、肝の太さや豪胆さもあわせ持たなければならない、ということだよ。うちの楽団長だって、見かけは優しそうでも頑固だし、『こう！』と決めたら一徹に貫く一面があるだろう?」

（そういうことだったのか……）

能登の話で、河田の真意を知った晋一郎は、河田という人物の奥深さとでもいったことを、垣間見た思いがした。

それにしても河田という楽団長、時代劇の衣装を着てちょん髷《まげ》を結い、あの口調で喋らせたら、まさに悪代官役にぴったりの容姿だった。能登や松田碧に対して、腹立ちまぎれに、

「まったく、時代劇に出てくる悪代官みたいな顔して、人をおちょくって、何て失礼な人なんですか！」

などと口走らないで良かった。晋一郎は、そう思った。

その夜、晋一郎は家で風呂に入るとき、洗面台の前の鏡に自分の顔を映した。

鏡に映っているのは、長いこと良く見知った自分の顔である。穏やかで、少し、間の抜けた表情に見えないこともない。

河田の顔を真似ようとして、目を吊り上げて怖い顔にしてみたり、眉間に皺を寄せた難しい表情を作ってみたりした。しかし、河田のような凄みというか、存在感に富んだ表情には、とうてい及ばない。

聞きようによっては失礼とも言える物言いに対して、あの松田碧が笑顔で受け流したのも、さもありなん、という気もした。トランペットの世界では日本でも指折りの名手とはいえ、「碧さん」と言われただけで碧が腹を立てる相手の吉田義雄如きとは、格が違うということなのだろう。

しかし、人間は、楽団運営などで人知れない努力や苦労を繰り返すことで、あれだけの靭《つよ》い表情が作られていくのだろうか？

あの表情が、そうした年輪の積み重ねによって作られたものとすれば、ある意味、それは尊いことなのかも知れない。

しかし。

（ひょんなことで、オーケストラのスタフに転職して何年かが経ったけれども、これから先、もっと重責を担っていくことで、あの顔に近づくような苦労をしなければならないことって、あるのだろうか？）

自分の行く末を考えると、そら恐ろしいような気がして、晋一郎はこれ以上、鏡の中の自分を見るのをやめた。

風呂から上がり、眠りについた晋一郎の寝顔は、今まで通り、おっとりと、人のよさを絵に描いたような表情だった。

七

ヨーロッパ・コンサートツアーまで、あと十日を切った。

ツアーのために、ドイツから二人のアーティストがやって来た。指揮者の宇田川瞬と、プロコフィエフのピアノ協奏曲第三番でソロを弾く新進ピアニストの華村大吾郎である。

フィル東では、ツアーに持って行くプログラムを日本で練習したのち、細川とマーラー作品のA

プログラムを定期演奏会で、武満とプロコフィエフ、そしてベートーヴェンのBプログラムをふたばシーズン・コンサートで演奏する。そして、ドイツ三都市とオーストリアのヴィーンでの演奏に備えるのだ。

指揮者の宇田川は近年、日本とドイツとを頻繁に往復しているから、「日本に戻ってくる」という言い方が正しいのかどうか、分からなくなってきている。今回も、ドイツでのオペラの仕事を終えてから日本でフィル東との練習とコンサート、そしてフィル東と一緒にドイツへ向かうという慌しい日程である。

定期演奏会での細川俊夫の『循環する海』とマーラーの交響曲第五番は、そんな進境著しい宇田川の棒さばきをハーモニーホール Tokyoに詰め掛けた満場の聴衆に示したコンサートとなった。

細川作品では、千変万化する生命の源・海の表情と、暴風雨が海に流れ込んでは気化して空に還《かえ》っていく水の動きを、宇田川とフィル東が精巧かつドラマティックに表現した。大自然の壮大で神秘的な営みを、一つ一つの楽器とオーケストラの響きで音にしていくのだ。一本の楽器が細密画のように一つの自然現象を音として表現するかと思えば、全体の表情が遠くから油絵のように掴み取られていく。二十分ほどの作品とは到底思えないほど、表現の多様さと緊張感を堪能させる曲であり、演奏である。

マーラーの交響曲第五番は、冒頭のトランペット、吉田義雄による葬送のソロが何といっても凄かった。百人ものプレーヤーがステージに勢揃いし、二千人の聴衆が息を詰めて耳を傾けるなかで、たった一本のトランペットの音が響き渡る。孤独感のなかに充満してくる尋常ならざる緊張。その緊張が頂点に達したとき、義雄のソロを引き継ぐ形で、オーケストラ全体の響きが炸裂した！

マーラーの交響曲第五番は、クラシック音楽ファンにとっては、ポピュラーな曲である。だから、曲の内容を熟知してホールにやって来た人の数も少なくない。それにもかかわらず、聴く人にこれほどの身震いするほどの感銘を与えるのは、曲そのものの凄さだけでなく、宇田川と吉田義雄をはじめとするフィル東の全プレーヤーのなせる業以外の何物でもない。

ホルンのソロが活躍する第三楽章では、ふだんはステージ後方のホルンの定位置に座る石松寛太が指揮台の横に進み出ての演奏である。柔らかく伸びのあるホルンの音とオーケストラが親しく融け合い、聴く者すべての心を優しく和ませる。

第五楽章が激しい興奮とともに、最後の和音を決然とホールに解き放ったとき、

「ブラヴォー！」

の歓声が、客席のあちらこちらから上がった。

指揮台のうえで獅子奮迅の動きをした宇田川瞬が、夢から醒めたような表情で客席に向き直り、爽やかな笑みを浮かべて頭を下げる。そして、再びオーケストラに向き直り、右腕を大きく差し伸べた。

客席の少なからぬ人たちは、宇田川が腕を伸ばした先の人物を知っている。拍手や歓声だけなく、「ピーッ！」という口笛までが交じるなか、ニヤリとしてのっそり立ち上がったのはもちろん、トランペットでソロを吹いた吉田義雄である。

オーケストラのプレーヤー全員も床を踏み鳴らし、ある者は楽器を叩いて、義雄の健闘を讃えて

いる。

次に宇田川が腕を差し伸べたのは、ホルンの石松寛太だ。

会心の演奏だったのだろう。にこやかな表情で立ち上がり、万雷の拍手と歓声を受ける寛太の姿からは、かつてローゼンベルクとの初共演で震え上がり、泣きべそ顔をした頃の片鱗すら窺えない。


そして残るは、双葉区民会館での秋のシーズン・コンサートである。

このコンサートの大きな目玉は、ベルリン在住のピアニスト華村大吾郎である。華村大吾郎は、日本の音楽関係者のあいだで「十年に一人」とさえ噂される大型の若手ピアニストであり、フィル東と関係を持って十年になる。

華村がまだ高校一年生だったとき、フィル東が「ヤング・アーティストのためのコンサート」のソリストとして起用したのが、最初の出会いだった。

その頃、華村はまだ「ピアニスト」という言葉さえ似つかわしくない細面《ほそおもて》の少年だった。リハーサルの日、母親が付き添ってきたときのことを松田碧は今でも昨日のことのように覚えている。

「華村大吾郎の母でございます。このたびは、ソリストとしてお声掛けいただき、本当にありがとうございます」

母親がこう言って、松田碧に対して深々と頭を下げたのだ。

松田碧がまだ二十代なかばの頃の話である。いわば、オーケストラ・スタフ駆け出しの自分が、丁重過ぎるほどの挨拶をされたのには、碧自身、びっくりしたものだった。

しかし、今にして考えれば、それも頷ける話ではある。毎年、それこそ星の数ほども輩出される新進アーティストが、オーケストラから協奏曲のソリストとして声を掛けてもらうこと自体、本当に至難のことなのだ。まさに、子を思う母心あっての挨拶だったと、碧はつくづく思う。

このときの曲は、ラフマニノフのピアノ協奏曲第二番だった。練習が始まると、ただでさえ線の細い華村大吾《こ》郎が、それこそ顔面蒼白でピアノに向かっているのを見て、

（この少年、本番は本当に大丈夫だろうか？）

本人と母親以上に碧自身が心配してしまい、コンサートで華村が全曲を見事に弾ききったときには深い安堵のため息をついたものだった。

華村はさすがに、今回は違う。数年にわたるドイツ留学の経験によって、華村は、今や日本のピアノ界期待の星、というより国際的に嘱望される新進ピアニストの一人に成長していた。

細面で痩せ気味の体型は変わらないが、精神的にははるかに強いものを持ったことがその表情からも窺える。練習でも飄々として指揮者の宇田川やフィル東と渡り合い、スケール豊かでリズミカルな、彫りの深い演奏を堂々と展開していく。

本番では、華村大吾郎のタッチの冴えとオーケストラとのスリリングな掛け合いは、さらに拍車がかかった。“Concerto”の日本語訳は、〝協奏曲〟だが、〝協奏曲〟はときに〝競奏曲〟と表記すべきとの意見がある。この日の演奏はまさに競って演奏する「競奏曲」という言葉こそがふさわしい演奏であった。

そして、ベートーヴェンの『英雄』でも、宇田川とフィル東のヴォルテージは上がったままだっ

た。

一度付いた火の勢いは止まらない。

あとは、この勢いをもってドイツへ飛び立つのみである。

八

ふたばシーズン・コンサートの翌日は、休みだった。

というより、翌日の出発に備えて各自がツアーの準備をするため、一日のオフが設けられたのだ。四都市でのコンサートのため、各人が一週間家を空けるのだ。晋一郎のような独身者なら特に何の準備も必要なかろうが、そう簡単にいかない者も少なくない。特にチェロの三橋忠邦とトロンボーンの忍のような夫婦団員にとっては、家を空けるための準備が大変だ。この春、幼稚園に入ったばかりの一人娘の和音《わおん》のことを考えなくてはいけないのだ。

三橋夫妻は国内で一泊の仕事があったとき、近くの忠邦の実家に和音を預けて仕事に出かけたこともある。そんなとき、夜になると和音が両親恋しさに泣き出してしまい、祖父母ともに困り果てたという話も聞いていた。

今回は一週間の長旅だ。一泊のときでさえ不安を隠せないというのに、である。

忠邦と忍は、いろいろと話し合った。忍がツアーへの参加を断念することも検討したが、最終的には二人して参加することにした。自分たちが家を留守にする間、忍の両親に家に泊まってもらい、和音の面倒を見てもらうことにしたのである。

この日の昼下がり、忍の両親が家にやって来た。夕方には忠邦の両親もやって来たものだから、

「おじいちゃん、おばあちゃんが、みんな、お家《うち》に来てくれた」

理由《わけ》も分からず、和音は興奮して大喜びだ。

翌日の出発を祝って出前の上寿司が取られ、それぞれの両親がこの日のために作ってきた手料理がテーブルに所狭しとばかりに並べられた。

七人して料理に舌鼓を打つのはいいとして、忍は翌日からのことを和音にどうやって説明したものかと迷っていた。

しかし、和音は滅多にない全員集合に舞い上がり、一人はしゃいでいるうちに疲れてしまったらしい。食事の途中でうとうとと眠り始め、忍が声を掛けても起きようとはしなかった。

翌朝。

朝十時台のフライトに合わせて、どんなに遅くとも六時前には家を出発しなければならない。五時に忠邦と忍が目を覚ますと、忍の母はすでに起きて湯を沸かしていた。

母は二人のために、お茶と手製の梅干を出してくれた。こうした日本食ともしばしの別れ。日本茶の香りと梅干の酸味が寝ぼけた体を優しく起こしてくれるかのようである。

お茶のあと、忍が前日に買っておいたパンを二人で一口ずつ食べただけで朝食が終わり、いよいよ出発の時間が迫ってきた。

忍は寝室に目を向けた。和音のことが気になるのである。

和音は安らかな眠りから目覚める気配すらない。

「和音に一言、お話ししてから出かけなくちゃ」

忍がそう言うと、父が頭《かぶり》を振って、

「やめておけ」

口の代わりに目で言った。

忍はしばし複雑な表情を浮かべていたが、やがて頭を小さく縦に振ると和音のいる寝室に入って行った。

和音は、あどけない表情で眠っている。

昨晩、両親と四人の祖父母に囲まれて、あれほど喜んではしゃぎまくっていた和音なのだ。目を覚まして、自分たち両親が一週間もの演奏旅行に出かけてしまったことを知ったら、どんなに悲しんで泣くことだろう。

「ごめんね……。ドイツとヴィーンで、お土産買ってくるからね」

寝入っている娘の頭を優しく撫でながらそっとささやく忍の目から、涙が一筋、頬をつたった。そんな母子の姿を隣に座って見ている忠邦もまた、涙目だ。

二人とも楽器こそ団に預けて運搬してもらうものの、一週間もの長旅である。和音を起こさないよう、着替えなどが詰まった大きなキャリーケースを静かに玄関まで持ち運んだ。靴を履く二人を忍の両親が見送った。

二人とも和音のことが気になるのだろう。しんみりとした表情は先ほどのままである。

「じゃあ、行ってきます。和音のこと……」

忍が声を詰まらせたのを見た母が、

「大丈夫！　私たちに任せなさい。それよりね……、こんな湿った顔して演奏したんじゃ、オーケストラの音にカビが生えるわよ。それじゃ、何のために向こうへ行って演奏するのか分からないじゃないの。もっとカラッと、明るい顔で頑張ってらっしゃい」

さすが、〝母は強し〟である。自分も母であることには変わりないけれども、こうしたときの自分はなぜか、娘になってしまう。

（自分も、もっとしっかりしなくちゃ……）

忍は涙を右手で拭《ぬぐ》い、笑顔で言った。

「行ってきます」

忠邦は忍の両親に深々と頭を下げ、そして言った。

「和音を、よろしくお願いします」

九

この日の空港一番乗りは、晋一郎だった。根が真面目だから当然といえば当然だが、晋一郎は前夜、一時間ほどしか寝ていない。充血した目をしていたが、出発前の緊張感からか、眠気はほとんど感じていなかった。


前夜、晋一郎は自分の荷物を全部準備し終わって、十一時前には就寝した。

首都フィル楽団長の河田に、

「百人もの人間が移動するんだ。何も起きないなんてことは、思うな」

などと脅かされただけに、晋一郎は、自分の身支度にも相当に気を使った。持っていく荷物や資料は何度も確認して、忘れ物がないように留意したし、起きたらすぐに出発できるよう、シャツや靴下などの着替えを枕元に置いた。命の次に大切なパスポートは、背広の右胸ポケットに入れてボタンを掛けておいた。こうすれば、背広を脱ぐときに落とす心配もないし、スリが手を伸ばすようなことがあっても、盗《と》られる危険もないはずだ。そして、万一にも寝過ごすことがないように目覚まし時計を新たに一つ買い、二つの時計を四時半にセットした。

晋一郎が万全の備えをして床に就いて間もなく、意識が遠ざかっていった。

……と、いつの間にか、成田空港へ向かう特急列車の中にいた。

空港までほとんどノン・ストップの特急列車が、いくつもの駅を通過していくのを眺めつつ、何気なく右胸に手をやった晋一郎は、はっとした。

右胸のポケットに入れておいたはずの、パスポートの感触がないのだ。慌てて左手を入れてボタンを外し、ポケットを探ったが、やはり、ない！

左胸や両脇のポケット、さらには肩掛けのポーチの中も探したが、パスポートは出てこなかった。

家からここに来る途中、右胸のポケットを外してはいないから、どう考えても、家に置き忘れてきたとしか、考えようがなかった。そういえば、前夜、パスポートをどこに入れるかで随分と迷った挙句、右ポケットと決めたあとにも、パスポートの有効期限を再確認したり、パスポートに挟みこんだツアーの書類に目をとおしたりと、パスポートを何度もポケットから出し入れしたのだ。恐らくはその際、最後にポケットに入れたつもりが、家のテーブルの上にでも置きっぱなしにしてしまった。そうとしか、考えられなかった。

晋一郎は蒼ざめた。今日のフライトに間に合わなかったら、プレーヤーのアテンドをするどころではないのだ。とにかく至急、パスポートを取りに、家に帰るしかない!

そのとき、晋一郎がいる車両に、車掌が入ってきた。顔が見えないほどに帽子を深く被った車掌で、晋一郎の座っている座席の方に向かって無言で歩いてきた。

晋一郎は意を決し、車掌に言った。

「済みません! 私は今日、オーケストラのスタフとして海外公演に出かける者ですが、パスポートを家に忘れてしまいました。至急、家に取りに帰らなければなりません。大変、恐縮ですが、近くの駅で、何とか緊急停車していただくことは、できませんでしょうか⁉」

車掌は晋一郎の前で立ち止まり、黙って晋一郎の嘆願を聞いていたが、聞き終わったところで、おもむろに言った。

「見なさい! だから、言ったでしょう」

晋一郎は、ただでさえ動転しているところに、冷水を浴びせられたような思いがした。一面識すらないお客に対して、車掌が言うべきセリフではない。

（！？！？！？）

すっかり頭が混乱した晋一郎に対して、車掌は続けた。

「海外にツアーで行くときは、何事も起きないなんてことは思うなと、言ったでしょう。そんなときは、『ドン』と構えるんですよ。『ドン』と！」

そう言って、車掌が目深に被った帽子を取ると、何と、その顔は、首都フィル楽団長の河田龍一郎ではないか！

「ウギャー!!」

晋一郎はパニック状態に陥り、絶叫した。

よほど両手・両足をばたつかせたのだろう。暴れた手足に掛け布団が絡まり……。

目が覚めた。

……夢だったのだ。

夢のなかの出来事とはいえ、よほどのショックだったのだろう。背中から、一リットルもの水分が一瞬にして汗となって噴き出たような気がしたが、背中だけではない。体中、すごい汗だ。

（夢だったんだ……！　落ち着け、落ち着け！）

自分にそう、言い聞かせたが、早鐘のように鳴る心臓はしばらくの間、その勢いを止めようとはしなかった。

ようやくに心臓の動きがおさまってから、晋一郎は起き上がり、吊るしておいた背広に手を伸ばして右胸ポケットのボタンを開けた。大切なパスポートは、確かにそこに入っていた。

それから、シャワーを浴びて全身の汗を洗い流すと、着ていたものをすべて洗濯し、浴室に乾《ほ》した。

時間は、深夜二時をまわっていて、起床時間まで三時間を切っている。こんな恐ろしい夢を見たうえに、もうひと眠りしたあげく、寝過ごしてしまうようなことなど、万一にもあってはならない。

晋一郎は熱いコーヒーを何杯か飲み、ツアーのスケジュール表を再確認したりして時間を潰した。そして、四時過ぎになると、双葉駅で始発電車を三十分以上待つことになるにもかかわらず、家を出て歩き始めた。

こうして空港一番乗りを果たした晋一郎は、やがて全員分のエアー・チケットを持ってきた戸田香とともに、集合場所に到着したメンバーのチェック・イン対応を始めた。

さすがに、時間厳守で鳴るオーケストラのメンバーである。集合時刻の三十分前には、かなりのメンバーが到着し、チェック・インの手続きが順調に進んでいく。

ふたばケーブルネットの吉田あゆみもカメラ・スタッフ連れでやってきて、楽団長の渡辺や指揮者の宇田川にインタビューをしていた。

双葉区に本拠を置くフィル東の海外ツアーなだけに、ふたばケーブルネットでは、今回のツアーが本決まりになった時点からさまざまな報道をし、成田での出発風景も取材しに来たのである。地上波のテレビ局とは違い、ふたばケーブルではこうした情報番組を一週間にわたって何度も再放送し続けるのが常である。だから、出発日から一週間は、成田での出発風景を報道することになっていて、フィル東のツアー中の活動状況に関しては、フィル東のホームページを紹介する、という手筈になっているのだ。

吉田あゆみの取材のようすを見た晋一郎は、

（……？）

インタビューをしているあゆみの表情や口調に、いつもと違う何かを感じた。

「ふたばケーブルの看板娘」とか「双葉のマドンナ」などと言われるように、愛苦しくて元気一杯なのはいつもの姿そのものだが、何となくいつものような自然さがない。強いて言うならば、ことさらに作ったような笑顔や口調といった感じを受けなくもない。

それに、まわりを見回すと、名物男の亭主の姿が見えない。こんなときには缶ビール片手に誰かと駄弁って周囲の笑いを取る姿がひときわ目立つ吉田義雄なのに、今日に限っていないのだ。

吉田あゆみがインタビューのための作業をひとしきり終えたのを見計らい、晋一郎はあゆみに声を掛けた。

「おはようございます！」

いつもと変わらぬ、元気溢れるあゆみの挨拶だ。

「あの……、ご主人は？」

人の亭主をさすがに「ヨッちゃん」とも言えず、そう聞いた。

吉田あゆみは一瞬、ビクッとした表情をした。そして、

「ええ……。あの……」

そう言って、笑ったような困惑したような複雑な表情を浮かべたかと思うと、俯いてしまった。

（……？）

晋一郎が、吉田あゆみの表情を不思議そうに見つめていると、次の瞬間、あゆみは決然として面《おもて》をあげ、いまだかつて見たことのないような怖い顔で言った。

「あんな馬鹿！　もし、今日のフライトに遅刻したら、馘《くび》にしてやって下さい!!」

「えっ!!」

心臓が止まるほどのショックで、晋一郎の口から驚きの声が上がった。

＋

この物語も終わりに近づいたところで、またしても名物男・吉田義雄の話をすることとなった。空港でのチェック・インから、時間を約半日、戻すこととしたい。

出発日の前日、夕刻のことである。

吉田義雄はこの日の午後、金管楽器仲間の集まりに参加した後、家に帰る途中に「酔ひ楽」に立ち寄った。

愛すべき吉田義雄の名誉のために記しておくが、義雄は酒を呑むために「酔ひ楽」に行ったのではない。ヨーロッパ・ツアーの実現に向けてさまざまな協力をしてくれた人々にお礼と出発の挨拶をしたくて立ち寄ったのだ。

このところ、「酔ひ楽」はフィル東のメンバーやサポーターたちの社交場となった感がある。さらには、今は亡き名指揮者ヘルムート・ローゼンベルクが東都冠をこよなく愛し、吉村酒蔵の名を全国の酒好きに知らしめた純米大吟醸「響宴」がフィル東の演奏録音によって醸されたことも、数多くの音楽ファンの知るところとなった。

もともと、吉村酒蔵の酒を取り揃える酒蔵直営店であるだけでなく、料理の品揃えの豊富さと味の良さ、料金のリーズナブルさが評判の店だったところに、こうしたクラシック音楽ファン所縁《ゆかり》の話題も加わって、音楽ファンで立ち寄る人たちも後を絶たず、連日賑わいを呈している。

こうした人たちにとっては、「酔ひ楽」の「楽」の字がオーケストラの「楽隊」を連想するのであろう。お客さんが「酔ひ楽」を「スイガク」と呼ぶのを聞いた店員が、

「うちは、『すいらく』なんですが……」

と言っていたのだが、最近ではあまりに多くの人が「スイガク」「スイガク」と呼ぶので、店員の方でもこれ以上言うのをやめてしまった。

これほどまでにフィル東の関係者や音楽ファンに愛されている店である。今回のツアーに協力してくれた人たちの何人かが、きっとこの日も店に屯《たむろ》しているに違いない。吉田義雄は出発前日に立ち寄って、こうした人たちにお礼と挨拶がしたかったのだ。義雄の義理堅さゆえのことなのである。

夕方六時過ぎのことだったろうか。吉田義雄が店の暖簾を掻き分けて扉を少し開けると、平井電気社長で今ではフィル東サポーターズ・クラブ会長もつとめる平井信吾と、副会長の近藤染物社長・近藤進、そして義雄は知らない何人かの人々がテーブルを囲んですでに気勢を上げていた。どうやら、双葉区商工会の集まりの後で「酔ひ楽」に腰を据えたものと見える。

「おう、ヨッちゃん！　いいところに来た」

平井から声を掛けられた吉田義雄は、首だけを店にちょこんと入れた格好で小さく頭を下げ、そして言った。

「こんばんは。今日はちょっとご挨拶だけしたくて顔を出しました」

「そうか。明日、いよいよ出発ですものね。……期待していますよ、頑張ってね！」

と、これは近藤進である。

吉田義雄が扉を半開きにしたまま店に足を踏み入れようとしないことに気付いた平井が、

「ま、そんなところに突っ立っていないで、ちょっと入れよ」

「いえ。明日、出発ですので……。今日はツアーの件でいろいろとお世話になった皆さんへのお礼と挨拶だけでも、と思って」

「ヨッちゃん！」

平井が、呼びかけた。

「何、言ってるんだ、フィル東首席トランペット奏者の吉田義雄ともあろう者が……。別に俺らはヨッちゃんを足止めしようっていうんじゃない。ツアーの成功を祈って、ほんの一杯、献上したいってだけなんだ。お猪口一杯の酒くらい、受ける時間がないってこと、ないだろう？」

吉田義雄は、きょとんとした表情で平井の話を聞いていたが、

「……それも、そうですね」

扉をふつうに開けて店に入ると、テーブル席の、平井の隣の椅子に腰掛けた。

「吉田さん」

後ろからの声に吉田義雄が振り返ると、今村肇が盆に徳利とお通し、そしてテーブル席の人数分の猪口を載せて立っていた。

「このたびは、ヨーロッパ演奏旅行おめでとうございます。そしてご成功、お祈りしています。頑張って下さいね」

「ありがとうございます。でも、今日、御礼に伺ったのはこちらの方なんです。吉村酒蔵さんからも、今回の件ではいろいろとご配慮いただきましたようで恐縮です。それに、今日は挨拶だけで帰りますから、こんなお気遣いは……」

「これは、ほんの気持ちです。ドイツに行かれたら、しばらく日本酒ともお別れでしょうし……。その徳利、『響宴』です。少しですが、皆さんで乾杯するのにどうぞ」

「いやいや！『スイガク』さんには、いつもいろいろと済みませんね」

近藤が満面に笑みを浮かべ、吉田義雄の代わりに言った。赤ら顔で、すでにいい気分になっているらしい。

早速、吉田義雄、平井、近藤、そして義雄は知らないが同じテーブルを囲んでいる双葉区商工会

メンバーの二人にも「響宴」のお裾分けがあった。

「フィルハーモニア東都のご健闘と、首席トランペット奏者吉田義雄君の大いなる活躍を祈って……」

平井がこう言って、テーブル席のメンバーを見渡した。

「乾杯！」

吉田義雄も平井も近藤も、猪口に注がれた「響宴」を一気に呑み干した。

「う……まい！」

各人の口から、愉悦や驚きの声が上がった。

皆、「響宴」がどれほどに素晴らしい酒なのかをよく知っている。けれども、こうしてたまに口にするたびに、誰もが再び新鮮な感動を覚えてしまう酒なのだ。

「ヨッちゃん、頑張れよ。マーラーの五番のソロ、この間の定期演奏会みたいに吹けば、ベルリンでもフランクフルトでも大喝采間違いなしだ。ワッ、ハッ、ハッ!!」

平井が笑いながら、吉田義雄の肩をポン！　と叩いた。

「ありがとうございます」

「……ところでな」

平井が言った。

「はい？」

「今の乾杯は、今村さんというか吉村酒蔵さんからのお気持ちがこもった、有り難い『一杯』だ。

……俺からの『一杯』は、まだなんだけどな……」

「ハア……」

「じゃ、今度は俺から」

「あの、……ちょっと」

「何だよ?」

「いえ、あの……。サポーターズ・クラブ会長の平井さんから直々の一杯っていうのに、こんな小さな猪口で受けたんじゃ、失礼かと思って……」

それを聞いた平井が大笑いして、言った。

「ウワッ、ハッ、ハッ! それでこそ吉田義雄だ。気に入った」

平井はコップを吉田義雄に渡し、徳利を傾けながら言った。

「これは東都冠の純米酒だ。『響宴』じゃないが、一年中付き合うには何といってもこっちだよ」

ここで、二回目の乾杯となった。

純米酒はすっきりとして呑みやすい。日頃、愛飲しているこの酒とも一週間ほどのお別れである。

義雄はコップ半分近くを一気に開けた。

「これはまた、こたえられないですね!」

そう言う吉田義雄のエンジンが、徐々にかかってきたようだ。

「この人はね……」

吉田義雄の真向かいに座っていた近藤が、商工会の仲間に紹介した。

「フィルハーモニア東都っていうオーケストラでトランペットを吹いている吉田さんという方なんですよ」

「あ……良く、平井さんや近藤さんが言っているオーケストラの！　何でも、双葉区内の小中学校に何人かの人たちが行って演奏されたり、楽器指導されたりしているそうで。……今回はまた、ヨーロッパでコンサートをされるとか」

「ええ、皆様のお蔭で、ドイツとオーストリアでコンサートを行えることになりまして、今日はそのご挨拶に」

「それは、それは！　クラシック音楽ってのは、あっちが本場ですものね」

男はそう言って、

「済みません。気が付きませんで……」

テーブルを行きつ戻りつしていた二合徳利を、吉田義雄に差し向けた。

吉田義雄は、

「いや……、あの私、そろそろ……」

「じゃ、これは私からの『一杯』ってことで」

「恐縮です」

吉田義雄はコップに残っていた酒を美味そうに呑み干し、左手に持ったコップを相手に差し出した。

近藤は、商工会の仲間が吉田義雄に酒を注ぎ終わるのを見て、言った。

「本場という言葉の重みはあるけれども、フィルハーモニア東都は、世界の一流オーケストラが出演するベルリン国際芸術フェスティバルに招聘を受けたんですよ。これはフィルハーモニア東都の実力が国際的に認められた、ということですよ。いつまでも本場だけが志向される時代じゃないんです」

「へえ！　私はクラシック音楽のことは全然分かりませんけれども、日本のオーケスラって、そんなに優秀なんですか？」

その質問に答えたのは、平井である。

「そうだなあ。ベルリン・フィルハーモニー管弦楽団や、ニューイヤーコンサートで有名なヴィーン・フィルハーモニー管弦楽団を横綱とすれば、フィルハーモニア東都をはじめ日本のオーケストラの多くはすでに幕内入りしてるってところかな。……最近は日本のオケも実力が上がっていて、なかには関脇か大関クラスで戦うところまで来ている楽団があるのかも知れん」

商工会の仲間が驚いた顔をして、言った。

「そりゃ凄い！　『世界十大オーケストラ』なんてのに、日本のオーケストラも、ランキングされる時代なんですね！」

「それはもののたとえだよ。確かに、欧米には世界の超一流と呼ばれるオーケストラがいくつもあって、それぞれが独自の味わいを持った響きや音楽作りで『さすが！』と思わせる演奏をしているさ。一方で、それらのオーケストラには知名度や実力で一歩、及ばないまでも、かなりいいレベルの演奏をするオーケストラというのがある。少なからぬ数の日本のオーケストラだって、そのなかに入ると言って良いと思う。でも、これは日本だけのことじゃない。世界中の相当な数のオーケストラが、そうしたレベルのオーケストラなのかも知れん。……でもな、フィル東クラスのオーケストラなら、世界に知られた名門オーケストラと同じ土俵で戦うレベルと言っていいと、俺は思ってる」

一人だけ会話に入らず手持ち無沙汰にしていた商工会の仲間が、

「じゃ、私からも一献」

そう言って、吉田義雄に徳利を差し向けた。

「済みません。こんな訳の分からない音楽談義にお付き合いさせてしまいまして」

吉田義雄は言葉とは裏腹に嬉しそうな顔をして、すでに空になっているコップを左手に持ち酒を受けた。

賢明なる読者諸氏は、すでにお分かりのことであろう。

つまり、酒呑みの一杯は一杯ではないということをである。

そもそも、「一杯」という日本語自体が二つの意味を持っていて、一つの猪口なりグラスに満たした酒をもって「一杯」ということもあれば、たくさんの量を「一杯」と表現することもある。しかも、前者の場合には、お猪口一杯と丼一杯とではその量において雲泥の差があるし、「私からの」といった表現を前に付けさえすれば、人数分の「一杯」が「一杯」になることだってあるのだ。酒呑みにとって、これほど都合の良い言葉はないに違いない。

吉田義雄が「酔ひ楽」の椅子に腰を下ろしてから三十分ほど経った頃、すでに同じテーブルに座った面々からの「一杯」が終わっていた。酒好きの吉田義雄にしても、かなりのハイ・ピッチである。

「吉田さん、明日もあることですし、そろそろ……」

翌日の出発を心配した今村が、新たに注文された酒をテーブルに運びながら義雄に声を掛けたが、

「何、言ってるんですか。明日はね……飛行機に乗ってドイツへ行くだけなんですよ。……演奏する予定が入っているわけじゃなし、ただ飛行機のなかで寝てるだけ……。今日を最後に、『スイガク』とも『東都冠』とも『響宴』ともお別れなんだから……もう少し」

「そうか！　だったら、初めから『挨拶だけ』なんて他人行儀なこと、言うことないだろ！」

平井が酒で血色の良くなった顔で嬉しそうに言った。

こうなってしまったら、酒呑みたちには時間の経つのが分からない。

かくして、音楽談義が再開された。

口火を切ったのは近藤である。

「さっきの平井会長の『幕内』って表現、いいですねえ」

近藤は続けて言った。

「大相撲の前頭っていうのも、いろいろいますよね。苦労して幕内に上がってきた燻し銀の魅力を持つベテランもいれば、若手の意気盛んな相撲取りもいる。……フィル東さんの場合は、何と言っても若手の伸び盛りといったところで、ときに横綱を転がすような相撲を取る。つまり、これをまさに演奏でするわけです！　これが何と言ってもフィル東の魅力だし、私らも今度のツアーに期待しているところですよ」

それを聞いた平井が続けた。

「最近、オーケストラの演奏を聴いてよく思うのは、聴いている俺達が演奏に感心するのか、それとも感動するのか、ってことだ。最近は技術的な完成度とか楽曲の解釈といった面で感心する演奏が少なくない。でも、どんなに聴き手を感心させこそすれ、感動させなきゃ話にならんのだな、これが！」

「なるほど。けだし名言ですね」

近藤が言った。

「私も同じような話でね、『記録でなく記憶に残るボクサー』って言われた人のこと、思い出しましたよ。世界チャンピオンになるとか、タイトル戦防衛何回といった記録を持つボクサーではなかったけれども、お客さんを痺れさせるような激しい試合をするボクサーがいたそうです。何となくフィル東の演奏の印象とも重なりますよ。まさに乾坤一擲《けんこんいってき》ってやつですね。……もっともオーケストラの世界では、打ち合いで体を壊すなんてことはないですけど」

吉田義雄がとろんとした目をして言った。

「オーケストラは、格闘技ほど体を酷使したり壊したりといったことはないですけど……精神的には相当きついですよ。特に管楽器や打楽器は基本的にソロの演奏だから、『ここ一番！』というときに会場から寄せられる視線、というか重圧感で大変な精神的ストレスを感じるメンバーもいます。精神的にギリギリのところで演奏に臨むからこそ、皆さんが感動する演奏になる……、そういうことも、あるんですけどね」

「ただなあ……」

と、平井が口調を変えた。

「これだけ日本のオーケストラが頑張って、企業や後援会などでバックアップしても、オーケストラの財務状況は、いつも苦しい。これが、あと一歩、日本のオーケストラの活動を社会に浸透させたり、さらには国際的に評価させるためのアキレス腱になってるんだ。フィル東の場合、双葉区と文化提携をしていることもあるから、区のサポートは凄く有り難いけれども……」

「とはいっても、オーケストラってのは儲かる事業じゃないんでしょうから、支援といっても難しい面もあるんでしょう」

と、これは先ほどから黙っていた商工会メンバー、佐伯の弁だ。

「佐伯君な。確かに、芸術とか文化は、採算がとれるものじゃない。けどな、やはり何らかの形でサポートしなけりゃ、滅んでしまう。そういうものなんだ。……ところで、君、日本の文化予算って、どれほどの額だか知っているか?」

「えっ! 藪から棒に言われても……。私、この手のことは疎いですから」

「年間一人当たり、この程度だよ」

そう言って、平井は手元の二合徳利を右手に取って、ぶらぶらと振ってみせた。

「一体、それ、何ですか?」

驚いて聞く佐伯に、平井は喋りだした。

「つまりだ。この店でこの二合徳利の値段が八百五十円だろ。今の文化庁の年度予算約一千億円を人口、一億二千万人で割ると、年間一人頭の金額が、この酒の値段くらいになるってわけだ。それでな……、この金で、寺の修復といった文化財保護の活動から、こうしたオーケストラの活動支援までを賄っているってわけだ。もっとも、都道府県や市区町村といった自治体の文化予算があるから、それらを足せば、金額的にはもっと大きくなるけどな。倍ってところまでには、何とか手が届くか、どうか」

「へえ！」

黙って平井の話を聞いていた近藤が、驚いたように言った。

「平井さんのたとえが的を射ているのかどうか、分かりませんけれども、面白い表現ですね！」

「そうだ。もっとも、文化や芸術をどうやって振興させるのかは、いろいろなやり方があるらしくてな、……ドイツやフランスなどヨーロッパでは公的支援、つまり税金をきっちり注ぎ込むことで芸術や文化を振興する。そこへいくと、アメリカでは市民が芸術や文化活動に寄付しやすい税制を作って、いわゆる民間支援で芸術を保護したり、振興しようって方向らしい」

「平井さんが、そんなことまでご存知とは、知りませんでした。いや！　驚きましたね」

「近藤君よ。俺だって、フィル東サポーターズ・クラブの会長、伊達にやってねえよ。ちっとは、こうしたことだって勉強してるんだ。まったく、オーケストラの活動ってえのは、採算が合わないから仕方がないといえば仕方がないんだろうけども、年中、金銭的な悩みが付いてまわるからな……でも、それは何もオーケストラに限ったことじゃない。今後、どうやって、日本の芸術、文化全体をサポートして振興させていくのか。将来に向けた大きな課題だよな」

彼らの話を黙って聞いていた吉田義雄が、平井を見て言った。

「それにしても、平井さんや近藤さんが、こんなにもフィル東のことを考えて下さって……僕は……嬉しいですよ……。楽団長の渡辺や事務局長の能登にも、よく言っておきますから……」

まさにフィル東の代表者にでもなったような口調である。相当に酒が回ってきたのに違いない。

そんな話をしているうちに一人のお客が「酔ひ楽」に入ってきた。

この初老のお客は名前を藤野一郎といって、地元で不動産業を営む藤野産業という会社のオーナーである。

「これは皆さん、お揃いで」

穏やかな笑みを湛えて入ってくる藤野に、

「や！　藤野さん……。いいところにいらっしゃった！」

酩酊顔の平井が、声を掛けた。

「今日はちょっと紹介したい人がいますから、こっちで少し付き合って下さいよ」

平井の呼びかけに、藤野は、

「それじゃ、ちょっとお邪魔を」

そう言って、テーブル席に腰掛けた。

平井は、藤野を見て言った。

「紹介します。僕の隣にいるのは、フィルハーモニア東都の首席トランペット奏者、吉田義雄君」

「あ、あなたでしたか！　うちの孫娘から、お名前は聞いております。小学校であなたの演奏を聴かせていただいた孫娘がトランペットを始めて、今では中学校のブラスバンド部で大変お世話になっているそうで……」

それを聞いた吉田義雄が嬉しそうに返した。

「藤野真央ちゃんのおじいさんですか……これはどうも」

「このたびはツアーの件で藤野産業さんからもご厚意いただきまして、ありがとうございました。……彼ら、きっと素晴らしい演奏を向こうでやってくれると思いますから」

そう言う平井の口調は、ふらついている。

メンバーの表情や口調に結構な酔いをみとめた藤野は、義雄にやわらかく言った。

「明日はツアーにご出発ということで、ここで出陣式というわけですな。それは大変結構ですが、大丈夫ですか？　こんなことを私が言うのも失礼ですが、明日の支度もあるでしょうし、お家で奥様もお待ちかねなのでは……」

（明日の支度……？　奥さん……？）

藤野の言葉を胸のうちで反芻した吉田義雄の酔眼朦朧とした表情が少しばかり、まともになった。

義雄が左手の腕時計を見ると、十一時をまわっていた。

（しまった！　もう、こんな時間になってる……）

吉田義雄はふらふらと立ち上がり、一同に言った。

「帰ります……。明日の朝、出発ですから。今日はどうもありがとうございました」

平井と近藤も、藤野のアドバイスと義雄の表情の変化から事の次第を理解したようだった。

「遅くまで引き止めて悪かったな。でもな……頑張ってこいよ！」

そう言って義雄を送り出した平井だったが、義雄が店から出て行ったあとで近藤に言った。

「まずかったな……。奥さん、今頃カンカンに怒っているんじゃないのかなあ」

「参りましたね。僕たち酒が入ると、時間が経つのが分からなくなりますからね」

「今からヨッちゃんの家に謝りに行くわけにもいかんし、明日、ふたばケーブルに顔出して奥さんに一言詫びを入れておいた方がいいな、菓子折りでも持って。今回ばかりは、ときがときなだけにヨッちゃん、深刻なところに追い込まれるかも知れん。そうなったら、俺たちだって責任問題だぞ」

「……そうですね」

「じゃ明日、ふたばケーブルに行くの、付き合ってくれ」

「えっ、僕も行くんですか⁉」

「当たり前だろ！　お前だってヨッちゃんに酒、何度も注いでたろうが。共犯じゃないか」

十一

吉田あゆみは、ツアーの出発を翌日に控える義雄の帰りを六時過ぎから待っていた。このときのために「饗宴」の四合瓶を奮発して買い求め、腕によりをかけて義雄の好きな料理をいくつも作っていたのだ。

しかし、

「どんなに遅くても八時前には帰る」

と言った義雄は十時を過ぎても帰ってこない。義雄の携帯電話に何度か電話してみたものの、受話器から聞こえてくるのは、留守番電話の対応ばかりだ。

こんなときは、まず間違いない。

酒である。携帯電話をバッグに入れたまま誰かと呑み始めてしまったに違いない。

吉田義雄の、何ものにもとらわれない自由奔放でのびやかな性格に惹かれて結婚した自分なのだ。けれどもそれは、すべてにおいて自由きままにして良いということではない。特に酒に関しては、酔ってだらしなくなる夫の姿を目にするたびに、

「一家の主《あるじ》として守るべき最低限のルールがある」

そう言って何度も注意してきたのだ。そんなときも、

「そんなこと言われたって、俺はアーティストなんだ」

と言ってあゆみの非難をかわしてきた義雄だが、今回ばかりは、本当に愛想が尽き果てた。

あゆみの義雄への心尽くしは、まさに肩透かしを食ったのである。

せっかく作った料理も、すっかり冷めてしまった。

冷めた料理が並ぶテーブルの前で、あゆみはもはや亭主を待つわけでもなく黙って座っていた。

一方……。

吉田義雄は帰る途中、酔いで動きの鈍った頭を必死になって動かしていた。

（まずいことをしちまった。あゆみに何と言って弁解するか。そして、この場をどうやって乗り切るか……）

とにかく、まずは酔っていることを敵、いや妻に悟られないこと。そして弁解するしかない。

（悪かったね。こんなに遅くなっちゃって……。実は、出発前の挨拶をしに『スイガク』へ顔を出したら、平井さんや近藤さんたちがいてね。一杯だけで帰るつもりだったんだけど、いつもフィル東としてお世話になっている人たちだし、ましてや今回のツアーじゃ物凄く協力いただいたから、さっさと帰るわけにもいかなかったんだ。お礼を言ったり、激励されたりしているうち、遅くなってしまってね）

話す内容は決まった。家に帰る間、話す練習も小声で何度かした。

（よし、これで何とか……）

玄関前までたどり着いた義雄は深呼吸を一つすると、ブザーを鳴らした。

やがて音もなく扉が内側に開かれ、そこには能面のような表情をしたあゆみが立っていた。

「……ただいま」

義雄は言った。

あゆみは義雄を一瞥しただけで、何も言わずにリビングへと戻っていった。

借りてきた猫のように、あゆみに続いてリビングに入った義雄は思わず息を呑んだ。

テーブルの上には、あゆみの手料理が何品も並んでいた。

里芋と烏賊の煮物。秋刀魚の塩焼き。平日の刺身。大根、葱、人参、レタスの和風サラダ。そして、義雄の大好きな山川梅園の梅干に大和芋、大葉、鰹節を加えた叩き合えも、たっぷり作られていた。そして、テーブルの片隅には「響宴」の四合瓶が封も切らずに置かれ、二つの猪口がカップルの到着を待ちかねるように並べられていた。

（まずい……）

あゆみに気取られないように軽く深呼吸した義雄は、何度か練習した弁解の文言を喋り始めた。

「悪かったね。こんなに遅くなっちゃって……。実は帰りがけ、出発の挨拶をしに『スイガク』へ……」

と、ここまで喋ったところで舌が縺れた。深酒のせいでロレッタのだ。

緩んだ表情と舌の縺れ具合から、あゆみは呑んだ酒の量を察知した。その途端、それまで抑えてきた感情が、一気に爆発した。

「馬鹿!!」

という叫び声を上げるや、憤怒で発せられる言葉にならない声とともに、何枚かの皿が義雄めがけて飛んできた。

吉田義雄は呆然と突っ立ったまま、あゆみの猛攻撃をしばらくの間浴びているしかなかった。

あゆみはひとしきり自分の感情を亭主にぶちまけると、ひとり寝室に入ってしまった。

一人残された義雄は割れた皿を片付け、あゆみが用意してくれた心尽くしの料理にラップを掛けて冷蔵庫にしまった。

そのあとで、翌日、いや当日の朝に迫ったツアーの荷物をバッグに詰め始めた。あゆみの物凄い剣幕に一旦は目が覚めたものの、相当な酒量ゆえか睡魔が襲ってきて作業はなかなか進まなかった。ようやく荷詰めを終えたものの寝室に入るのを躊躇しているうち、バッグを枕に寝てしまった。

翌朝。

義雄が二日酔いによる頭痛と吐き気で目を覚まし、やっとのことで片目を少し開けたとき、すでに着替えを済ませたあゆみが氷のように冷たい表情で義雄を見下ろしていた。

「あら、お目覚めですか」

「……」

「私、これから成田に行ってきますから。……今日がどういう日か、あなたもよくご存知でしょう。でも、辛いんでしたら無理なさらずに、ゆっくりしているといいわ」

あゆみはそう言い放つと、一人で行ってしまった。

義雄は頭痛をこらえてよろよろと起き上がり、時計を見た。

「こんな時間だ……。急がなけりゃ」

ふらふらしつつも何とか着替えを済ませ、バッグを抱えて玄関口に行った。

そして、靴を履き始めた瞬間、

（あっ！）

忘れ物をとりに行くようにしてキッチンに向かい、冷蔵庫から「響宴」を取り出した。

二日前、双葉区民会館でのコンサートが終わった後、石松寛太と話をしたことを思い出したのだ。

「ライプツィヒ公演の翌日、時間を取ってマエストロ・ローゼンベルクのお墓参りをするらしいですよ」

「そうか。……じゃ、あの頑固親父の好きだった東都冠か『響宴』でも持って行って、墓にかけてやれば、きっと喜ぶぜ」

「まさか！　墓に酒をかけるなんて、日本ならともかくキリスト教の人たちのお墓にそんなこと、できないでしょう」

「じゃ、紙コップに酒を注いで墓に手向けるのか？」

「それくらいのことは、許されるかも……」

こんな会話をしていて、「酔ひ楽」の帰りに一本買って帰ることすら完全に忘れてしまっていたのだ。

石松寛太との話を思い出した義雄は冷蔵庫から「響宴」を取り出すと、小さな紙切れを探し、テーブルの上でこう書きなぐった。

「きょうえん、かります」

すべて平仮名で書いたのは、二日酔いで義雄の思考力がよほど低下していたからかも知れなかった。

急いで玄関口に行った義雄は、再びキッチンに小走りで戻り、

「ローゼンベルクにあげる」

紙切れの、先に書いた文言の下にそう書き加えた。

キャリーケースを引っ張り、大きなバッグを肩から掛けた吉田義雄は、ふらふらしながら、家を

後にした。

十二

新東京国際空港、通称、成田空港のチェックイン・カウンターの前で、

「あんな馬鹿！　もし、今日のフライトに遅刻したら、馘にしてやって下さい‼」

吉田あゆみにそう言われ、

「えっ‼」

晋一郎が驚きの声を上げたので、まわりにいた団員の視線が一瞬にして、二人に集中した。

「ヨッちゃんが遅刻⁉」

「一緒に行けなかったら、ベルリンのコンサート、一体どうなるんだ？」

にわかにまわりが驚きと心配の声で、騒々しくなった。

「……一体、どうしたんですか？」

晋一郎はつとめて冷静さを装いながら、あゆみに聞いた。

周囲のざわめきもあって、吉田あゆみは、泣き出さんばかりの表情である。もちろん、ふたばケーブルのカメラは止まったままだ。

吉田あゆみは、消え入るように小さな声で話し始めた。前日の夕刻、どこかで出陣式らしき呑み

会をしたらしく、深酒をして深夜に帰宅したことや、今朝は二日酔いで死にそうな顔で目を覚ましたこと。そして、亭主のあまりの馬鹿さ加減に呆れ果て、一人で成田に来たことを話した。

「でも、楽団のことを考えると……首に縄を付けてでも、ここへきちんと連れてくるべきだったかも知れません」

最後にそう言うと、吉田あゆみはまた、顔を伏せてしまった。

周囲が騒然とし、一つの声が上がった。

「誰か！　ヨッちゃんに携帯、入れてみろ」

「無駄だよ。あいつ、いつも自分が使うときだけ、バッグに放り込んである携帯をガサガサ探してるぐらいなんだから。今日だって、出るもんか」

「何、言ってるんだ。こんな重大なときにそんな無責任な発言、するもんじゃない」

「俺が無責任なんじゃないだろ！　あいつの日頃の行動について、俺が言ってるだけなんだから」

団員同士の言い争いまで始まった。

「やめないか！」

能登が間に入って、言った。

楽団長の渡辺は、

（「幻の一位」が、よりによってこんなときに「幻の首席奏者」になるのか……）

吉田義雄入団のいきさつを思い出し、黙って空を仰いだ……つもりが、その視線は空港の低い天井で止まってしまった。まさにドン詰まりである。

この喧騒のなかで、一人だけ冷静沈着な人物がいた。

かつての企画制作主任、今は課長に昇格した松田碧である。

松田碧は、行き場がないといった表情で縮こまっている吉田あゆみに近づき、静かに尋ねた。

「吉田さん」

「……はい」

「ご主人は今朝、目を覚ましましたか？」

「ええ……。ただ、体は寝たまま右目をやっと少し開ける、といった感じで……」

「お話はされましたか」

「いえ。でも、私が怒って話すことを辛そうな顔で見ていました」

「じゃ、大丈夫よ」

松田碧は、はっきりと言った。

「彼だってガクタイの一員。それも筋金入りのガクタイよ。今日がどういう日かぐらい、良く分かっているわ。今までに彼が遅刻や欠勤したことなんてなかったし、今日だって這いつくばってでも絶対に時間に間に合わせるように来るから、心配いりません」

いつもの冷たいほどに澄み切った表情で碧が言い切ったのをきっかけに、周囲の喧騒も収まった。

しかし、定刻になっても吉田義雄は現れなかった。

（吉田義雄といえども、二日酔いに勝てないことがあるのかも……）

何人かのメンバーが不安顔になってきたが、定刻を五分ほど過ぎた時、

「ヨッちゃんが来たぞ！」

誰かが叫んだ。

その声の出処に目を向けた一行は、吉田義雄の姿を目にした。

吉田義雄は青ざめた顔でふらふら歩いてくる。そのようすを見て拍手する者や、悪乗りして口笛を鳴らす者も出た。事の次第とは関係なく、凱旋将軍を迎えんばかりの賑やかさだ。その賑やかさのなかでかすかな笑みを浮かべた吉田義雄であったが、その歓声も義雄の笑みもすぐに消えてしまった。

妻あゆみの視線が義雄を鋭く貫いているのに気付いたからである。

異様な沈黙に包まれたなか、

「遅くなりまして済みません」

殊勝な態度で、吉田義雄が一行に頭を下げた。

これで全員が揃った。搭乗券を片手に出発口へと向かうのだ。

「おい。これ、持ってきたぞ」

吉田義雄は石松寛太に声を掛け、バッグを開けて中に入っている「響宴」を取り出して見せると、脇にいた晋一郎が言った。

「あ、吉田さん。お酒、航空法の関係で機内には持ち込めないんですよ」

「えっ！　……俺、そんなこと知らなかったぞ。……第一、これは俺が呑むんじゃない。ライプツィヒでローゼンベルクの墓に供えようと思ってるんだ」

「そう言っても、通じないと思いますよ」

「それじゃこの酒、一体どうなるんだよ？」

「出国の手荷物検査のときに没収されるんじゃないですか」

「冗談じゃない。こんな銘酒、捨てられてたまるかってんだ！」

吉田義雄が騒いでいると、近くにいた松田碧が声を掛けた。

「だから、それは日本に置いていくしかないですよ。それに、お酒なら吉村酒蔵さんからドイツに送ってもらっています。ベルリンとライプツィヒ公演のときにレセプションで使いますから。それを少し回すことだってできますよ」

「あ、そう……」

急に声を落とした吉田義雄のところに、あゆみが近づいてきたかと思うと、

「これ、私が買ったものでしょ！」

またもや怖い顔をして、義雄から酒を取り上げた。

「それでは皆さん、行きましょう」

晋一郎が右手の搭乗券を高く掲げて、一行を出国口へと導き始めた。

晋一郎に続いてゾロゾロ進む一行の動きを見た吉田あゆみは、カメラスタッフに合図を送ると、再びいつもの笑顔に戻ってマイクを手に取った。

「フィルハーモニア東都の皆さん、元気に成田空港にお揃いです。これからいよいよ出発です」

ふたばケーブルネットのアナウンサーにしてアイドル、吉田あゆみによる元気一杯の実況が始ま

った。

「皆さん、ドイツのベルリン、ライプツィヒ、フランクフルト、そして、オーストリアの音楽の都・ウィーンで、素晴らしい演奏を奏でてきて下さいね！　なお、ドイツ・オーストリアでのフィルハーモニア東都の活動に関しては、毎日、楽団のホームページで新しい情報を更新するとのことです。また、ベルリン国際芸術フェスティバルでのコンサートは、日本でも後日、テレビやラジオでの放送が予定されています。これらの情報についても、画面で紹介していますフィルハーモニア東都のホームページをどうぞご覧下さい。……それでは皆さん、お元気で行ってらっしゃーい！」

吉田あゆみは、出国出口へとぞろぞろ歩いていくフィル東の一行に向かって、満面の笑顔で大きく手を振った。

昨晩からやられっぱなしだった吉田義雄が情けない顔であゆみの顔を見たとき、あゆみは義雄のいる方向に笑顔を向けた。それは、あゆみが義雄に笑顔を向けたというより、仕事としてあゆみが見せる笑顔がたまたま団員のなかにいる義雄の方に向いただけなのだ。

しかし、吉田義雄はそうは思わなかった。あゆみが出発のときになって、やはり自分に笑顔を見せた。そう思った途端、二日酔いの打撃は癒えないまでも笑顔で手を振り返し、出国出口へと歩を進めた。

まったくにめでたい男である。こういう男はきっと長生きするに違いない。

ちょうどこの頃、平井信吾が吉田あゆみに詫びを入れに行く件で近藤進に電話を入れていた。あゆみの怒りはともかく、彼らの配慮もあることだ。吉田夫妻のゴタゴタ劇もこれで何とか無事、一件落着となるに違いない。

十三

搭乗時間がきて、一行は待機している飛行機に乗り込んだ。ツアーへの参加者は晋一郎たちスタッフを入れて百名を超えるから、飛行機の半分ほどをフィル東関係者で占めることになる。前も後ろも知っているメンバーばかり。お互いが座席の場所を確認しあったり、手持ちの荷物を棚に上げたりと、賑やかなことこの上ない。

一行のなかにあって、晋一郎はようやく一息ついた気がした。パスポートを家に忘れた夢にうなされてほとんど眠れず、空港では吉田夫妻のドタバタ劇に心臓の止まる思いをしたものの、出国手続きを済ませて飛行機に乗り込んでしまえば、こちらのものだ。これでドイツに着いてしまえば、ツアーは半分くらい成功したような気がするに違いない。

全員が機内放送の指示に従って安全ベルトを装着し終わると、機体はゆっくりと動き出した。そして滑走路に向かってしばらくタラタラと走っていくと一旦停止した。

次の瞬間、ジェットエンジンが音を立て、飛行機が滑走路を猛烈なスピードで走り出した。エンジンの轟音と車輪の激しい回転音がしばらく続いたかと思うと、機体はゆっくりと大地から離れていった。

空港の施設や周囲の風景を斜め下に見下ろしながら、晋一郎は、

(自分も今や、完全にガクタイの一員になったんだなあ……)

そう思い、数年前に企業の勤め人から転職したことを思い返した。

小中学校の生徒や先生たち、吉村酒蔵や近藤染物工房の近藤進、そして平井電気の平井信吾など、地元のいろいろな人たちと音楽をとおした人間関係が生まれた。〝隠れたる巨匠〟ヘルムート・ローゼンベルクとの出会いと別れがあり、そこにはいつも涙と笑い、そして感動のドラマがあった。

前の会社を辞めるとき、お世話になった人たちへのEメールに、

「自分の仕事をとおして、新しい音楽の泉を湧き出させることができたら！」

と記した通り、新しい泉は確かに湧いたのだ。

しかし、これらの泉は晋一郎ひとりの努力で湧き出させたのではなかった。音楽の泉を常に湧き出させるために奮闘するさまざまな人が現れ、晋一郎がこうした人たちと一緒になって新たな感動を共有してきたのだ。

晋一郎がそんな感慨に浸っていると、後ろの席から、

「グーッ、……グーッ」

という音に加えて、周囲の笑い声がクスクス聞こえてきた。

異様な音は吉田義雄のいびきだった。前日の〝出陣式〟で羽目を外したばかりに妻から大目玉を食い、今日は二日酔いとの闘いに苦しむ義雄だが、フライトに何とか間に合って飛行機に乗り込んだことで安心したのだろう。

（吉田さん、現地の演奏できっとリベンジを果たすに違いない。まずは明日、ベルリンでのマーラーが控えているんだし……）

そう思った晋一郎の顔に笑みが浮かんできた。

そのとき、晋一郎の頭のなかでひとつの音楽が高らかに鳴り始めた。リヒャルト・ヴァーグナー畢生の大作、楽劇『ニーベルングの指環《ゆびわ》』から『ラインの黄金』。その大団円の音楽である。

『ニーベルングの指環』は序夜と三日間の舞台祝典祭劇であり、そのなかの序夜にあたるのが『ラインの黄金』である。

古代北欧伝説をもとにヴァーグナーが書き下ろした四部作の上演時間は合わせて十五時間にも達しようという、音楽史上前例のない大規模な音楽劇である。四つの楽劇をとおして、世界を支配する力を持つライン河底の黄金を巡って、神族、巨人族、そしてこびと族が争い、没落していく話が展開するのだ。

『ラインの黄金』では、天上界に住む神族が巨人たちに命じてヴァルハラの城を建設させるのだが、大神ヴォータンは巨人への支払いのため、邪悪な方法を実行する。こびと族アルベリヒから、かつて彼がラインの乙女から奪い取ったラインの黄金などさまざまな財宝を騙し取ってしまうのである。ラインの黄金に天地全能の力があることを知るヴォータンは、黄金以外の財宝で巨人族への支払いを済ませようとするが、巨人族は承知しない。結局、ヴォータンはラインの黄金を巨人族に渡さざるを得なくなるが、この黄金には「所有者に破滅を！」というアルベリヒの呪いが込められており、巨人族は兄弟で財宝を巡っての殺し合いをする。神族はそんな巨人族の醜態を見たのち、新築された天上の城ヴァルハラへ、地上からかけられた虹を伝って入場していくところで「序夜」の幕が下りる。

この楽曲のフィナーレ、すなわち神々が天上に完成したヴァルハラ城に入場するシーンでは、楽劇を観る者聴く者を圧倒的感銘に導くヴァーグナー一流の仕掛けが施されている。大管弦楽による、

「ダーン、ダーン、ダン、ダ、ダ、ダ」

という音型の重厚壮大な旋律が十二回も繰り返され、その楽興がクライマックスに至ったところで三つの和音に引き継がれ、四部作のプロローグが華々しく締めくくられるのだ。

楽劇の内容はさておき、この比類なき壮大な音楽は、大空に向けて飛び立つ自分たちに、何ともふさわしい。晋一郎はこの壮大な楽の音に心を浸した。

すると、晋一郎の頭のなかで十二回どころか延々と繰り返される、

「ダーン、ダーン、ダン、ダ、ダ、ダ」

というヴァーグナーの調べと、吉田義雄の、

「グーッ、……グーッ」

といういびき声が見事にフィットした。義雄のいびきがヴァーグナーの音楽のなかで見事なアンサンブルを奏でているようでもあり、現実に鳴り響くいびき声が心のなかで鳴り響くヴァーグナーの音楽をリードしているようにも聴こえるではないか。

（吉田さん、心は一足先にドイツへ向かい、うずうずして本番を待っているんだろう）

晋一郎はそう思うと、静かに目を閉じた。前夜からほとんど寝ていない疲れもあって、晋一郎の

意識は急速に遠のいていった。

と……。

いつのまにか、晋一郎は雲の上をスピードスケートの選手のように滑っていた。

前方には自分と同じく、吉田義雄が雲の上を滑るようにして飛んでいる。何かを背負っていて、目を凝らしてみると、何やら丸みを帯びたもの……、そこに書かれた文字から、東都冠の小さな樽酒のようだ。

スケートのように片足を出すと物凄いスピードで前に飛んでいくのが面白くて、晋一郎は吉田義雄の後を追った。後ろを振り返ると、自分たちが乗っていた巨大な飛行機がすぐ後ろに付けている。飛行機がほとんど動いていないように見えるのは、きっと吉田義雄や晋一郎とほぼ同じスピードで飛んでいるからに違いなかった。


やがて、後方の飛行機の音の位置が少し変わったように感じた晋一郎は、ちらりと後ろを振り返って驚いた。飛行機が航路を左、つまり北西の方向へと変えたのだ。これでは、吉田義雄と自分だけが、はぐれてしまうことになる。

「吉田さん、左ですよ。左に旋回！」

晋一郎は前方の義雄に声を掛けたが、義雄は一向に気付かない。

晋一郎の記憶では、東京からヨーロッパに行くには日本列島を北上して日本海を越え、ユーラシア大陸に到達してから航路を北西に変えてヨーロッパに向かっていた。ということは、吉田義雄も自分もこのまま進路を真北に取って進むと北極点に到達することになる。ドイツには行けないのだ。

「吉田さーん！　このまま行ったら北極ですよ！　ドイツに行くには左！　西です、西ーっ！」

それでも吉田義雄は気付かず、北へ向かって一心に疾走し続けている。

えらいことになった。このまま吉田義雄を見捨てて自分だけが飛行機の航路に進路を修正するわけにもいかない。晋一郎は一旦、叫ぶのをやめて、滑るスピードを必死になって上げたが、吉田義雄との距離は縮まるどころか次第に広がっていくばかりだ。それに飛行機は大きく西へ旋回し、視界から徐々に遠ざかっていくではないか！

晋一郎は冷や汗を噴き出しながら、再び大声で叫んだ。

「ヨッちゃーん！　左ーっ！　西だよ、西――っ!!」

フィルハーモニア東都による楽劇の幕は、まだ下りない。

あとがきに代えて

『ここに泉あり』という音楽映画をご存知の方は、どのくらいいらっしゃるだろうか。

私の初めての小説『フィルハーモニア東都物語　ここに泉あり21』は、まさにこの半世紀以上前に封切られた音楽映画が創作の原点になっている。

『ここに泉あり』は、太平洋戦争の敗戦直後から約十年にわたる群馬交響楽団（以下、「群響」の愛称を使うことを許されたい）の活動を、一部のフィクションをまじえて描いた映画である。

敗戦直後の混乱期、日本の地方都市で最初にプロフェッショナル・オーケストラとしての活動を開始した群響。しかしその実態は楽団員わずか十名そこそこで、足らない楽器をピアノで代用しての演奏はプロを自任するにはあまりに厳しいレベル。正規のコンサートを開催することもままならず、県内の学校などへの出張演奏はときに出演ギャラが交通費にすら満たない状況で、経済的危機が常に楽団の存続を脅かす。

そんな状況のなか、楽団員たちは自分たちの音楽が人々に癒しや喜び、さらには生きる勇気をも与えることに自らを鼓舞し、音楽をとおした社会の人々との心のふれあいを続けていく。そして幾度の存続の危機を乗り越えて成長した彼らは、満場の聴衆を前にベートーヴェン『第九交響曲』の群馬初演コンサートを見事、成功に導く――。

私が『ここに泉あり』という映画があることを知ったのはそれこそ二十年以上前のことだったが、初めて観たのは二〇〇四年の秋。この映画が封切られた一九五五年からまさに半世紀が経たんとするときだった。

正直なところ、私は大変な衝撃を受けた。

この音楽映画は今から半世紀以上前の日本のオーケストラの活動を描いているが、制作者がここで訴えようとしていることは、半世紀を経た現在にも当てはまる。

つまり、この映画は時代を超越して日本のオーケストラ活動の本質を見事に衝いているのだ!

もちろん、半世紀前と現在では大きく変わったこともある。

変わったこととはというと。

日本が敗戦の痛手から不死鳥の如き経済発展を遂げた半世紀の間に、オーケストラもまた飛躍的な成長を遂げた。東京や大阪のような大都市もさることながら、全国各地に定常的な活動を展開するプロフェッショナル・オーケストラが組織され、それらの多くは数十名から百名規模のプレーヤーを擁してオーケストラ音楽のレパートリーを毎日のように演奏している。

プレーヤーの力量も半世紀前とは比べものにならない。全国の音楽大学を卒業する生徒は毎年一万人近くに上るが、オーケストラに入団できるのはそのなかの一パーセント以下とも言われ、まさに選り抜かれた資質を有した者のみがオーケストラでの活動を許されるのである。だから、オーケストラの芸術的なレベルも推して知るべしであって、今や日本のオーケストラの力量は国際的水準をクリアし、「海外の一流オーケストラもかくや!?」と思う演奏に出会うことも少なくない。

しかし、こうしたオーケストラの急成長とは裏腹に、基本的に変わっていないことがある。私はそこに深い憂慮の念を覚えざるを得ない。

変わっていないこと。

それは、日本という国のオーケストラひいては芸術文化活動全般に対する認知の低さであり、こうした活動を守り育てようとする制度の脆弱さである。

数十名、ときには百名を越すオーケストラが奏でる音楽は百花繚乱の魅力に溢れているが、こうした活動を維持継続させるにはコストがかかる。百名近くのプレーヤーが複数日の練習を積んでコンサートを行い、千数百名規模のホールに集う人たちからチケット料金を得る活動は、本来が経済的に成立し得ない性質なのだ。

〝科学文明〟と言ったら古めかしい表現になるが、テクノロジーのさらなる発達を目指す二十一世紀の社会を造るのは人である。その人間が現在をより良く生き明日への歩みを力強く進めるためには、豊かな精神文化が必要なことは論を俟たない。

そこに芸術文化に対する公的支援や民間支援の必要性と意義があるのだが、オーケストラが常に財政的な危機と隣り合わせの状態で活動を何とか継続している姿を目のあたりにするたび、この状況を何とかして改善できないものかと思わざるを得ない。オーケストラの活動が社会により一層の親しみを持って触れられて欲しいし、それをきっかけに官民にわたるサポートの輪が強化され、オーケストラの活動基盤がより安定する。そんなオーケストラと社会との関係が、相互にそして連鎖的に築かれていって欲しい。

オーケストラの多くは年間百回以上のコンサートに出演している。先鋭的な現代作品の紹介など高次元の芸術的意義を訴求するコンサートや、クラシック音楽の魅力を知ってもらう入門編的コンサート、さらには子どもの情操育成を目的とした教育活動の一環としてのコンサートもある。音楽家集団としての優れた企画力を発揮しながら、彼らが社会に果たすべきいくつかの目的に沿ったラインナップを揃えて、生きた音楽を作り続けている。

また、地元の学校や社会福祉施設に奏者を派遣して室内楽の演奏を届けたり、子どもたちに楽器指導をするといった地域貢献活動に積極的に取り組むオーケストラも少なくない。

オーケストラは芸術的な範疇のみならず、教育や社会福祉などに跨る領域で自らの音楽活動を社会により有効な形で提供しているのだ。

オーケストラ文化が日本に移入されて約一世紀、二十一世紀初頭の日本のオーケストラは社会との豊かで実りある関係を今一度模索し、構築しつつあると私は見る。

ここまで来て、私の頭に一つの思いが湧き上がった。

「二十一世紀日本の『ここに泉あり』を創りたい！」

という強烈な思いである。

半世紀前に『ここに泉あり』で描かれたオーケストラと社会との関係は今、この二十一世紀初頭の日本においてどのような展開と発展を遂げているのだろうか。

こんな思いにとらわれて間もなく、私の頭のなかで二十一世紀版『ここに泉あり』に登場する何人かのキャラクターが次々と生まれてきた。

無類のクラシック音楽好きで、ひょんなことがきっかけで企業勤めからオーケストラの事務局スタフに転職した佐藤晋一郎。

声楽家志望転じてオーケストラの企画制作プロデューサーとして活躍する松田碧。

日本を代表するトランペット奏者で酒好きの名物男・吉田義雄と、真面目一途なホルン奏者・石松寛太の凸凹コンビ。

〝隠れたる巨匠〟の異名で世界的に知られるドイツ人指揮者ヘルムート・ローゼンベルクと、天才指揮者の呼び声も高い宇田川瞬。

彼らは私の頭のなかを自由に動き回り、やがて一つの音楽物語が展開していった。

私は彼らとともに笑い、涙した。また、あるときは困難を目の前にして思い悩み、あるときは彼らの快挙に喝采を叫んだ。

彼らとのかけがえのない時間を共有して約四年、作品はとりあえずの完結を見ることができた。

小説で書かれることの常として、東京二十三区に双葉区の名前はないし、フィルハーモニア東都というオーケストラも存在しない。

しかし、私は嘘を書いたつもりは微塵もない。オーケストラの演奏を数多く聴き、そこで働く人たちに触れた経験がもとになっている場面もあれば、私の想像にまかせて書いた部分もあるが、私自身の期待も込めながら現在のオーケストラのほぼ等身大の姿を描くことができたのではないかと思っている。

二〇〇八年三月二十三日、すみだトリフォニーホールでの「地方オーケストラ・フェスティバル二〇〇八」に群響が出演した。音楽監督・高関健の指揮のもと、イギリスの作曲家ベンジャミン・ブリテンの大作『戦争レクイエム』を演奏したのである。

大編成のオーケストラに混声合唱、さらには児童合唱を加えた総勢三百名近いメンバーは三日前に高崎の群馬音楽センターにおける定期演奏会で同曲を演奏。二十三日に再演のため、大挙して東京に乗り込んでの演奏は「見事！」の一語に尽きた。群響の演奏もさることながら、地元の有志や小学生によるアマチュア合唱団もプロの群響に対して一歩も引かない熱演を繰り広げたのである。

二十一世紀の群響は、もはや『ここに泉あり』で描かれた群響ではない。映画『ここに泉あり』から半世紀を経て、群響が市民とともに音楽の泉を湧き出させてきた努力の結晶を、私はこの日のステージで目のあたりにする思いがした。

そしてまた、こうも思った。

音楽の泉を掘り清らかな水を湧き出させてきたのは群響だけではあるまい。北は札幌、南は博多。東京や大阪のような大都市ではもちろんのこと、日本各地のオーケストラがそれぞれの音楽の泉を掘り、社会の人々と心の輪を広げている幾つかの例を私は知っているし、私の知らない泉もまた少なくないに違いない。

『ここに泉あり』といえば群響を思い浮かべるのが当然であろうが、私の『ここに泉あり21』が架空のオーケストラを舞台としたのはこうした理由によるものである。ここに群響関係者の方々のご理解をいただきたいことを申し述べるとともに、私の拙作が他の多くのオーケストラの泉ともその源を同じくするものと感じていただけたら、と思う。

そして、この作品をとおして一人でも多くの人がオーケストラの活動を知り、そこで働く人たちの音楽に対する愛と情熱を感じ、クラシック音楽に親しむ一つのきっかけになって欲しいとも思う。

昨年後半に始まった「百年に一度」ともいわれる大不況は、ただでさえ苦しいオーケストラの運営にさらなる暗い影を投げかけている。芸術文化にとって、まさに逆風の時代である。しかし、こうした厳しい時代だからこそ、オーケストラ、そして芸術文化が人々に与えることの大切さを今一度、考えることが必要なのだ。

この拙作がオーケストラの活動に関係する人たちへのささやかなエールになって欲しいし、この拙作をお読みになられた方々が芸術文化活動を守り継承することの大切さについて思いを馳せていただけるとすれば、これに勝る喜びはない。

二〇〇九年三月　　齊藤　公治

もうひとつのあとがき　二〇〇八年十月著者執筆ノートより

この小説の名は『ここに泉あり21』としました。群馬交響楽団創成期の活動をモデルにした音楽映画『ここに泉あり』の舞台を二十一世紀の東京に移し、オーケストラの活動と市民・社会との繋がりをテーマに描いた作品です。

この小説を書くことになったきっかけは二〇〇四年の秋、映画『ここに泉あり』をＤＶＤで観たことに遡ります。この映画が、日本における地方都市初のプロフェッショナル・オーケストラである群馬交響楽団（群響）の、アマチュアからプロへの脱皮を果たす過程を描いていることはご承知のとおりと存じます。

敗戦後の混乱期。オーケストラとは名ばかりの、総勢十名程度のプロ・アマ混合編成で、足りない楽器はピアノで補っての演奏活動。群馬県全域の小学校や社会福祉施設への訪問演奏は、ときに旅費すら捻出できないほどで、常に楽団存続を脅かす経済状態。しかし、こうしたさまざまな困難にもめげず、音楽が人に心の豊かさや生きる勇気を与えることを痛感し、文化立国への思いを胸に、日々の演奏活動に精一杯の努力を続ける群響の活動には、『感動』以外の言葉がありませんでした。

私は、この映画に描かれた群響の姿と、その後半世紀にわたる日本のオーケストラの歩みを重ね合わせて考えました。そして、半世紀前の群響の奮闘と現代に至る各地のオーケストラの活動の間には、時代の変遷を経た大きな変化があるにもかかわらず、根底には共通する大きな社会的問題が流れ続けていることを深く感じざるを得ませんでした。

今、日本では地方都市を含めて三十近いプロフェッショナル・オーケストラが年間を通じた活動を行っています。その多くは数十名のプレーヤーを抱え、足りない楽器をピアノで補うなどということは、もはやありません。ブルックナーやマーラーの交響曲のように、クラシック音楽史上最大規模を要する作品が全国各地で演奏され、その演奏レベルは国際的水準に達しています。

また、全国の多くのオーケストラが社会との共生を意識し、コンサートのみならずさまざまな音楽活動を推進しています。かつての群響のような、学校・社会福祉施設への出張演奏はもとより、家族向け・初心者向けを意識したコンサートの開催や青少年・高齢者を対象とする楽器教室などが、各オーケストラの創意と工夫のもとで行われています。オーケストラがコアなクラシック音楽ファンとの関係を築くだけでなく、音楽をとおした社会との幅広いコミュニケーションを推進しつつあるのです。

しかし、こうしたオーケストラの努力にもかかわらず、『ここに泉あり』でも描かれていた、音楽活動に対する社会的な問題が解決されたとは到底思えないこともまた、事実です。つまり、こうした音楽活動を社会的に定着させるべき社会的サポートのシステムも依然として脆弱だし、活動を認知してサポートするための世論の形成もされていない。日本がかつての敗戦による壊滅の痛手から半世紀以上の長い年月を経て世界第二位のGDPを誇る経済大国にまで成長したというのに、です。

もちろん、『ここに泉あり』の時代とは違い、国や自治体は芸術文化活動に対する助成を行って久しいし、企業のメセナ活動も奮闘努力してはいます。しかし、先進諸国、特にヨーロッパと比べた際に、文化庁の年間予算一千億円（国民一人当たり年間約八百円！）がいかに低い水準であるかは議論の余地がないし、大阪府のように、財政が厳しくなればかつての設立趣旨や経緯などいとも簡単に水に流し、自ら設立したオーケストラを放り出す施政がまかりとおる。そのなかでの企業の努力は大変なものだと思うものの、事業環境や方針の変化によって、芸術文化に対する擁護がいつ音を立てて崩れるか、知れたものではありません。

私は一九九五年に現在のメセナエキスパートの仕事に就きましたが、それ以降、常にこうした状況と隣り合わせの危機感を感じないときは、ありませんでした。また、会社の中を逆立ちして歩くような息苦しさから解放されることがなかったこともまた、しかりです。

一企業のなかでメセナ活動に努力することはともかく、二十一世紀の日本の芸術文化の置かれた状況、具体的に言えば、オーケストラの活動意義を社会により深く認知させるとともに、社会のサポート体制をより強化するにはどうしたら良いのか。これが、『ここに泉あり』が私に突きつけた課題でした。

これは、一企業のメセナ活動の枠だけで出来ることではないと思いました。当初、私は『ここに泉あり』から五十年間の日本のオーケストラの活動に関する音楽批評を書き、ある財団が実施している賞に応募することを考えました。入賞すれば私の批評が小冊子のなかに掲載され、そのことが多少なりとも社会的提言になるのではないか。そう思ったのです。

しかし、文章を書き始めて間もなく、私は筆を折りました。自分の音楽批評が社会に与える影響力の限界を考えてしまったからです。自分が言いたいこと、社会を変えたいと思っていることを、社会一般の人々に直接訴えることは、この方法では出来ない。そう思ったのです。

私は、いつしか小説を書き始めました。社会の人々にオーケストラの活動の芸術的・社会的意義を知らしめたいと思うがために始めたことですが、作業のあても分からず、先にどのような展開が作れるかもまったく見えない、孤独な作業です。

書きながら、私はよく空想に浸りました。たとえば、この小説がテレビ・ドラマ化され、それが国際的にヒットすることで、日本人のオーケストラの社会的認知や芸術文化に対する考え方を変えるきっかけになるかも知れない。そんな誇大妄想が、ときに胸をよぎったのです。

しかし、孤独な作業の連続の果てに待っているのは、『無』。人生最大の努力の無駄を毎日築いているのではないか。ふと我に返って、たとえようもない不安を感じたこともありました。

しかし芸術文化に対する社会の認知をより深めるためには、よほどに突飛なこと、従来にはなかったような社会への働きかけがない限り、出来ないとも思いました。そう思って約三年間、早朝や通勤時間で座っているときなどを最大限利用して、取り付かれたように小説を書き続けました。

不思議なことに、小説を書いている間、『何かが、自分にこの仕事をさせているのではないか』、そう思うような体験も何度かありました。たとえば、小説の主人公がコンサートを客席で聴いていて腹痛に襲われる場面を書いていると、自分自身も腹痛に襲われて途中退場せざるを得なくなったことが三度も続きました。また、関西国際空港でのシーンを構想しているときには、出張で生まれて初めて関空に行くことになったり…。単なる偶然と思えばそれまでですが、私は『何か見えない、大きな力が自分の背中を押している…』、そう思うことで、自らを鼓舞し、小説を書き続けました。

映画『ここに泉あり』を見たことがきっかけで、思いも寄らない形で生み出した一篇の小説が、社会を変革することができるのか。今はまだ、まったく分かりません。拙作をお読みいただけましたら幸いです。

刊行に寄せて

齊藤さん、ありがとう

社団法人日本クラシック音楽事業協会　常務理事　善積　俊夫

クラシック音楽をひろく社会に普及するために情熱を注ぎながら、まだまだやり残したことが多く、道半ばで亡くなられた齊藤さんのご冥福を心よりお祈りしています。

クラシック音楽事業に係る方々の中で、齊藤さんをご存じない方は、ごく稀といっても好いのではないかと思います。音楽を愛し、情熱を持ってメセナ活動に尽力された功績はいつまでも語り継がれるでしょう。

社団法人日本クラシック音楽事業協会では、齊藤さんのご協力のもと、海外に向けての日本のアーティストの紹介を目的とするＷＥＢサイトを開設しました。このサイトを通じて多くの海外の音楽祭の情報やアーティストの紹介が出来たことを感謝しております。

このサイトをつくり内容を吟味するために、何度も協議を重ねたことも今は大変良い思い出であると同時に、齊藤さんの情熱と見識に啓発されることも度々でした。

このサイトの発展形として、「あなたが選ぶＮＥＣガラコンサート」と銘うって、コンサートへの出演希望のアーティストをネット投票の人気投票で決めると言う、従来考えられなかった画期的なコンサートが実現しました。このガラコンサートは多大な反響を呼び、クラシック音楽の関係者は勿論、地方のホール関係の方々、クラシックファンの間でも話題となりました。

この事業が継続できなかったことは誠に残念です。

音楽活動に関しての齊藤さんのこだわり方はかなりマニアックな面もありましたが、そのこだわりがクラシック音楽普及に対する情熱となり、日々の活動の支えになっておられるのがよく解りました。

ご自身でも合唱活動に参加されていたので、私とよく合唱音楽談義をしたことも懐かしい思い出です。なくなる前には、多角的な業務の広がりを受けて立たれて、合唱に参加する機会が出来ない状況になり、大変さびしそうだったこともありました。私の関わっている合唱活動でレクイエムを歌うたびに思い出すことになるでしょう。

齊藤さんの遺稿となったこの度出版される『フィルハーモニア東都物語』の原稿を拝読しながら、あらためて音楽に対する深い愛情と見識に尊敬を払わずにはいられません。

この読者の中から齊藤さんの遺志をついでクラシック音楽、中でもバロック音楽の普及に人生を賭ける方が出ることを期待し、齊藤さんの未完成交響楽を完成させる時が来ることを願っています。

齊藤さんありがとう。

齊藤さんの思い出――二〇〇九年八月　追悼文集より

企業メセナ協議会事務局長　田代　富保

私は一昨年一月に企業メセナ協議会事務局に入局しましたが、既に齊藤さんは「調査部会」のメンバーとして活躍されていました。初めて出席した二月の部会は「メセナ活動実態調査報告書」の「まとめ」が検討テーマでしたが、最年少とお見受けした齊藤さんの積極的なご発言がとても印象に残りました。特に、「公的な文化支援が圧倒的なヨーロッパ型、個人寄付のアメリカ型。どちらでもない日本では企業が文化を支えているという特殊性を再認識し、メセナをCSRの一環としてきちっと位置づけるべきだ」という趣旨のご発言は、企業メセナの「いろは」を勉強中の私に特にインパクトがありました。

そして今も、そのときの感動とともに鮮明に思い出すのは、二〇〇八年すみだトリフォニーホールでのＮＥＣコミュニティコンサートに伺ったとき、演奏前のプレトークに齊藤さんが登場され、千数百人もの観客を前に新日本フィルのメンバーと対談されるのを目の当たりにして、齊藤さんのクラシック音楽やオーケストラに対する造詣や思いの深さに感動したことです。その後も何度かご招待をいただいていますが、その度ごとに「今日は齊藤さんがどんな話をされるのだろう」と、プレトークがコンサートのもう一つの楽しみとなりました。

目を閉じると齊藤さんのトレードマークのはにかむような笑顔が見えます。心からご冥福をお祈りいたします。

NEC芸術文化支援の救世主・齊藤公治君

NEC元専務取締役　小野　敏夫

私の現役時代、予てからの念願であった「社会貢献推進室」という組織をＮＥＣ本社内に設立したのが今から丁度二十一年前、一九九一年四月のこと。企業が営利を大目的として存在しているとはいえ、社会の一員として社会に支えられ、育てられている以上、企業としても社会的責任を果たしていく義務があると考え、当時としては珍しく「社会貢献」という名称を前面に掲げた組織を立ち上げたのだった。その目指すところは、地域社会との融和、社会福祉事業への支援、地球環境保護活動の推進、社員のボランティア活動への参加促進、そして芸術文化支援という五つの旗印を掲げ、それぞれの領域で様々な具体的活動を展開してきた。

中でも特に力点を置いていたのが、企業とは一見無縁と見られ勝ちな「芸術文化支援」活動だった。これは、企業が単に芸術家や文化団体を一方的に財政支援するだけではなく、この活動を通して企業自体の文化度を上げると共に、併せて従業員たち自身の文化や芸術に対する興味や関心度を高めていくことも重要な狙いとしていた。

ところが肝心な、この活動を実際に推進していく専任担当者に、芸術文化の領域に詳しい人材が少なく、しかも、一朝一夕でエキスパートが育つような分野ではないので、組織発足後五年程して、運営面で行き詰まり、危うく頓挫しそうになった時期があった。そんな時に突如、正に救世主のように現れたのが、他ならぬ齊藤公治君だったのだ。

ＮＥＣには毎年、定期人事異動の時期になると、異動希望部門を直接人事部に提出することが出来る「自己申告制度」というユニークな人事システムがあった。当時、半導体の生産事業部門で事業計画等を担当していた齊藤公治君は、この制度を活用して、社内ではまだ、あまり知られていなかった「社会貢献推進室」への異動を希望してきたのだった。

そして人事部から社会貢献推進室長を通じて、担当役員だった私の所に齊藤公治君の紹介と異動受け入れについての打診があったのだが、いざ齊藤君本人に会ってみると、彼自身のクラシック音楽に対する熱意と造詣の深さにまず驚かされた。私自身も親友の影響もあって、中学時代からクラシック音楽のファンだったし、高校時代からずっとクワイア等で合唱を続けていたこともあって、音楽には多少の自負もあった積りだが、クラシック音楽に対する齊藤君の幅広くて奥深い知識と音楽センスには舌を巻くと同時に、日本の芸術文化に対する国や企業などの支援が如何に急務であるか、その為に出来ることなら自分のすべてを捧げたいと熱く語る、その情熱に実は私自身がすっかり虜になってしまったのである。

話によると彼のクラシック音楽好きの原点は、小学四年生の時、父上に連れられて初めて聴いたオーケストラの演奏会であったという。生演奏に直接触れてビックリ仰天して以来、どんどんクラシック音楽の世界にのめり込んでいったらしい。そのような経緯を経て、彼は一九九五年七月の人事異動で、念願の「社会貢献推進室」への異動が実現したのであった。その後の在籍十四年間というものは、まるで水を得た魚のように持ち前の能力を遺憾なく発揮し、新しいアイデアを次々と企画に移していったのである。

彼は自分が信ずるところを頑固なまでに拘り、地味ながら物事を着実に、誠実に実行してゆくタイプで、その功績は社内でも高く評価されたのは勿論、社外でも、メセナ協議会などの音楽団体をはじめ、オーケストラなどの演奏団体、演奏家、音楽評論家、マスコミ音楽関係者等々クラシック音楽の世界に関わる多くの方々から信頼され、こよなく愛され、「NECの社会貢献推進室に、齊藤公治あり」とまで高く評価されるようになったのである。NECにとってこんな名誉なことはないし、私自身、今でもそのことをとても嬉しく、又誇りに思っている。

音楽通の齊藤君はクラシック音楽を、バロック音楽から現代音楽まで幅広く取り上げていたが、中でも当時の日本では取り上げられることの少なかったバロック時代の、いわゆる古楽の普及と振興に力を尽くしたことは、特筆に値することであった。その典型的な例として挙げれば、日本における二大バロック音楽団体ともいえる、東京の「バッハ・コレギウム・ジャパン」と大阪の「日本テレマン協会」の二団体を特に永く支援し、そのことが日本における古楽ファンの増加に繋がる一助になったといっても決して過言ではないと私は信じている。特に、齊藤君が本領発揮して、立派な功績として遺してくれたものの一つに、"NEC EARLY MUSIC LECTURE"という、古楽のコンサートとレクチュアによる勉強会がある。大変な評判で十年以上も続いたが、その報告記録の小冊子は大人気で、三十巻以上も続いたのであった。

さて、その齊藤公治君が、短すぎる生涯を閉じる直前になって、こんな素晴らしい小説『フィルハーモニア東都物語』を書き遺してくれた。彼が良く知っている交響楽団の世界を、涙と笑いを誘う感動的な物語にして書き上げたものだ。文才があり、広くクラシック音楽の世界に通じていた齊藤君の面目躍如たる小説だ。これは齊藤君自身が自分の夢を大事に温めていて、人生最後の場面で画いた未来の自叙伝なのだろうか、それとも、自分自身の現実の姿と重ねつつ、もう一人の齊藤公治の人生を自ら描いたと言えるのだろうか。いつかは会社を辞して、音楽の世界か文筆家として身を立てたいと願っていた自分の夢を、こういう形で実現させたのかも知れない。そう思うと、とても涙なしには読むことが出来ない作品だ。これが彼の最初で最後の著作、いわば遺書のような形になってしまったとは、何とも残念で残念でならない。

齊藤公治君とは、私がＮＥＣを退職してからもずっと、個人的な長い付き合いをさせて貰っていたから、彼との思い出は山程ある筈なのに、何か思い出すのが辛くて、中々頭が回らない。特に、彼が何であれ程までに思い詰めていたのか、そのことに何故、もっと早く気付いて、もっと親身に相談に乗ってあげられなかったのかと、ついつい自分を責めてしまうのだ。コンサートの帰りには、よく二人で好きな日本酒を酌み交わしながら、音楽談議で語り明かすことが多かったのに、そんな時、齊藤君の心の奥深く潜んでいた深い悩みに気付いてあげられなかったことを、今つくづく申し訳なく、いまだに悔やまれてならない。

ＮＥＣ社会貢献推進室の困難な草分け時代に突然、救世主の如くに現われ、芸術文化支援・メセナ分野で多くの功績を残しつつ、短いながらも充実した人生を駆け抜けて、あっという間に天国へと旅立ってしまった齊藤公治君。今はただ、天上にある齊藤君の霊よ安かれと心から祈りつつ、また遺された知子夫人と長男の仁拓君の上に、平安と慰めを心から祈りつつ、感謝の思いと共に、謹んで筆を置かせて頂く。

齊藤公治さんのこと

元NPO法人大倉山水曜コンサート　理事長　岡　幹績

私より二十歳以上もお若い齊藤さんは、いつもなぜか年上の人に会っているような気にさせられる程、落ち着いていて、懐の深い方のようにお見受けしました。企業の社会貢献担当の方と支援を受ける立場の者との間柄にもかかわらず、私は緊張もせず親しげに様々なやっかいな問題を聞いて頂いておりました。

私は二十七年前より、横浜にある大倉山記念館で毎週水曜日にコンサートを開催しておりました。二〇一一年度三月二十三日の一二五四回目のコンサートで幕を下ろしました。ボランティアの組織で毎週というのはあまり例がないかもしれません。

一九九四年にＮＥＣのある方からスペイン在住のギタリスト鈴木一郎さんのコンサートを、水曜コンサートでやってもらえないだろうかというご依頼があり、その後、合わせて五回程コンサートを行いました。

鈴木一郎さんはバルセロナに二十五年以上も住み、国王カルロス一世から文化勲章も授与されている高名な日本人音楽家と知ったのは、その折が初めてでした。最初はＮＥＣ宣伝部の担当で鈴木一郎さんとウィーンカルテットとの公演ツアーを企画しており、その折、私もツアーのお手伝いをしました。やがて、社会貢献部の齊藤公治さんにお会いすることになりました。

私は支援して頂く立場の者としてお目にかかっていたわけですが、音楽の話を始めると、話が弾み、一時間はあっという間に過ぎてしまいました。他の企業ではないことでした。私も運営費捻出の為、色々な企業の方にお会いすることは多々ありました中で、齊藤公治さんは少し違っていました。真底音楽がお好きな方でした。

当時、まだあまり聴く機会の少ない古楽（ルネサンス音楽、バロック音楽）を、私は熱心に聴きにコンサートを回っていた時期でしたが、ＮＥＣは既に日本テレマン協会への活動支援をし、その記録を冊子にしていましたので、大いに参考にさせて頂きましたし、数年後に始めた古楽レクチャーシリーズも、毎回聴かせて頂き、よく意見交換をしておりました。水曜コンサートでも既に古楽シリーズを始めておりましたので、齊藤さんもよく聴きに来て下さいました。又、ボランティアで活動を維持していくことの難しさの愚痴をよく聞いて頂きました。そのことに心砕いて下さったのか、メセナ協議会の申請に推薦文を書いて下さったり、クラシック音楽興隆会主催の「志鳥賞」へも推薦文を書いて下さり、お陰で二〇〇五年には「志鳥賞」を頂くことができました。別の形での支援をして下さったわけです。

齊藤さんは、文化活動に於いて一回で終了するイベントではなく、日常的にこつこつと積み上げ、継続することの重要さをよく理解してらっしゃいました。大事なことは何か、そのことを真に分かっている人が多くない中で、若い齊藤さんは貴重な存在でした。

水曜コンサート最終回を是非聴いてほしかった、と私は悔しい思いでいっぱいです。今、この未曾有の災害の中、齊藤さんならどんな貢献活動をされたでしょうか。きっと素晴らしい活動をされたに違いないと思います。

（二〇一一年十二月）

バックヤードのマエストロ

音楽評論家　萩谷　由喜子

連合艦隊の総司令官
野球チームの監督
オーケストラの音楽監督

男性がひそかに憧れ、なれるものならばなってみたいと夢見るのがこの三つの職業だ、と何かの本で読んだことがある。

いずれも一国一城の主で、ある分野の最高権力者には違いないが、総理大臣や大会社の社長のように世俗のチリにまみれた立場ではなく、おそらくは空想上の連合艦隊を率いた総司令官であり、スポーツの世界のトップであり、音楽を思いのままに操る指揮台の王者であるところが素敵だ。

もちろん、世のあらゆる現実の職業には表もあれば裏もあるから、この三つの立場とて綺麗ごとだけでは済まされないことも多かろうが、でもある意味、究極のロマンの世界だ。

ここから少し広げて考えてみると、たとえば、このうちのオーケストラの音楽監督。

これは必ずしも指揮台でタクトを振るマエストロでなくたっていい。舞台裏の指揮をとって演奏会を成功に導く人も、あるいは、オーケストラ公演に接する機会の少ない方たちにその機会を提供すべく予算面をバックアップしたり、公演開催のノウハウを助言したりするスペシャリストも広い意味での音楽監督と呼べるのではなかろうか。それらの仕事は冒頭に掲げた三つの職業にきわめて近いところに位置するから、やはり男性の究極のロマンであるように思われる。

こんなことを考えるのも、齊藤公治さんの笑顔が思い出されてならないからだ。NEC社会貢献推進室のメセナエキスパートとして、齊藤さんは熱い情熱と骨身を惜しまぬ実働を仕事に傾注してこられた。そのご苦労は深く、多岐にわたっていたことであろうが、齊藤さんは苦労話を打ち明けられるときも笑顔を絶やすことがなく、まして達成感を語られるときは瞳をきらきらと輝かせておられた。

今、筆者の手許には齊藤さんが手塩にかけて継続開催した“NEC EARLY MUSIC LECTURE”シリーズの講義録の一部がある。たとえば一九九八年五月三十日の第三回の講師は日本が世界に誇る古楽の雄、鈴木雅明氏で、同年九月十七日の第四回の講師はヘンデル研究の泰斗、故渡部恵一郎氏というように古楽界の最高の識者を招いた質の高いレクチャー・シリーズだ。写真も数点掲載された講義録は読みやすく編集されていて、資料価値も高い。この講義録の編集も齊藤さんが担当された。

「少しでも無駄なお金をかけたくないから、写真も俺が自分で撮っているんだよね」

と、はにかまれたのがつい昨日のことのようだ。

NECマイタウン・コンサートの開催にも力を注がれた。つねに次回のコンサートにふさわしいソリストの発掘に余念がなく、あちこちのコンサートにまめに足を運んで、リーズナブルなギャラでお願いできそうな、それでいて実力と花のあるソリストはいないか、目を光らせておられた。コンサートでしばらくお会いしないな、と思っているとお電話をいただき、音楽界の情報を交換し合ったあと、決まって、

「誰かいい人いないかな?」

という話になった。

そう、指揮者がつねに頭の中に譜面を広げて音楽を構築しているのとまったく同じく、齊藤さんはいつもレクチャー・シリーズのプランを練り、次回のコンサートのソリストを物色し、企業としての社会貢献のあり方を模索しておられた。だから、前述したように、指揮台のマエストロでこそなかったものの、彼はバックヤードのマエストロであったといえるのではないかしら。男のロマンを全身全霊で体現した稀代のロマンティストではなかったかしら。

この『フィルハーモニア東都物語』は、サラリーマンからオーケストラの事務局スタッフに転身した主人公とその仲間たちが、裏方としての至福の喜びも奈落のどん底も経験しながら、音楽を一途に愛して、聴衆にもみずからにも泉の湧き出るような喜びをもたらしていく物語だ。

この主人公の姿に齊藤さんご本人が二重写しとなるのは、もちろん筆者だけではあるまい。そして筆者は、冒頭で紹介した男性の憧れの職業のヴァリエーションを、ここにも見いだすのである。

ここにメセナあり

NPO法人日本アマチュア演奏家協会（APA）理事　西田　克彦
（元NEC社会貢献室）

ちょっとはにかんだ人懐っこい齊藤くんの笑顔が、今でも目の前に浮かんでくる。
本気になって相手を説得する時のあの少々上目使いの真剣な眼差し、我が意を得たとき、おかしいことに出会ったときの人懐っこい笑顔とのギャップ。曲がったことは大嫌い、誠実な仕事ぶり。齊藤くんと少しでもつきあった方なら忘れられない彼の持ち味である。

この小説を初めて読ませていただきながら、齊藤くんのやりたかったことはこれだったんだと思った。止むにやまれぬ感情に突き動かされてオーケストラ運営という新天地への転身。
佐藤晋一郎のモデルはまさに齊藤公治くんに重なり、登場人物のなかにも、彼が良く知る実在の人物が何人もかぶってくる。小説という形で自分の夢を実現したんだな、と思った。読み進むうちに私はこの小説のなかで現実に齊藤くんと仕事をしているような気になった。

齊藤くんとNECの社会貢献室で同僚だった私は（とはいっても、社会貢献では彼はずっと先輩だったが）、ほとんど毎日昼食を一緒にし、また、年に数十回もコンサートを聴きにでかけた。その帰りの道すがらや食事のときなどに、彼はいつも日本の音楽業界、とりわけオーケストラや古楽アンサンブルなどの苦境を憂慮していること、若いクラシックファンや若手のアーティストの育成の考えを熱っぽく語ってくれた。

NECには、玄人はだしのアーティストが何人もいた。齊藤くんを社会貢献に起用した元専務の小野敏夫さんは、私が以前籍を置いていたレコード会社に、多くの録音を残しているバリトン歌手であり、齊藤くんもご令室の知子さんと一緒に、たいへんレベルの高い合唱団でテノールを歌っていた。ほかにもオーケストラや室内楽仲間のチェリストやヴァイオリニスト、フルーティストもいる。

最初に齊藤くんと会ったとき、彼のクラシック音楽の造詣の深さにびっくりした。音楽畑出身の私でもずいぶん彼から得ることが多く、彼はまさにメセナ[*1]の最高のエキスパートだった。

齊藤くんのメセナ活動は、それまでに行われていたものとは考え方が一味違う。

彼のメセナは一貫して「アーティストと企業とのコラボレーション」という考え方である。

企業が支援して一方的にアーティストを育てるのではない、アーティストの個性を尊重し、活動の自由を束縛しないし、決してこちらの条件を無理強いしない。

彼は企業メセナ協議会の刊行物[*2]でこう語っている。「アーティストと企業はイーブンの関係であるべき。企業が支援をすることでアーティストがよりよい活動を展開すれば、それは めぐり巡って企業のメセナ活動に対する社会的認知につながる」。すなわち、アーティストと企業は対等の立場にあるという「パトロンからパートナーへ」という考え方である。

彼は常にアーティストの自足を強化したいと思っていた。「メセナ活動は、金額的には演奏団体の死命を制するほどのものではありません。大規模な支援をして、不幸にしてその支援がなくなったときに、彼らの活動に支障をきたすことがあってはならない」

オーケストラの運営にも独自のアイディアを持っており、アウトリーチ（出前演奏）活動や、子供たちへのエデュケーショナル・プログラムなどをオーケストラと一緒に推進していた。

オーケストラが本来の演奏活動をするほかに、ファンを増やすためのキャラクターグッズやジャムの販売など、この小説のなかでも彼のアイディアはいくつも具現化されている。

小説のなかに書かれたもので、実際にもあったことがいくつかある。主人公が「第九」の演奏中に盲腸を患い我慢を強いられ、退席しようと思ってもできず冷や汗をかくという、真に迫った様子が生々しい描写で書かれている。実はこれに似たことを彼とコンサートにでかけたときに、少なくとも二度以上経験している。一度はサントリーホールで「ブルックナーの交響曲」を聴いていたとき、急に彼は我慢できずに楽章間で退席をしたことがあった。あとで聞いてみると、その日はなぜか身体の調子が良くなく（盲腸ではなかったが）、あの長大な交響曲の終了までどうしても我慢できなかったようである。彼もたいへん楽しみにしていたコンサートだったので、すごく悔やんでいたことを思い出す。

また、クラシック音楽を聴かせてお酒を醸成させたら、というアイディアでヴォーン＝ウィリアムズの「田園交響曲」が取り上げられているのにはびっくりした。実は、彼がこの小説を書いている時期に、ちょうど私の所属しているオーケストラがこの曲を取り上げ、彼にも招待券を渡していたことがヒントになったのかもしれない。

齊藤くんとお酒は切っても切れない縁がある。お酒に関する蘊蓄《うんちく》の深さはこの小説にも余すところなく発揮されており、小説のなかでも重要な役割を果たしている。お酒にまつわる話がなければ、小説も味気ないものとなってしまっただろう。齊藤くんの人生もお酒なしには語れないほどお酒は大好きだった。残念ながら私は下戸なので、あまり酒を飲みには付き合えなかったけれど。それでも酒を酌み交わしながら話をしたことが何回もあるが、ほどよくアルコールが回ってくるころになると、好きな音楽やメセナのあり方について真剣に語ってくれたものだ。

彼が推進していたメセナ活動をざっとあげてみただけで「ＮＥＣアーリー・ミュージック・シリーズ」「古楽レクチャー」「オーケストラのメンバーによる子どもたちへのエデューケーショナル・プログラム」「アイネ・クライネ・メセナ（ささやかなメセナ活動）ＮＥＣ社員によるボランティア・サークル」「ＮＥＣスーパータワーコンサート」「地方都市でのコミュニティコンサート」「日本の

有望な若手アーティストを海外に紹介するジャパン・アーティスト紹介サイト」などがある。このほかに、小澤征爾・ボストン交響楽団、日本フィル、新日本フィル、若手アーティストなどへの支援をふくめるとかなりの数にのぼる。これを毎日推進していくわけだからたいへんな重労働だっただろう。私も一緒に推進していたが、私がいい加減な分、いい加減が大嫌いな齊藤くんは気が気ではなかったに違いない。かなり精神的な負担をかけてしまったのではないかと反省している。

情熱を捧げてコンサートやイベントの運営に傾ける彼の献身的な努力の姿は、見ているだけでも頭が下がった。来場されたお客さまがいい顔をして帰路に着かれるのを見るのはとても嬉しそうで、成功裏に終わったあとの満足感に溢れた彼の顔は格別だった。

「必殺仕事人」が大好きだった齊藤くん。もう会えないと思うと、とても残念である。

小説はドイツに演奏旅行に出かけるところで終るが、齊藤くんは本当に飛行機に乗って、大好きなローゼンベルクの元へ旅立っていったのだろう。そして今ごろは、土産に持っていった純米大吟醸『東都冠』で、ローゼンベルクと一献かたむけているかもしれない。

ちょっとはにかんだ人懐っこい笑顔を浮かべながら。

＊1　メセナ（mécénat）「芸術文化を保護、支援すること」を意味するフランス語

＊2　社団法人 企業メセナ協議会　二〇〇〇年十二月十七日発行「なぜ、企業はメセナをするのか？　～企業とパートナーを組みたいあなたへ」

齊藤さんは生き続けている——二〇〇九年八月　追悼文集より

企業メセナ協議会　喜多　爽

齊藤さん、いまもふっと現れて、何事もなかったように話を始められるような気がしてなりません。

「お元気ですか」と問えば「それが忙しいんですよー」と眉をよせて笑い、音楽やメセナの現状について最近気になったことなどを質問すると、柔和な目を鋭くして、解説や批判を聞かせてくださるのです。

食べることが大好きで、鳥のおいしいいいお店があるとか、ダイエットがつらいなど、たわいのない話もいっぱいしましたね。

年中とびまわっていて、一つ用事でお電話すれば、必ず三つも四つもほやほやの開催報告や新たな気がかりなどをうかがえました。

齊藤さんを知ったのは、学生のとき、本屋で手にした「季刊メセナ」に企業のメセナ担当者として登場なさっていたお姿でした。「二十一世紀のメセナを支える人々」として紹介されたキーパーソンのおひとりでした。

二十一世紀になってたった九年じゃないかと無念に思いますが、なるほどこの間に齊藤さんが手がけられたメセナ活動や、企業メセナ協議会に進言くださったことは、やって終わりのイベントではなく、基盤を築き、新しい局面につながる、二十世紀にはないステージに進むものばかりです。

話戻って、本でお見かけした頃は遠い世界だった企業メセナ協議会にて、私は思いがけず勤務するご縁をえて、特に二〇〇三年以降、調査担当として、調査の企画運営をする企業担当者メンバーを齊藤さんにお願いし、以来、もっとも意見／情報交換させていただく存在となりました。

企業メセナの運営実態を探る調査については、ご経験の長さから、他のメンバーにはない見解を多々いただきました。

現場で肌で感じる変化、たとえば、企業のパートナーについて、選択肢に教育機関を追加しては、とか、企業にとって芸術団体は、いまや寄付先ではなく担当者のビジョンに沿ってコミュニケーションをはかる相手となっている、といった指摘を、みんなが共通認識を持つ前から提示なさっていました。お客様や株主や社員の反応など具体例をたくさんお持ちで、他社の担当者がぐっと身を乗り出して聞いていたのが印象的です。

調査手法について、選択肢の言い回しや、集計を細分化したい部分、調査結果の広報のタイミングなど、的確なリクエストもたくさんいただきました。

メセナ担当者にとって最大の課題であるメセナの「評価」についても、牽引企業としてたびたび手法や評価の功罪について実践例をシェアいただきました。評価については、導入未満でイメージの持てない段階で警戒や反発を示すメセナ担当者や芸術関係者が少なからずいた中、汎用化できる整理されたものさしや、改善につながった実績を積極的に提供。その上で、評価をよりどころとして求める声には「本来、アーティストやNPOありきのはずの芸術／社会活動がつぶされ、企業の論理で組み立てた企画しか通らなくなっていきかねない。長い目で見れば企業にとっても目的を失った活動になってしまう恐れがある」と懸念を示されていました。

評価に限らず、メセナのマネジメントについては、つねにNECでの取り組みや実務でのトラブルと解決例を、ご自身の実感や発見とあわせて投げかけてくださいました。

そんな中、オフレコで、こんなことしてみようかと考えているんだ、とおっしゃっていた工夫が、うかがった時点ではどこもやっていない、あったらいいなという夢のような話なのに、だいたい一年以内に実現されていて驚きです。それもインターネットや携帯電話、メルマガ、社内向けのイントラ活用など、ITの広がりにともなう、時代らしくNECらしさを映すかたちでした。長年にわたり、その経緯を何度も目撃させていただいたのは、働く一人の人間としても、協議会スタッフとして他社を盛り立てる立場としても、大きな確信と、いい意味でのプレッシャーをいただいています。

調査部会だけでなく、月に一度の幹事会や、協議会の運営に関するイレギュラーの会議、一般公開のセミナーなど、さまざまな場面で齊藤さんのご登場をお願いしてきましたが、何よりも同席者をはっとさせたのが、はるか過去から将来を見すえた企業メセナの役割と価値を語れること、人間・社会にとっての芸術の大切さと、現実的に創造活動を持続させるために、企業、アーティスト、企業メセナ協議会、政府に、ご自身に、求め続ける志の高さと実践だったと思います。

そういえば、モノのない協議会のために、一時期、会議のたびにプロジェクターをふうふう持ってきてくださるなんて面でもお世話になりました。

大ベテランでありながら、実に気さくな方で、周囲を叱咤し育ててくださり、威圧感はみじんもなく、一貫して尊重する姿勢でいらっしゃいました、弱音や憤りもうかがいましたが、齊藤さんはつねに自分のことなどまったく度外視で、会社のため、芸術のため、世の中のため、ご家族のために、もどかしさを感じ奮闘していらしたから、みなにとても愛されていたのですね。稀有なご立派な方だったのだとあらためて気づかされます。

協議会に入って以来のノートを繰ると、「齊）――」のメモがいっぱい。会議でのご発言やお電話いただいたときの記録です。この頃からこんなことをお考えだったんだ、この流れでよくぞこれを言ってくださったな、と思うことだらけ。ノートを開かずとも、メセナの方向性について考えたり、人に企業について話すとき、頭にしみついていて何度も振り返る齊藤さんのご発言があります。どれほど活かせているかわかりませんが、私の中で、だから齊藤さんは生き続けています。関わった多くの人の中に、齊藤さんがめざしていた思いはまちがいなく残っていて、これからもかたちになっていくはずです。私もがんばります。本当にありがとうございました。どうか安らかにお眠りください。

齊藤さん語録
——二〇〇六年十月幹事会にて　協議会事業計画に対してのご意見

一つ目に、最近、メセナを含む社会貢献活動は、ＣＳＲのもとで積極的にやれるという安定感がある反面、その社会貢献の内容が企業本来の事業と関連したものでないと社内の了解が得られず、メセナが隅に追いやられるという両面性があることを認識しておくべきではないか。

次に、ここ数年、アートという言葉の持つ領域が多様化し、社会との連動の中でいろいろと変化してきているように思われる。同時にメセナにおいても、「優れたメセナ活動」といっても、どこが優れているというのか判断に悩むところではないか。例えば先ごろのメセナアワード受賞活動についても、メセナの対象となるアートそのものが優れているのか、メセナの方法論として優れているのか、さまざまな要素が錯綜しており、メセナの仕事に長く携わっていないと判断が難しい。そのあたりを整理して、経験が浅くても理解しやすく体系づけられたメセナのポートフォリオのようなものができないか。それがあれば、皆の共通理解が得られやすいと思う。
三番目には、協議会が文化庁とは異なる民間の立場で、政策提言など日本の文化的な面をもっと牽引する役割を積極的に果たしてはどうかと思う。

――二〇〇七年二月調査部会にて　日本の企業メセナの重要度
だから、公益、要は公的支援が文化支援の圧倒的な比率を占めるヨーロッパ型、それから、個人寄付のアメリカ型とも違って、日本はどちらからも大きな支援額を得ることができない現状にあって、企業の支援というものが文化を支える非常に大きなファクターになっていると。その特殊性によって日本の文化が支えられているということを企業が再確認して、社会的責任の一環に位置づけるべきではなかろうか。

――二〇〇九年四月幹事会にて　協議会の重視すべき方向性は
「芸術文化とはどういう存在なのか?」と最近考える。命（社会福祉）や人材（教育）や地球（環境）と秤にかけられると芸術文化（メセナ）は一見、優先順位が低く見える。しかし、前者は「実存する世界」であり、芸術文化は「精神の世界」であり、人々が恐れるべきは、「精神の世界」がなくなること。目に見えないだけに、恐怖とは思わないかもしれないが、実はこれが恐いこと。「実存する世界」と「精神の世界」、この両方が一体となることで、よりよい社会ができると明文化できたら良い。

齊藤公治氏の小説

日本テレマン協会　代表／作家　中野　順哉

「なにやってんだよ！」

受話器の向こうから大きな声が飛んでくる。こっちは電話にひょいと頭を下げて「ごめんなさい！」——まるでドラマの中の「兄貴」に叱られているようだ。齊藤公治氏はいつも真剣で、熱く、そして優しかった。会うと飲む。飲むと真剣に理想を語る。そして幼い息子さんのことを訊ねると相好を崩す。素敵な日本男児だった。

彼には素朴な、それでいてとても大きな夢があった。それは「音楽家が、音楽に懸命であることでその一生を全うし、幸せになれる。またそれを人々が喜んで受け入れる」そんな社会を日本の中に生み出すことだ。彼がその第一歩として着手したのが「一生懸命にやっている演奏団体を、一人でも多くの人に紹介して、ファンになってもらおう」という企画。レクチャーを企画し、自ら司会も務め、講義録として冊子にまとめ、演奏会場で配布していた。小説にもそれに良く似たひとこまが描かれていたが、実際の彼は全部自分で引き受けて、頼りない僕らを叱咤激励しつつ、猛烈に果敢に駈けて行った。当初僕はこの業界に入ったばかりの新米だったので、随分彼の足を引っ張っていた。今から思えば「なにやってんだよ！」はその時に彼が僕にくれた傷だらけの勲章だった…と思う。

今、日本テレマン協会は指揮者・延原武春と、彼の下で育った演奏家たちが「二十一世紀の音づくり」を目指し、以前とは比べ物にならない充実した日々を送っている。それを見守って下さるお客様が増えたこと。サポートして下さる団体が増えたこと。理由を挙げれば色々だが、どれもこれもあの時——一九九八年から十年間ずっと手を差しのべてくれていた彼の存在なしでは実現し得なかったことばかり。テレマンの事務局のスタッフもすっかり世代交代し、もはや彼を知る人は少ない。新世代の彼らに僕はまず彼の話をする。決して自分たちだけで生きてきたのではないということを、一番はじめに知ってほしいためにだ。

僕は今でも事務所の電話がなると、また彼の声が飛び込んでくるんじゃないかと、半分慄き、半分期待してしまう。でももうその彼はいない。電話もかかってこない。もう彼の話は聞けないのだ。今までに多くの別れがあったが、これほど咀嚼できない別離を体験したことはない。会えるものなら会いたい。そしてまた叱られてみたい…と思っていた。

彼が小説を書いていた——早速読ませてもらった。一気に読んでしまった。この優しさ。この夢の夢らしさ…希望に満ちたこの小説の世界を彼は「等身大のオーケストラ」だという。現実を言えばそんなものではない。しかし彼はあえてそれを夢いっぱいに描いてみせた。それこそが正しく彼そのもの…「何だ齊藤さん、こんなところにいたのか」。

また会えた。その喜びとともに愚かしくも「続編が読みたい」と感じてしまう。これが彼の僕に語ってくれる最後の話だと言うのに。僕は、やはり出来の悪い「弟分」だ。

「なにやってんだよ！」

またどやされるかも知れない。でも今回は小説。僕のフィールドだ。今度は僕が「兄貴だぞ」とほくそ笑みつつ…だからしっかり隠された彼の思いを僕は受け止めた積りだ。あのセリフ、あのシチュエーション…その意味するところはあえてつまびらかにはしない。でも読み返せば返すほど明確になるのは、彼にはまだまだ言いたいことが沢山あったということだ。この小説を二〇〇九年三月に書き上げて、その四カ月後に消えるようにこの世を去っていった齊藤氏。「なにやってんだよ…」とこちらが言いたい。

でも愚痴はよそう。遺された者には遺された者の使命がある。ちゃんと約束は出来ないけれど、僕は齊藤氏の夢見た世界の実現に一歩でも近づけるよう努力することにしよう。そうすることが彼の生きた証拠であったと言えるように…。だからゆっくり休んでほしい。

齊藤さん、ありがとう――

葛藤から生まれた「ユートピア小説」

「WEB当世流行オペラ通信」編集長　武田　浩之

故・齊藤公治さんとは大企業のメセナ担当と演奏団体のマネージャーという立場で出会いました。当時（一九九六年）私がマネージャーを務めていた古楽アンサンブル「バッハ・コレギウム・ジャパン」は、前年にキングレコードから初ＣＤをリリース、スウェーデンのレコード会社とも「バッハ：教会カンタータ」の世界発売もスタートして端から見れば順風満帆、しかしその内実は活動が軌道に乗るのが先か、その前に資金的な体力が尽きてしまうか、まさに楽団経営の瀬戸際にたっていました。

企業に支援をお願いに行くことはいつでも気が重い。なぜなら演奏する側と企業との間の埋めがたい意識の溝を改めて痛感することになるからです。演奏する側は自分が愛してやまない音楽を納得できるように演奏したいその一心なのですが、お金を出す側は「お好きなことをしてらっしゃるのに、そこに我々がお金を出す意味は？」と世間が納得する意義を問わねばならない。「名声」と「実績」という担保なしに社会から支援を得ることは実に難しいことなのですが、新しい挑戦をしようとする若い才能に欠けているのがまさにその二つなのです。

追いつめられた僕がお目にかかった齊藤さんの第一印象は、どちらかというとぶっきら棒で、安易にひとを寄せ付けない「恐い」ひとでした。

しかしお話をするとすぐに齊藤さんの音楽への想いの強さを知り、この強面は齊藤さんの置かれたジレンマと葛藤の表れだと気づかされました。ご自分も趣味で合唱を嗜まれていた齊藤さんには、私達の活動の「意義」を力説するまでもなかった。しかし念願のメセナの仕事についたばかりの齊藤さんは、大好きだからこそ、企業人として音楽に対する想いに偏りすぎてはいけないと自らを律していたのだと思います。

齊藤さんの場合、その悩みと苦しみは、皮肉なことにも音楽の素晴らしさを深く知っていることにあったのです。

『フィルハーモニア東都物語』は、齊藤さんの葛藤から生まれた「ユートピア小説」だと思います。

本書を読んでいる間、あまりにも多くの印象的な言葉に出会い、思い出が蘇り、恥ずかしながら涙なしには通読できませんでした。しかし私のような個人的な想いのない読者にも、舞台の花形である演奏家はもとより、それを支える裏方、取り巻く聴衆やコミュニティにまで注がれる細やかで優しい筆者の眼差しには心を温められるものがあると思います。それは齊藤さんの筆の力であり、こつこつと四年間も書き溜められていた誠実なひとのありようが生み出したもので、この作品には多くのひとの心を動かす確かな力があると思います。

でも……最後に個人的な想いを書くことをお許しください。

この作品を残してくれて本当によかった。

この作品を読めば、心のなかの齊藤さんと生前より頻繁に、より深く語り合うことができる。

無骨で、でもどこか愛敬のあった齊藤さんとまだ十分交わせなかった音楽や人生の話ができる。

齊藤さんも主人公・佐藤晋一郎のように、会社をやめてオーケストラの世界へ飛び込みたかったのですね？

貴方は音楽の現場が好きでしたね。コンサート後の打ち上げを実は凄く楽しみにしていたのを僕は知ってますよ。

そう、貴方はガクタイの一員だったんですよ。

人は生を受けてこの世に現れ、死とともに去っていく。

その人の魂が、死とともにこの世を去るのだ。

けれどもそれは、その人の生前の活動や足跡までもが、死とともにこの世から消え去ることを意味しない。

その人の考えや業績が今を生きる人に受け継がれ、さらなる発展を遂げることもあれば、その人の死によって、新たな人と人との出会いが生まれることもまた、あるのだ。

まさにそれは、

「死者が生者を引き合わせる」

のである。(「絆」P322)

東日本大震災の日にこの原稿の依頼をいただきました。

音楽の力で何ができるのか、自分は何ができるのか、そういう問いが無力感とともにグルグル繰り返される頭でこの作品を何度も繰り返し読みました。まだしばらく生きていける、そういう力を再びいただいたことに感謝しつつ、本書への賛辞とさせていただきます。

謝辞

この小説を手に取り、お読み下さった皆様、
素晴らしいカバーの絵を描いて下さった雨田光弘先生、
著者が本書を書く際にご指導賜った皆様、
本書出版にあたり、大変お世話になりました皆様、
お心のこもった寄稿文を賜りました皆様、
〝澤村〟のモデルでもあり、着物についてご助言いただきました練馬区の白瀧呉服店様、
本書を出版するにあたり、励まし、二種類の原稿の内容を盛り込みたいという願いを
かなえて下さった文芸社の編集担当者様はじめ皆様、
著者にやりがいのある仕事をさせて下さり、本当にお世話になりました会社の皆様、
著者と一緒にお仕事をして下さった皆様、
音楽のともしびを下さった皆様、
友人の皆様、
家族、親族の皆様、

著者と出会って下さった皆様、また関わりを持って下さったすべての皆様、本当にどうもありがとうございました。夫と共に心から感謝申し上げます。


著者である夫、公治は二〇〇九年七月に、薬効の甲斐なくうつ病で亡くなりました。生前から世に出したいと言っておりましたこの小説を、このたび文芸社から出版できますことを、主人も大変喜んでいることと存じます。

子どものように純粋で、頑固。優しいんだけれど不器用。

熱血仕事人間。心優しい親思いで、長男としての責任感の塊。

作中の吉田義男のようにお酒を飲んで羽目を外しすぎることもあったけれど、
四十五歳で一男の父となってからは、産後うつの私を精一杯支えてくれた頼もしきイクメン、
不況でメセナが逆境の時も、心を痛めながらも誠実な態度で仕事に臨む姿、
そんなあなたをとても尊敬し、感謝していました。

こんなすばらしい人が夫で良かったと思っていました。

ありがとう。

あなたは私に、私たちの子どもと、この小説を残してくれました。

そして一緒に過ごした年月は、あなたが亡くなっても、私たちから奪われることはないのです。

尽きない愛と感謝を、あなたに捧げます。

二〇一二年一月　　齊藤　知子

著者プロフィール

齊藤 公治（さいとう こうじ）

1960（昭和35）年、東京都生まれ。

1982年、埼玉大学経済学部卒業。

同年、NEC（日本電気株式会社）入社。

半導体事業の生産管理・資材購買・事業計画の業務に従事。

1995年7月、広報部社会貢献推進室（現在のCSR推進本部社会貢献室）に異動。以降、メセナエキスパートとして、メセナ（芸術文化支援）活動に従事。

2009年7月25日急逝。

装画／**雨田 光弘**（あまだ みつひろ）

1935年東京生まれ。桐朋学園大学卒業後、日本フィルハーモニー交響楽団に入団。首席チェロ奏者として活躍後、ソロ・室内楽活動の一方で、幼少より才能を発揮していた絵の創作で一躍名を知られる。楽器を弾くネコや動物のモチーフは、多くの著名演奏家や音楽愛好家にも愛され、ネコ好きにはたまらない魅力の作品を数多く描き続けている。

フィルハーモニア東都物語 ここに泉あり21

2012年3月15日 初版第1刷発行

著 者 齊藤 公治
発行者 瓜谷 綱延
発行所 株式会社文芸社
〒160-0022 東京都新宿区新宿1－10－1
電話 03-5369-3060（編集）
03-5369-2299（販売）

印刷所 広研印刷株式会社

ISBN978-4-286-09773-2